福爾摩斯歸來記

The Return of Sherlock Holmes

十三場故佈疑陣的懸疑戲碼，你有本事拆穿嗎？

柯南・道爾＝著
Conan Doyle
謝海盟＝譯

CONTENTS

目錄

關於作者

柯南·道爾　爵士（Sir Arthur Ignatius Conan Doyle；1859—1930）

英國小說作家&醫生，擅長撰寫推理小說，因成功塑造偵探人物——福爾摩斯而聞名於世。

一八五九年五月二十二日，亞瑟·柯南·道爾出生於英國蘇格蘭愛丁堡，從小就被送進天主教學校念書，十六年的求學過程讓道爾對天主教心生厭惡，爾後竟成為一名不可知論者（Agnosticism）。一八七六年至一八八一年間，道爾在愛丁堡大學習醫，畢業後作為一名隨船醫生前往西非海岸工作，一八八二年返英後，在樸茨茅斯開業行醫。不過，他的行醫之路不太順利，於是開始嘗試寫作。道爾的第一部重要作品是發表於一八八七年《比頓聖誕年刊》（*Beeton's Christmas Annual for 1887*）的偵探小說《暗紅色研究》（*A Study in Scarlet*；又譯《血字的研究》），這部小說的主人翁就是後來家喻戶曉的夏洛克·福爾摩斯。

此外，道爾也熱愛運動，曾在一八八二年至一八八四年間，在英國當地樸茨茅斯協會成立足球俱樂部（AFC），擔任過業餘守門員，並時常客串後衛。

一八八五年，道爾與路易莎．霍金斯（Louisa Hawkins，又稱 Touie）結婚，婚後生活平淡，路易莎在一九〇六年因罹患結核病過世，道爾於一九〇七年再婚，珍．勒奇（Jean Elizabeth Leckie）成為他的第二任妻子。

其實，道爾早在一八九七年認識珍之後就愛上了她，但出於對元配路易莎的忠誠，並沒有公開表示。道爾與路易莎育有兩名子女，而珍又跟他生下了三個孩子。

一八九〇年，道爾到維也納研習眼科，一年後返回倫敦，成為一名眼科醫生，這使得他擁有更多時間寫作，也嘗試書寫短篇小說。道爾最初在一八九一年七月至一八九二年六月間，於《岸濱月刊》連載這些短篇小說，一八九二年由出版商喬治．紐恩斯（george newness）將之結集成書，總共有十二篇，均以福爾摩斯為主角，也就是福爾摩斯系列的首部短篇小說集《福爾摩斯冒險史》。

在一八九一年十一月，他在一封給母親的信中寫道：「我考慮殺掉福爾摩斯……把他幹掉，一了百了。他占據了我太多時間。」儘管他母親在回信中強烈反對，道爾還是在一八九三年十二月的《最後一案》中，讓福爾摩斯和死敵莫里亞蒂教授一起葬身在萊辛巴赫瀑布。然而，小說的結局令讀者們非常不滿，引起了極大反彈，許多人甚至寫信到出版社抗議。大眾的壓力和豐厚的報酬使得道爾不得不讓福爾摩斯再度「復活」，終於在一九〇三年發表的〈空屋奇案〉中，讓福爾摩斯起死回生。於是，出版商喬治·紐恩斯將他的另外十二篇短篇小說，連同這篇〈空屋奇案〉，總共十三篇再度結集成書，於一九〇五年出版，也就是福爾摩斯系列的第三部短篇小說集《福爾摩斯歸來記》。

道爾總共寫了五十六篇短篇推理小說及四部中篇推理小說，全部以福爾摩斯為主角。

道爾的本業雖然是醫生，他卻藉由寫作，創造了今日推理小說的基本元素，諸如密室殺人、密碼學破解、亡者的訊息、各種毒殺、雙重角色扮演、易容術、狸貓換太子（換屍）、加工自殺（謀殺）、意料之外的凶器、特別設計的藏身處……等等。

他一共寫了六十篇關於福爾摩斯的故事，這些故事在四十年間陸陸續續在《岸濱月刊》上發表，這是當時英國出版社的慣常作法（查爾斯·狄更斯也是用類似的形式發表小說）。這些故事背景主要發生在一八七八年到一九〇七年間，最晚的一個故事是以一九一四年為背景。其中有兩個故事是以福爾摩斯第一人稱的口吻寫成，另外兩個以第三人稱寫成，其餘都是華生的敘述。

晚年的道爾公開表示相信唯靈論，甚至還以此為主題寫過好幾本書，有人認為這與他兒子在一戰中喪生有關。柯南・道爾在一九三〇年七月七日因心臟疾病過世，享年七十一歲。

導讀

經典如何歷久彌新？——引路一談福爾摩斯、道爾及其他

該怎麼理解一位大名鼎鼎的偵探推理作家、數名耳熟能詳的角色、僅僅六十個「正典」故事卻衍生出難以數計的形形色色作品，並且在類型敘事領域中成為不朽經典已達一百三十餘年（我們可以理所當然地預期，這個數字還會持續增長下去）之久？最好的方法當然是不假他人地親自閱讀起點原著，這樣的樂趣豈能找誰代勞，頂多容我在此占據些許篇幅充當引路人，簡單一談夏洛克・福爾摩斯、亞瑟・柯南・道爾爵士及其他二三事。

首先，得從那位慧眼獨具的女性開始說起。

「這個人是天生的小說家！這本書肯定會大賣！」布坦尼太太閱讀完《暗紅色研究》（*A Study in Scarlet*；又譯為《血字的研究》）的未出版書稿之後，對丈夫這麼說。

時間是一八八六年九月，在華德・勞克出版公司擔任主編的G. T.布坦尼教授，將

幾天前新收到的一份書稿拿給同為作家的妻子審閱，沒想到她不但極為喜愛，還推斷出作者是一位醫生。事隔數日，布坦尼教授將這部作品提給高層討論確認，最後拍板決定接受這篇說長不長、說短不短的小說——只不過近期市場上廉價小說充斥，公司打算安排在一年後出版，而且只願意支付二十五英鎊買斷，沒有額外的版稅，希望這位住在英國樸茨茅斯南海區榆樹林布西村一號、二十七歲的亞瑟·柯南·道爾先生能夠同意。

「真正的文學作品是一顆難以打開的蚌殼，不過到頭來總是會有好結果的。」投稿給華德·勞克出版公司之前，道爾前前後後花了四、五個月時間寄給多家雜誌社和出版社，屢次收到退稿回覆之際，他寫下這段文字給自己的母親袒露心情。道爾原本將小說取名為「抽絲剝繭」，最後改成比較新潮的「暗紅色研究」；主述者約翰·H·華生醫生是借用某個朋友的名字（一樣是醫生，他叫詹姆士·華生），總比一開始想的「歐曼·賽克」好吧，那聽起來太像花花公子了；偵探主角則是夏洛克·福爾摩斯，這個愛爾蘭名字夠響亮吧，之前取名「薛倫佛·福爾摩斯」唸起來實在有些拗口……

寫小說向來是道爾的興趣和志向，而且出道之路還稱得上順遂，一八八四年發表的〈漢巴考克·傑佛森之宣言〉就曾被人誤以為出自羅伯·路易斯·史蒂文生（《金銀島》、《化身博士》作者）之手，行文風格也被拿來與艾德格．愛倫．坡相比——這倒是有幾分道理，因為求學時期的道爾就深深著迷於這位美國詩人暨小說家所寫的故事，讓邏輯推理之「美」與偵探角色之「怪」反映在自己日後的著作上。在此之前，眾小說家不是沒有寫過謀殺犯罪以及警察辦案題材，前者可以一路往前追溯到《聖經》故事，後者則可以在現實生活中得到諸多真實的新聞報導或是虛構的奇情小說相對照，卻一直要到愛倫．坡寫出〈莫爾格街凶殺案〉、〈瑪麗．羅杰之謎〉、〈失竊的信〉、〈金甲蟲〉、〈汝即真凶〉五篇深具原創性的偵探故事之後，這種強調開場神祕、過程緊張、解決合理、結局意外的格局架構成為一種新興的小說類型，在青少年時期的道爾心中埋下了種子。

影響道爾的前輩作家不只愛倫．坡，以《勒滬菊命案》聞名的法國作家埃米爾．加伯黎奧，出版暢銷小說《白衣女郎》、《月光石》的英國作家威基．柯林斯，兩人的名字都曾出現在道爾的書信以及筆記之中（尤其在他開始認真思索「為何不寫一部偵探方面的小說」時），然而加伯黎奧筆下的勒考克、柯林斯創造的考夫，他們都是主導事件調查的靈魂人物沒錯，但情節發展太零碎紛雜了，不夠專注在謎團鋪設以及解謎過程上，雖然已經比其他靠巧遇、瞎猜、幡然悔悟的告白之類來揭開真相的作品好得太多，若要真正展現愛倫．坡首創的文學形式的魅力，關鍵將會是那個需要更費心打造的偵探角色——這時，道爾想起了他念愛丁堡大學醫學院時期的恩師，約瑟夫．貝爾醫生。

預備念大學之前的道爾有過一段歐陸之旅，一邊沉浸在愛倫．坡的小說世界裡，一邊造訪住在法國巴黎的麥可．柯南舅公（〈莫爾格街凶殺案〉的舞台就在巴黎！），當時的道爾剛從教會學校系統離開，還在猶豫下一步該往哪裡去，若不是舅公與他相談的一席話，道爾不見得會選擇走上醫生之路，也可能就此錯失受教貝爾醫生的機會。

「大衣的袖子、褲管膝蓋部分的面料磨損、長出硬皮的拇指和食指、靴子上的痕跡……以上任何一項都能提供我們線索，若全部加總起來還不能讓一位訓練有素的觀察者得到啟發，那就太說不過去了。」這段寫在道爾的筆記本上的感慨文字，是貝爾醫生在診間給予醫界新鮮人的實戰教學側記。道爾的老師要學生記住：「必須以眼、耳、手、腦來做診斷。」進入診間的病人，時常在開口陳述病情症狀之前就被貝爾醫生嚇著：他怎麼知道我有酗酒的毛病？怎麼知道我和太太不久前大吵一架？是誰告訴他我的職業是擦鞋匠？我到底是來看醫生還是問靈媒？負責引領病人進來的道爾親炙這一切，當醫學生的他知道這不是通靈的巫術、犧牲靈魂換來的魔法，而是儀器診斷和口說問診之外專業身分的展現；當小說家的他則理解到藉由仔細的觀察而培養出的推理能力，不但有助於在故事裡提升委託人的信任且有助於案件的解決，還可以在現實世界中牢牢抓住讀者的心。

不夠，這樣還不夠。道爾繼續探尋活水源頭，愛倫．坡的作品和業餘偵探C．奧古斯特．杜賓這個角色刺激了他的創作想法。「我讀愛倫．坡的《神祕與想像故事集》的時候還很年輕，思路的可塑性很高。這本書刺激了我的想像力，為我樹立了榜樣，讓我明瞭如何講好一個故事及其產生的強大力量。」杜賓這個角色之所以讀來讓人印象深刻，在於他有別真實世界裡的「調查者」形象——彼時的私家偵探出拳動腿的速度可是比使腦子還快，想要完成委託靠的是勤跑情報來源及逼迫人們吐實，他們更像是個揭人瘡疤藉以牟利的黑心打手而非警察以外的查案選擇；不過警察的形象也不是太好，大倫敦地區雖然有暱稱「蘇格蘭場」的警力守護，可是多起駭人聽聞的命案遲遲未破（包括知名的「開膛手傑克」案）、包庇犯罪者和貪腐醜聞不斷等等，老百姓實在無法對這群執法公僕有太多信心。像杜賓這樣的素人，只需閱讀報章新聞，與友人的閒談間就能破解密室凶殺、失蹤之謎云云，這不正是平凡如你我的大眾渴望從小說閱讀得到現實世界所欠缺的英雄人物嗎？

說了這麼多觸發靈感的取材來源，福爾摩斯探案故事能有別於前頭的先鋒開創者，締造僅次於《聖經》的出版量與傳閱影響力，其實是不假他求的，許多方面都可以在亞瑟・柯南・道爾身上得到驗證。道爾嫉惡如仇的個性、為不公不義之事直言發聲的脾氣、以及維多利亞時代男性普遍主張且引以為傲的榮譽感，亦反映在他創造的夏洛克・福爾摩斯這個虛構角色上，就連約翰・華生都可以視為道爾的分身——從職業是醫生、擔任事件記錄者的敘事口吻、強烈的愛國情操等等，都出自道爾的原創並且成為吸引讀者閱讀、渴求下一個故事的魅力所在。

出版《暗紅色研究》、《四個人的簽名》兩部長篇小說之後的一八九一年，道爾同意將新的短篇故事〈波希米亞祕聞〉透過文學經紀人A. P.瓦特交給喬治・紐恩斯新創辦的《岸濱月刊》雜誌——這是將道爾與福爾摩斯推向另一個高峰的重要轉捩點。

紐恩斯這個人很特別，三十歲那年他仍是個沒沒無聞的推銷員，因為「喜愛閱讀有趣的故事」這麼單純的一個想法，想找人投資他五百英鎊以便開設出版社，卻四處碰了一鼻子灰。好吧，山不轉路轉，人家不給錢那就自己賺，紐恩斯突發奇想開了間他認為肯定有賺頭的素食餐廳，沒想到還真給他攢到四百英鎊作為創業基金，接著於一八八一年十月創辦節錄全球各地奇聞軼事的《珍聞》便士周報，短短十年就衝破一期五十萬份的發行量，進而催生出刊載翻譯與原創小說的《岸濱月刊》雜誌。

雜誌與福爾摩斯故事的高人氣相互加成拉抬，每月一刊的節奏讓「系列角色」有了和讀者一起生活成長的熟悉感。在此之前，小說角色並不容易系列化，就連道爾的非偵探推理創作也很少讓角色重複登場（他倒是寫了幾篇未選用福爾摩斯做主角的偵探故事，而這些品質並不差的作品卻多半已被遺忘……），這要歸功當年《岸濱月刊》雜誌主編H．格林豪．史密斯與道爾一次簽下多篇故事的經營策略，以及細細討論修改每一篇作品的結果。

讓名偵探嘗到失敗滋味且永遠銘記在心的「那位女士」、特別募集「紅髮人士」的奇怪俱樂部、神祕信封裡裝著的五枚橘籽、女子臨死前莫名喊道「那條有花斑的帶子」……狀似離奇不可解的一樁樁詭譎事件，由一對勇於冒險的搭檔在瀕臨死亡的風險之下力求真相——擔任偵探角色的那位智慧高超，頂著「顧問偵探」的名號自稱是「偵探界最後、也是最高的上訴法庭」；雖然室友兼助手的那位沒偵探如此冰雪聰明，卻是絕對可靠、值得託付一切的好夥伴。故事裡的警察如同真實世界裡被嘲諷的那群人一樣自傲推託不中用，可是天才神探願意不掠其美地將功勞榮譽讓給他們，讀故事的我們能會心一笑；房東哈德遜太太、擔任偵探小聽差的街童們、偶爾串場且據說比名偵探更厲害的政府要員哥哥、千萬別忘了那位「犯罪界的拿破崙」莫里亞蒂教授……

這一切讓讀者印象深刻到難以忘懷的案件與角色，以及令人忍不住想前去朝聖的男子單身公寓貝克街221B（雖然道爾寫作的當時，貝克街還沒有長到編設這個門牌碼），不但在十九二十世紀交會之際於英美兩地聚攏了一批忠實的擁護者，改編的舞台劇也大獲好評，五十六篇短篇加上四部長篇小說陸續且迅速地翻譯至全世界多個國家，還在幾個地方組織出後援會一般的閱讀研究團體——以上種種不過是開端而已，更驚人的浪潮才正要襲來。

若以推理評論與推理史爬梳的後見之明來看，擁有「偵探推理小說之父」美名的愛倫．坡是這個大眾書寫類型的草創先鋒，擘畫了一大面可供多元發展的簡要藍圖、靜待後人接棒開發，那麼道爾正是那位才華洋溢、當仁不讓的優秀繼承者，著手進行更多的嘗試以豐富其各種可能——雖然他曾經認為邀稿不斷的福爾摩斯探案有礙其文學夢（他特別想寫歷史小說），而不顧母親的大力反對狠心地讓這個萬人迷神探與死對頭反派在〈最後一案〉雙雙墜入瑞士的萊辛巴赫瀑布（噩耗一出，倫敦街頭的紳士淑女紛紛別上黑紗以示哀悼），幾年後忍不住高額稿酬誘惑而寫成的《巴斯克村的獵犬》卻不意成為那個時代最完整且成熟的長篇推理之一，但福爾摩斯真正歸來的〈空屋奇案〉（《巴斯克村的獵犬》時間設定在福爾摩斯墜落瀑布、生死未卜之前）以及其他短篇故事，才是道爾贈予這個世界最無可計價的寶藏，因為它們是宛如幹細胞一般的原型故事，就算部分情節題材、敘事手法稍有重複，仍保有極高的發展潛力與戲劇張力。

道爾就像是個卓越的工程師，為這個類型書寫完成重要且全面的基礎建設，這先是引來其他同樣在報章雜誌上刊載作品的創作者們追隨，他們創造的角色可以是平凡如樵夫也可以是身障不便如盲人，甚至被世界西洋棋冠軍驚歎宛如「思考機器」，可是聰明的讀者都知道，這全是福爾摩斯的諸多化身，尤其出現在道爾耍脾氣不續寫福爾摩斯探案的那幾年，卻沒人有能力有魅力取代這個頭戴獵鹿帽的傢伙，之後才順利迎來阿嘉莎·克莉絲蒂、F. W. 克勞夫茲、桃樂西·榭爾絲、S. S. 范達因、艾勒里·昆恩、約翰·狄克森·卡爾等人攜手構建的黃金時期出現，故事的篇幅從短篇晉升到長篇，出版閱讀量則如寒武紀大爆發般進入百花齊放、眾聲喧嘩的璀璨年代。

然而有趣的是，這樣的美好年代其實從未終結，雖然西方推理文壇將那段時期的作家作品歸類在「古典」的子分類底下，且歷經美國冷硬派的崛起、警察程序小說的勃興、犯罪驚悚小說的萌發與茁壯等等，但「你以為你是福爾摩斯啊」的玩笑嘲諷早已成為你知我知的迷因，蓋瑞奇執導、小勞勃道尼與裘德洛主演的電影《福爾摩斯》，以及班奈狄克康柏拜區、馬丁費里曼攜手演出的影集《新世紀福爾摩斯》，不但在這個世紀重新颳起古典名探的旋風，更別提連載超過三十年的日本國民漫畫《名偵探柯南》，全都是或直接或間接地將福爾摩斯探案最內核、最純粹的美好精髓承繼下來，化作現代的語彙述說脫胎自正典卻取之不盡用之不竭的一場場探案冒險。這樣的DNA同時散布在各種廣義的推理故事中，諸如偵探及搭檔的塑造、惡棍歹角的描述、謎團詭計的設局以及邏輯解謎的程序，無一不是道爾遺留給後世的珍寶，展示了經典為何能歷久彌新。

「來吧，華生！遊戲開始了！」且用夏洛克・福爾摩斯召喚華生醫生的這句話作結，引路之旅到此告一段落，歡迎你投身這一場場精采絕倫的探案遊戲。

冬陽（推理評論人，原生電子推理雜誌《PUZZLE》主編）

CASE 1

空屋奇案

The Adventure of the Empty House

一八九四年春天，羅納德．阿岱爾閣下在極不尋常和令人費解的狀況下遇害，整個倫敦都在關注此事，上流社會尤其為此震驚不已。公眾想了解罪案細節全靠警方調查；但在事發當下，仍有很多真相被壓下來，因為檢方起訴的論點非常充分，故沒必要公布完整的事實。直到快十年後的今天，我才被允許補充那些缺失的環節，而這些環節構成了整串不尋常的事件。罪案本身就很吸引人了，但這點樂趣與它不可思議的後續相比，實在算不了什麼，它比我這輩子經歷的所有冒險都要令我震驚和難以置信，即使是時隔多年的現在，想到這件事仍令我激動不已，並再次感受那些突然湧上心頭的喜悅、驚奇和懷疑，完全淹沒了我的心神。我偶爾會透露一位極為傑出的人的思想和作為，那些對此感興趣的大眾，我得請他們不要責怪我沒與他們分享我知道的一切，因為這本該是我的首要之務，然而是他親口下達了明確的禁令，阻止我這麼做，而這道禁令直到上個月三號才解除。

可以想見，我因為與福爾摩斯的親密友誼而對罪案產生濃厚興趣，在他失蹤後，我細細讀過所有公之於眾的案件，從沒有任何遺漏，甚至為了滿足自己，而不止一次嘗試使用他的方法解決那些案件，儘管都不太成功。然而，在那裡頭沒有一個案件像羅納德．阿岱爾的悲劇那麼吸引我。當我讀了審訊取得的證據，並據此判斷這是不知名的某人或某些人蓄意謀殺時，我比以往任何時候都更清楚認識到夏洛克．福爾摩斯的死帶給社會多大的損失。我確信，這件怪事的一些要點肯定格外吸引他，這位歐洲第一流的刑事偵探訓練有素的觀察力和機警的頭腦，不僅能補足警方能力不及之處，也許更可以先發制人。我整天奔波在給人看診的路上，心思卻不斷轉向這個案子，但找不到任何在我看來足夠合理的解釋。冒著舊事重提的風險，我將概括重述那些已向大眾公布的調查結果。

羅納德．阿岱爾閣下是梅努斯伯爵的次子，當時伯爵是澳洲其中一處殖民地的總督。阿岱爾的母親從澳洲回到英國接受白內障手術，她與兒子羅納德、女兒希爾達同住在公園路四二七號。這位年輕人在上流社交圈走動，眾所周知，他沒有樹敵，也沒有什麼特別的惡習。他與卡斯泰爾斯的伊迪絲．伍德利小姐訂過婚，但幾個月前經雙方同意解除了婚約，之後也沒任何跡象表明他有對誰留下深刻的感情。此外，由於他為人寡言沉靜且生性冷漠，使他一直生活在狹窄而保守的圈子裡。然而這位隨興閒散的年輕貴族，卻在一八九四年三月三十日晚上十點到十一點二十分之間，猝不及防迎來了極其古怪的死亡。

羅納德．阿岱爾喜歡玩牌，經常玩，但從不下危害自身的過大賭注。他是鮑德溫、卡文迪許和巴格特爾這三個紙牌俱樂部的成員。據悉在遇害當天，他於晚餐後曾在巴格特爾俱樂部玩過一盤惠斯特牌戲，他下午也在那裡玩過。和他一起打牌的人有穆雷先生、約翰·哈迪爵士和莫蘭上校，他們作證當天玩的牌戲是惠斯特，而且大家的牌運都差不多，阿岱爾可能輸了五鎊，但不會高過這個數目。他的財產相當可觀，這點損失對他沒有任何影響。他幾乎每天不是在這個俱樂部就是在那個俱樂部玩牌，但他玩起來很謹慎，通常都是最後的贏家。有證據顯示，他在幾週前曾與莫蘭上校搭檔，竟從戈弗雷·米爾納和巴爾莫洛勳爵那裡贏了四百二十鎊。有關他的近況，由審訊中揭示的就是這些了。

案發當晚，他十點整從俱樂部返家，他母親和妹妹那天晚上則到一位親戚家作客。女傭作證說，她聽到他走進二樓的前廳，他向來都把那房間當作起居室使用。她事先在房裡生了火，並因煙霧而開窗通風。直到十一點二十分，梅努斯夫人和她女兒回來，房裡始終沒有動靜。梅努斯夫人想進房對兒子說聲晚安，但房門被反鎖，任憑她們怎麼呼喊和敲門都沒回應。她們找人破門而入，發現那個不幸的年輕人倒在桌邊，腦袋已殘破不全，被一顆左輪手槍的擴張型子彈打碎了，看上去非常駭人，但房裡並沒有任何武器。桌上放著兩張十英鎊的鈔票，還有十七英鎊十先令的金幣銀幣，這些錢被堆成了小堆，每堆金額不等。另外還有一張紙，寫在紙上的數字對應了他那些俱樂部朋友的名字，據此推測，他遇害前正在埋頭計算打牌的輸贏。

對案發現場的詳細調查只是令案情更加複雜。首先，無法解釋這位年輕人為何要反鎖房門，可能是兇手這麼做的，並在犯案後從窗口逃逸。然而，窗戶離地面至少有二十呎，下方是一處正盛開著番紅花的花壇，不論花朵還是泥土都沒有任何被踩過的痕跡，隔開房子和大馬路的狹長草地上同樣沒有任何痕跡。因此顯然地，是年輕人自己把門反鎖的，那麼他是怎麼死的？沒有人能從窗戶爬出去而不留下丁點痕跡。假設是有誰從窗外開槍，能用左輪手槍造成如此致命的傷害，此人的槍法確實了得。再者，公園路是一條人來人往的街道，離房子不到一百碼就有一個馬車站，卻沒有人聽到槍聲，而這裡可是出了人命，一顆左輪手槍子彈就像軟頭子彈一樣，在死者的腦袋裡炸開，造成的致命傷當場殺死了他。這就是公園路謎案的情況，由於完全找不到動機而又更撲朔迷離了，因為正如我說過的，年輕的阿岱爾沒有任何已知的仇家，房裡的錢財和貴重物品也沒被動過。

一整天，我在腦子裡翻來覆去思索這些事，極力想找出一個可以使一切都說得通的理論，與一條最沒阻礙通往謎底的路徑，我那不幸去世的朋友稱此為每一次調查的起點，而我得承認自己的進展實在有限。傍晚時，我漫步穿越公園，在六點左右抵達牛津街盡頭連接公園路之處。人行道上一夥遊手好閒的傢伙，全都抬眼盯著一扇特定的窗戶，讓我曉得那就是我跑這一趟要看的房子。一個戴著有色鏡片的瘦高男人，正在提出自己的某些論點，其他人則圍攏過來聆聽，我強烈懷疑他是便衣警察。我盡可能往他那裡靠近，但他的說法在我看來挺荒謬的，因此又帶著點嫌惡地從包圍他的人群裡退出來，這麼做讓我撞上一位站在我背後的身障老者，也撞掉了他帶著的幾本書。我記得當我撿起那些書時，瞥見其中一本的書名是《樹木崇拜的起源》，我突然意識到，這傢伙一定是個貧窮的愛書人，無論是基於營生還是業餘愛好而收藏晦澀難懂的書籍。我為這個意外連聲致歉，可很顯然的，那些不幸遭我粗暴對待的書本在它們的擁有者眼中是極其貴重之物。他鄙夷地怒吼一聲，轉身就走，我看著他佝僂的背影和白色的側鬚消失在人群中。

我觀察著公園路四二七號，但這對釐清我感興趣的問題幫助並不大。這棟房子與街道僅用低矮的欄杆牆隔開，高度不超過五呎，因此任何人都可以輕鬆進入花園，但窗戶就完全碰不到了，即便是最靈活的人，四周也沒有水管或其他物體能讓人攀爬上去，這令我帶著比出發前更大的困惑回到肯辛頓。我在書房裡還待不到五分鐘，女傭進來說有人想見我，令我訝異的是，來者不是別人，正是那位古怪的年邁藏書家，花白鬚髮間露出他輪廓分明的乾枯臉孔，至少一打的寶貝藏書夾在他的右胳膊下。

「你看到我很驚訝，先生。」他用一種奇怪的沙啞嗓音說。

我承認的確如此。

「噢，我有些良心不安，先生，當我一瘸一拐地跟在你後頭，偶然看見你走進這間房子時，我告訴自己，進去見見那位好心的紳士吧，並告訴他要是我之前的態度有點粗魯，也絕對沒有惡意，而且我還要感謝他幫我把書撿起來。」

「你把這點小事看得太嚴重了，」我說，「能否請問你是怎麼知道我的？」

「唔，先生，如果這麼說不太冒昧的話，我還算是你的鄰居，我那一間小書店就在教堂街的拐角處。很高興見到你，我想你也有在收藏書籍吧，先生，我這裡有《英國鳥類》、《卡圖盧斯》和《聖戰》，每一本都很便宜。再添個五本書，你就可以把第二層書架上那塊空著的地方填上了。那裡看上去很不整齊，不是嗎，先生？」

我扭頭看看背後的書櫃，當我轉回來時，夏洛克．福爾摩斯正站在書桌對面衝著我微笑。我跳起來，完全無法置信地盯著他幾秒，然後我顯然是暈倒了，這是我這輩子第一次也是最後一次暈倒。確實有一片灰色的霧氣在我眼前打轉，待它散去，我發現領口被解開，白蘭地刺激的餘味留在我的嘴唇上。福爾摩斯俯身在我躺著的椅子上，手裡拿著扁酒瓶。

「親愛的華生，」那非常熟悉的聲音說，「實在很抱歉，沒想到你會被嚇成這樣。」

我一把揪住他的手臂。

「福爾摩斯！」我叫道，「真的是你？難道你還活著？你有可能從那可怕的深淵裡爬出來？」

「先等等，」他說，「你確定現在適合討論這個？我毫無必要的戲劇性現身給你帶來了嚴重的驚嚇。」

「我好得很，但說真的，福爾摩斯，我簡直不敢相信自己的眼睛。老天，這世界上的所有人，我唯獨無法相信是你站在我的書房裡！」我又一次抓住他的袖子，感到底下精瘦有力的手臂。「好，無論如何，你不是鬼魂，」我說，「親愛的老夥計，見到你實在太開心了。快坐下，跟我說說你是怎麼從那可怕的深谷生還的。」

他在我對面坐下，以一貫漫不經心的態度點起一支菸。他仍穿著舊書商那件襤褸的長外衣，身上的其他東西就只有放在桌上的那一大堆白色鬢髮和舊書了。福爾摩斯看起來比以前更瘦削，也更機敏，但那輪廓如鷹的臉龐蒙上一層死白的色調，這顯示他最近的生活不怎麼健康。

「我很高興能把腿伸直，華生，」他說。「要一個高個子一連好幾個小時把身高縮短一呎，這可不是鬧著玩的。至於要解釋那一切，我親愛的朋友，我們眼前還有一整晚艱難而危險的工作，而我希望能得到你的幫助，也許等完成所有的工作，我再向你解釋整個情況會比較好。」

「我實在太好奇了，更願意現在就聽你說。」

「那你今晚會跟我一起去嗎？」

「任何時候，去任何你想去的地方。」

「這當真和以前一模一樣了，我們在動身之前甚至還有時間好好吃一頓晚飯。那麼，說起那個深谷，我沒有遇上太大困難就爬出來了，原因很簡單，我根本就沒有摔下去。」

「你沒有摔下去？」

「不，華生，我沒摔下去，但我留給你的便條絕對是真的，在留意到莫里亞蒂教授滿懷惡意的身影正擋在通向安全的窄徑時，我毫不懷疑自己的人生就到此為止了。我在他那雙灰眼中看出了殘酷的意圖，因此，我與他交談了幾句，在得到他禮貌的允許後，寫下那張你後來收到的便條，我把它連同菸盒和手杖一起留下，然後沿著小徑走過去，莫里亞蒂依然緊緊跟在後頭。當我走到盡頭便無路可退了，他沒有掏出武器，而是直直衝向我，用他長長的手臂抱住我，他知道自己已經玩完了，現在就只是急著找我報仇而已。我們在瀑布邊緣扭打成一團，但我略懂巴頓術[1]和日式摔角，我

1 巴頓術（Bartitsu），以日本柔術為基礎，融入各種歐洲武術的一種防身武術，十九世紀很受英倫紳士歡迎。

已經不是第一次用上它們了。我從他的箝制中掙脫出來，他發出恐怖的尖叫，瘋狂踢蹬了好幾秒，雙手對著空氣亂抓。儘管竭盡全力，他最後還是無法保持平衡而摔下去。我從瀑布邊緣探頭往下看，只見他往下墜落了很長一段距離，撞上岩石後彈開，最後掉進水裡。」

我驚訝地聽著福爾摩斯夾雜在抽菸間隙的這段敘述。

「但是那些腳印！」我叫道，「我親眼看到有兩行沿著小徑走過去的腳印，但沒有往回走的。」

「事情是這樣的。就在教授消失在瀑布底的那一瞬，我立即意識到命運給了我這個機會，我是何等幸運。我知道莫里亞蒂並非唯一一個誓言要取我性命的人，至少還有另外三個人，他們對我報仇的渴望將因為他們首領的死而更強烈，他們都是極危險的人物，我早晚會被其中一人找到。但轉念一想，如果全世界的人都對我的死深信不疑，這些人將任意而為，並很快便會暴露行蹤，這樣我遲早能消滅他們，到時候我就能宣布自己尚在人世了。大腦思索的速度如此之快，我想莫里亞蒂教授都還沒沉到萊辛巴赫瀑布底部，我已經把一切都設想周全了。「我站起身，檢查背後的岩壁。幾個月後，我饒有興趣地讀到你對此事的生動描述，你斷言那片岩壁是完全垂直的，但事實上並非如此。那上頭有一些很小的立足點，而且看起來還有一個岩架。峭壁太高了，顯然是不可能爬上去的，要沿著潮濕的窄徑走回去而不留任何足跡也同樣不可能，倒著走出去確實是個可行的方式，我過去在類似的狀況下這麼做過，但三組都朝著同一方向的足跡一看就是騙人的把戲。因此總的來說，我最好還是冒險爬上去，這可不是一件令人愉快的事，華生，瀑布在我腳底下咆哮，我不是個幻想成性的人，但我向你保證，我彷彿聽到莫里亞蒂在向我尖叫，那聲音從深淵底下傳來。任何錯誤都會要了我的命，不只一次，當我抓握的草叢滑出掌心，或者踩在潮濕岩石缺口的腳打滑時，我都以為完了。但我奮力向上爬，終於爬上一個幾呎深、長著柔軟青苔的岩架，我可以舒舒服服躺在那裡而不被人發現。當你，親愛的華生，和所有跟著你前來的人以極高的憐憫和極低的效率調查我的死亡現場時，我就直挺挺地躺在那上頭。

「最後，你們得出不可避免但完全錯誤的結論後就回旅館去了，把我一個人留在那裡。就在我以為整場冒險已經結束時，一件意想不到的事表明了還有某些驚喜在等著我。一塊巨大的岩石從上面落下來，轟隆作響著掠過我身邊，擊中下方的窄徑，彈起來落入了深谷。一瞬間我以為這是個意外，但下一刻，當我抬頭向上看，看到一個男人的頭露出來，他背後則是漸暗的天空，另一塊岩石隨即擊中我躺著的岩架，離我的腦袋還不到一呎。當然，這意味著什麼再明顯不過了。莫里亞蒂並非隻身前來，當他攻擊我時，還有個同夥在替他把風，只消一眼，我便看出那名同夥是多危險的人物。他在我看不見的遠處目睹了他同伴的死和我的脫逃，他一直等著，然後繞到峭壁頂上，試圖完成他同伴的未竟之事。

「我沒花太多時間思考這一切，華生，我再次看到那張冷酷的臉從峭壁頂端探出來，知道另一塊岩石很快就會砸下來。我向下攀爬回到窄徑上，我不認為當下能冷靜做到這一點，那比爬上去要困難百倍，但我沒時間去考慮危險與否了，因為當我雙手攀著岩架邊緣、身子掛在半空中時，另一塊岩石轟隆一聲從我身邊落下。我在往下的半路上腳底打滑，虧得上帝保佑，雖然身上割傷且流著血，我仍安然落在窄徑上。我拔腿就跑，在黑夜裡走了十哩的山路，並在一個星期後抵達佛羅倫斯，確保了世上沒有人知道我的下落。

「只有一個人能信任，那就是我哥麥考夫。我要再次向你致歉，親愛的華生，但當下最重要的是，我必須讓所有人都認為我死了，而且十分肯定的是，若不讓你對我的死深信不疑，你也無法如此令人信服地寫出我不幸的結局。在過去的三年，我數度想要提筆寫信給你，但總擔心你對我的深刻情誼會讓你魯莽行事，進而洩漏我的祕密。也是同樣的理由，當你今天傍晚撞掉我的書時，我轉身離你而去，是因為當時我正身處危險之中，但凡是你表現出任何一點驚訝和激動，都可能讓人們注意到我的身分，進而導致糟糕至極且無可挽回的後果。至於麥考夫，我必須向他吐露祕密才能取得我需要的金錢。在倫敦，事態進展不如我預期的順利，因為對莫里亞蒂那夥人的審判獨漏其中最危險的兩名成員，對我最懷恨在心的敵人依然逍遙法外。為此我到西藏旅行了兩年，愉快地造訪拉薩，與大喇嘛相處了好幾天。你可能讀過一位名叫西格森的挪威人非凡的探險經歷，但我相信你絕對沒想到那是來自你老朋友的消息。之後我途經波斯，遊覽了麥加，並對喀土穆的哈里發做了一次簡短但有趣的拜訪，我已將訪問結果呈報給外交部了。回到法國後，我花了幾個月的時間，在法國南部蒙彼利埃一間實驗室研究煤焦油衍生物。等我滿意地結束了研究，得知我的敵人只剩一個還留在倫敦，那時我便已準備好了要回來，而公園路這樁非常引人注目的謎案又令我加快腳步，不僅是它本身的一些特點很吸引我，更因為它似乎給了我難得的機會。我立刻趕回倫敦，造訪了貝克街我自己的住所，把哈德遜太太嚇得歇斯底里，同時發現麥考夫把我的房間和檔案都原封不動保存著。於是，親愛的華生，就在今天下午兩點鐘，我已坐在老房間裡的老扶手椅上，只希望看到我的老友華生也能像過往那樣坐在另一張椅子上。」

這就是我在那個四月的夜晚聽到非比尋常的故事，若不是親眼目睹了我本以為再也見不到的高瘦身形和敏銳熱切的臉，這個故事對我來說簡直太荒誕了。他通過某種方法得知了我的喪妻之痛，並以舉止態度而非言語表達了慰問。「工作是對悲傷最好的解藥，親愛的華生，」他說，「今晚，我替我們找了一件工作，如果能成功解決它，那我們在世上的存在也就有了意義。」我懇求他多透露些，但都是徒勞。「天亮之前，有的是讓你聽和讓你看的，」他回答，「我們有整整三年的事可聊，這夠我們聊到九點半了，然後就該展開這場重要的空屋探案了。」

確實就像我們的往日時光，九點半一到，我們並肩坐進雙輪馬車，我將左輪手槍放進口袋，滿心都是將要冒險的興奮，福爾摩斯則是凜然、嚴厲而沉默，當街燈的微光照著他嚴峻的面目，我看到他皺著眉頭沉思，薄唇緊抿。我不知道我們要在倫敦這座罪惡的黑暗叢林中追捕何種野獸，但看這位狩獵好手的神情，我確信這趟任務將會十分險峻，而他那種苦行者似的陰沉偶爾會被譏諷的微笑打破，又預示我們追捕的對象恐怕要大難臨頭了。

我還在想著我們這是要到貝克街去，但福爾摩斯讓出租馬車停在卡文迪許廣場的一角。只見他在踏出馬車時，用洞悉一切的目光左顧右盼一番，之後每走過一個街角，他都要費心確保自己沒被跟蹤。我們走的無疑是一條特殊路徑，福爾摩斯深知倫敦的各條偏僻小路，而眼下他邁開堅定的步伐，快速走過那些我從不知其存在的道路網絡，它們交錯在一些馬廄與馬廄改建成的住房之間。最後我們來到一條小路，路邊成排的盡是些灰暗老舊的房子，我們由這條路到了曼徹斯特街，再到布蘭福德街。他在這裡迅速拐進一條狹窄的走道，穿過一扇木門後，來到一處荒廢的院子裡，然後他用鑰匙打開房子的後門，我們一進門，他立刻就把門關上。

這地方漆黑一片，但我很確定它是一間空屋，沒有鋪地毯的地板在我們踩過時嘎吱作響，我伸手碰到壁紙一條一條垂掛下來的牆面。福爾摩斯冰涼細瘦的手指握住我的手腕，拉著我走過一條很長的走廊，直到我隱約看到門上髒污的扇形氣窗。福爾摩斯突然右轉，我們來到一個大而空蕩蕩的方形房間，房間角落陰影沉沉，但房間中央被遠處街上的燈光微微照亮。由於街燈離得很遠，窗上又積了厚厚一層灰塵，我們只能隱約分辨彼此的身形輪廓。我的同伴把手擱在我肩上，嘴唇湊到我耳邊。

「你知道我們在哪裡嗎？」他低聲問。

「那裡肯定是貝克街，」我答道，透過昏暗的窗戶盯著外頭。

「不錯，我們這是在肯頓宅邸，就在我們舊住處的正對面。」

「但我們為什麼要到這裡來？」

「因為這裡是觀察對面那棟樓的絕佳視角。親愛的華生，可否麻煩你靠近窗戶一點，但千萬小心別讓自己被看到，然後抬頭看看那做為我們許多小冒險起點的老房間。看看三年不見，我是不是徹底喪失了給你帶來驚喜的能力。」

我躡手躡腳湊上前，看向那扇熟悉的窗戶，當我的目光落到窗上時，不由得驚訝地倒吸一口氣，驚呼出聲。窗簾是拉下來的，房裡燈火通明，坐在椅子上的人明晰的黑色輪廓投射在透光的窗簾上，我不會錯認那頭部的姿態、方正的肩膀、分明的臉部輪廓，那張臉是側著的，看起來就像是祖輩們喜歡拿來錶框的黑色剪影畫，完美複製了福爾摩斯的模樣。我是如此驚訝，甚至不由自主伸手去確認他本人是否還站在我身邊，他則不出聲地笑到渾身發抖。

「不錯吧？」他說。

「我的天！」我叫道，「這太了不起了。」

「我相信我那無窮變化的手段不會隨著歲月枯竭，也不會因為使用成習慣而失去新意，」他說，我從他的聲音中聽出了藝術家對自己作品的喜悅和自豪。「那確實挺像我的，不是嗎？」

「我願意發誓那就是你。」

「實際製作的功勞要歸於格勒諾布爾的奧斯卡·莫尼耶先生，做模子就花了他好幾天。那是個半身蠟像，其他東西則是我今天下午到貝克街布置的。」

「但你這麼做是為了……？」

「是因為，親愛的華生，我有極為強烈的理由希望某些人認為我在那裡，而我實際上卻在其他地方。」

「你認為房間被監視了？」

「我**知道**房間被監視了。」

「被誰？」

「我的宿敵們，華生，沉沒在萊辛巴赫瀑布底下的傢伙是這群可愛人們的頭子，別忘了他們知道我還活著，也只有他們知道這件事。他們相信我早晚會回到住處去，他們一直在監視那裡，今天早上我回去時就被他們看到了。」

「你怎麼知道？」

「因為當我朝窗外看時，一眼就認出他們放哨的人。此人不足以構成威脅，他名叫帕克爾，以殺人搶劫為生，口簧琴奏得挺好的。我一點也沒把他放在眼裡，但我非常關注他背後那個難對付的人，那位莫里亞蒂的摯友，也是從懸崖上朝我扔石頭的人，是倫敦最狡猾、最危險的罪犯，他就是今晚在追捕我的人，華生，但他渾然不知我們也正在追捕**他**。」

我朋友的計畫至此逐漸浮現。在這理想的隱蔽處，監視者被監視著，追捕者被追捕著，遠遠那個稜角分明的影子是誘餌，我們則是獵人。我們一同默默守在黑暗中，看著人們匆忙的身影在眼前來來去去。福爾摩斯一言不發，動也不動，但我看得出他極度警戒，他專注盯著來往的人流。那是一個天氣陰冷而喧囂的夜晚，尖銳的風聲在長街上呼嘯而過，許多人來來往往，他們大多裹在大衣和圍巾裡。有一兩次我彷彿看到了之前見過的身影，還特別注意到有兩個男人似乎站在一段距離外的一棟房子門口避風。我試著提醒同伴留心他們，但他不耐地低吼了聲並繼續盯著街道。他不只一次不安地挪動雙腳，手指快疾敲打牆面。在我看來，他顯然在緊張了，因為他的計畫並未完全按著預想進行。最後到了臨近午夜時，街上人群漸稀，他無法控制焦慮地在房間裡踱來踱去，我正打算對他說些什麼，同時抬眼望向亮著燈的窗口，又一次和剛才那樣大吃一驚。我抓緊了福爾摩斯的手臂，指著上面。

「影子會動！」我叫道。

它的確不再是側面了，轉而由背面正對著我們。

三年的時間顯然沒有緩和他暴躁的脾氣，也沒有讓他對智力不如他的人有耐心些。

「它當然會動，」他說，「難道我是個可笑的笨蛋，華生，豎著一個照眼即知的假人，並指望歐洲最機警的那些人會上當？我們待在這個房間的兩個小時裡，哈德遜太太已經移動了這個假人八次，差不多每一刻鐘就動一次。她在正前方這麼做，如此她的影子怎麼樣都不會被看到。啊！」他激動而刺耳地倒吸一口氣。在昏暗的燈光下，我看到他向前探出頭，因為專注而整個人都僵住了。此時，外頭的街上已不見人影，那兩個避風的男人也許還蹲在門口，但我已經看不到他們了。黑暗中一切靜止，除了我們前面那一方亮黃色的窗簾與它正中央的黑色剪影，在全然的寂靜中，我又聽到他發出強抑興奮的微弱嘶嘶聲。不一會兒，他一把將我拉到房間最暗的角落，用手摀住我的嘴示警，他緊捉著我的手指在顫抖，我從未見過這位老友如此激動，然而漆黑的街道仍空無一人、靜滯地橫在我們眼前。

但突然間，我察覺到他敏銳的感官早已分辨出來的東西。一個低沉、鬼祟的聲音傳入我耳中，不是從貝克街的方向傳來的，而是來自我們藏身的這棟房子後方。一扇門打開又關上，隨後響起躡足走過廊道的腳步聲，那腳步本應不會造成什麼動靜，卻因為在空屋裡而引起刺耳的回聲。福爾摩斯靠牆蹲下，我也照做了，同時握住左輪手槍的槍柄。我在昏暗中定睛細看，只看到一個人的模糊輪廓，比敞開的門後頭的黑暗還更黑。他稍稍站定，接著躡手躡腳向前，蹲低身子、威脅意味十足地進到房間裡來，那惡意的身影離我們不過三碼，我本已準備好迎接他撲過來的攻擊，這才意識到他根本不曉得我們也在這裡。他緊貼著我們走過去，悄悄挨到窗邊，輕巧無聲地把窗戶往上抬了半呎。當他壓低身子和打開的窗口等高時，街上的燈光不再被蒙塵的玻璃遮蓋，清清楚楚地照在他臉上。此人似乎欣喜若狂，眼睛亮得像兩顆星星，臉上不住地抽動著。他是個上了年紀的人，有個瘦而直挺的鼻子，高高的額頭已經禿了，留著一大把花白的鬍髭。他將可折疊的大禮帽推到腦後，敞開的外衣露出晚禮服的襯衫前襟。他的臉瘦削黝黑，滿是深而猙獰的皺紋。他拿著一根看起來像是手杖的東西，但當他把它放到地板上時，發出的卻是金屬一類的碰撞聲，接著他從大衣口袋裡拿出一個相當大的東西，開始埋頭幹活，並在一聲響亮尖銳、聽起來像是彈簧或螺栓被卡扣上的咔噠聲後結束工作。他仍跪在地板上，身子向前傾，將全身的重量和力量都壓在某種槓桿上，在一連串旋動和磨擦的聲響後，又是一聲猛力的咔噠聲。接著他直起身子，我也才看清他手上拿著的東西是某種槍械，槍托的形狀非常怪異。他拉開槍的後膛，放了什麼進去，然後啪地推上尾栓，接著他彎身下去，把槍管一端架在窗戶開啟的窗台上，我看到他長長的鬍髭垂到槍托上，眼睛在順著瞄準器望去時閃閃發亮，當他把槍托緊緊抵在肩窩時，我聽到他滿意的嘆息聲，也看到他奇異的目標，那黃色窗簾上的黑色人影，沒有任何遮蔽的就在他瞄準的前方。有那麼一瞬，他僵硬地一動也不動，緊接著他的手指扣動扳機。響起一聲奇怪而響亮的颼颼聲，以及一串清脆的玻璃碎裂聲。就在那個當下，福爾摩斯如猛虎般撲向這位神槍手的後背，將他臉朝下摔在地上，他立刻跳起來，猛力去掐福爾摩斯的喉嚨，但我用左輪手槍的槍托重擊他的腦袋，將他再次打倒在地。當我撲到他身上、正壓制著他時，我的同伴吹了一聲尖銳的哨聲，人行道上頓時傳來奔跑的響亮腳步聲，兩名身著制服的警察和一名便衣警探從前門衝進房間來。

「是你嗎，雷斯垂德？」福爾摩斯說。

「是的，福爾摩斯先生，我親自接手了這樁差事。很高興看到你回到倫敦來，先生。」

「我認為你需要一些非官方的協助，光是一年就有三件懸案是不行的，雷斯垂德。但你對莫爾西謎案的調查不太像平時的表現，也就是說，那件案子你處理得很不錯。」

我們全都站直了，我們的犯人氣喘吁吁，被兩名健壯的警察所挾。街上已經有些閒晃的人聞聲聚攏過來了，福爾摩斯走到窗前，關上窗並放下窗簾。雷斯垂德點起兩根蠟燭，警察們也打開提燈的遮光板。我終於能好好看清楚我們的犯人了。

轉向我們的那張臉深具男子氣概但陰毒。上有哲人的額，下是耽於酒色者的顎，如此面貌的人必定具有行善或作惡的卓越天賦。但只要看到他殘酷的藍眼睛，與下垂、憤世嫉俗的眼瞼，又或是那凶猛好鬥的鼻子和凶惡的濃眉，任誰都看得出那是與生俱來且極其明確的危險信號。他完全不理會在場的其他人，只是盯著福爾摩斯，眼神中混雜著同等的憎恨與驚訝。「你這惡魔！」他不住地嘀咕，「你這狡猾的惡魔！」

「啊，上校！」福爾摩斯一邊說，一邊整理著弄亂的衣領。「就像老戲所說的

『戀人總在旅程的終點相遇』，自從我躺在萊辛巴赫瀑布的岩架上，承蒙你賜我種種關照之後，就再也沒有榮幸見到你了。」

上校仍出神地瞪著我朋友。「你這狡猾的惡魔！」他翻來覆去就這一句話。

「我還沒向大夥兒介紹你呢，」福爾摩斯說，「先生們，這位是賽巴斯汀·莫蘭上校，曾是印度皇家陸軍的一員，也是我們的東帝國有史以來最出色的大型獵物射手，你獵虎的成績至今仍無可匹敵，上校，我這麼說沒錯吧？」

這凶惡的老頭一言不發，仍瞪著我的同伴，他的眼神猙獰，鬍鬚倒豎，看著反倒還真像一隻老虎。

「我很好奇如此簡單的把戲竟能引你這位老練獵手上當，」福爾摩斯說，「這你應該很熟悉吧，你不也把一隻小山羊拴在樹下，自己帶著步槍守在樹上，等待誘餌把老虎引來嗎？這間空屋就是我的樹，而你是我的老虎。你可能會攜帶備用的槍，以防出現的老虎不只一隻，或者萬一你自己沒瞄準。而這些人，」他指指周圍，「他們就是我的備用槍，這樣的比擬是很精準的。」

莫蘭上校怒吼著向前衝去，但被警察拖回去，他狂怒的表情實在嚇人。

「我得承認你給了我一點小驚喜，」福爾摩斯說。「我沒料到你會利用這間空屋和這扇方便的前窗。我以為你會在街上展開行動，我朋友雷斯垂德和他的跟班已在那裡恭候大駕。除了這一點例外，其他發展都在我的意料之中。」

莫蘭上校轉向那位官廳警探。

「你也許有理由逮捕我，也許沒有，」他說，「但至少我沒有理由忍受這個人的奚落，若我將受到法律制裁，那就讓一切按著法律去辦。」

「嗯，這麼說倒很合理，」雷斯垂德說，「在我們走之前，你還有什麼話要說？福爾摩斯先生。」

福爾摩斯從地板上撿起那把威力十足的氣槍，檢查它的機械結構。

「一件令人欽佩又獨特的武器，」他說，「使用起來安靜無聲，且威力巨大。我知道馮·赫爾德這個人，一位盲眼的德國技師，已故的莫里亞蒂教授向他訂製了這把武器，多年來我一直知道它的存在，但在此之前從沒機會摸到它。我要特別把它和它的子彈交給你處理，雷斯垂德。」

「有關這件事，你大可以信任我們，福爾摩斯先生，」雷斯垂德說，此時所有人都向門口走去。「除此之外還有其他要說的嗎？」

「只想問問你打算指控他什麼罪名？」

「你說什麼罪名，先生？這還用說，當然企圖謀殺夏洛克·福爾摩斯先生。」

「這不成，雷斯垂德，我根本不打算在這件事中露面，這場出色的逮捕行動應當歸功於你，而且只歸功於你。是的，雷斯垂德，我向你祝賀！憑藉著你一貫的智勇雙全，你逮到他了。」

「逮到他！逮到誰了，福爾摩斯先生？」

「警方一直在全力追捕但徒勞的那個人——賽巴斯汀·莫蘭上校，他在上個月三十號用裝填著擴張型子彈的氣槍，朝公園路四二七號二樓敞開的前窗開槍，射殺了羅納德·阿岱爾閣下，這就是他將被指控的罪名，雷斯垂德。現在，華生，如果你能忍受從破窗吹進來的冷風，到我的書房裡坐個半小時、抽一支菸，我想或許能給你一些有益的消遣。」

在麥考夫的監管和哈德遜太太的就近打理下，我們的舊房間一點都沒變。我踏進房間時，的確看出它整潔得有些不尋常，但過去的痕跡都在。在做化學實驗的角落，是那張酸液污漬滿布的松木桌。書架上是一大排剪貼簿和參考書籍，我們的許多同胞都巴不得它們被燒光。當我環顧四周時，圖表、小提琴盒、菸斗架，甚至是裝著菸草的波斯拖鞋都一一入眼。此刻房間裡有兩個人，一位是哈德遜太太，她露出微笑迎接我們的到來，另一位則是個奇怪的假人，它在這一晚的冒險中扮演的角色是如此重要。那是我朋友的上色蠟像，做工那麼精緻，簡直就是完美的複製品。它立在一張獨腿小桌上，身披著一件福爾摩斯的舊晨袍，從外頭街上看到的假象絕對是完美的。

「我希望你採取了一切預防措施，哈德遜太太？」

「我是匍匐著過去的，先生，完全按著你說的去做。」

「好極了，這件事你辦得非常好。你看到子彈打中哪裡了嗎？」

「是的，先生，恐怕它把你那美麗的半身像打壞了。它直接穿過頭部，打在牆上擠扁了，我把它從地毯上撿起來，你瞧！」

福爾摩斯把它遞給我。「如你所見，這是一顆左輪手槍的空尖彈，華生，這麼做實在創意十足，誰會想到這玩意兒是氣槍射出來的？好了，哈德遜太太，我非常感激你的幫助。現在，華生，我想再次看到你坐在你的老位子上，我還有幾點想和你談談。」

他脫掉了襤褸的外衣，從他的蠟像上取下鼠灰色晨袍披上，恢復了昔日的那個福爾摩斯。

「那名老練獵人的神經沒有失去穩定，他的視力也沒老花。」他笑著說，同時檢查著自己的半身像碎裂的前額。

「子彈從後腦勺的正中間射入，打穿了大腦。他曾經是印度最好的射擊手，而我估計倫敦也沒有人比他更厲害。你聽過他的名字嗎？」

「不，我沒聽過。」

「唉呀，就這點名氣！不過，如果我沒記錯的話，你也沒聽過詹姆斯．莫里亞蒂教授的名字，而他可是本世紀最聰明的人之一。麻煩把書架上的傳記索引遞給我。」

他懶洋洋地翻著書頁，向後靠上椅背，吐出大團大團的煙圈。

「我在M字首下的收集相當不錯，」他說，「光是莫里亞蒂本人就足以為任何字母增光，此外還有下毒者摩根、惡行令人印象深刻的梅里杜，還有馬修斯，他在查林十字車站的候車室打斷我左邊的犬齒，最後，這是我們今晚這位朋友的事蹟。」

他把書遞過來，我讀到的是：

莫蘭上校，賽巴斯汀．莫蘭，無業。過去服役於班加羅爾工兵一團。一八四〇年生於倫敦，前英國駐波斯公使奧古斯塔斯．莫蘭爵士之子，曾就讀伊頓公學和牛津大學。參與過喬瓦基戰役、阿富汗戰役，服役期間曾至查拉西亞布（派遣）、謝普爾和喀布爾。著有《西喜馬拉雅山的大型獵物》（一八八一年），《叢林中的三個月》（一八八四年）。地址：管道街。俱樂部：英印俱樂部、坦克維爾俱樂部、巴格特爾紙牌俱樂部。

空白處有一行福爾摩斯清晰的筆跡：「倫敦第二危險的人」。

「這太驚人了，」我說著把書遞還給他。「此人在他的職業生涯裡，還是個值得尊敬的軍人。」

「確實如此，」福爾摩斯回答，「在某種程度上，他做得很不錯。他始終是個有著鋼鐵意志的人，印度至今仍流傳著他是怎麼順著溝渠爬行以追趕受傷的食人虎的故事。華生，有些樹長到一定高度後，會突然生成某種難看而怪異的樣子，你會經常在人類身上看到這種狀況。我有一個理論，認為一個人的發展是再現了他祖先發展的整個過程，如此突然變成善人或惡人的狀況，代表有某種強烈的影響進入他的家族血脈中，這個人的變化可說是他的家族史縮影。」

「這種說法實在很怪誕。」

「好吧，我不堅持這一點。不管出於什麼原因，莫蘭上校開始變得不對勁，雖然沒有任何公開醜聞，但他在印度是待不下去了。他退役回到倫敦，再次把自己搞得聲名狼藉，莫里亞蒂教授就是在那個時間點找上他，他一度是莫里亞蒂的幕僚長，莫里亞蒂慷慨地提供金錢給他，並只在一兩件普通惡徒無法勝任的極高階犯案中動用到他。你可能還記得一八八七年勞德的斯圖爾特夫人遇害的事，不記得？嗯，我確信莫蘭是這件事的根源，但完全沒有證據。上校隱藏得如此巧妙，即便莫里亞蒂那夥人已經瓦解，我們也找不到任何罪名指控他。你還記得那天我去你的住處找你，為了防止被氣槍射擊，我不是還把護窗板拉上？你八成覺得是我異想天開，但我完全明白自己在做什麼，因為我知道有這麼一把非比尋常的槍，也知道拿著槍的人是世界上最好的射擊手之一。我們在瑞士時，是他和莫里亞蒂一起跟蹤我們，毫無疑問地，也是他給了我在萊辛巴赫岩架上那很不舒服的五分鐘。

「你應該可以想見，我待在法國那段期間一直很關心報上的消息，好尋找任何機會把他送進監獄，只要他還在倫敦逍遙自在，我隨時都有可能沒命，他對我來說如同日日夜夜籠罩的陰影，而他早晚會找到機會出手。那我又能怎麼做？我不能一見到他就開槍，否則只會讓我自己被送上被告席。向地方執法官求助同樣沒用，他們不能因為只是胡思亂想的懷疑而介入，所以我什麼都做不了。但我留心犯罪新聞，知道我遲早會逮到他。接著發生了羅納德·阿岱爾的謀殺案，我的機會終於來了！以我掌握的所有線索，難道還不能斷定是莫蘭上校幹的？他們曾一同打過牌，上校從俱樂部一路跟蹤那小伙子回家，最後從敞開的窗口射殺了他，毫無疑問，單單是使用那種子彈就足以讓他受絞刑。我立刻趕回來，但被他派來放哨的人看到了，我知道他會立刻通報上校，上校不可能不把我的突然回歸與他犯下的罪行聯想在一塊，並為此大感憂慮。我確信他會**立刻**想辦法除掉我，並會為此動用他那把凶器。我在窗口留了一個極佳的靶子給他，並通報警方可能會需要他們的幫助，順帶一提，華生，你倒是準確無誤地看出了他們，就是在門口避風的那兩人。我選擇了在我看來最明智的觀察位置，但做夢也沒想到他會選擇同一個位置襲擊我。現在，親愛的華生，還有什麼要我解釋的嗎？」

「還有一件，」我說，「你還沒解釋莫蘭上校出於什麼動機要謀殺羅納德·阿岱爾閣下。」

「啊！親愛的華生，我們現在來到屬於臆斷的部分了，即使是最有邏輯的頭腦，在這個環節也可能出錯。每個人都可以依據手上的證據做出各自的假設，而你的假設和我的假設都有可能是對的。」

「這麼說，你已經做出假設了？」

「我認為這個事實不難解釋。有證據表明莫蘭上校和年輕的阿岱爾搭檔贏了一大筆錢，莫蘭無疑是出千贏的錢，我很早就知道他會這麼做了，而我相信在謀殺案發生當天，阿岱爾也發現了這一點，像他這樣的年輕人不太可能為了揭發一個有名氣又比自己年長得多的人，而立即引起一樁駭人聽聞的醜聞。因此，我猜阿岱爾採取的作法是私底下找莫蘭談，並威脅要揭發他，除非他自願退出俱樂部並承諾再也不打牌。被俱樂部開除對莫蘭來說等同徹底毀了他，他是靠打牌出千的不義之財過活的。為此他謀殺了阿岱爾，而當下阿岱爾正埋頭計算自己應該還給對方多少錢，他不能因為搭檔的不法手段獲利，他鎖上房門是為了不讓女眷們闖進來撞見自己在幹什麼，並堅持要知道紙上的名字和硬幣是什麼意思。這個解釋你覺得說得通嗎？」

「我毫不懷疑你說的就是真相。」

「這一點將在審訊中得到證實或被駁斥。同時，無論發生了什麼，莫蘭上校再也打擾不到我們了，馮·赫爾德大名鼎鼎的氣槍將成為蘇格蘭場博物館的裝飾品，而福爾摩斯先生將再次自由行走，並獻身於調查倫敦複雜生活中紛呈的有趣小問題。」

CASE 2

人間蒸發的諾伍德建築師

The Adventure of the Norwood Builder

「從刑事專家的角度來看，」夏洛克．福爾摩斯先生說，「打從莫里亞蒂教授去世後，倫敦便成了極其無趣的城市。」

「我想你找不到幾個正派的市民會擁護你的觀點。」我回答。

「好吧，好吧，我不能太自私，」他笑著說，一面把椅子從早餐桌邊移開。「整個社會肯定因此受益，誰都沒有損失，除了我這個可憐的失業專家，一天到晚無所事事。那傢伙還在活動的時候，任何事都有可能出現在晨報上，通常都是些極其微小的痕跡，可是華生，就算是最模糊的暗示，也足以告訴我那個邪惡的謀畫者人在何處，就像蛛網邊緣最輕微的震顫也足以提醒潛伏網中央的邪惡蜘蛛。小偷小摸、恣意攻擊、毫無原因的施暴，在掌握線索的人眼中，這些都可以連結成一個整體。對於以科學方法研究上層社會犯罪的人來說，歐洲沒有任何首都能比過去的倫敦提供更多的優勢，但現在……」他聳了聳肩，幽默地對自己竭盡心力才造就的現狀表示不滿。

我正敘述的這個時間點，福爾摩斯已經回來幾個月了，我應他要求賣掉我的診所，搬回貝克街的的舊居與他同住。一位名叫弗納的年輕醫生買下我在肯辛頓的小診所，令我訝異的是，他毫不猶豫地付了我冒昧開出的最高價格——幾年後我才知道這是怎麼回事，原來弗納是福爾摩斯的遠親，真正籌集這筆錢的也是我朋友。

我們一同度過的這幾個月並非他口中的平淡無奇，因為我在翻閱筆記時發現，這段時間發生了穆里洛前總統的文件案，以及令人震驚的荷蘭輪船弗里斯蘭號事件，後者讓我們差點雙雙喪命。然而，他淡漠而驕傲的天性總是牴觸任何形式的公眾讚揚，他以最嚴格的規定約束我，不准我對他本人、他的方法或他的成果提及隻字——有關這道禁令，我先前也解釋過了，直到現在才被撤銷。

在發表完那一通古怪的異議後，福爾摩斯向後靠上椅背，優閒地攤開晨報，這時一陣猛烈的門鈴聲吸引了我們的注意，緊接著一陣低沉的咚咚聲，聽起來像是有人在外頭用拳頭捶打大門。門一打開，喧鬧聲湧進了走廊，樓梯上響起急促的腳步聲，隨即一位眼神狂亂的年輕人衝進房裡，他臉色蒼白、衣衫不整且渾身顫抖，他的目光從我們其中一人轉向另一人，在我們詢問的注視下，他意識到該為自己魯莽的闖入道歉。

「我很抱歉，福爾摩斯先生，」他叫道，「請不要見怪，我快瘋了。福爾摩斯先生，我就是那個不幸的約翰．赫克特．麥克法蘭。」

他如此聲明，就好像光這個名字便能解釋他來訪的目的和方式，但從我同伴毫無反應的臉孔看得出，這個名字對他或對我都沒有任何意義。

「抽支菸吧，麥克法蘭先生。」他說著把菸盒朝對方推去。「我想以你的症狀，我這位朋友華生醫生肯定想開鎮定劑給你。最近這幾天好熱啊。現在，要是你稍稍定下心了，我將樂見你坐下來，慢慢地、冷靜地告訴我們，你是誰、你為何來此。你提到自己的名字，就好像我應該要認識你，但我向你保證，除了你是單身漢、律師、共濟會會員和哮喘患者這些顯而易見的事實外，我對你一無所知。」

我熟悉我朋友的方法，理解他的推論對我來說不難，這些都能藉由觀察對方不整潔的穿著、攜帶的一疊法律文件、表鍊的飾物和呼吸看出來。然而，我們的客戶驚訝地瞪大了眼。

「是的，你說的這些都對，福爾摩斯先生，除了這些，眼下我還是倫敦最不幸的人。看在老天的份上，請不要棄我於不顧，福爾摩斯先生！如果他們在我把話說完前就衝進來逮捕我，請讓他們給我時間把完整的真相向你說清楚。如果知道有你為我在外奔走，我就是坐牢也甘願了。」

「逮捕你！」福爾摩斯說，「這實在太令人高……太有意思了，你想你會被以什麼罪名逮捕？」

「以謀殺下諾伍德的喬納斯．奧德克先生的罪名。」

我同伴表情豐富的臉上露出同情之色，但我覺得那其中並非沒有滿意的成分。

「真沒想到，」他說，「就在剛剛吃早餐時，我才對我的醫生朋友華生說，聳人聽聞的案件都從報紙上消失了。」

我們的訪客伸出顫抖的手，拿起那份仍攤開在福爾摩斯膝上的《每日電訊報》。

「如果你讀了這上面的東西，先生，你一眼就能看出我今天早上為何要來找你，我總覺得我的名字和不幸已經掛在了所有人嘴上。」他翻開報紙，找到其中一頁。「就是這個，若你允許，我讀給你聽。聽聽這個，福爾摩斯先生，標題是：『下諾伍德的神祕事件，知名建築師失蹤，疑為謀殺和縱火案，關於罪犯的線索。』福爾摩斯先生，提到線索就代表他們已經開始調查了，我知道它絕對會通到我這裡來。我從倫敦橋車站開始就被跟蹤了，我確定他們只是在等待逮捕令下來好逮捕我。這會傷透我母親的心——會讓她心碎的！」他擔憂著將要發生的一切，不由得痛苦地絞緊雙手，在椅子上前前後後搖晃著。

我饒有興趣看著這個被控謀殺的人。他有一頭淡黃色頭髮，面貌英俊但顯得疲憊，一雙藍眼睛充滿驚恐，臉上鬍鬚刮得乾乾淨淨的，從嘴型看來是個敏感的人，年紀大約二十七歲，衣著和舉止都深具紳士風度，輕便的夏裝外衣口袋露出一捆簽過字的文件，表明了他的職業。

「我們必須利用現有的時間，」福爾摩斯說，「華生，請你把報紙拿過來，替我唸唸有問題的那一段好嗎？」

在我們客戶引用的那段轟動的標題下，我讀出了以下帶著暗示性的敘述：

在昨天深夜或今天凌晨，下諾伍德發生一起事件，恐怕指向嚴重的犯罪行為。喬納斯．奧德克先生是該郊區有名望的居民，在當地從事建築業已有多年。奧德克先生單身，五十二歲，住在位於錫登漢姆、同名道路路底的深谷宅邸。他以生活習慣古怪、行事低調、離群索居聞名。近幾年來，他已差不多退出這個據說讓他積攢了可觀財富的行業。然而，他在住家後方的小木材場仍保留著，昨晚十二點左右，有人通報木材場的其中一堆木材起火，消防車迅速趕抵現場，但乾燥的木材燃燒得非常猛烈，必須等待木材徹底燒盡才能控制火勢。到目前為止，這起意外看起來只是尋常事故，但新的跡象指出這似乎是一樁嚴重罪行。人們對屋主沒有現身火災現場表示驚訝，警方在隨後展開的調查中，發現屋主並不在屋內，其臥房經檢查，顯示床鋪無使用過的痕跡，房內的保險箱大敞，一些重要文件散落在房間裡，最後，還發現了凶殺掙扎的跡象，警方在屋內找到些許血跡，一根橡木手杖的把手也沾了血。據悉，喬納斯．奧德克先生當天深夜在他的臥室接待一位訪客，而那根手杖已被確認是這名訪客的所有物，此人是倫敦的一名年輕律師，名叫約翰．赫克特．麥克法蘭，為中東區格雷舍姆大樓四二六號葛拉罕與麥克法蘭律師事務所的資淺合夥人。警方認為，他們已掌握了令人信服的證據，足以說明犯罪動機。總而言之，事態無疑將有驚人的發展。

稍晚——在記者發稿時，傳言指出約翰・赫克特・麥克法蘭先生已因涉嫌謀殺喬納斯・奧德克先生被捕，至少可以肯定逮捕令已發出。在諾伍德的調查有了進一步且不祥的進展。除了這位不幸的建築師屋內的打鬥痕跡外，現在又發現他的臥室（位於一樓）的落地窗是敞開的，並有笨重物體由此被拖到木材堆的痕跡。最後，已確認在火場的灰燼裡中發現燒焦的遺骸。警方據此推論，這是一起極為聳人聽聞的犯罪事件，受害者在自己臥室中被擊斃，其文件遭竊，屍體則被兇手拖到木材堆焚燒，以掩蓋一切犯案罪證。對案件的調查已交由經驗豐富的蘇格蘭場警探雷斯垂德負責，其正以一貫的精力和洞察追查線索。

福爾摩斯閉上眼睛，合攏雙手指尖聽著這不尋常的敘述。

「這案子確實有些讓人感興趣的地方，」他用那種慢悠悠的語調說，「首先我想請問一件事，麥克法蘭先生，既然看起來有足夠的證據逮捕你，那麼你為何還是自由之身？」

「我和父母住在布萊克希斯的托林頓寓所，福爾摩斯先生，但由於昨晚和喬納斯・奧德克先生處理事情到很晚，我留宿在諾伍德的一家旅館，並直接從那裡去上班。我對發生的事情一無所知，直到我在火車上讀報，看到了你剛才聽完的那篇報導，我立刻意識到目前的處境極度危險，因此趕過來把這案子交付給你。我要是進了城裡的辦公室或還在家裡，肯定已經被抓走了，有個人從倫敦橋車站一路跟蹤我，我毫不懷疑——我的天，那是什麼？」

門鈴聲響起，緊接著是上樓梯的沉重腳步聲。不一會兒，我們的老朋友雷斯垂德出現在門口，我越過他的肩膀看去，瞥見外面有一兩名制服警察。

「約翰・赫克特・麥克法蘭先生？」雷斯垂德說。

我們不幸的客戶面如死灰地站起來。

「我以蓄意謀殺下諾伍德的喬納斯・奧德克先生的罪名逮捕你。」

麥克法蘭以絕望的姿態轉向我們，接著如同所有崩潰的人一般，再次跌進椅子裡。

「請稍待，雷斯垂德，」福爾摩斯說，「多個半小時或少個半小時對你來說沒有差別，這位先生正要告訴我們這件非常有意思的案子，也許能幫我們搞清楚整件事。」

「我認為要搞清楚這件事沒有太大困難。」雷斯垂德冷冷道。

「就算是這樣，若你允許，我還是很有興趣聽聽他怎麼說。」

「好吧，福爾摩斯先生，我很難在任何事情上拒絕你，畢竟你曾協助過警方許多次，蘇格蘭場欠你一份人情，」雷斯垂德說，「但同時，我得留下來看著我的嫌犯，而且還必須警告他，他所說的任何內容都將成為對他不利的證據。」

「我要求的就這麼多了，」我們的客戶說，「只希望你們能聽我把話說完，並認知我說的一切絕對是事實。」

雷斯垂德看了看手表。「給你半個小時。」他說。

「我必須先說明一點，」麥克法蘭說，「我對喬納斯・奧德克先生一無所知，我很熟悉他的名字，那是因為多年前我父母和他認識，但他們後來漸行漸遠了。因此，昨天下午三點左右，當他走進我在城裡的辦公室時，我很驚訝，等到他說出為何而來之後，我更是嚇壞了。他拿著幾張從筆記本上撕下來的紙頁，上面滿是潦草的字跡——就是這些——他把它們放在我的桌上。

「『這是我的遺囑，』他說，『我希望你，麥克法蘭先生，把它修改成符合法律的格式，你只管忙你的，我就坐在這裡。』

「我動手抄寫它。你應該能想像當我發現他除了保留一小部分、把其餘財產都留給我時，我有多震驚了。他是個長得像雪貂的古怪小個子，有著白色的睫毛，當我抬起頭看他，發現他那雙敏銳的灰眼正盯著我，一副被逗樂的模樣。當我讀到遺囑裡的條文時，簡直不敢相信自己的眼睛，但他對此解釋說，他是個單身漢，沒有任何還在世的親戚，而他年輕時就認識了我父母，又常聽說我是個非常值得幫助的年輕人，而他要確定他的財富能交到一個值得的人手上。當然，對此我只能結結巴巴地說出我的感謝。遺囑按著正式格式寫好了，簽了字並由我的書記作證，就是這張藍紙，而其他紙頁則是我先前提過的草稿。喬納斯·奧德克先生接著又告訴我，有許多文件像是租約、產權契約、抵押貸款、臨時憑證等等，我應該要親自看看並了解。他說他得等所有事都處理好了才能安心，因此請我當晚就帶著遺囑到他在諾伍德的家裡，把一切都安排妥當。『記住，我的孩子，在一切都處理好之前，一個字都別向你父母提起，我們不妨把它當做是送他們的小小驚喜。』他非常堅持這一點，並要我承諾他會確實做到。

「你可以想像，福爾摩斯先生，我沒有理由拒絕他可能提出的任何要求，他有恩於我，我唯一的想法就是在每一個細節都落實他的願望。因此我發了一封電報回家，說我手邊有件重要的工作，會弄到多晚實在不好說。奧德克先生告訴我，他希望我能在九點鐘與他一同吃晚餐，因為他可能無法趕在九點前到家。但我費了一番工夫才找到他家，等到達時都快九點半了。我發現他……」

「等一下！」福爾摩斯說，「門是誰開的？」

「一名中年婦人，我猜是他的管家。」

「我想是她說起了你的名字？」

「正是如此。」麥克法蘭說。

「請接著說。」

麥克法蘭揩了揩微微出汗的額頭，然後繼續他的敘述：

「這名婦人領我到一間起居室，一頓簡單的晚餐已經在那裡擺好了。喬納斯・奧德克先生在餐後帶我到他的臥室，那裡有一個沉重的保險箱，他打開後，拿出一大堆文件，我倆一起把它們逐張看了一遍，看完時已經十一點多了，他說我們不必驚動管家，他會帶我從落地窗出去，那扇窗子一直是開著的。」

「窗簾是拉下來的嗎？」福爾摩斯問。

「我不太確定，但我記得窗簾只拉下來一半……對了，我想起來他是先拉起窗簾才打開窗戶的。我在離開時找不到手杖，他說：『沒關係，我的孩子，希望我們今後能常常見面，我會幫你保管好手杖，等你下次過來再拿。』那時，保險箱是開著的，文件分成小包放在桌上。因為時間太晚，我趕不回布萊克希斯，只能在安納利・阿姆斯旅館過夜，在今早從報上讀到這起可怕的事件之前，我什麼都不知道。」

「你還有什麼想問的嗎，福爾摩斯先生？」雷斯垂德說，在聽著這段不尋常的敘述時，他有一兩次揚起了眉毛。

「在我去布萊克希斯之前，暫時沒有了。」

「你說的是去諾伍德吧。」雷斯垂德說。

「哦，是的，毫無疑問那就是我的意思。」福爾摩斯帶著難以捉摸的微笑道。雷斯垂德從過往許多次、而且比他願意承認的還要更多次的經驗中了解，福爾摩斯的頭腦能如剃刀般切開那些在他看來牢不可破的事物。只見他好奇地看著我的同伴。

「一會兒我有些話想和你談談，福爾摩斯先生，」他說，「好了，麥克法蘭先生，我有兩名警察等在門邊，還有一輛四輪馬車等在外頭。」那個可憐的年輕人站起來，最後一次對我們投來哀求的一瞥，便走出了房間。兩名警察把他帶上馬車，但雷斯垂德沒有跟出去。

福爾摩斯拿起寫著遺囑的那幾頁草稿，興味盎然地讀著。

「這份文件是有些特別之處，雷斯垂德，不是嗎？」他說著把那幾張紙推過去。

這位官廳警探滿臉困惑地看著它們。

「我看得懂開頭那幾行字，還有第二頁中間的幾行和最後一兩行，這些部分都像印出來的一樣清晰，」他說，「但是中間的其他部分很難看懂，有三個地方甚至完全看不懂。」

「對此你是怎麼看的？」福爾摩斯說。

「那麼，**你**又是怎麼看的？」

「這是在火車上寫的，工整的字跡代表火車停在車站，糟糕的字跡代表火車在行駛中，最糟糕的那部分文字則代表火車正通過道岔[2]。訓練有素的專家立刻就能看出這是在通過郊區的火車上寫的，因為除了緊鄰大城市的地區外，沒有哪個地方的鐵路會有這麼一連串的道岔。若他用去整趟車程把遺囑寫完，那麼這班火車必定是快車，在諾伍德和倫敦橋之間只停靠過一次。」

雷斯垂德大笑起來。

「你在闡述理論方面確實比我強得多，福爾摩斯先生。」他說，「但你說的這一切與這件案子有何關係？」

「嗯，這一定程度證實了那位年輕人所言不假。遺囑是喬納斯．奧德克在昨天的旅途中寫好的，一個人竟會如此隨意寫好這麼重要的文件，這不是很奇怪嗎？這代表了他不覺得它會有多少實際作用，除非他從沒打算讓自己的遺囑生效，那確實有可能這麼做。」

「嗯，他同時也寫好了自己的死刑執行令。」雷斯垂德說。

「哦，你是這麼認為的？」

2 Turnout：是一種帶有導軌的轉轍器和轍叉的軌道設置。

「難道你不是？」

「嗯，是有這種可能，但這個案子對我來說還不夠清楚。」

「不夠清楚？好吧，如果這還不算清楚，那還有什麼能算清楚的？一個年輕人突然得知，他將因某位老人的去世而得到一大筆遺產，他會怎麼做？他不會對任何人提起這事，但他在那天晚上安排了某種藉口去見他的客戶，等到屋裡唯一的局外人入睡後，就在客戶獨居的臥室裡殺了對方，再將屍體拖去木材堆燒掉，接著離開現場到附近的旅館。房裡和手杖上只有一點點血跡，很可能是他認為這場犯行不會見血，並打算藉由焚屍來隱藏能說明死者是如何遇害的一切痕跡，出於某種原因，這些痕跡肯定會暴露他的犯行。這一切還不夠明白嗎？」

「我的好雷斯垂德，我覺得就是因為太過明白了，」福爾摩斯說，「你的種種長處裡獨缺想像力這一樣，但如果你能暫時把自己放在這個年輕人身處的立場，你會選擇在遺囑立下的當晚就犯案嗎？你不覺得將這兩者連結得如此密切是件很危險的事？再者，你會挑一個別人知道你就在屋裡、還是傭人開門領你進去的場合犯案？最後，你會用盡一切方法毀屍滅跡，卻又留下手杖告訴別人你是罪犯？承認吧，雷斯垂德，這一切看起來實在很不合理。」

「說起手杖，福爾摩斯先生，你我都很清楚，人在犯案後往往會驚慌失措，做出一些冷靜的人會避免犯下的錯誤，他很可能太過害怕而不敢回房間拿手杖。請你再給我一個說得通的推論吧。」

「我很容易就能給你找出半打理由來，」福爾摩斯說，「比方說，這裡就有個可能性極高的情況，我免費奉送給你。那位老者正向律師展示那些一看就很值錢的文件，一名路過的流浪漢透過窗戶目睹這一切，畢竟窗簾只拉下了一半。律師前腳離開，流浪漢後腳就闖進去了！他抓起瞥見的手杖，殺了奧德克，燒掉屍體後逃之夭夭。」

「流浪漢為什麼要燒掉屍體？」

「出於同樣的理由，麥克法蘭為什麼要燒掉屍體？」

「為了隱藏罪證。」

「流浪漢可能不想讓任何人看出發生過謀殺案。」

「那他為何什麼都沒帶走？」

「因為那些文件都是無法轉讓的。」

雷斯垂德搖搖頭，儘管在我看來，他的態度已經不像先前的十足把握。

「好吧，福爾摩斯先生，你可以去找你口中的流浪漢，當你在尋找的同時，我們也會繼續扣押我們的犯人，我們就來看看誰是對的。但你要留心這一點，福爾摩斯先生，目前就我們所知，那些文件沒有任何丟失，而全世界的所有人裡頭，就我們的犯人毫無去動它們的理由，因為他是合法的繼承人，而且那些東西無論如何都將是他的。」

這段話似乎讓我的朋友想到了什麼。

「眼下的證據在某些方面對你的理論非常有利，這我沒打算否認，」他說，「我只是想指出還有其他可能的理論，就像你說的，我們會知道誰是對的。再見！我今天一定會跑一趟諾伍德，看看你們進展到哪裡了。」

在官廳警探離去後，我朋友站起身，帶著因為這份工作正投他所好的活躍神情，為接下來一整天的工作做準備。

「我的第一步，華生，」他邊說邊匆匆穿上長外衣，「正如我剛才說的，得先到布萊克希斯去。」

「為什麼不是去諾伍德？」

「因為在這件案子裡，我們看到這兩樁古怪的事件是緊接著發生的，而警方犯下的錯誤，就是只專注在後頭那件事上，因為它恰好是真正的犯罪行為。但對我來說，若想要合乎邏輯地調查這樁案件，顯然應該先試著弄清楚第一件事，比如那份奇怪的遺囑，寫得如此倉促，還把財產留給一個完全在意料之外的繼承人，搞清楚這一切也許能讓接下來的問題變得容易些。不，親愛的朋友，我想這件事你幫不上忙，我估計這一趟不會遇上危險，否則我絕不會沒帶上你就一個人跑去。等晚上我們再見面時，我想我能告訴你，我已為這個上門請求我保護的不幸年輕人做到了什麼。」

我朋友回來時已經很晚了，我照眼就從他憔悴而焦慮的臉色看出，他動身去調查時滿懷的希望落了空。他花了一個小時拉著低沉而單調的小提琴，努力想讓自己躁亂的心情平復下來。最後，他把樂器一扔，開始細細講起自己運氣不太好的調查過程。

「一切都錯了，華生，只要是能錯的地方全都錯了。我在雷斯垂德面前充滿信心，但現在我從心底開始相信，那傢伙終於有一次走對了路，而我們卻搞錯了。我所有直覺全都指著同一個方向，但一切事實卻都背道而馳，恐怕英國的陪審團還沒有聰明到那種地步，會優先考慮我的推論而不是雷斯垂德提出的事實。」

「你去布萊克希斯了嗎？」

「沒錯，華生，我去了那裡，而且我很快就發現不幸去世的奧德克是個輕忽不得的惡棍。當下父親外出尋找兒子去了，留母親一個人在家，她是個嬌小、有著一雙藍眼睛的傻女人，正因恐懼和憤慨而渾身顫抖。當然，她一口咬定兒子絕不可能犯下任何罪行，但她對奧德克的遭遇也沒有半點驚訝或惋惜。相反的，她一提到他便語帶憎恨，全然沒有意識到如此語氣會大大加強警方對此案的認定，因為她兒子若是聽到她以這種方式談起那個男人，當然會導致他的仇恨並犯下暴行。『他更像是一隻惡毒而狡猾的猴子，而不是一個人，』她說，『他打從年輕時就一直是這樣。』

「『你當時就認識他？』我問。

「『是的，我很清楚他這個人，事實上，他以前追求過我。感謝老天讓我明智地遠離他，嫁給一個比他窮但好得多的人。我和他訂過婚，福爾摩斯先生，但當我聽到那個令人震驚的傳聞，說他是如何將一隻貓放進鳥舍裡，我被他的殘忍的行徑震驚了，從此不想再與他有任何瓜葛。』她翻找著衣櫃，隨即拿出一張女人的照片，影中人被刀劃得看不出原樣。『這是我的照片，』她說，『就在我結婚的當天早上，他把它以這副模樣、連同他的詛咒一起寄過來。』

「『好吧，』我說，『至少他現在原諒你了，因為他把所有的財產都留給了你兒子。』

「『不管是我還是我兒子，都不想從喬納斯．奧德克那裡拿到任何東西，無論他是死是活，』她以一種嚴正的神態大聲說道，『老天在上，福爾摩斯先生，上帝懲罰了那個惡人，祂也會在適當的時候證明我兒子手上沒有沾染他的血。』

「唉，我嘗試了一兩個線索，但對我們的假說都沒幫助，其中還有一處觀點與我們的想法相反。到最後我放棄了，轉去了諾伍德。

「說到深谷大宅那個地方，它是一棟很大的現代樣式磚砌別墅，單獨矗立在私有土地中央，屋前是一片種著月桂樹的草坪。右手邊離道路稍遠的地方就是發生火災的木材場。這是我畫在筆記本上的簡圖，你瞧，左邊的窗戶是奧德克臥室的那一扇，透過它，你可以從路上看清楚房裡的狀況，這大概就是我今天得到唯一的一點安慰了。那時雷斯垂德不在，但他手下的警察盡責地接待了我，他們才剛剛取得重大斬獲，在花了一個早上耙找木材堆燒剩的灰燼後，除了燒焦的有機殘骸之外，他們還找到幾個燒到變色的金屬小圓片，我仔細檢查了它們，毫無疑問那是褲子的鈕釦，我甚至還注意到其中一顆鈕釦上標有『海姆斯』這個姓氏，那是奧德克的裁縫師。然後我非常仔細地在草坪上尋找，看看有什麼痕跡和腳印，但這乾旱的天氣讓每一樣東西都硬如鋼鐵，除了屍體或某種成捆的物品經過低矮的女貞樹籬被拖到木材堆外，什麼都看不出來，當然，這些都與警方的推論相符。我頂著八月豔陽在草坪上爬來爬去，但一個小時後我站起來時，並沒有比剛才多知道些什麼。

「好吧，在這場慘敗之後，我又到臥室裡檢查一遍。屋裡的血跡非常淡，只是一些變色的污跡而已，但無疑是剛剛沾上去的。手杖已經被動過，但上頭的血跡也只有一點點，這根手杖毫無疑問屬於我們的客戶，他自己也承認了。地毯上的腳印可以看出分屬兩個人，但沒有第三人的腳印存在，這一局又是警方的勝利，他們的分數一直往上累積，而我們卻停滯不前。

「我只看到了一絲希望，卻沒什麼意義。我檢查過保險櫃裡的東西，它們大部分都被拿出來了，並在當下還留在桌上。這些文件被裝進信封並封好，其中一兩個已被警方拆開，在我看來，它們值不了多少錢，銀行存摺也顯示奧德克先生的情況沒有多富裕。但我總覺得在那裡的文件並非全部，我沒在其中看到可能更有價值的那些東西，例如曾被提及的房契和地契。當然如果我們能證明這一點，那麼雷斯垂德的論點就有矛盾了，畢竟誰會去偷明知馬上就要繼承到的東西呢？」

「最後，在找遍一切卻全無線索後，我只能去管家那裡碰碰運氣。萊辛頓太太是一名身材矮小、皮膚黝黑、沉默寡言的婦人，老是用猜忌的眼神斜睨他人。我很確定她若是願意，一定能說出些什麼，但她口風之緊，簡直像被蠟封住了嘴。是的，她說在九點半讓麥克法蘭先生進屋，還說早知會發生那些事，她就該在給他開門前便廢掉雙手。她十點半上床睡覺，她的臥室在房子的另一端，因此聽不到這邊的任何動靜。麥克法蘭先生把帽子留在前廳，若她沒記錯的話，他的手杖也一樣。她是被火災警報聲吵醒的，她那不幸的主人肯定被謀殺了。他有仇人嗎？嗯，誰都有仇人，但奧德克先生一直都是獨來獨往的，只會在生意上與人打交道。她看到那些鈕釦，並確認它們來自她主人昨晚所穿的衣物。那堆木材極度乾燥，因為有一個月沒下雨了，一旦燒起來就完全無法控制，當她趕到現場時，除了一片火海之外什麼都沒看到，但她和所有消防員都聞到木材堆裡有肉燒焦的氣味。她對那些文件一無所知，也不曉得奧德克先生的私事。」

「所以，親愛的華生，我的整場調查就是這麼失敗的，但是……但是……」他突然又變得堅定，握緊了瘦削的手。「我**知道**這一切都不對勁，我打從心底這麼覺得。有些事依然被瞞著，那管家肯定知情，她那種陰沉而抗拒的眼神，只有自知有罪的人才會那樣看人。但再繼續談論這些也不會有任何幫助，華生，除非好運從天而降，否則我擔心諾伍德這件失蹤案不會出現在我們成功破案的紀錄中，讓那些有耐心的公眾早晚能夠讀到。」

「不過想當然，」我說，「這個人的外表應該會受到陪審團認同吧？」

「這個論點很危險，親愛的華生。你還記得八七年那個恐怖的殺人犯伯特·史蒂文斯，他不是還希望我們替他洗刷冤屈？還有比他看起來更隨和、簡直像是念主日學校的年輕人？」

「是這樣沒錯。」

「除非我們能提出其他說得通的理論，否則我們的客戶就玩完了。眼下這件案子，所有不利他的指控簡直毫無瑕疵，而進一步的調查都讓如此指控更加牢固。說到這個，那些文件中有個地方很古怪，也許能做為我們調查的起點。在查看奧德克的銀行存摺時，我發現餘額所剩不多的原因，主要是他去年曾向一位柯尼利厄斯先生開出幾張大額支票，我承認我對這位柯尼利厄斯先生很感興趣，一位退休的建築師與他有如此大筆的交易，難道他也牽涉了這件案子？柯尼利厄斯可能是個中間人，但我沒找到符合這幾筆大額付款的憑證，既然其他方面都沒線索，我現在的調查方向應該是向銀行查詢把支票兌現的那位先生。然而，親愛的老友，恐怕這件案子將以雷斯垂德把我們的客戶吊死這種不光采的方式結束，蘇格蘭場這一次無疑將大獲全勝。」

我不知道福爾摩斯那天晚上睡了多久，但當我下樓吃早餐時，只見他臉色蒼白、疲憊又焦慮，那雙明亮的眼睛被黑眼圈襯托得更亮了。他的椅子周圍的地毯上，菸頭和晨報扔得到處都是。一封打開的電報放在桌上。

「這個你怎麼看，華生？」他把電報丟過來問道。

電報是諾伍德打來的，內容如下：

剛剛取得重要的新證據，麥克法蘭的罪行已然確定，勸君放棄此案。

雷斯垂德

「聽起來頗為嚴重。」我說。

「雷斯垂德在為他的小勝利沾沾自喜呢，」福爾摩斯苦笑著回答，「然而，要我放棄這個案子為時過早。畢竟他口中的重要新證據是一把雙面刃，不一定會朝向他預期的方向。先吃早餐吧，華生，然後一起去看看有什麼是我們能做的，總覺得我今天會需要你的陪伴，還有你在精神上的支持。」

我的朋友自己卻沒吃早餐，這是他的特性之一，他在緊張時會禁食，我就見過他全靠鋼鐵般的意志撐著，直到營養不良餓暈過去。

「眼下我不想把精力和腦力浪費在消化食物上。」他會這麼回應我給他在醫療方面的告誡，因此，今早他扔下動都沒動過的早餐，和我動身前往諾伍德時，我並沒有多驚訝。一群惹人煩的好事者仍圍在深谷大宅四周，這棟郊區別墅就和我想像中的一模一樣，雷斯垂德在門口迎接我們，他的臉孔因為勝利而顯得容光煥發，舉止間更是得意。

「所以，福爾摩斯先生，你能證明我們是錯的嗎？你找到你的流浪漢了嗎？」他叫道。

「我還沒有得出任何結論，」我的同伴回答。

「但我們昨天就已經有結論了，而且現在看起來是完全正確的，所以承認吧，福爾摩斯先生，這次是我們領先了那麼一點。」

「看你這副模樣，的確像是發生了什麼不尋常的事。」福爾摩斯說。

雷斯垂德放聲大笑起來。

「你就和所有人一樣，沒人喜歡失敗的滋味，」他說，「但一個人不能指望事情總會按自己的想法發展，我說得沒錯吧，華生醫生？先生們，請往這邊走，我相信我能讓你們徹底信服，這件案子就是約翰．麥克法蘭幹的。」

他領著我們走過廊道，來到昏暗的前廳。

「在犯案後，麥克法蘭一定來過這裡拿他的帽子，」他說，「就是這裡，你們瞧瞧。」他突然戲劇性地擦亮一根火柴，火光照亮了粉刷過的牆上一處血跡。當他把火柴湊過去，我發現它不僅是血跡，還是個很清晰的拇指印。

「用你的放大鏡看看吧，福爾摩斯先生。」

「好，我正打算這麼做。」

「你應該知道沒有兩個拇指印是一樣的吧？」

「我的確聽過這類說法。」

「那麼，可否麻煩你比較一下牆上的血跡和這個右手大拇指印蠟模？這是今天早上我要麥克法蘭印下的。」

當他把蠟模舉起來和血跡一比對，不用放大鏡都能看出兩者無疑來自同一根拇指，對我來說，顯然我們不幸的客戶已經無望了。

「這是決定性的。」雷斯垂德說。

「沒錯，是決定性的。」我不由地附和。

「它是決定性的。」福爾摩斯說。

他語氣裡的某樣東西引起我的注意，我扭頭看他，只見他的臉上起了意想不到的變化，因為打心底湧上喜悅而幾乎要扭曲了，兩隻眼睛閃亮得像星星，在我看來，他正在竭盡全力不讓自己爆笑出來。

「哦！老天啊！」末了他開口道，「唉，誰能想得到呢？至少可以肯定的是，外表真是會騙人的！看上去這麼好的一個年輕人！這對我們來說都是教訓，不要太相信自己的判斷，這麼說沒錯吧，雷斯垂德？」

「是的，我們之中的某些人確實有點過於狂妄了，福爾摩斯先生。」雷斯垂德說。這人的傲慢著實令人惱怒，但我們無法對此表達不滿。

「當這位年輕人把帽子從掛鉤取下，同時也把右手拇指按在牆上，這一下子真是天意！而且仔細想想，這個動作還非常自然。」福爾摩斯表面平靜，但在這麼說的同時，他為了壓抑興奮而渾身抽動著。

「順帶問一聲，雷斯垂德，是誰做出這個了不起的發現的？」

「管家萊辛頓太太，是她提醒夜班員警注意的。」

「那位員警人在哪裡？」

「他守在案發現場的臥室裡，以確保沒有任何東西被挪動。」

「但你們昨天為何都沒看到這個指印？」

「喔，我們沒有什麼特別的理由要細細搜查前廳。再說，它的位置不怎麼顯眼，你也看到了。」

「沒錯，沒錯，它當然很不顯眼。我想那個指印昨天就在那裡了，這一點毫無疑問吧？」

雷斯垂德看著福爾摩斯，就好像眼前的人是個瘋子，我得承認，我也對福爾摩斯喜不自勝的模樣和不尋常的觀點感到訝異。

「我不曉得你是否在暗示麥克法蘭為了加強對他不利的證據，特地大半夜從監獄跑到這裡來。」雷斯垂德說，「這是不是他的拇指印，我可以請世界上任何一位專家來鑑定。」

「這毫無疑問是他的拇指印。」

「對我來說，這就夠了，」雷斯垂德說，「我是個講求務實的人，福爾摩斯先生，我得到證據，並以此做出結論。如果你還有什麼要對我說的，我就在起居室寫我的報告。」

福爾摩斯恢復了沉著，但我仍依稀從他的表情中，察覺到被逗樂了的神色一閃而過。

「天哪，這樣的事態發展真令人傷心，華生，你說是吧？」他說，「然而這裡還有一些古怪之處，讓我們的客戶尚存一線生機。」

「真高興聽你這麼說，」我由衷地說，「我正擔心他是不是已經徹底完了。」

「我可不會這麼說，親愛的華生。事實上，我們的朋友高度重視的那個證據中，還存在非常嚴重的缺陷。」

「真的嗎？福爾摩斯！那會是什麼？」

「就一點：我**知道**在我昨天檢查前廳時，還沒有那個指印。現在，華生，讓我們到陽光下蹓躂一圈吧。」

帶著仍如一團亂麻的的腦袋，以及因為希望重燃而感到溫暖的心，我陪著我朋友在花園裡逛了一圈。福爾摩斯把房子的每一面依序看了又看，並頗感興趣地檢查著。然後他帶頭進了屋內，從地下室到閣樓，我們巡視了整棟建築。大多數房間都沒有家具，但福爾摩斯仍一間不漏地細細檢視。最後，在頂樓三間無人居住的臥室外的走廊上，他突然又開心了起來。

「華生，這個案子確實有它非常獨特的地方，」他說，「我想是時候對我們的朋友雷斯垂德推心置腹了，他剛才小小嘲笑了我們一番，如果我對整件事的理解沒出錯的話，我們也能用同樣方式回敬他。對了，對了，我想我知道該怎麼做了。」

那位蘇格蘭場的巡官仍在起居室寫他的報告，直到福爾摩斯進去打斷了他。

「我知道你正在寫關於此案的報告。」他說。

「沒錯。」

「你不覺得現在寫這個有點早了？我不禁擔心你的證據還不夠充分。」

雷斯垂德太了解我朋友了，不會對他的話置之不理。他放下筆，好奇地看著他。

「你這話是什麼意思，福爾摩斯先生？」

「你還沒見到一位重要的證人，我要說的只有這個。」

「你能找他過來嗎？」

「我應該做得到。」

「那就這麼辦。」

「我會盡力。你手下有幾名員警？」

「眼下可以隨叫隨到的有三位。」

「好極了！」福爾摩斯說，「容我再問一句，他們可都是高大健壯且聲音洪亮的人？」

「我毫不懷疑他們一個個都是，儘管我不明白他們的嗓門和這樁案子有何關係。」

「也許我可以幫你搞清楚這一點，還有其他一二事，」福爾摩斯說，「請把你的人叫過來，我這就來試試看。」

五分鐘後，三名員警在大廳集合了。

「外頭的小屋有一大堆秸稈，」福爾摩斯說，「麻煩你們去扛個兩捆進來，我想這能大大幫助我們把需要的證人找出來，感激不盡。我相信你的口袋裡還有火柴，華生。現在，雷斯垂德先生，請大家都跟我到頂樓去。」

正如我描述的，頂樓有一條寬闊的走廊，那條走廊通過三間空蕩蕩的臥室門外。我們全被福爾摩斯集中到走廊的一端，員警們笑得開心，雷斯垂德則盯著我朋友，眼神中驚訝、期待和嘲諷交替浮現。福爾摩斯站在我們面前，一副魔術師要表演那些把戲的模樣。

「你能讓一名員警去提兩桶水進來嗎？把秸稈放在這裡的地板上，別碰到兩邊的牆。好了，這樣就全都準備好了。」

雷斯垂德的臉色在惱火下逐漸漲紅。

「我不知道你在跟我們玩什麼鬼把戲，福爾摩斯先生，」他說，「你要是知道任何事情，只管講出來就好了，省下這些胡鬧吧。」

「我向你保證，我的好雷斯垂德，我所做的每一件事都有充分理由。你可能還記得幾個小時前，當你看起來占了優勢時，還小小地嘲弄了我，那麼你現在也別阻止我來點排場和儀式。華生，可否請你把那扇窗子打開，再擦根火柴把秸稈點著？」

我照做了，在對流空氣的推動下，一大團灰煙沿著走廊捲起來，而秸稈則燒得劈啪作響。

「現在我們就來看看能否把你的證人找出來，雷斯垂德。是不是能請你們大家和我一起喊『失火了！』嗎？現在，一、二、三——」

「失火了！」我們同聲喊道。

「謝謝各位，麻煩再來一次。」

「失火了！」

「再一次，先生們，大家一起喊。」

「失火了！」這一嗓子肯定傳遍了整個諾伍德。

就在裊裊餘音還未平息時，令人意想不到的事發生了。走廊盡頭看起來是一堵堅實牆壁的地方，一扇門被猛然推開，一名乾癟的小個子男人從門裡衝出來，活像一隻兔子蹦出了兔子洞。

「漂亮！」福爾摩斯平靜道，「華生，往秸稈上倒一桶水。這樣就行了！雷斯垂德，請容我向你介紹你失蹤的頭號證人，喬納斯·奧德克先生。」

探長極度震驚地瞪著這突然出現的人，後者因為走廊上的強光而不斷眨眼，他看看我們，又看看悶燒著的秸稈堆。此人著實面目可憎，看上去狡詐、歹毒、滿懷惡意，淺灰色眼睛和白色睫毛顯得賊眉鼠眼的。

「所以這是怎麼回事？」雷斯垂德終於開口道，「這段時間你都幹什麼去了，嗯？」

奧德克不安地笑了聲，被憤怒的探長氣到通紅的臉嚇得縮成一團。

「我沒打算害人。」

「沒打算害人？你無所不用其極要讓一個無辜的人被絞死，若不是有這位先生在，說不準你已經成功了。」

那可悲的傢伙抽抽嗒嗒起來。

「我保證，先生，這就是個玩笑罷了。」

「哦！玩笑是吧？我包準你再也笑不出來。把他帶去樓下起居室，在我過去前看好他。福爾摩斯先生，」在他們所有人都離開後，他才接著說下去，「這話我不好在員警們面前說，但我不介意當著華生醫生的面講，這真是你做過最精采的一件事了，雖然我實在不曉得你是怎麼做到的。你拯救了一條無辜的性命，同時也阻止了一樁非常嚴重的醜聞，那將徹底毀掉我在警界的聲譽。」

福爾摩斯露出微笑，他拍了拍雷斯垂德的肩膀。

「不僅不會被毀掉，我的好先生，你還將因為本案大受讚譽，只要你把正在寫的那份報告稍微更動一下，這樣人們就會了解到，要蒙蔽雷斯垂德巡官的眼睛實在太難了。」

「你不打算讓你的名字出現在這件案子裡？」

「完全不想，工作本身就是我的報酬了。或許在遙遠的將來，當我允許這位熱心的歷史學家再次提筆紀錄時，我也會得到讚譽，是吧，華生？好了，現在讓我們來看看這隻耗子都躲在什麼地方。」

刷上灰泥的板條牆橫過走廊，在距離盡頭六呎的地方隔出一個小房間，一道門巧妙隱藏在牆上。小房間的照明全賴屋簷縫隙透進來的光，房間裡有一些家具、食物和水，另有一些書籍和幾張紙。

「這就是身為建築師的優勢，」當我們走出小房間時，福爾摩斯說，「他可以不靠任何同夥的幫助就打造出小小藏身處，當然了，那位寶貝管家除外，我要是你，現在就會一刻不耽擱地去逮捕她，雷斯垂德。」

「我接受你的建議。但你是怎麼察覺到有這個隔間的，福爾摩斯先生？」

「首先，我斷定那傢伙就躲在屋子裡。當我在這條走廊巡視時，發現它比樓下對應位置的走廊短了足足六呎，如此一來他躲在哪裡就很清楚了，而我判斷他沒那種膽量，可以在外頭嚷嚷著失火時還冷靜待著不動。當然，我們也是可以直接闖進去拖他出來，但用這種方法讓他自己跑出來，我覺得更有趣就是了。再者，雷斯垂德，為了你早上嘲弄我，我也想對你故弄玄虛一番。」

「好吧，先生，我倆在這件事上算是扯平了，但你到底是怎麼打一開始就知道他在房子裡的？」

「那個拇指印，雷斯垂德，你說它是決定性的，它的確是，只是和你認為的意義完全不同。我知道前一天還沒有那個指印，你應該早就注意到我非常注重細節問題，既然我已檢查過前廳並確定牆上沒有任何痕跡，那它就只可能是趁著半夜印上去的。」

「但要怎麼做到這一點？」

「這太容易了。當他們把文件分裝進信封並密封時，喬納斯·奧德克曾要麥克法蘭用拇指去按壓封蠟，好讓封口更嚴實些。這個要求如此順口也如此自然，我敢說那位年輕人自己都記不得有過這件事，很可能當下他就這麼做了，而奧德克原本也沒想過要利用它。然而，當他窩在小房間裡思索這件案子時，突然想到可以利用那個拇指印來讓麥克法蘭罪證確鑿。對他來說，從信封上取下帶拇指印的封蠟，用針刺傷自己來取血塗在蠟上，最後無論是他親自去做還是讓管家代勞，趁半夜將拇指印蓋在牆上，都是再簡單不過的事。如果你檢查那些被他帶到藏身處的文件，我敢打賭你一定找得到上面有拇指印的封蠟。」

「精采！」雷斯垂德說，「太精采了！讓你這麼一解釋，一切都像水晶一樣清晰了。但福爾摩斯先生，這場詭詐的騙局又是所為何來？」

我看著這位官廳警探盛氣凌人的態度驟變，現在簡直成了纏著老師問問題的孩子，實在太有趣了。

「喔，我認為這不難解釋。現在在樓下等著我們的那位先生，為人狡猾、歹毒又記仇。你知道他曾被麥克法蘭的母親解除了婚約吧？你不知道？所以我才說你應該先調查過布萊克希斯再去諾伍德的。於是，這件事就如同他認為的那樣，深深傷到了他那邪惡、詭詐的心，他一輩子都在想著要報復，只是一直沒找到機會。最近的一兩年，一些事情對他愈來愈不利，我猜是暗地裡的投機買賣之類的事，他發現自己的處境很糟糕，並決定欺騙他的債主們，為此他向某位柯尼利厄斯先生支付了一些大額的支票，我想那個人就是他自己，也就是化名。我還沒去追蹤那些支票，但我確信它們是以這個名字存在某個偏鄉小鎮的銀行裡，奧德克時不時會以雙重的身分到那裡去，他計畫徹底改名換姓，提出這筆錢後就此消失，到某個地方去重新開始生活。」

「嗯，很可能是這樣。」

「他突然意識到，如果能讓人們相信他是被老情人的獨生子謀殺的，那麼他不但可以藉由失蹤擺脫所有追查他的人，同時這樣的報復足以徹底毀了對方，這樣的罪行真是傑作，而他就是創造了傑作的大師。他為了製造明顯的犯罪動機而寫了那份遺囑，又要麥克法蘭瞞著父母前去密訪，至於偷偷把麥克法蘭的手杖留下來，製造屋內的血跡，以及木材堆中的動物遺骸和鈕釦，這些都令人佩服。不過幾個小時前，我還覺得他編織出來的這張網是完美無缺的，但他少了點藝術家那種至高無上的天賦，不懂得幾時收手，他想要改進原本已完美的東西，把套在不幸受害者脖子上繩圈收得更緊，結果把自己的一切努力都毀了。我們下樓去吧，雷斯垂德，我還剩一兩個問題想問他。」

那個惡毒的傢伙坐在自家的起居室裡，被站在左右兩邊的警察看守著。

「那只是個玩笑，我好心的先生，就一個惡作劇而已，沒別的意思。」他不斷地哀求，「我向你保證，先生，我躲起來只是想看看我要是失蹤了會發生什麼事，我相信你不至於這麼不公正，認為我會讓麥克法蘭先生這樣可憐的小伙子受到任何傷害。」

「這得由陪審團決定，」雷斯垂德說，「無論如何，即使不以謀殺未遂的罪名，我們也會以密謀罪指控你。」

「而且你可能會發現你的債主們要求扣押柯尼利厄斯先生的銀行帳戶。」福爾摩斯說。

這小個子吃了一驚，惡毒的眼睛望向我朋友。

「我要好好謝謝你，」他說，「也許有一天我會好好報答這份恩情。」

福爾摩斯寬容地笑了。

「我想，在接下來的幾年，你會發現自己很難抽出時間這麼做，」他說，「對了，除了你那條舊褲子，你還往木材堆裡放了什麼？一條死狗？兔子？還是別的什麼？你不告訴我？老天，你太不上道了！好吧，好吧，我敢說幾隻兔子就夠弄出那些血跡和燒焦的遺骸了。華生，若你打算把這件事記下來，就說是兔子好了。」

CASE 3

神祕的跳舞小人

The Adventure of the Dancing Men

福爾摩斯已經一言不發地坐著好幾個小時了，他弓起瘦削的背，向一個化學容器彎下身，在那裡頭混合著一種奇臭無比的東西。他的頭低垂到胸前，從我這裡看去，彷彿一隻瘦長、有著暗灰色羽毛和黑色冠羽的怪鳥。

「所以說，華生，」他突然開口，「你是不打算投資南非的證券了？」

我吃了一驚，儘管早就習慣福爾摩斯不凡的本事，但像這樣突然說出我內心深處的想法，仍完全超出我的理解範圍。

「你到底是怎麼知道的？」我問。

他將坐著的凳子一旋，轉過身來，手裡的試管還蒸騰著煙霧，深陷的雙眼閃過一絲消遣的意味。

「好了，華生，承認你大吃一驚吧。」他說。

「我是很吃驚。」

「我真該要你為這句話簽字。」

「為什麼？」

「因為不出五分鐘，你就會說這一切簡單得可笑。」

「我保證絕不這麼說。」

「要知道，親愛的華生，」他把試管放回架子，開始用教授在課堂上對學生講述的語氣說道，「構建一連串推理，讓推理的每個環節都取決於前面的環節，而且本身還簡單易懂，這不是件難事。但如果在這麼做之後，又把中間的環節全部省略，只向聽眾展示開頭和結論的部分，那將可能收獲震撼人心的效果，儘管這種效果也許有點浮誇。現在，藉由觀察你左手的虎口，我很肯定你不打算把那一小筆資金投到金礦上了，這個推論實在不難。」

「我看不出這兩者的關聯。」

「你可能看不出來，但我可以迅速讓你明白這樣的關聯有多密切，接下來就是這一串非常簡單的推論中被省略的環節：第一，你昨晚從俱樂部回來時，左手虎口沾著粉筆灰；第二，粉筆灰是你打撞球時為了穩定球桿而塗抹的；第三，除了瑟斯頓，你不和任何人打撞球；第四，你在四週前告訴過我，瑟斯頓有機會投資南非的某項產業，但他必須在一個月內做出決定，同時他還希望你們能合夥投資；第五，你的支票簿鎖在我的抽屜裡，但你沒來找我拿鑰匙；第六，你不打算把錢投進這筆生意中。」

「這真是簡單得可笑！」我叫道。

「就是這樣！」他略微惱怒道，「一旦向你解釋清楚了，任何問題就都變成了兒戲一樣。這裡還有一個無法解釋的問題，看看你能否從中得出什麼來，我的老朋友華生。」他把一張紙丟在桌上，又轉頭搞他的化學分析去了。

我驚訝地看著那一紙荒唐的象形文字。

「喂，福爾摩斯，這是小孩子畫的東西。」我叫道。

「哼，那是你的想法！」

「不然還能是什麼？」

「這就是希爾頓．庫比特先生急著想搞清楚的問題，他住在諾福克郡的萊丁村莊園，這個小難題是乘著第一班郵車過來的，他本人則會搭下一班火車過來。門鈴響了，華生，若來者就是他，我也不太意外。」

樓梯上響起沉重的腳步聲，不一會兒，一位高個子紳士走進來，他面色紅潤，鬍子刮得乾乾淨淨的，從他清澈的雙眼和極佳的氣色看得出，他生活的地方肯定離霧氣瀰漫的貝克街很遙遠，隨著他踏入房間，東海岸那濃烈、清新、令人振奮的空氣似乎也跟了進來。他分別與我們握過手，正要坐下來，目光落在那張畫著奇怪符號的紙上，我看完以後便將它放在桌上。

「所以，福爾摩斯先生，你認為這是什麼？」他叫道，「我聽說你向來熱中這類古怪的謎團，我想你很難找到比這更怪的了。我提前把這張紙寄過來，好讓你可以在我到達前先研究一下。」

「這東西確實難以理解，」福爾摩斯說，「乍看之下，這似乎是小孩子的惡作劇，在紙上畫了一群十分可笑的小人，把它們排成一列在跳舞。你為何會覺得這種怪東西很重要？」

「我完全不這麼覺得，福爾摩斯先生，但我妻子認為這很重要，她被這玩意兒嚇壞了，儘管她什麼也沒說，但我能清楚看到她眼中的恐懼，這也是我非要把這件事搞清楚不可的原因。」

福爾摩斯將那張紙湊到陽光下，以便有充足的照明可以看清楚。那是一張從筆記本上撕下來的紙頁，上頭的圖案是用鉛筆畫的，看起來如左：

福爾摩斯細細檢查一番後，將那張紙小心翼翼地疊好，放進皮夾裡。

「這很可能是一樁很有意思且極不尋常的案子，」他說，「你在給我的信件中提到一些細節，希爾頓·庫比特先生，還請你也對我朋友華生醫生說說這些細節，好讓他更了解這是怎麼回事。」

「我不怎麼擅長說故事，」我們的訪客說，他那雙大而有力的手緊張地握緊了又鬆開。「有任何我沒說清楚的地方，請你隨時提問。這事得從去年講起，那時我剛結婚。而我要先說明，儘管我算不上富裕，但我的家族世居萊丁村已有五世紀，算是諾福克郡最有名望的家族了。去年，我到倫敦參加禧年慶典，順帶拜訪了教區的牧師帕克，他就住在羅素廣場的一處寄宿公寓，我在那裡偶遇一位來自美國的年輕女士，她姓帕特里克，全名埃爾西．帕特里克，我們不知怎地就成了男女朋友，我在那裡還沒待滿一個月，就已經徹底陷入熱戀中，於是我們悄悄登記結婚，以夫妻的身分回到諾福克。也許你會覺得這一切很瘋狂，福爾摩斯先生，一個古老望族出身的人竟會如此輕易與一位女性結婚，甚至對她的過去與身世一無所知。但如果你見過她，知道她是怎樣的一個人，你就完全能理解了。

「埃爾西其實並未對自己的過往遮遮掩掩，我不能說她沒給過我機會，只要我願意的話，是可以搞清楚這一切的。『我先前的人生中，曾和一些讓人不快的傢伙打過交道，』她說，『我希望能忘記那一切，我寧願永遠別再提及過去，這麼做對我來說太痛苦了。如果你選擇娶我為妻，希爾頓，你迎娶的將是個並不為自己做過的事感到羞恥的女人，但你必須接受我的條件，並允許我對嫁給你之前發生的種種隻字不提。如果這樣的要求對你來說太過分了，那你就回諾福克去吧，讓我繼續過著我們相識前的孤獨生活。』她在結婚的前一天對我這麼說，我回答她，我願意完全照著她的意思做，而我也確實說到做到。

「嗯，我們結婚至今滿一年了，這段期間過得非常幸福，但大約一個月前，也就是六月底的那時，一些徵兆預示了麻煩將至。有一天，我妻子收到一封信，那是從美國寄來的，我看到上頭貼著美國郵票。她一看到信便臉色慘白，才讀完信就把它扔進火裡燒了。後來，她對此絕口不提，而我也沒問，因為我已經答應過她了，但她從那時起就片刻不得安寧，總是一臉恐懼，那副模樣彷彿已經預知並等待某件事發生。她要是能更信任我就好了，那她將會發現我是她最忠實的後盾，但除非她先開口，不然我也不便多說。你要明白一件事，福爾摩斯先生，她是個真誠的女人，無論她在先前的人生中遇上了什麼麻煩，那都不是她的錯。我就是個普通的諾福克鄉紳，但全英國沒有誰比我更重視家族的名譽了，她也很清楚這一點，更是在嫁給我之前就知道了。她絕不會讓我的家族有一丁點蒙羞，我很確定。

「好了，現在我要講到這個故事最奇怪的部分了。大約一個星期前，也就是上星期二，我在家中的一處窗台上發現了這可笑的圖案，一群跳舞的小人，就和紙上的這些一樣，它們是用粉筆潦草地畫上去的，我還以為是馬僮的傑作，但那小伙子發誓說他什麼都不曉得。但無論如何，它們是趁著夜裡被畫上去的，我把它們擦掉了，之後才告訴我妻子有過這件事，但萬萬沒想到她把此事看得非常嚴重，還央求我要是再出現這些東西，一定要讓她看看。接下來一週都沒再出現那些東西，直到昨天早上，我在花園的日晷儀上發現這張紙，我把它拿給埃爾西看，不料她竟嚇到昏倒。之後她就像在夢遊，整個人恍恍惚惚的，眼神中始終隱約透著恐懼，也就是那時候，我決心寫信給你，並將這張紙條隨信附上。福爾摩斯先生。我不能為了這點事就去報警，這只會讓他們取笑我，但你一定要告訴我該怎麼做，儘管我不富裕，但我親愛的妻子若有什麼危險，我願意付出一切來保護她。」

這位英國古老家族的成員是個優秀的男人，他單純、正直而溫柔，一雙大大的藍眼睛很真誠，臉龐寬闊而俊美，臉上閃耀著對妻子的愛與信任。福爾摩斯全神貫注聽完了他的敘述，又靜靜地坐了好一會兒。

「你不覺得，庫比特先生，」他最終開口道，「最好的辦法就是直接去拜託你妻子，讓她告訴你所有祕密？」

希爾頓．庫比特搖了搖他的大頭。

「答應的事就是答應了，福爾摩斯先生，埃爾西若是願意吐實，那她會告訴我的，但只要她不想說，我絕不會逼她說，但這不妨礙我用自己的方式解決問題，我一定能找到辦法的。」

「那我願意盡我所能幫助你。首先，你是否聽說過有陌生人在你家附近走動？」

「沒有。」

「我猜你居住的地區非常僻靜，任何生面孔出現在當地，人們應該都會議論吧？」

「若說的是我家附近，那的確如此，但在不遠處就有好幾個讓牲口飲水的地方，那裡的農民會接待往來過客住宿。」

「這些難解的符號顯然有其意義，倘若它們只是亂畫的，我們就無能為力了；另一方面，只要它們是系統性的，那我肯定能破解它們。但這段符號太短了，我無法光憑它們解開謎團，你陳述的狀況又太不確定，很難做為調查的依據。我建議你先回諾福克，保持警惕，密切注意事態發展。可惜你沒有把那些用粉筆畫在窗台上的符號抄一份給我，因此接下來只要再有新的跳舞小人出現，請一定要照著摹畫下來，還要請你去打聽一下是否有陌生人在附近出沒，但行事請務必低調，等你手上有了新證據再來找我。這是我能給你最好的建議了，希爾頓·庫比特先生，但如果事態發展急轉直下，我隨時都能飛奔到諾福克去找你。」

這場面談過後，福爾摩斯沉思良久，接下來的幾天，我有好幾次目睹他把紙條從筆記本裡拿出來，花了許多時間細細研究那些奇怪符號。然而他始終不肯談論此事，直到兩週後，一天下午我正要外出，卻被他喊住了。

「你最好別出去，華生。」

「為什麼？」

「因為我今早收到了希爾頓．庫比特的電報，你還記得他的那些跳舞小人吧？他大概會在一點二十分抵達利物浦街，並隨時都有可能出現在這裡。從電報上看得出，他的事情有了些重要的進展。」

我們的諾福克鄉紳沒讓我們等太久，他的雙輪馬車用最快的速度從車站飛馳而來。他看起來焦慮又沮喪，兩眼無神，額頭多了許多皺紋。

「我被這事搞得心煩意亂，福爾摩斯先生，」他說著，如同所有累垮的人一般，摔進扶手椅中。「有個你看不見的人躲在附近，他還對你懷有某種陰謀，這種感覺實在糟透了，但這還不是最糟的，等你知道此事正一點一點侵蝕你的妻子，是人都沒辦法再忍下去。她被折磨得愈來愈消瘦，我眼看著她逐漸不成人形。」

「她還是什麼都不肯說？」

「不，福爾摩斯先生，她不肯說，但我看得出來，這可憐的女孩有好幾次想開口，卻還是不敢冒這個險。我也試過要幫助她，但我猜我的表現一定很笨拙，嚇得她又把話吞回去了。她談起我古老的家族、我們在郡裡的名望，以及我們最自豪的清白聲譽，我總覺得她就要說到重點了，但不知怎的，話題又岔到別處去了。」

「但你自己有了些發現吧？」

「成果頗豐，福爾摩斯先生，我帶了好幾張新的跳舞小人圖畫來給你研究，更重要的是，我看到那傢伙了。」

「什麼，你指的是畫這些小人的傢伙？」

「沒錯，我看見他的時候，他正在畫，但我還是按事發順序來說吧。那天，我從你這裡回去後，次日早上看到的第一樣東西就是一群新的跳舞小人，它們是用粉筆畫在工具間的黑色木門上的，工具間就緊挨著草坪，從我住處的前窗可以一覽無遺。我把門上的符號一點不差地畫下來，就是這個。」他將一張紙攤開，放在桌上，左側為他摹畫的符號：

「好極了！」福爾摩斯說，「真是太好了！請繼續。」

「我摹畫好符號後，就把它們擦掉了，但兩天後的早上，新的符號又出現了，我也照著畫了一份，在這裡。」見左側：

福爾摩斯搓著手，樂得咯咯輕笑。

「我們的材料一下子就多了起來。」他說。

「三天後，一張紙條用一塊鵝卵石壓著放在日晷儀上，紙上潦草地用跳舞小人畫了一則訊息，就是這張，你可以看到它和上一則訊息一模一樣。這次之後，我決定要埋伏著等那個人出現，於是我拿著左輪手槍守在書房裡，從那裡可以清楚看到整個草坪和花園。凌晨兩點左右，我坐在窗邊，除了外頭照進來的月光，四周陷入全然的黑暗，這時，我聽到身後傳來腳步聲，原來是我妻子穿著晨袍走過來。她央求我上床睡覺，我則跟她明講了，我就是要看看到底是誰在玩這種荒謬的把戲，她回答說這不過是個無意義的惡作劇，我根本不該放在心上。

「『如果這事真的很困擾你，希爾頓，我們可以去旅行，就你和我，這樣便能避開一切惱人的事情。』

「『什麼，你希望我們被一個惡作劇的傢伙從家裡趕出去？』我說，『好啊，從此我們就是全郡的笑柄了。』

「『來吧，我們去睡覺，』她說，『這件事明天早上再說。』

「在她這麼說的同時，突然間，只見她本就白皙的臉在月光下變得更蒼白，她放在我肩上的手緊緊揪住我。我看到工具間的陰影下有東西在動，一個黑影弓著身子從屋角繞出來，一路匍匐到工具間門前蹲下。我抓起手槍就要衝出去，卻被我妻子張開雙臂死命抱住，我想把她甩開，但她拚命拉住了我，好不容易脫身了，我推開門跑到工具間前，那傢伙早已不見蹤影。然而，還是有痕跡證明對方來過一趟，只見工具間的門上排列著一群跳舞的小人，同樣是我先前摹畫下來、一模一樣的那兩組小人。儘管我把整個莊園翻了一遍，還是不見那傢伙的任何蹤影，然而令我驚訝的是，他一定躲在莊園裡，因為當我早上再次去檢查工具間的門時，發現他在原有的跳舞小人圖案下頭又多畫了一行。」

「你有沒有把新畫上去的那一行記下來？」

「有，雖說是短短的一行，我還是畫下來了，就是這個。」

他又拿出一張紙條來，新的跳舞小人是這樣的：

「告訴我，」福爾摩斯說，我能從他的眼神看出他有多興奮。「這一行是單純加在前一行後頭的，還是彼此不相關的？」

「它畫在另一塊門板上。」

「太好了！對我們的調查來說，這是最重要的一組圖案，如此一來希望就很大了。現在，希爾頓．庫比特先生，請繼續你無比精采的敘述。」

「我能說的差不多就這些了，福爾摩斯先生，只是我實在對我妻子那天晚上的舉動很生氣，要不是被她拉住，我本來就要逮到那個鬼鬼祟祟的無賴了。她說是因為怕我會受傷，但我突然轉念一想，也許她真正擔心的是**那傢伙**會受傷，因為我非常確定她知道對方是誰，也知道對方留下的那些奇怪符號是什麼意思。但我妻子那種不容質疑的語氣，福爾摩斯先生，還有她的眼神也是，都令我確信她是真的在替我的安危設想。整件事情就是這樣，至於我該怎麼辦，現在想聽聽你的建議。我的想法是讓半打在我農場幹活的小伙子躲進灌木叢，這傢伙要是再敢上門，就狠狠痛揍他一頓，讓他別再打攪別人平靜的生活。」

「恐怕對如此複雜的案件來說，這樣的解決方式太過簡單。」福爾摩斯說，「你這次會在倫敦待多久？」

「我今天就得回去了，無論如何，我都不能讓我妻子一整晚獨自在家。她很緊張，央求我一定要回去。」

「我想你是該這麼做，但你要是留下來，也許不出一兩天，我就會跟著你一起回去。這樣吧，你把這些紙條留給我，近期我就會去府上拜訪，看看能不能解決你的案子。」

基於職業素養，直到我們的訪客離去為止，福爾摩斯自始至終都表現得非常冷靜，但我太了解他了，不難看出他其實極其激動，因此等希爾頓·庫比特壯實的身影一消失在門外，我的同伴立刻撲向書桌，把所有畫著跳舞小人的紙條一一攤在面前，接著便一頭栽進複雜精巧的計算中了。兩個小時過去，我看著他在一張又一張的紙上寫滿了各種符號和字母，他完全專注於工作，顯然已經忘了我的存在。有時他的工作似乎頗有進展，又是吹口哨又是哼歌；有時他又顯得很困惑，一坐就是坐許久，眉頭緊皺且眼神空洞。最後，他滿意地哼了一聲，從椅子上一骨碌起身，搓著手在房裡來回踱步，最後拿來電報紙寫了一通很長的內容。「如果他回覆的內容與我預期的一致，那麼你的案件紀錄將添上極為精采的一筆，華生，」他說，「我們明天就能跑一趟諾福克，給煩擾我們那位朋友的案子帶去明確的消息。」

我承認我實在很好奇，但我也清楚福爾摩斯自有他揭露實情的時間和方式，所以我耐心等待，等著他認為合適的時機對我說明一切。

但回覆的電報卻遲遲未至，接下來的兩天，福爾摩斯焦急苦候，豎起耳朵細聽每一次響起的門鈴。直到第二天晚上，我們才收到希爾頓·庫比特的來信。他那邊一切安好，除了有一長串跳舞小人於當天早上出現在日晷基座上。他把摹畫下來的符號隨信附上，那些符號如下：

福爾摩斯俯身研究了這串怪東西片刻，接著突然大叫一聲，跳了起來，聲音中滿是驚訝和沮喪，他的臉色因焦慮而十分難看。

「我們已經讓這件事拖太久了，」他說，「今晚有沒有到北沃爾舍姆的火車？」

我翻出火車時刻表，偏偏最後一班車才駛離不久。

「那麼我們只能把早餐提前，搭明天的早班火車過去，」福爾摩斯說，「我們愈快去愈好。啊！我正等著這通電報呢，請稍待，哈德遜太太，也許我得拍個回電。不必了，這完全和我料想的一樣。這封電報彰顯了讓希爾頓·庫比特知道事實真相的重要性，而且必須一刻不耽擱地告訴他，因為我們這位頭腦簡單的諾福克鄉紳肯定應付不來這麼詭異且危險的羅網。」

事後證明他說得沒錯，儘管一開始只讓我覺得幼稚而荒誕，但當我要將這個故事帶往黑暗的結局時，不免又經歷了事發當時充滿我內心的沮喪和恐懼。我也希望能帶給讀者一個光明的結局，但這是對真實案件的紀錄，我必須依照事實敘述這一連串奇怪事件與其不幸的結局，在事發的那陣子，萊丁村莊園因此成了全英國人盡皆知的談資。

我們剛在北沃爾舍姆下了火車，並才打算探聽目的地時，站長已經匆匆走過來。

「想必二位是倫敦來的偵探吧？」他說。

福爾摩斯臉上掠過一絲不悅之色。

「是什麼讓你這麼認為的？」

「因為諾里奇的馬丁巡官剛剛才從這裡經過。不然你們是外科醫生嗎？她沒死，或該說我最後聽到的消息是她還沒死，你們現在過去也許還能救活她，儘管你們這麼做也只是為了讓她上絞刑台。」

福爾摩斯面色一沉，在焦慮下緊皺眉頭。

「我們現在才要去萊丁村莊園，」他說，「我們根本不曉得那裡發生了什麼事。」

「這事太嚇人了，」站長說，「希爾頓．庫比特先生和他妻子都被槍殺了。傭人們說是她先開槍打死他，然後再舉槍自盡，他死了，她看來也沒救了。我的老天，他們可是享譽諾福克郡的古老家族啊！」

福爾摩斯一言不發，匆匆跳上了馬車，在接下來七哩的漫長車程中，他始終沒有開口，我很少看到他如此沮喪。其實在我們離開倫敦後，他一路上就已經顯得十分不安，我也注意到他急切地翻看晨報。然而現在，在突然意識到自己擔心的最壞情況已成事實後，他向後靠上座位，迷失在沮喪的思緒中，整個人陷入一種茫然的憂鬱。然而，我們周圍其實環繞著許多有意思的事物，因為此刻行經的鄉村不論放在英國的何處，它的風光都是獨一無二的，零星散落的村舍反應了如今還住在這裡的人口已經不多，然而這片平曠、翠綠的大地卻處處矗立著高大的方塔形教堂，道盡了東盎格利亞王國[3]昔日的輝煌與繁榮。最後，當日耳曼海那藍紫色的邊緣出現在諾福克綠茵的海岸邊時，馬車夫揚鞭指著那兩座穿出樹林、由磚石和木材建造的古舊山牆。「那就是萊丁村莊園了。」他說。

我們駕車來到莊園正門的門廊處，只見屋前的網球場草坪旁，矗立著那個黑色工具間和帶基座的日晷儀，它們因這個案子而與我們有了奇異的聯繫。此時一輛高座的狗車[4]駛來，一個衣冠楚楚的小個子男人跳下車來，他的舉止敏捷而機警，留著上過蠟的小鬍子。他自我介紹是諾福克警局的馬丁巡官，當他得知我同伴的身分，顯得非常驚訝。

「哎呀，福爾摩斯先生，凶殺案是今天凌晨三點發生的，你是怎麼在倫敦聽說了這件事，而且還在我之前就趕到現場？」

「我料到會發生這種事，我本想趕過來看看能不能阻止它。」

「那你肯定握有我們不知道的重要證據，畢竟我聽說他們是一對感情極好的夫婦。」

「我的證據就只有這些跳舞的小人，」福爾摩斯說，「晚點再向你解釋。現在，既然已經阻止不了這場悲劇了，我只能寄望利用手上的證據來確保正義得到伸張。你是希望讓我參與調查工作，還是寧願我一個人行動？」

「若能與你共事，那將是我的榮幸，福爾摩斯先生。」巡官真誠地說。

「既然如此，讓我們別再耽擱，我要知道目前所有的證據，並著手調查整棟屋子。」

馬丁巡官很明智，他讓我朋友按照自己的方式調查，並滿意地將調查結果仔細記錄下來。當地的外科醫生是一位白髮蒼蒼的長者，他剛從樓上希爾頓．庫比特夫人的房間下來，說明她的傷勢雖然嚴重，但不一定會要她的命，子彈射穿她的前額，她恐怕要一段時日才會恢復知覺，但他不敢斷言她是被人打中還是自己舉槍自殺，只能肯

3 位於東英格蘭的古代盎格魯—撒克遜王國，範圍涵蓋今日的諾福克、薩福克、劍橋。

4 dogcart：一種由一匹馬拉的雙輪雙座輕型馬車。

定子彈是在非常近的距離內射出的。而他們只在房間裡找到一把手槍，一共射出兩發子彈，其中一發打中希爾頓．庫比特先生的心臟。至於是他先射殺她，然後再朝自己開槍，或者狀況顛倒過來，這兩種推論的可能性差不多，因為左輪手槍就落在他們之間的地板上。

「你們動過他的屍體嗎？」福爾摩斯問。

「我們只把那位女士抬出去，其他什麼都沒動，她傷成那樣，不能放任她躺在地板上。」

「你在這待多久了，醫生？」

「從清晨四點待到現在。」

「還有別人也在這裡？」

「有，一位當地的員警。」

「你有沒有動過任何東西？」

「完全沒有。」

「此事你設想得很周到。是誰找你過來的？」

「他們的女傭桑德斯。」

「也是她去報警的嗎？」

「是她和廚娘金太太。」
「她們現在人在哪裡？」
「應該是在廚房裡。」
「那我們最好現在就去聽她們怎麼說。」

有著橡木牆板和高窗的老舊大廳成了我們的調查法庭。福爾摩斯坐在一張老式的大椅子上，他臉色憔悴但目光堅定，我能從中看出他不移的決心，就是窮盡一生，他也要替他沒能救回來的客戶復仇。衣著整潔的馬丁巡官、白髮蒼蒼的鄉村老醫生、我自己、還有一位魯鈍的當地警察，我們則是福爾摩斯這支奇異團隊的其餘成員。

那兩位女士把她們知道的部分交代得很清楚。她們是被一聲爆裂聲響驚醒的，同樣的聲音在一分鐘後又響起一次。她們的臥室相鄰，金太太立刻跑去找桑德斯，她們一起下了樓，只見書房的門敞著，桌上點著蠟燭，她們的主人臉朝下倒在房間中央，已經死了，他的妻子則蜷縮在窗邊，頭靠在牆上。她傷得很重，半張臉都被血染紅了，只能喘著粗氣，一句話也說不出。走廊和房裡瀰漫著煙霧和火藥味，她們兩個都很肯定當時窗戶是關上的，還從裡頭拴上。她們立刻派人請醫生過來並報警，接著在馬夫和馬僮的幫助下，他們把負傷的女主人抬回她的臥室。她和她丈夫都是就寢後才又起身的，她穿著睡衣，他則在睡衣外頭罩了件晨袍。書房裡的東西全都原封不動。據她們所知男女主人從沒吵過架，她們始終認為他們是一對感情極好的夫婦。

傭人們證詞的要點差不多就是這些。對於馬丁巡官的詢問，她們斷言每一扇門都有鎖好，沒有人能溜出這棟房子。在回答福爾摩斯的問題時，她們都非常肯定，火藥味是她們剛踏出自己在頂樓的臥室就聞到的。「我得請你特別留心這件事，」福爾摩斯對他的同行說，「我想我們該去徹底檢查一下書房了。」

書房不大，其中三面牆邊都堆滿了書，一張寫字台正對著一扇樣式普通的窗戶，透過這扇窗可以看到外頭的花園。首先入眼的就是那位不幸鄉紳的屍體，他龐大的身軀橫陳在房間地板上，從凌亂的衣著看得出，他是被驚醒後匆忙起身的。子彈由他的前胸射入，穿透心臟後留在體內，令他甚至來不及感到痛苦便死了。無論他的晨袍還是手上都沒有火藥痕跡，按鄉村醫生的說法，那位女士的臉上有火藥痕跡，但手上也沒有。

「如果有火藥痕跡，那可能意義重大，但沒有也不能說明什麼，」福爾摩斯說，「除非彈匣不契合，會在開槍時令火藥向後噴出，否則一個人完全可以連續開槍而不會在手上留下任何痕跡。我建議你們將庫比特先生的屍體搬走。我想，醫生，你還不能將射傷那位女士的子彈取出來吧？」

「要先動一次大手術才能那麼做。但左輪手槍裡還有四發子彈，兩發子彈被打出去，有兩個人中彈，因此每一顆子彈去了哪裡，我們都很清楚。」

「看來是這樣沒錯，」福爾摩斯說，「但你可有把卡在窗框上那顆非常顯眼的子彈算進去？」

他突然轉過身去，細長的手指指出窗框上的一個小洞，它位在窗框下半部，離底部大概一吋。

「老天！」巡官叫道，「你是怎麼發現的？」

「因為我在找它。」

「太精采了！」鄉村醫生說，「顯然你是對的，先生，這裡有人開了第三槍，因此當時一定還有別人在場。但那是誰，他又是怎麼逃走的？」

「我們現在就是要搞清楚這件事，」福爾摩斯說，「馬丁巡官，你還記得吧，當傭人說她們剛踏出房間就聞到火藥味時，我有說過這一點非常重要。」

「是的，先生，但我得承認我不太明白這話是什麼意思。」

「意思是在開槍的當下，房間的窗戶和門都是開著的，否則火藥味不可能這麼快就吹散到整棟房子，房間裡要有穿堂風才做得到這一點，不過門窗打開的時間應該都不長。」

「這一點又要如何證明？」

「因為蠟燭沒被吹熄。」

「了不起！」巡官叫道，「太了不起了！」

「一旦察覺窗戶在悲劇發生當下是開著的，我立刻就想到這起事件可能存在第三個人，他站在敞開的窗外向屋裡開槍，而要朝他開槍便很容易擊中窗框，於是我朝窗框上看，果然找到了彈孔！」

「但窗戶怎麼會是關上並鎖好的？」

「那位女士出於直覺反應，她關上窗戶並拴好窗栓。但是……啊哈！這是什麼？」

書桌上放著一只很精緻的女用手提包，是鱷魚皮材質的，還有銀質鑲邊。福爾摩斯打開手提包，把裡頭的東西全倒出來，就只有用橡皮筋捆好的二十張五十英鎊的英國銀行紙幣，除此再也沒別的東西了。

「這得好好保管起來，到時候會是法庭上的物證，」福爾摩斯說著把手提包及其內容物交給巡官。「現在我們得試著解釋第三顆子彈是怎麼回事了，從木頭碎片看來，開這一槍的人顯然是在屋裡。我得再來問問廚娘金太太。金太太，你說你是被一聲很響亮的爆裂聲吵醒的，照你的意思，你認為它比第二個聲音更響亮？」

「嗯，先生，我是被它吵醒的，因此這很難說，但聽起來確實很大聲。」

「有沒有這種可能，那是兩聲幾乎重疊的槍聲？」

「這我不能確定，先生。」

「我很確定事實就是如此。我想，馬丁巡官，我們應該很難在這裡找到更多線索了。如果你願意陪我們到處逛逛，也許能在花園裡找到一些新的證據。」

一片花圃一直延伸到書房的窗台下，當我們走近那片花圃，所有人不約而同發出驚呼。只見花朵被踩得東倒西歪，鬆軟的泥土上布滿腳印，那是一雙屬於男人的大腳，腳趾的部分格外長而尖。福爾摩斯就像一條追捕傷鳥的尋回犬，在草叢和落葉間搜尋著，他突然開心地喊叫，彎腰撿起一個黃銅的小圓筒。

「和我想的一樣，」他說，「那把左輪手槍有退彈器，這就是第三槍的彈殼。馬丁巡官，我很確定我們的案子快要破了。」

福爾摩斯以他嫻熟的技巧，一投入調查就很快取得進展，令那位鄉村巡官極為驚訝，起初他還有些要堅持己見的樣子，但很快便打心底敬佩，願意完全相信福爾摩斯的判斷。

「你認為是誰幹的？」他問。

「此事等等再說。有關這個問題，我還有幾個地方無法跟你講清楚。既然我們都走到這一步了，我最好還是按照我的方法繼續下去，把整件案子一口氣查清楚。」

「就依你的意思，福爾摩斯先生，只要最後能逮到兇手就行。」

「不是我要故弄玄虛，只是我不可能邊行動邊把狀況解釋清楚。我已掌握了這件事全部的線索，即便那位女士再也無法醒來，我們仍有辦法重現昨晚發生的一切，並確保兇手會被法律制裁。首先我要知道的是，這附近有沒有一間名叫『埃爾里吉』的旅館？」

我們把所有傭人問了一圈，但沒人聽過這個地方，倒是馬僮提供了一條線索，他記得往東拉斯頓的方向走幾哩，住在那裡的一名農夫就叫這個名字。

「那個農莊偏僻嗎？」

「非常偏僻，先生。」

「也許他們來不及聽說昨晚這裡發生了什麼事？」

「他們應該還不知道，先生。」

福爾摩斯思索片刻，有些古怪地笑了起來。

「去備一匹馬，孩子，」他說，「我要你帶封短信到埃爾里吉農場。」他從口袋裡掏出各式各樣畫著跳舞小人的紙條，把它們全排列在面前，又在書桌前忙了一會兒，最後他把一張紙條交給馬僮，並特別囑咐那孩子要把紙條交到收信者本人手上，不管對方提出什麼問題都別回答。只見寫在紙條背面的收信者是諾福克郡，東拉斯頓，埃爾里吉農場的阿貝．斯蘭尼先生，字體非常難看且凌亂，完全不像福爾摩斯平時的嚴謹筆跡。

「我認為，巡官，」福爾摩斯說道，「你最好拍一通電報，讓他們派個警衛過來，因為我若沒猜錯，你接下來可能得押送一個極度危險的犯人到郡監獄去。這孩子在幫我送完信後，可以順便替你發這通電報。如果下午有回倫敦的火車，華生，我們最好能趕上那班車，因為我還有些有意思的化學分析要完成，何況這裡的調查也差不多結束了。」

在遣那孩子去送信後，福爾摩斯又指示所有傭人，如果有任何訪客想見庫比特夫人，立刻將對方帶到客廳，但別透露夫人的狀況。在向傭人們強調這些要點時，他的態度非常鄭重，之後他領著我們來到客廳，並告訴我們，接下來的事態發展已不是我們能掌控的了，我們能做的就是想辦法消磨時間，等著看事情會如何變化。醫生離開去照看病人，只剩下巡官和我跟著福爾摩斯。

「我想我可以替你們找些有趣又有助益的活動來殺時間，」福爾摩斯說著，把椅子拉到書桌邊，又把那些畫著各種滑稽小人的紙條攤出來。「對你，吾友華生，吊著你的好奇心那麼久而不滿足你，我欠你一個道歉；至於你，巡官，我們可以就這件事來點不尋常的專業探討。我得先告訴你，希爾頓．庫比特先生早在案發之前，就曾兩度到貝克街與我討論這件事，當時的情況很有意思。」然後，他扼要地把我前面記錄的那些事情說了一遍。「擺在我面前的這些怪東西，要不是它們之後引起如此可怕的悲劇，人們可能會對它們嗤之以鼻。我對各式各樣的密碼都頗熟悉，也曾寫過一本相關主題的小小專著，我在那本書裡分析了一百六十種不同的密碼，但我承認這種跳舞小人的密碼是我前所未見的，發明它們的人顯然是想藉著看起來像是小孩子亂畫的東西，來掩飾它們真正要傳達的訊息。

「然而，一旦意識到這些符號代表字母，並將各種密碼的規律套用進去後，要破解它們就很容易了。我得到的第一條訊息太短了，從中我唯一能確認的是代表E。你們應該也曉得，英文字母中最常使用的字母就是E，它的使用之頻繁，即便只是一個簡短的句子，我們也會看到它一再出現。第一則訊息共有十五個符號，其中四個是相同的，因此我們可以合理把它們假定為E。儘管確實，它們之中有些舉著旗子，有些沒有，但從旗子分布的方式看來，它們的作用很可能是將句子分段為單字。我認為這個假設是可接受的，因此認定了就是E。

「但調查到此開始進入困難的部分了。E之後的英文字母出現的頻繁程度，其順序就沒那麼明確了，一張印刷的紙頁與一個簡短的句子，字母使用的頻繁程度可能完全相反。但大致來說，順序是T、A、O、I、N、S、H、R、D和L，但

T、A、O和I的數量相差無幾，若要試過每一種組合直到找出其含義，那將是一項永無止境的工作，因此我必須等待新的材料。在希爾頓·庫比特先生二度來訪時，他給了我另外兩個短句和一條訊息，這條訊息中沒有任何小人舉著旗子，因此它似乎是個單字。就是這條訊息。好，在這五個符號組成的單字中，我已經知道第二個和第四個字母是E。它可能是『分離』（SEVER）、『槓桿』（LEVER）或『絕不』（NEVER）。而毫無疑問地，要回答某種要求，使用『絕不』的可能性是最大的，所有情況又都表明這是那位女士寫下的答覆。如果這個推論是正確的，我們就能得出這三個符號分別代表N、V和R。

「即使走到這一步，我眼前依然困難重重，但我靈機一動，想通了其他符號各自都代表什麼字母。我突然想到，如果這些要求如我所想，是來自某個在庫比特夫人早年生活中與她很親密的人，那麼這個頭尾是E、中間夾著三個字母的單字很可能代表她的名字『埃爾西』（ELSIE）。我逐一檢查所有訊息，發現有三條訊息都是以這個單字為結尾，這無疑是在對『埃爾西』提出某種要求。就這樣，我得出了L、S、I三個字母。但這個要求會是什麼呢？『埃爾西』前面的單字只有四個字母，並且是以E結尾，當然了，這個單字肯定是『來』（COME），我試過所有以E結尾、由四個字母組成的單字，但其他單字都不符合情境，所以現在我也找到了C、O和M。於是我將目光轉回第一條訊息，將單字都區分開來，並將依然未知的符號用『・』來替代。在這麼處理後，我得出以下結果：

・M・ERE・・E SL・NE・

「於是第一個字母只可能是A了，這個發現幫助很大，因為它在這麼短的句子中就出現了三次，而第二個單字的開頭是H，這也是顯而易見的。於是現在這則訊息變成了：

AM HERE A・E SLANE

最後，把明顯是人名的那個單字缺失的最後一個字母補上：

AM HERE ABE SLANEY（我在這裡，阿貝・斯蘭尼。）

現在我手上已經有這麼多字母了，如此我對破解第二條訊息就很有把握，結果如下：

A．ELRI．ES

在這裡，我能補上的字母只剩T和G，使之成為：

AT ELRIGES

（在埃爾里吉）

並假設這個名字是留下訊息的人的住處或留宿的旅館。」

馬丁巡官和我滿懷興趣，在聽完我朋友清楚詳述他是怎麼取得成果後，我們所有的疑問都有了解答。

「那麼你後來又是怎麼處置的，先生？」巡官問道。

「我完全有理由認定這位阿貝．斯蘭尼是美國人，因為阿貝是美國人名的縮寫，而正是一封來自美國的信引起所有麻煩。而我也有足夠理由認定這件事的內情涉及犯罪，那位女士暗示她以前發生過一些事，以及她拒絕向丈夫透露這些事，都指向了這個方向。我為此拍了封電報給我在紐約警局的朋友威爾遜·哈格里夫，我在倫敦調查犯罪的經驗曾幫過他好幾次。我問他知不知道阿貝·斯蘭尼這個人，他的回覆是：『芝加哥最危險的罪犯。』就在我得到這通答覆的當晚，希爾頓·庫比特將斯蘭尼的留下的最後一條訊息發給我。使用已經破解的字母，它將是這個樣子：

ELSIE·RE·ARE TO MEET THY GO·

再把P和D加進去，這條訊息就完整了：

ELSIE PREPARE TO MEET THY GOD

（埃爾西，準備去見上帝吧）

這條訊息說明了，那名惡棍已從原本的說服轉為出言威脅了。憑著對這些來自芝加哥的匪徒的了解，我意識到他可能很快就會把威脅付諸實行。我立即和我的朋友兼同事華生醫生一起趕來諾福克，但很不幸，我才剛剛抵達，就得知最糟的情況已經發生了。」

「能與你辦案是我的榮幸，」巡官熱切地說，「不過恕我直言，你只需對你自己負責，而我卻要對我的上級負責。若這位住在埃爾里吉的阿貝・斯蘭尼確實是本案兇手，又或是他趁我坐在這裡的同時逃走了，那我就有大麻煩了。」

「你大可放寬心，他不會想要逃走的。」

「你怎麼知道？」

「一旦逃走，就等於承認了案子是他幹的。」

「那我們這就去逮捕他。」

「我料想他隨時都有可能出現。」

「但他為什麼會過來？」

「因為我寫了信要他過來。」

「但這太荒唐了，福爾摩斯先生！他怎麼可能因為你的要求就過來？這麼做難道不會引起他的疑心，反而讓他逃走？」

「我猜是因為我知道該怎麼寫信給他，」福爾摩斯說，「事實上，若我沒看錯，他本人此刻正沿著馬車道走過來。」

一名男子沿著門前小徑闊步而來。他是個高大、英俊而黝黑的傢伙，身穿灰色法蘭絨外套，頭戴巴拿馬帽，留著短而硬的黑鬍子，大鷹勾鼻顯得好鬥且凶狠。他大搖大擺地走上小徑，邊走還邊揮舞手杖，簡直像回到家那麼自在。他把門鈴拉得非常響亮，從中不難聽出他充滿自信。

「我認為，先生們，」福爾摩斯平靜地說，「我們最好都等在門後，在與這類人打交道時，預防措施是一樣都不能少的。你把手銬拿好，巡官，讓我來對付他。」

我們靜默等待了一分鐘——那是令人無法忘記的一分鐘，接著那人推門走進房間，就在那一瞬間，福爾摩斯拿槍指著他的腦袋，馬丁巡官則用手銬扣住他的手腕。他們的動作乾淨俐落，等那傢伙反應過來時，已經束手無策了。他把在場所有人看了一圈，一雙黑眼睛目光灼灼，然後突然苦澀地大笑了起來。

「哼，先生們，這次是你們贏了，我好像一頭撞在了什麼硬梆梆的東西上。但我是應希爾頓·庫比特夫人的要求前來的，她寫了信給我。別跟我說她也攪和在這場陰謀中，難道是她幫你們設下圈套的？」

「希爾頓·庫比特夫人受了重傷，現在依然生命垂危。」

這人嘶啞地悲鳴一聲，聲音傳遍整棟房子。

「你們瘋了！」他大喊大叫，「受傷的是那個英國人，不是她。誰會傷害小埃爾西？也許我威脅過她，上帝原諒我那麼做！但我絕不會傷她分毫，哪怕只是碰她那美麗的頭髮一下。給我收回你的話！說她沒有受傷！」

「他們發現她的時候，她身受重傷，就倒在她丈夫的屍體旁。」

他低低呻吟了一聲，摔進沙發裡，把臉埋進戴著手銬的雙手中。他沉默了有五分鐘之久，等他願意抬頭說話時，語氣絕望而冷靜。

「這事沒有什麼好隱瞞的，先生們。」他說，「若是我射殺那個人的，那也與謀殺無關，畢竟他也向我開槍了，但如果你們認為我會傷害那位女士，那麼你們既不了解我，也不了解她。我告訴你們，這世上沒有一個男人對一個女人的愛能勝過我對她的愛，我有權利娶她，我們幾年前就有婚約了，那個英國人自以為是誰，竟敢擋在我們中間？我告訴你，我和她有婚約在先，我這麼做只是在維護自己的權利。」

「當她發現了你是怎麼樣的人，便設法逃離你的掌控，」福爾摩斯嚴厲地說，「她為了躲避你而一路逃出美國，並在英國與一位有名望的紳士結婚。但你繼續糾纏她，追著她不放，讓她活在痛苦中，就為了迫使她拋下摯愛且敬重的丈夫，去與你這個她又恨又怕的人一起逃走。你最終害死了一個高尚的人，還逼得他妻子自殺了，這就是你犯下的所有罪行，阿貝．斯蘭尼先生，你要為此接受法律的審判。」

「如果埃爾西死了，要把我怎麼樣都無所謂，」這個美國人說，他攤開手，看著掌心裡一張揉皺的紙條。「瞧瞧這個，先生，」他叫道，眼中閃過一絲懷疑。「你說這些不會是想嚇唬我吧？若那位女士的傷勢真像你說的那麼嚴重，那這張紙條又是誰寫的？」他把紙條扔在桌上。

「信是我寫的，為的是把你引過來。」

「你寫的？世界上只有我們這幫人知道跳舞小人的祕密。你是怎麼寫出來的？」

「只要是人發明的東西，就一定有辦法破解。」福爾摩斯說，「等等會有輛馬車送你去諾里奇，斯蘭尼先生，不過現在，你還有點時間稍稍彌補你造成的傷害。也許你還不曉得，希爾頓．庫比特夫人在她丈夫被謀殺的案子裡涉有重嫌，要不是我剛好在這，還正好握有破解密碼的資料，這才使她免於指控。你至少要讓所有人知道，無論直接或間接，她對她丈夫的悲劇都沒有任何責任。」

「我也是這麼想的，」美國人說，「就是為了自己，我最好坦白一切。」

「我有責任警告你，你的任何發言都有可能在法庭上做為指控你的不利證據。」巡官本著英國刑法莊嚴的公正原則，朗聲說道。

斯蘭尼聳聳肩。

「我願意冒這個險，」他說，「首先，我希望各位明白，我在那位女士還是個孩子時就認識她了，我們七個人在芝加哥結成了一夥，埃爾西的父親正是這個幫派的頭頭。老派屈克是個聰明人，這種密碼正是他發明的，除非你知道密碼的破解方法，不然它們看起來就是小孩子隨手亂畫的。後來，埃爾西也學會了我們的生活方式，但她再也無法忍受這一行，加上她也有些正當賺來的錢，於是她趁我不注意時溜走了，一路逃到了倫敦。當時我們已經訂婚了，但她實在不願與任何不乾淨的勾當再有瓜葛，而我想只要我幹的是別種行業，她仍然願意嫁給我。直到她與那個英國人結婚後，我才找到她，我寫信給她，但沒得到任何回音，為此我只能親自來這一趟，因為寫信沒有用，我便把訊息寫在她看得到的地方。

「嗯，我到這裡已經一個月了，就住在那個農場裡。我租的房間在樓下，這樣我便能趁著夜晚進進出出，沒有人會察覺我的行蹤。我想盡辦法哄埃爾西跟我一起走，我知道她有看到那些訊息，因為她曾在其中一條訊息下寫了回覆，那讓我的怒氣壓過了理智，我開始出言威脅，為此她寫了一封信給我，懇求我離開，還說萬一她丈夫的名譽受損，那會傷透她的心。她告訴我，只要我願意離開，從此不再打擾她的平靜生活，她會趁丈夫睡著，在凌晨三點時下樓到最後面那扇窗前和我談談。她果然依約來了，卻拿著錢想把我打發走，這激怒了我，我抓住她的手臂，想把她從窗口拖出去，就在這時，她丈夫抓著左輪衝進來，埃爾西瑟縮到地板上，如此一來我就和她丈夫面對面了，當時我也帶了槍，我為了脫身而舉槍嚇他，他朝我開槍，但沒打中，我幾乎是在同時開槍還擊，一槍射倒了他，在我穿過花園逃離時，還聽到窗戶在我身後關上。先生們，事實就是如此，我說的每一個字都是真的，之後發生的事我就完全不知情了，直到那個小伙子騎馬送來一張紙條，讓我好像個傻瓜，跑過來被你們逮個正著。」

在這個美國人說話的同時，一輛馬車駛來，車上是兩名制服員警。馬丁巡官起身，拍了拍犯人的肩。

「我們該走了。」

「可以讓我見見她嗎？」

「不行，她還沒恢復意識。福爾摩斯先生，若是又遇上了重大案件，我真希望有幸還能與你一同辦案。」

我們站在窗前目送馬車遠去。等我回過頭，只見犯人扔下的紙團還在桌上，那正是福爾摩斯把他引誘過來的紙條。

「看看你能不能讀懂它，華生。」他微笑道。

那上面沒有一個字，只有一行跳舞的小人：

「如果你使用我解釋過的破解方式，」福爾摩斯說，「你會發現它的意思不過就

是『馬上到這裡來』（COME HERE AT ONCE）。我很確定他不會拒絕這個邀請，因為他不會想到除了那位女士以外，還有其他人寫得出這封信。所以，親愛的華生，我們終於把那些做為犯罪媒介的跳舞小人用於正途了，我也履行了我的諾言，給你的案件紀錄添了些不尋常的東西。我們搭三點四十分的火車，這樣應該能回到貝克街吃晚餐。」

在這裡簡單提幾句日後的事。美國人阿貝．斯蘭尼在諾里奇的冬季巡迴審判庭上被判了死刑。但考慮一切能夠從輕量刑的情節，以及確實是希爾頓．庫比特先開槍的，他的刑罰被減為苦役監禁。至於庫比特夫人，我只聽說她後來完全康復了，但她孀居至今，將餘生完全奉獻給照顧窮人和管理她丈夫的產業。

CASE 4

獨行女騎士驚魂

The Adventure of the Solitary Cyclist

從一八九四年到一九〇一年，福爾摩斯先生一直都很忙碌，我敢說在這八年間，但凡是存在任何疑難的公開案件，沒有一件不找上門來尋求他的建議，此外還有數百起私人案件，其中一些極為複雜且非比尋常，他也在這些案件的調查中扮演關鍵角色。在如此漫長而持續的工作中，他數度取得驚人的成就，但也有些案件不可避免地失敗了。對於所有這些案件，我都留下了極為詳實的紀錄，而且我也親身參與了其中好幾樁案件，因此可想而知，要選擇哪些案子向大眾公開絕非易事。不過，我依然會遵循一直以來的原則，優先考慮的是案件調查的巧妙與案情的戲劇性，而不是案子有多重大多殘酷。基於這個理由，我選擇向讀者們展示查靈頓的獨行女騎士維奧萊特·史密斯小姐的案件，包括我們的調查是如何以古怪的方式結束，以及又是怎麼導致意想不到的悲劇。確實，當時的情況並無太多能讓我朋友展示卓越長才的地方，但在我為了書寫那些小故事而收集各種犯罪資料做成的長期紀錄中，這件案子的某些要點仍令它脫穎而出。

我查閱了一八九五年的筆記，發現我們與維奧萊特·史密斯小姐的初見面是在四月二十三日星期六。我記得福爾摩斯極不歡迎她的來訪，因為當時他正專注於著名的菸草業大亨約翰·文森特·哈登所遭遇的困境。我朋友事事講求精確，熱愛專注思考，並厭惡其他事情分散他對手邊案件的注意力，然而，除非展現有違他本性的嚴苛態度，否則他絕無可能不讓這位年輕美麗的女士講述自己的故事。她高䠷優雅、氣質高貴，在深夜來到貝克街尋求福爾摩斯的幫助和建議，儘管福爾摩斯極力表示自己的時間早已占滿了，但這位年輕女士打定主意要講述自己的故事，而且很顯然地，除非讓她把話講完，不然她說什麼都不會離開我們的房間。於是最後，福爾摩斯帶著疲憊的微笑，無奈地邀請這位美麗的入侵者坐下，告訴我們她遇上了什麼麻煩。

「至少你的問題並非來自健康方面，」他說，同時用敏銳的目光打量著她。「如此熱愛騎車的人，肯定是充滿活力的。」

她驚訝地低頭看了自己的腳一眼，看得出來，她鞋底側邊被腳踏車踏板的邊緣磨擦得有些粗糙。

「是的，我很常騎腳踏車，福爾摩斯先生，我今天來拜訪你也是這個緣故。」

我朋友牽起這位女士沒戴手套的那隻手，不帶任何情感地細細檢查它，就像科學家在檢查標本似的。

「請恕我冒昧，但我基於職業得這麼做，」他說著放下了那隻手。「我差點誤認你是個打字員了，當然，你的職業明顯與音樂相關。看看那些鏟形的指尖，華生，這在打字員和音樂家身上都很常見，然而，她的臉上有一種靈性，」──她微微將臉偏向光照處——「打字員不會有這種靈性的，因此這位女士是音樂家。」
「是的，福爾摩斯先生，我是個音樂老師。」
「看你的膚色，我猜你教音樂的地方是某個鄉下。」
「是的，先生，那地方在薩里郡邊上，靠近法納姆。」
「那是個風景優美的聚居地，會讓我想起許多有意思的舊事。你一定還記得，華生，我們就是在那一帶逮到偽造犯阿奇·斯坦福的。現在，維奧萊特小姐，就在薩里郡邊境的法納姆附近，你遇上了什麼問題？」
這位年輕女士思緒清晰、態度鎮定，開始講起她遇上的怪事：
「家父已經去世了，福爾摩斯先生，他名叫詹姆士·史密斯，曾經擔任舊帝國劇院的樂團指揮。在他去世後，除了我叔叔拉爾夫·史密斯外，母親和我就沒有其他親人了，但叔叔在二十五年前去了非洲，從那以後就再也沒有任何有關他的消息。家父過世後，我們的日子過得很苦，但某日有人告訴我們，說《泰晤士報》有一則尋人啟事在找我們。你可以想像當時我們有多興奮，還以為有誰留了一筆財產給我們。我們立刻按著登報的內容去見那位律師，在那裡遇到兩位先生，卡拉瑟斯先生和伍德利先生，他們是從南非回國訪友敘舊的，並自稱是我叔叔的朋友，而叔叔已經於幾個月前在約翰尼斯堡去世了，死因是極度貧困，他在臨終前請求他們代為尋親，並確保他的親戚能衣食無憂。這讓我們頗感奇怪，拉爾夫叔叔生前對我們不理不睬，去世前卻如此關照我們。但卡拉瑟斯先生解釋說，我叔叔直到那時才聽說他哥哥去世的消息，因此他認為有責任要照顧我們。」

「恕我插個話，」福爾摩斯說，「這次見面是什麼時候的事？」

「那是去年十二月的事，離現在有四個月了。」

「請繼續說下去。」

「在我看來，伍德利先生實在面目可憎，他是個粗魯、浮腫、留著紅鬍子的年輕人，頭髮貼在額頭兩側，老是對我擠眉弄眼。我覺得這人非常討厭，我確信西里爾不會希望我與這種人打交道。」

「哦，所以他名叫西里爾！」福爾摩斯微笑道。

這位年輕女士臉紅了，她笑起來。

「是的，福爾摩斯先生，西里爾·莫頓，他是個電氣工程師，我們計畫在夏末結婚。老天，我是怎麼談到他的？我要說的是伍德利先生是個討厭的傢伙，但比較年長的卡拉瑟斯先生則好相處多了。他皮膚黝黑，面色蠟黃，鬍子刮得乾乾淨淨的，沉默寡言但舉止得當，笑容很討人喜歡。他問起我們的經濟狀況，在發現我們一貧如洗後，他提議我去當他十歲獨生女的音樂家教，我表示不願意獨留母親一人在家，他又說我每個週末都可以回家探望她，加上他付給我的工資是一年一百鎊，這樣的報酬實在很優厚，所以我終究還是接受了，並搬到離法納姆大約六哩的奇爾特恩農莊。卡拉瑟斯先生是個鰥夫，他雇來一位女管家迪克森太太為他打理家務，她是一位很體面的老太太，而卡拉瑟斯的女兒也很可愛，一切看起來都很順遂，至於卡拉瑟斯先生則非常友善，也很有音樂天賦，我每天都和他一起度過愉快的夜晚，到了週末則會回去城裡陪我母親。

「我美好生活的第一樁不愉快，就是那個紅鬍子伍德利先生的來訪。他來住了一個星期，哦，那對我來說漫長得像三個月！他實在糟透了，任意欺壓所有人，但對我來說更糟的是，他醜態畢露地對我示愛，吹噓他的財富，說我若嫁給他，他就給我倫敦最上品的鑽石，到最後，因為我始終不回應他，他竟然在某一天晚餐後抱住我不放，他的力氣大得可怕，而且執意要我吻他，這樣他才肯放開我。卡拉瑟斯先生這時正好進屋，見狀立刻把伍德利先生拉開，但伍德利先生竟轉頭攻擊他，把他打倒在地，還劃傷了他的臉。正如你想的那樣，這位不速之客立刻就被請走了，卡拉瑟斯先生次日來向我道歉，並保證不會再讓我受到這種侮辱。那次之後我就沒見過伍德利先生了。

「現在，福爾摩斯先生，我終於要講到那件不尋常的事了，我今天就是要來向你請教這件事的。要知道，我總會在每個星期六上午騎腳踏車到法納姆車站，從那裡搭十二點二十二分的火車回倫敦。我從奇爾特恩農莊出來，走的是一條很偏僻的路，其中一段路尤其如此，它的一側是查靈頓灌木叢生的荒野，另一側則是查靈頓莊園周遭的樹林，這段路綿延了一哩左右，你很難找到比它更荒涼的路了，在到達克魯克斯伯里山附近的那條公路之前，甚至遇不到一輛馬車或一個農民。兩個星期前，我經過這段路時，偶然間回頭一看，發現在我身後大約兩百碼處，有一個男人同樣騎著腳踏車，看起來約莫中年，留著黑黑短短的鬍子，在快到法納姆時，我又回頭看了一次，但已經不見那個人的蹤影，所以我也就沒想太多。但你應該能想像接下來我有多驚訝，福爾摩斯先生，因為當我星期一要從火車站返回農莊時，在同一條路上又遇到同一個人。而之後的星期六和星期一，同樣的事再次發生時，我又更驚訝了。他總是和我保持距離，沒有上前來打擾，但我還是覺得奇怪，於是向卡拉瑟斯先生提起這件事，他似乎把此事看得很嚴重，並說他已經訂購了一匹馬和一輛小馬車，這樣我以後就不必獨自往來於偏僻的道路了。

「馬匹和馬車本該在這個星期就會送到，但由於某種原因遲未交貨，讓我不得不再次騎車去車站，也就是今天早上的事。你應該猜到了，我在經過查靈頓荒野時向後張望，果然又看到那個人，和兩星期前的狀況完全一樣，他總是離得遠遠的，我看不清楚他的臉，只能確定我不認識他。他穿著深色外衣，戴著布帽，我唯一能看清楚的就是他的黑鬍子。這次我不再驚慌，反而滿懷好奇，決心要搞清楚他是什麼人、有什麼打算。我把腳踏車的速度放慢，他也同樣放慢速度；我索性停下車，他也跟著停下來。我想了個辦法引他落入圈套，前方的路上有一個急轉彎，我飛速騎過那個轉彎，然後停下車等他，預料他騎過轉彎後會來不及停下，騎過頭衝到我前面，但他始終沒出現，於是我轉頭回到轉彎處查看，從那裡可以放眼大約一哩的路段，但他不在路上，更奇怪的是，這段路沒有任何岔路可以讓他離開。」

福爾摩斯搓著手，低聲輕笑起來。「這件案子的確有獨特的地方，」他說，「從你繞過那個轉彎，到你折回去發現路上沒人，這中間過了多長時間？」

「兩三分鐘吧。」

「這點時間絕對不夠他原路騎回去，你說那裡沒有任何岔路？」

「一條都沒有。」

「那他肯定下了車，走到其中一側的人行小徑離開了。」

「若是這樣，那絕對不會是荒野的一側，不然我應該會看到他。」

「所以透過排除法，我們可以確認他是往查靈頓莊園去了，據我所知，查靈頓莊園座落在道路一側的自家土地上。還有其他要補充的嗎？」

「沒有了，福爾摩斯先生，我只是很困惑，總覺得非見到你不可，並得到你的建議，不然我無法心安。」

福爾摩斯默默地坐了一會兒。

「與你訂婚的那位先生人在哪裡？」他開口問道。

「他在考文垂的米德蘭電氣公司任職。」

「會不會是他出其不意來找你？」

「噢，福爾摩斯先生！你說得像是我認不出他似的！」

「你還有其他追求者嗎？」

「有過幾個，都是我認識西里爾之前的事了。」

「那之後呢？」

「伍德利那個討厭鬼，若他算得上是追求者的話……」

「沒有別人了？」

我們貌美的客戶似乎有些猶豫。

「他是誰？」福爾摩斯問。

「哦，這可能是我想多了，但我總覺得我的雇主卡拉瑟斯先生對我有意思。我們相處得很好，我在晚上會替他伴奏。他是個徹頭徹尾的紳士，從來沒有表示過什麼，但身為女性，我就是察覺得到。」
「哈！」福爾摩斯表情變得嚴肅。「他靠什麼為生？」
「他是個有錢人。」
「但沒有馬車或馬？」
「嗯，至少他日子過得很不錯，但他每個星期會進城兩或三次，非常關切南非的黃金股票。」
「一旦事情有任何進展，請一定要讓我知道，史密斯小姐，眼下我非常忙碌，但還是會抽出時間來調查你的案子。這段期間，不要沒告知我就擅自採取行動。再見，我想應該不會有什麼問題的。」
「這樣的女孩會有追求者，這是再自然不過的，」福爾摩斯說著，拿出他沉思時用的菸斗。「但會選在偏僻的鄉間小路上騎腳踏車追求，無疑是某個祕密的仰慕者。但這個案子有些細節確實令人好奇且值得細細玩味，華生。」
「你指的是對方只會在那個時間出現在那個地方？」
「沒錯，我們首先要找出住在查靈頓莊園的都是什麼人。再來，既然卡拉瑟斯和伍德利看起來是截然不同的兩種人，那麼他們是什麼關係？他們為何都如此熱心要找出拉爾夫・史密斯的親人？還有就是，他住的地方離車站有六哩遠，卻連一匹馬都沒有，但又願意付雙倍工資聘請家庭教師，怎麼會有人這樣管理家務？這很怪，華生，真的非常怪！」

「所以你打算去一探究竟？」

「不，親愛的朋友，是你要跑這一趟，這可能只是一樁瑣碎的陰謀，我不能讓它干擾我重要的調查工作。星期一你早點去法納姆，在查靈頓荒野的周遭找個地方躲起來，親眼看看那位女士描述的一切，並依你自己的判斷採取行動，再去調查那座莊園裡住的是什麼人，然後回來向我報告你的調查成果。好了，華生，在找到能解決案件的踏腳石前，我們先不提這件事了。」

我們從那位女士那裡得知，她都是搭星期一早上九點五十分開出滑鐵盧車站的火車回法納姆的，因此我更早動身，趕在她之前搭上九點十三分的火車。到法納姆車站後，我沒花多少力氣就問出查靈頓荒野的位置。那位年輕女士遇險的地方很容易辨認，因為那段路的一側是空曠的荒地，另一側則是老紫杉樹籬環繞的庭園，園內樹木參天。石砌的大門覆蓋著地衣，兩邊側柱上刻的紋章都已破損。但除了中央馬車道外，我還觀察到樹籬上有好幾處缺損的地方，並有小徑從那些缺口穿過。從外頭的大路上看不到莊園宅邸，入眼的只有環繞宅邸的種種陰暗與衰敗。

荒地開滿了金雀花，金黃色的花朵在明媚春陽下閃閃發光。我選擇一處灌木叢後頭做為藏身處，這樣既能看清楚莊園大門，又不放過大門兩側道路上的任何動靜。我在躲進荒地時，大路上還沒有任何人經過，但現在我看到一個穿深色外衣、留黑鬍子的男人騎著腳踏車過來。他與我來時的方向相反，一路騎到查靈頓莊園的地界邊緣，接著他跳下腳踏車，牽著車穿過樹籬的其中一個缺口，消失在我的視野中。

一刻鐘過去，第二個騎腳踏車的人出現了，這次是那位年輕女士從車站方向騎過來，當她經過查靈頓莊園的樹籬前，我看到她左顧右盼著。片刻之後，那黑鬍子從藏身處現身，騎上腳踏車尾隨她。他們的身影是這一大片開闊的風景中僅有在移動的物體，身姿綽約的女孩筆直地騎著腳踏車，而她身後的那個人壓低身子伏在車把手上，一舉一措都顯得很鬼祟。她回頭瞥見他了，隨即放慢了速度，他也立刻放慢；她停下車，他也跟著停下，始終和她保持兩百碼的距離。她接下來的舉動猛烈又出人意料，她猝然調轉車頭朝他直直衝去！然而他逃走的速度一樣快，不顧一切地溜了。於是她又回到大路上，她高傲地昂著頭，似乎不打算再理睬那默默跟蹤她的人，而他也折回來，仍保持距離跟著她，直到他們繞過轉彎處，離開了我的視線為止。

我繼續待在藏身處，這麼做是對的，因為過沒多久，那個人又慢吞吞地騎著車回來了，他在轉進莊園大門後下了車，我能看見他在樹林裡站了片刻，抬起雙手，似乎在整理領帶，然後他又騎上車，沿著馬車道往莊園宅邸的方向遠去了。我跑過荒地，透過樹林往莊園內部看去，可以遠遠望見那座古老的灰色建築，與它高高聳立的都鐸式煙囪，但馬車道隱沒在茂密的灌木叢中，我再也看不到我跟蹤的對象了。

然而在我看來，這一早上的工作做得相當不錯，我開開心心徒步回到法納姆，向當地的房產經紀人打聽查靈頓莊園的信息，但他說不出個所以然來，只能建議我回倫敦，到帕摩爾街一家有名的公司問問。我在回家的路上順道去了那裡，一位殷勤的經紀人接待了我。不行，我今年夏天租不到查靈頓莊園，我慢了一步，它已在約莫一個月前租出去了，租給一位威廉森先生，他是個年長且受人尊敬的紳士。經紀人禮貌地表示他只能說到這裡了，客戶的事他不便再透露更多。

當晚，我向福爾摩斯先生提交了長長的一篇報告，但在他專注聽完後，並未如我期望的那樣，得到他任何簡短的讚揚之詞。相反的，他繃起平日就很嚴厲的臉，開始批評我做過的事，還有我沒做到的事。

「親愛的華生，你選了一個非常糟糕的藏身處。你應該躲在樹籬後面的，這樣你就能近距離看清楚那個有趣的傢伙，結果你選了個有幾百碼遠的地方，如此一來，你能告訴我的訊息甚至比史密斯小姐還少。她說她不認識那個人，我很肯定她認識他，否則他為何要緊張兮兮地不讓她靠近、看清自己的長相？你形容他俯身在車把手上，你瞧，這不也是他在遮遮掩掩？你實在做得太差勁了，他躲進那棟宅子，而你為了搞清楚他是誰，竟然跑回倫敦問房產經紀人！」

「那不然我該怎麼做？」我有點惱火了，大聲質問道。

「到附近的酒館去，那些鄉下人但凡想說長道短，全都會聚集在那裡，你在那裡可以問出從宅邸主人到女傭的每一個名字。威廉森！這個名字對我沒有任何意義，若他是一位長者，就不可能是那名身手敏捷的騎手，可以在擅長運動的年輕女士騎車猛衝向他時輕易逃脫。你這趟大冒險的收穫是什麼？確定那個女孩說的全都是實話，可我從沒懷疑過這一點；那個騎車的人和莊園有關，這我也沒懷疑過；莊園的租客名叫威廉森，可誰是真正住進去的人？好啦，好啦，親愛的先生，別沮喪了，我們在下星期六前能做的本就不多，這段期間我可能會先著手調查一兩件事。」

翌日一早，我們收到史密斯小姐的一封短信，簡單扼要地描述了我看見的一切，但整封信的要點卻在信末的附言中：

福爾摩斯先生，當我告訴你，由於我的雇主向我求婚，而使我在這裡的處境變得困難時，我想你會替我保密。我相信他的感情是深刻且真誠的，當然，我也馬上表示我已經訂婚了。他對我的拒絕嚴肅以待，但態度依然很溫和，不過你應該能想像得到，我們之間還是變得有點緊張。

「我們的年輕朋友似乎深陷困境，」福爾摩斯看完信後尋思道，「這個案子確實比我一開始想像的有趣得多，而且接下來的發展可能出乎意料。我想，到鄉下安靜平和地過上一天，對我來說應該沒壞處，我傾向今天下午就動身前去，有一兩點推論已經成形，我需要驗證一下。」

福爾摩斯在鄉下平靜的一天卻結束得很奇特。他深夜才回到貝克街，不僅割破了嘴唇，額頭上也有一大塊青腫，再加上他那副放蕩的模樣，要是此時被警察遇上，肯定會被盤問一番的。他對自己的這場冒險興致勃勃，邊講述邊開懷大笑。

「這麼激烈的鍛鍊並不常有，但我一直很享受這麼做，」他說，「你知道，我算是熟悉古老而實用的英國拳擊運動，它時不時會派上用場，比如今天，如果沒有它，我就要出糗了。」

我拜託他告訴我發生了什麼事。

「我找到一間我建議過你去的那種鄉村酒吧，在那裡小心翼翼調查了一番，我光是坐在吧台邊，那位貧嘴的店主就把我想知道的一切都告訴我了。威廉森是個留著白鬍子的傢伙，他和幾名傭人住在查靈頓莊園，有傳言說他是，或至少曾經是個牧師，但他在莊園還沒住多久，就已經幹了一些讓我覺得極度違背教會規範的事。我到一處牧師的辦事處查詢過了，他們告訴我，是有過一位叫這個名字的牧師，但他的職業生涯非常不光采。此外，那位店主還說了，莊園每到週末都有訪客。『那可是一大群人啊，先生。』他是這麼說的，還提到每次都會來訪的是一位留著紅鬍子的伍德利先生。我們談到這裡，伍德利先生本人竟然出現了，原來他一直在桶裝啤酒間喝酒，聽到了我們的談話內容。我是誰？我要幹什麼？我問那些問題是什麼意思？他滔滔不絕吐出一大堆問題，用詞非常激烈，他一連串辱罵後便是狠狠的反手一拳，而我沒能完全閃過去。接下來的幾分鐘實在太好玩了，我給了那凶殘的暴徒一頓狠揍，所以我成了你看到的這副德性，伍德利先生卻得讓馬車載回去。我的鄉村之旅就此結束了，我得承認，雖然我過得很愉快，但我在薩里郡邊境度過的一天並不比你收穫得更多。」

到了星期四，我們的客戶又捎來一封信，信上說：

福爾摩斯先生，當你聽到我將辭去卡拉瑟斯先生那裡的工作時，應該不會感到太驚訝，再高的工資都無法化解我在此地的困境。這星期六我回到倫敦後，便不會再返回這個地方。卡拉瑟斯先生買的馬車已經到了，所以那條偏僻的道路上就算真有什麼危險，對我來說也都是過去的事了。至於讓我決定離開的特殊原因，不光是我現在見到卡拉瑟斯先生就尷尬，還因為伍德利先生那個討厭鬼又出現了。他本就生得難看，但現在的模樣更嚇人了，他似乎遭受了某種事故，讓他看起來益發不像人。我很慶幸沒和他遇個正著，而只是從窗口看見他，他和卡拉瑟斯先生談了很久，卡拉瑟斯先生在事後顯得非常激動。伍德利肯定就住在附近，因為他雖然沒有留宿在這裡，但今天早上我又看到他鬼鬼祟祟在灌木叢裡走動。要是這頭野蠻的惡獸繼續在附近亂竄，我早晚會被他撞見的，我對他的厭惡和恐懼難以言喻，不知卡拉瑟斯先生怎麼忍受得了這傢伙？無論如何，這些麻煩到了星期六就都結束了。

「我相信是這樣，華生，而且一定是這樣，」福爾摩斯嚴肅地說，「那小女孩周遭正有某種陰謀在蠢動，而且這個陰謀藏得很深，我們有責任保護她在最後一趟旅程中不被騷擾。我想，華生，我們得抽出時間，在這星期六早晨一起過去一趟，好確保這件古怪又尚無定論的案子不致悲劇收場。」

我承認到目前為止，都沒真正重視過這個案子，在我看來，與其說是危險，這個案子還比較像古怪和可笑。一名男子守候並尾隨一名美貌的女子，這算不上前所未聞的事，若他怯懦到連與她交談都不敢，甚至在她打算接近時就逃之夭夭了，那他也不會是個不好對付的襲擊者。當然那個惡棍伍德利又是另一回事了，但除了僅有的那一次，他也沒再騷擾過我們的客戶，就算他近來又一次拜訪了卡拉瑟斯家，但他也沒去煩擾她。酒館老闆說查靈頓莊園到了週末總有聚會，那個騎腳踏車的人肯定也是訪客之一，但他是誰？他想幹什麼？這一切依然成謎。然而福爾摩斯的態度非常嚴肅，在我們出發前，他還將左輪手槍塞進口袋，這都讓我深刻體認到，在這一系列怪事的背後，可能真的藏著某種災難。

在下了一整晚的雨後，我們迎來一個陽光燦爛的早晨，鄉間遍生著石南灌木，間雜著一叢叢盛開的金雀花，對於天天睜眼就是倫敦暗棕色、黃褐色和灰青色景物的人們來說，這幅景象尤其賞心悅目。福爾摩斯和我順著廣闊的沙土路走，呼吸早晨清新的空氣，享受著鳥鳴與盎然的春意。從克魯克斯伯里山肩的道路高處，我們可以看到查靈頓莊園那令人不快的宅邸在古老的橡樹林間拔地而起，那些橡樹儘管頗有年歲，但仍不及它們所圍繞的那棟建築。福爾摩斯指著那條長長的道路，它蜿蜒在棕色的荒野和冒出新綠的樹林間，看起來彷彿一條微微泛紅的黃色帶子。一個小黑點出現在遠處，看得出是一輛朝著我們這裡駛來的馬車，福爾摩斯急得喊出聲來。

「我已經提早半小時了，」他說，「但如果那是她的馬車，那她一定是打算搭早一班的火車。華生，恐怕在我們遇上她之前，她就已經經過查靈頓了。」

等我們越過高地，就看不到那輛馬車了，但我們仍拚了命往前衝，久坐的生活令我難以跟上這樣的速度，不得不落在後頭。至於福爾摩斯，他始終訓練有素，還有怎麼用也用不盡的旺盛精力，輕快的步伐自始至終沒有放慢，直到他突然在我面前一百碼的地方停住腳步，只見他舉起手來，顯得沮喪而絕望。在此同時，一輛無人的狗車出現在前方道路轉角處，轆轆地朝我們疾駛而來，拉車的那匹馬小跑著、拖著長長的韁繩。

「太遲了，華生，我們晚了一步！」在我氣喘吁吁趕上時，福爾摩斯叫道，「我太蠢了，竟沒想到她可能會搭早一班的火車！這是綁架，華生，綁架！謀殺！天知道還會有什麼！擋住路！攔下那匹馬！沒錯，就是這樣。好了，上車吧，看看我們是否還來得及彌補我犯下的嚴重錯誤。」

我們跳上那輛狗車，福爾摩斯調轉馬頭，狠狠抽了馬一鞭子，我們便朝著狗車剛剛過來的方向飛馳而去。等我們轉過彎，眼前豁然開朗，查靈頓莊園和荒野之間的整段路都一清二楚。我一把扯住福爾摩斯的手臂。

「就是那個人！」我喘著氣道。

一個獨自騎著腳踏車的人往我們這裡過來。他埋著頭，拱起肩膀，將每一分力氣都用在踩踏板上，這令他騎得如同賽車般飛快。突然間，他抬起滿是鬍鬚的臉，看到我們正向他駛去，他停下，從車上跳下來，漆黑的鬍鬚與蒼白的臉色呈現鮮明對比，一雙眼睛就像發燒時那般明亮。他直勾勾瞪著我們和那輛狗車，面露驚愕之色。

「喂！停下來！」他叫道，把腳踏車打橫攔在路上。「你們從哪裡弄到那輛車的？嘿，給我停下！」他大吼，從側口袋裡掏出手槍。「我說停下來，該死的，再不停下來，你的馬要吃子彈了。」

福爾摩斯把韁繩扔到我腿上，自己跳下了車。

「我們正在找你。維奧萊特．史密斯小姐哪裡去了？」他直截了當地問。

「這問題該由我來問你們。你們駕著她的車，應該知道她在哪裡吧？」

「這輛狗車是我們在路上攔下的，當時車裡沒人，我們立刻駕車往回趕，就是為了去救那位年輕女士。」

「天啊！我的天！我該怎麼辦？」那個陌生人絕望到幾乎狂亂地喊道，「一定是他們抓走她了，那個惡魔伍德利和那個惡棍牧師。快點，老兄，快跟上來，若你們真是她的朋友，就跟我一起去救她。就算要我曝屍在查靈頓森林裡，我也一定要救她。」

他抓著手槍，慌亂跑向樹籬的一處缺口，福爾摩斯緊跟著他，我把馬留在路邊吃草，也跟了上去。

「他們就是從這裡穿過樹籬的，」那陌生人指著泥濘小路上的一些足跡道，「啊！等等！是誰在那邊的灌木叢裡？」

那是一個十七歲左右的小伙子，穿著皮褲和綁腿，看裝束應該是馬夫。他仰面朝天躺著，膝蓋蜷起，頭上有一道可怕的傷口。他完全不醒人事，但至少還活著，我稍微檢查一下他的傷口，發現沒傷到頭骨。

「那是馬夫彼得，」陌生人叫道，「他負責駕車送她去車站，那兩個畜生把他拖下車並打成這樣。放他在這躺著吧，反正我們也幫不了忙，但我們還來得及救女士，那樣的厄運對任何女性來說都太可怕了。」

我們沿著蜿蜒的林間小徑狂奔，等我們跑到圍繞宅邸的灌木叢邊時，福爾摩斯停下腳步。

「那些傢伙沒進屋，他們的足跡往左邊去了，就在這裡，在月桂樹叢旁邊！啊，我就說嘛！」

在他這麼說時，眼前茂密翠綠的灌木叢中突然傳來一聲女人尖叫，那發顫的聲音中滿是狂亂與恐懼，尖叫聲在拔到最高音時突然被打斷，隨之而來的是窒息般的咯咯聲。

「這裡！往這走！他們一定在滾球場。」陌生人叫嚷著衝進灌木叢。「啊，這些卑鄙的畜生！跟我來，先生們！太遲了！我們慢了一步！天哪！」

突然間，我們闖入一片古樹環繞的漂亮草坪，一個奇怪的三人組就站在草坪另一頭一棵大橡樹的樹蔭下。其中一人是一位女士，正是我們的客戶，她神智不清地低垂著頭，嘴巴被手帕蒙住。站在她對面的那名紅鬍子年輕人神情暴虐，打著綁腿的雙腿站得很開，一手叉腰，另一手揮舞著馬鞭，完全就是一副虛張聲勢的得意模樣。在他們中間的是一位鬍鬚斑白的老人，他在淺色花呢西裝外頭罩著一襲白色短法衣，結婚儀式顯然才剛結束，因為在我們到場時，他正把祈禱書放回口袋，並拍拍那名相貌陰險的新郎後背，開心地表示祝賀。

「他們結婚了！」我氣喘吁吁道。

「快！」我們的領路人叫道，「快點！」他狂奔過草坪，福爾摩斯和我緊跟在後。當我們靠近時，那位女士搖搖晃晃地靠著樹幹穩住身子，被解職的牧師威廉森裝出彬彬有禮的模樣一鞠躬，那名惡棍伍德利則迎上前來，暴虐地狂笑起來。

「你可以把鬍子摘掉了，鮑勃，」他說，「你以為我看不出你是誰？太好了，你和你的朋友們來得正是時候，讓我向你們介紹伍德利夫人。」

我們的領路人回答的方式很獨特，他一把扯掉用來偽裝的黑鬍子，將之扔在地上，露出一張蠟黃、鬍子刮得乾乾淨淨的瘦長臉孔。接著，他舉起左輪手槍，槍口對準那個年輕暴徒，對方則揮舞著馬鞭，朝他步步進逼。

「沒錯，」我們的同伴說，「我就是鮑勃．卡拉瑟斯，我說什麼都要看到這位女士安然無恙。你若騷擾她，你知道我會怎麼做，我告訴過你了！老天在上，我說到做到！」

「你太遲了，她已經是我的妻子了！」

「不，她是你的遺孀。」

只聽見左輪手槍一響，伍德利背心的前襟噴湧出鮮血，他尖叫著扭過身子，仰面朝天倒下了，醜惡的紅臉一下子浮現出斑斑點點的死白。那老人仍穿著法衣，卻爆出一連串咒罵，用詞之污穢是我前所未聞的，他也掏出槍來，但還來不及舉槍，他已正對著福爾摩斯的槍口。

「夠了，」我朋友冷冷地說，「把槍放下！華生，撿起那把槍！抵在他頭上！謝謝你。還有你，卡拉瑟斯，把你的槍也交出來，誰都別再使用暴力了。快點，把槍給我！」

「你究竟是誰？」

「我是夏洛克．福爾摩斯。」

「我的天！」

「看來你聽說過我。在官廳警察到場前，我就先替他們發號施令了。就是你，過來這裡！」他對那名正好經過這片林間草坪邊上、被嚇壞的馬夫叫道，「這邊。帶上這張紙條，盡快騎到法納姆去。」他從筆記本撕下一頁紙，草草寫了幾個字。「把這個送去警局，交給警長。在他到場前，只能由我來負責看管你們了。」

福爾摩斯善於控制場面的堅強性格在這場災難中主宰了一切，每個人都完全聽從他的指揮。他讓威廉森和卡拉瑟斯把受傷的伍德利抬進屋內，我則負責照料那飽受驚嚇的女孩，等傷者被安置在床上，我按福爾摩斯的要求去檢查伍德利的傷勢。當我向他報告檢查結果時，他正坐在掛著壁毯的老舊飯廳裡，看著面前兩名犯人。

「他死不了的。」我說。

「什麼！」卡拉瑟斯叫道，從椅子上跳起來。「我這就上樓去解決他。別跟我說，那天使般的女孩要一輩子與傑克．伍德利那頭畜生綁在一起！」

「這你不必擔心，」福爾摩斯說，「有兩個非常充分的理由，說明她在任何情況下都不會是他的妻子。首先，威廉森先生到底有沒有權利為人證婚，我們有十足把握質疑這一點。」

「我被授予過神職。」老流氓嚷嚷。

「早就被解職了。」

「一日為牧師，終生為牧師。」

「我可不這麼想，那結婚證書你要怎麼說？」

「我們有結婚證書，就在我的口袋裡。」

「那也是你們用詭計搞來的。但無論如何，強迫的婚姻非但不是婚姻，還是非常惡劣的重罪，在我解決這件案子之前，你就會明白這一點了，而且我若沒搞錯，在接下來的十年，你有的是時間慢慢思考。至於你，卡拉瑟斯，你最好把槍留在口袋裡。」

「眼下的確是這樣沒錯，福爾摩斯先生，但這本來是我為了保護那女孩所採取的預防措施，因為我愛她，福爾摩斯先生，這還是我第一次知道什麼是愛，一想到她被南非最凶殘的惡霸擄走，我簡直要瘋了，此人的惡名可是從金伯利一路傳到約翰尼斯堡，聽過的人無不畏懼。啊，福爾摩斯先生，說來你可能不信，但打從雇用那女孩以來，我就沒讓她一個人行經這棟房子過，因為我很清楚那兩個惡棍就躲在這裡。我沒有一次不騎著腳踏車跟在她後頭，就是為了確保她不受傷害。我和她保持距離，還裝上假鬍子，以免被她認出來，她生性善良而高尚，若她誤會我在鄉間小路上跟蹤她，便絕無可能繼續在我那兒待下去。」

「為什麼不讓她知道自己面臨了何種危險？」

「要是那麼做的話，她也會離我而去的，而我就是無法忍受這個事實。她不愛我也無妨，只要她美好的身姿時刻都在身旁、只要能聽到她的聲音，我就心滿意足了。」

「哼，」我說，「你管這個叫愛，卡拉瑟斯先生，但我稱之為自私。」

「也許這兩者本就是同一回事。無論如何，我都不願意放手讓她走，再說了，有那麼多人覬覦她，得有誰跟在她身邊照看她。最後，在接到那封電報後，我就知道他們一定會出手。」

「什麼電報？」

卡拉瑟斯從口袋裡抽出一封電報。

「就是這個。」他說。

電報非常簡明扼要：

老頭子死了。

「哈！」福爾摩斯說，「我想我知道是怎麼回事了，我也能明白你說的，為何這消息會讓事態變得急迫。不過，既然我們都在此等候，你不妨把知道的一切都說出來。」

那穿著法衣的老惡棍突然飆出一大串污言穢語。

「老天在上，」他說，「如果你敢揭露我們的祕密，鮑勃．卡拉瑟斯，我就用你對付傑克．伍德利的手段來對付你。那女孩的事你愛怎麼哭訴就怎麼哭訴吧，反正那是你家的事，但你若把所有人都出賣給這便衣警察，那將是你這輩子做過最糟糕的決定。」

「別激動，牧師閣下，」福爾摩斯點起一支香菸道，「這個案子已經明顯對你們不利了，我現在只是基於自己的好奇心，想把一些細節再問清楚點。不過你們若有難言之隱，那就由我來說好了，這樣你們就明白自己還能瞞得住什麼。首先，你們三個人——威廉森、卡拉瑟斯和伍德利在南非策畫了這場陰謀。」

「開口就是謊言，」那老人說，「我直到兩個月前才第一次見到他們，而且我這輩子從沒去過非洲，所以你可以把你的胡話放進菸斗裡燒了，好管閒事的福爾摩斯先生！」

「他說的是實話。」卡拉瑟斯說。

「好啦好啦，你們兩個是飄洋過海的，牧師閣下則是我們英國的土產。當你們在南非認識拉爾夫．史密斯時，就有理由相信他將不久於人世，並意識到他姪女將繼承他的財產，是這樣沒錯吧——嗯？」

卡拉瑟斯點頭，威廉森則罵罵咧咧的。

「她無疑是他血緣關係最近的親人，而你們也很確定那老傢伙不會立遺囑。」

「他不識字也不會寫字。」卡拉瑟斯說。

「所以你們兩個就回英國來找那女孩了。你們當時計畫由其中一人娶她，另一人則分享到手的遺產。基於某種原因，你們決定讓伍德利來當她丈夫。你們是靠什麼決定的？」「我們在回程的船上打牌，以她為賭注，結果贏的是他。」

「我懂了。你把這位年輕女士雇用到家裡來，這樣伍德利就可以在你家向她求愛，但她看出他是個酗酒的畜生，不願與他來往。同時，你們的計畫也被打亂，因為你愛上了那位女士，再也無法忍受讓那惡棍擁有她。」

「不，老天，這我絕不能忍！」

「你們吵起來，他一怒之下離去，決定不再靠你幫助，自己執行你們定下的計畫。」

「依我看，威廉森，我們能說的差不多都被這位先生說完了，」卡拉瑟斯揚聲說，同時露出苦笑。「是的，我們吵了一架，他還打傷我，不過我也把話說清楚了，因此他沒再來找過我，也就是在那時，他和這位被解職的牧師混在一起。我發現他們住進這棟房子，而這裡就座落她往來車站必經的道路邊。在那之後，我就一直緊盯著她，因為我依稀感覺早晚會出事。我時不時就兜過來看看，因為我急著要搞清他們究竟在打什麼主意。兩天前，伍德利拿著這封電報來找我，上面說拉爾夫．史密斯已經死了，他問我還打不打算照著說好的做，我拒絕了；他又問我是否願意由我來娶那女孩，到時候分一部分她繼承的遺產給他，我表示願意這麼做，但她不肯嫁我。『我們先逼她結婚，也許過了一兩個星期，她就會改變主意了。』他是這麼說的，而我堅持絕不使用暴力。他本就是個滿嘴髒話的惡棍，在聽了我的回答後，他咒罵著走了，走之前還發誓一定要把她弄到手。她這個週末就要離開我了，我弄來一輛小馬車送她去車站，但我依舊感到很不安，打算騎車跟在馬車後頭護送她，沒料到她會提早動身，我還來不及追上她，傷害已經發生了，而我還是看到你們兩位駕著她的狗車回來，才知道出事了。」

福爾摩斯起身，把菸頭扔進壁爐裡。「從頭到尾，我的反應都很遲鈍，華生，」他說，「當時你回來向我報告，說你看到那個騎腳踏車的人，你認為他站在灌木叢中是在整理領帶，光憑這點就足夠說明一切了。無論如何，我們還是可以慶幸遇上這麼個古怪、在某些方面甚至是獨一無二的案子。我看到三個當地警察出現在馬車道上了，我也很高興那個小馬夫還有辦法跟著他們走，所以他和那位有意思的新郎都沒在今早這場風波中受到不可挽回的傷害。我想，華生，憑你的醫務能力，你現在可以去照料史密斯小姐了，並跟她說一聲，如果她已經好得差不多了，我們很樂意送她回她母親家；但如果她還沒緩過來，那就暗示她，我們會拍一通電報給米德蘭的一位年輕電氣工程師，這對她來說應該比任何治療都有效。至於你，卡拉瑟斯先生，儘管你確實參與了這樁卑劣的陰謀，但我相信你也盡己所能彌補它造成的後果了。這是我的名片，先生，如果我的證詞能在法庭上幫到你，儘管和我說一聲吧。」

讀者們可能已經察覺了，找上我們的案子源源不絕，讓我老是很難完善描述每一個故事，並給出最後的細節以滿足好奇的讀者們，每一件案子都會拉開另一件案子的序幕，一旦危機解除，在案件中扮演重要角色的人們便從我們忙碌的生活中永遠消失了。然而，我翻閱了自己關於此案的手稿，發現我在末尾加上一條簡短說明，記錄了在日後，維奧萊特・史密斯小姐確實繼承一大筆財產，而且她現在是西敏區著名的電氣工程師、莫頓與甘迺迪公司的資深合夥人西里爾・莫頓的妻子。威廉森和伍德利都因綁架與傷害罪被送上法庭，前者被判七年徒刑，後者則被判了十年。至於卡拉瑟斯的下場，我就沒有記錄到了，但我確信法庭並未嚴懲他犯下的傷害罪，因為被他襲擊的伍德利是個極度危險的暴徒，我認為判他幾個月的監禁就足夠伸張正義了。

CASE 5

修道院公學綁架事件

The Adventure of the Priory School

在貝克街這個小舞台，我們目睹過許多人物戲劇性的登場和退場，但我不記得有誰比桑尼克夫特·赫克斯塔布爾的出現更加突兀且驚人。他的名片看起來太小了，很難把文學碩士、博士……等等一大堆學術榮譽全部印上去，這張名片剛被遞進來，他本人也緊隨其後出現了。他看起來是那麼高大，那麼自負，那麼莊嚴，簡直就是沉著和堅定的化身，然而，當他背後的門一關上，他立刻就搖搖晃晃往桌上靠，接著又滑到地板上，那魁梧的身軀毫無知覺地躺在壁爐前的熊皮地毯上。

我倆驚跳起來，有好一會兒說不出話來，只是震驚地盯著這個人，他就像在遙遠的生命海洋上突遭致命風暴而沉沒的笨重船骸。福爾摩斯這才趕緊拿了一個軟墊墊在他的頭下，我則往他嘴裡灌了點白蘭地。他蒼白肥厚的臉上滿是憂煩造成的皺紋，緊閉的雙眼下掛著鉛灰色的眼袋，鬆垮的嘴角也因悲痛而下垂，胖下巴的鬍子沒有刮乾淨，衣領和襯衫滿是在跋涉途中沾上的髒污，他的臉孔輪廓相當好看，卻配上一團疏於打理而倒豎的亂髮，這些都說明了倒在我們面前的是個被悲傷擊垮的人。

「他怎麼了，華生？」福爾摩斯問。

「他徹底筋疲力盡了，可能只是飢餓和疲憊導致的，」我邊說邊用手指去探他微弱的脈搏，感到他的生命徵象只剩下涓滴細流。

「從英格蘭北部麥克爾頓出發的回程車票，」福爾摩斯從他的表袋翻出一張車票，說道，「現在還不到十二點。他肯定很早就出發了。」

我們正說著，那人皺巴巴的眼皮顫動起來，接著睜開一雙空洞的灰色眼睛看著我們，不一會兒，他掙扎著站起來，窘迫地漲紅了臉。

「我這副模樣請不要見怪，福爾摩斯先生，我只是勞累過度了，謝謝你，只要一杯牛奶和一塊餅乾，我肯定就能緩過來了。我非得親自跑這一趟，福爾摩斯先生，為的是確保你能和我一塊回去，恐怕這事很難在電報裡說清楚，無法讓你體認到這事有多緊迫。」

「等你一恢復過來……」

「我已經好得差不多了，我也不曉得怎麼會虛弱成這樣。福爾摩斯先生，希望你能和我搭下一班火車到麥克爾頓。」

我的朋友搖搖頭。

「眼下我有多忙，我的同事華生醫生可以告訴你。我受委託調查費勒斯文件案，阿伯加文尼的謀殺案也即將開庭，目前只有真正重要的案件才能讓我離開倫敦。」

「重要！」我們的訪客振臂高呼，「你完全沒聽說霍爾德內斯公爵的獨子被綁架的事？」

「什麼！那位前任內閣大臣？」

「就是他，我們一直盡力不讓此事見報，但《環球報》從昨晚就開始傳出流言，我還想說你已經有所耳聞了。」

福爾摩斯伸直瘦長的手臂，從他參考的百科全書中挑出「H」字首的那冊。

「『霍爾德內斯，第六代公爵，嘉德勳位[5]，樞密院顧問官』這個字母相關的資料有一半都是他！『貝弗利男爵，卡斯頓伯爵』老天，瞧瞧這一大串頭銜！『一九〇〇年起擔任哈勒姆郡郡尉，一八八八年與查爾斯．艾普多爾爵士之女伊迪絲成婚。他本人則是薩爾泰爾勳爵的獨生子與繼承人，擁有約二十五萬英畝的土地，並在蘭開郡和威爾斯都有礦產。地址：哈勒姆郡，卡爾頓區，霍爾德內斯府邸；威爾斯，班戈，卡斯頓城堡。一八七二年任海軍大臣；首席國務大臣……』好好好，看來此人的確是國王最偉大的臣民之一！」

「不僅是最偉大的，也許還是最富有的。福爾摩斯先生，我知道你對專業問題的要求非常高，而且你是為了工作而工作，然而我仍能告訴你，公爵閣下已經提出五千鎊的懸賞金，給任何能說出他兒子下落的人，另外一千鎊則提供給能夠指認那名或那些綁架者的人。」

「這樣的賞金非常優渥，」福爾摩斯說，「華生，我們應該陪赫克斯塔布爾博士跑一趟英格蘭北部。現在，赫克斯塔布爾博士，等你喝完牛奶，請告訴我發生了什麼事，幾時發生、怎麼發生的，並且，麥克爾頓附近修道院公學的桑尼克羅夫特．赫克斯塔布爾博士與這件事有何關聯，以及他為何在事發這麼久後才來找我。你的下巴鬍子告訴我，你拖了三天才願意讓我為你效勞。」

我們的客人已經吃完牛奶和餅乾，當他精神奕奕且條理清晰地闡述起整件事，他的眼睛重新煥發光芒，臉頰也恢復了血色。

「首先，我必須讓你們知道，先生們，修道院公學是一所預備學校，而我是創辦人兼校長。《赫克斯塔布爾的賀拉斯側記》這個書名可能會讓你們想起我是誰。這所學校無疑是全英國最好、最菁英的預備學校，布萊克沃特的萊弗斯托克伯爵、卡思卡特．索姆斯爵士都把他們的兒子託付給我，但直到三個星期前，霍爾德內斯公爵讓他的祕書詹姆斯．懷爾德先生帶來消息，告知他將把十歲獨生子兼繼承人，也就是年輕的薩爾泰爾勳爵送到我這裡管教，我才感到我的學校真的到達了巔峰，卻沒想到那將開啟我這輩子最慘痛的厄運。

「那男孩在五月一日到校，正逢夏季學期的開始，他是個討人喜歡的孩子，很快就適應了那裡的生活。我向來謹言慎行，但在這種情況下，還要語帶保留就太荒謬了，我可以明講，那孩子在家裡過得不是很快樂。公爵的婚姻生活不順遂，這早就是公開的祕密了，他們夫妻最終同意分居，公爵夫人移居法國南部。這件事才發生不久，而眾所皆知這孩子在情感上更傾向他母親，他在她離開霍爾德內斯的大宅後就一直悶悶不樂，正是這個緣故，公爵才想到把他送到我這裡來，而不出兩週，這孩子已經和我們相處得很自在了，顯然過得很愉快。

「他最後一次被人看見是五月十三日，也就是上週一晚上。他的房間在二樓，要進去得先通過另一間更大的房間，那個房間是另外兩名男孩的臥室，而他們什麼都沒看到或聽到，因此可以肯定小薩爾泰爾不是走這條路出去的。他的房間窗戶是開著的，窗邊粗壯的常春藤垂掛到地上，我們在那裡的地面找不到任何足跡，但他若要外出，這是唯一可能的出口了。

「直到週二早上七點，我們才發現他不見了。他的床有躺臥過的痕跡，他外出前，把平時穿的黑色短外衣和深灰色長褲都穿好了。沒有任何跡象顯示有其他人進過房間，而且睡在裡間那位較年長的男孩考特一向淺眠，哭泣或掙扎之類的聲音肯定都會驚醒他。

「一發現薩爾泰爾勳爵失蹤，我立即把全校集合起來點名，包括學生、教師和傭人，至此也才確定薩爾泰爾勳爵不是獨自跑出去的，德文教師海德格也不見了。他的房間在二樓，位在整棟建築最遠的一端，與薩爾泰爾勳爵的房間朝向同一個方向。他的床也有躺臥過，但他顯然沒把衣服穿好就跑了，襯衫和襪子散落一地，無疑是順著常春藤爬到地面上，因為他在下方草坪落地時留下的腳印清晰可見，他的腳踏車就收在這片草坪旁的小儲藏間裡，同樣也不見了。

「海德格來校任教有兩年了，他的推薦信對他評價極高，但他本人話不多，總是鬱鬱寡歡，其他教師和學生們都不怎麼喜歡他。不論他還是薩爾泰爾勳爵都沒留下任何蹤跡，我們從週二一直找到週四早上，仍然一無所獲。當然，事發當下我們就到霍爾德內斯府邸找過了，那裡離學校只有幾哩，我們本以為薩爾泰爾勳爵可能突然想家，跑回去找他父親了，但他家裡也沒有接到他的任何消息，公爵為此焦慮到極點。至於我，你們也親眼目睹我已經緊張到虛脫，憂煩和對此事的責任快把我壓垮了。福爾摩斯先生，我懇求你為這個案子付出全力，你這輩子可能再也遇不到值得這麼做的案子了。」

福爾摩斯全神貫注傾聽這位不幸校長的陳述，他揪成一團的眉毛和眉間深刻的皺紋都表明了，不需要他人勸說，他已將全副心神都集中在案情上，這個案子除了報酬優渥，同時還是他最喜愛的那一類複雜又非比尋常的案件。他拿出筆記本，匆匆記下一兩則重點。

「你沒早點來找我，這是天大的疏失。」他嚴厲地說，「你直到遭遇了非常嚴重的障礙，才想到要找我調查。比方說，任何一位專家都有可能從那些常春藤和它們下方的草坪找出線索來。」

「這事錯不在我，福爾摩斯先生，公爵閣下極力避免醜聞傳出去，他唯恐家醜被攤在世人眼前，這類事情一直是他最恐懼的。」

「但警方有介入調查吧？」

「有的，先生，但結果令人大失所望。我們很快就得到明顯的線索，有人通報看到一名男孩和一名青年從鄰近車站搭上早班火車離開，直到昨晚，我們才得到這兩人在利物浦被找到的消息，並證明他們根本和這個案子無關。我在絕望和沮喪下一夜無眠，最後決定搭早班火車直奔你這裡。」

「我想，在追蹤那個錯誤線索的同時，針對當地的調查也鬆懈了？」

「根本完全放棄了。」

「然後就這樣白白浪費了三天，這種辦案方式簡直糟透了。」

「我感覺得到，也承認確實如此。」

「但這個案子最終應該還是能解決，我很樂意調查它。你能找出失蹤的男孩和那位德文教師之間有任何聯繫？」

「我完全想不出來。」
「他是那位教師的學生嗎？」
「不是，就我所知，他們甚至沒說過話。」
「這確實很怪。那孩子有沒有腳踏車？」
「沒有。」
「還有沒有別的腳踏車不見了？」
「沒有。」
「你確定？」
「非常確定。」
「嗯，所以你該不會當真認為是那個德國人把孩子夾在胳膊下，趁著夜深人靜騎車走了吧？」
「肯定不是這樣的。」
「那你對此有什麼推論？」
「腳踏車可能只是障眼法。它被藏到了某處，那兩人是步行離開的。」
「是有可能，但這種障眼法看起來相當荒謬，不是嗎？那個小儲藏間裡還有其他腳踏車嗎？」

「是有幾輛。」

「如果他想讓人以為他們是騎車走的，他難道不該藏起兩輛腳踏車？」

「我想他應該會這麼做。」

「他肯定會這麼做的，所以關於障眼法的理論說不通，但把此事做為調查的起點還是很不錯的，畢竟腳踏車不容易藏，也沒那麼好破壞。還有一個問題，在那男孩失蹤的前一天，有沒有人來探訪過他？」

「沒有。」

「他有收到任何信件？」

「是有一封信。」

「誰寄來的？」

「他父親寄的。」

「你都會把學生們的信拆開來看？」

「從來不會。」

「那你怎麼知道信是他父親寄的？」

「信封上有公爵的紋章，書寫地址的也是他那獨特的硬挺筆跡，此外，公爵也記得他曾寫過這封信。」

「在這封信之前，他有沒有收過別的信？」

「好幾天前有。」

「有沒有從法國寄來的信？」

「沒有」。

「當然，你曉得我為什麼要問這些。這孩子要不是被強行帶走，就是他自願離開的，若是後面那種情況，那肯定需要某些外在的驅使，才會讓如此年幼的孩子這麼做。若這種驅使不是訪客帶來的，那必然來自信件，因此我得試圖找出是誰在和他通信。」

「恐怕我幫不了什麼忙，就我所知，他只和他父親通信。」

「所以他失蹤當天的那封信是公爵寄來的。他們父子的關係很親近嗎？」

「公爵閣下向來對所有人都不和善。他徹底投入那些重大的公共議題，一切尋常的情感都完全無法影響他，但他一直在以他的方式疼愛那孩子。」

「但那孩子和母親比較親？」

「是的。」

「這是他告訴你的？」

「不是。」

「所以是公爵說的了？」
「老天，絕對不是！」
「那你打哪裡知道的？」
「我與公爵的祕書詹姆斯．懷爾德先生私底下談過，是他向我透露了薩爾泰爾動爵內心的想法。」
「我明白了。對了，關於公爵最後寄來的那封信，在那孩子失蹤後，還留在他的房間裡嗎？」
「不，他把信帶在身上了。我想，福爾摩斯先生，我們該動身去尤斯頓車站了。」
「我這就叫一輛四輪馬車，然後花十五分鐘準備一下。赫克斯塔布爾先生，若你要發電報回去，最好讓你那邊的人以為調查仍在利物浦進行，或任何能轉移人們注意力的地方。在此同時，我打算在你學校那一帶不聲張地調查，也許氣味還沒完全淡去，像華生和我這樣的老獵犬還能嗅得出來。」
當晚，我們已置身在皮克村那寒冷而令人抖擻的空氣中，赫克斯塔布爾博士著名的學校就坐落於此。我們到達時已經天黑。大廳的小桌上放著一張名片，管家低聲對他主人說了幾句話，這令他主人一臉焦慮地轉向我們。

「公爵已經到了，」他說，「他正和懷爾德先生在書房裡等候，來吧，先生們，我來向你們介紹一下。」

當然了，這位著名政治家的照片我已見多了，但他本人與照片上實在很不像。他高大威嚴，衣著考究，然而瘦削的臉孔很憔悴，奇形怪狀的鼻子長而彎曲。他臉色慘白，與垂到白色背心前、稀疏但鮮紅的長鬍子呈鮮明對比，背心邊緣則露出金燦燦的表鍊。他就這麼莊嚴地站在赫克斯塔布爾博士的爐邊地毯中央，冷淡地打量著我們。他身旁站著一名青年，肯定就是公爵的私人祕書懷爾德了，這小個子神經兮兮的，模樣非常警覺，有著聰明的淺藍色眼睛和善於表達情緒的臉孔。我們之間的談話當下展開，由祕書那尖銳而底氣十足的語氣做為開頭。

「今早我已經來過一趟，赫克斯塔布爾博士，可是太遲了，沒能阻止你去倫敦。我得知你去是為了邀請福爾摩斯先生來接手此案，公爵閣下對此十分震驚，博士，你竟然沒問過他就直接這麼做了。」

「當我得知警方失敗了——」

「公爵閣下可不認為警方失敗了。」

「但可以肯定的是，懷爾德先生——」

「你應該也很清楚，赫克斯塔布爾博士，公爵閣下特別希望避免醜聞傳出去，他認為知道這個祕密的人愈少愈好。」

「這事情很容易解決，」被狠狠批評一頓的博士說，「福爾摩斯先生可以坐明天早班的火車回倫敦去。」

「這可不成，博士，可不能這樣，」福爾摩斯用他最溫文有禮的語氣說，「北方的空氣清新宜人，我打算在你們這裡的野地待上幾天，盡可能充實我的思緒。當然，我要留宿在你的學校還是鄉村旅館，這得由你來決定。」

看得出這位不幸的博士徹底進退維谷了，結果還是紅鬍子公爵低沉、響亮如洪鐘的嗓音替他解了圍。

「我同意懷爾德先生的看法，赫克斯塔布爾博士，你要是明智的話就該先來問問我的意見。但既然福爾摩斯先生已從你那裡得知整件事，我們還不利用他的服務就太荒謬了。千萬別去住那些鄉村旅館，福爾摩斯先生，我希望你能住到霍爾德內斯府邸。」

「非常感謝公爵閣下，但為了方便調查，我認為我最好還是留在案發現場。」

「悉聽尊便，福爾摩斯先生。當然了，我或懷爾德先生隨時都可以向你提供調查所需的資料。」

「到時我可能得登門請教，」福爾摩斯說，「我現在只想請問一下，先生，對於令郎的離奇失蹤，你有沒有任何頭緒？」

「不，先生，完全沒有。」
「如果我提起了令你感到痛苦的事，請見諒，因為我別無選擇。你認為此事是否與公爵夫人有關？」
這位大人物明顯面露猶豫。
「我認為沒有。」他終於開口道。
「另一個顯而易見的解釋是，對方綁架孩子是為了贖金。你有沒有收到這類勒索？」
「沒有，先生。」
「還有一個問題，閣下。據我所知，你在事發當天給令郎寫了封信。」
「不，信是我前一天寫的。」
「儘管如此，他隔天才收到信？」
「是的。」
「你在信中是否提到任何事，可能使他失去理智，或刺激他做出某些行動？」
「不，先生，當然沒有。」
「那封信是你親自寄出的？」
這位貴族還沒回答，就被他的祕書打斷了，祕書語氣激烈地插話進來。
「公爵閣下沒有親自寄信的習慣，」他說，「這封信和其他信件一起放在書桌上，是我親自把它們放進郵袋的。」
「你確定這封信有在其中？」
「有，我看到了。」
「閣下那天寫了幾封信？」
「二十或三十封。我們的信件非常多，但這和案情沒有關係吧？」
「這不好說。」福爾摩斯說。
「就我這方面，」公爵繼續說，「我已建議警方將注意力轉向法國南部。我剛才也說了，我不相信公爵夫人會鼓勵如此可怕的行為，但這孩子有時會有錯誤的想法，再加上那個德國人的幫助和教唆，他可能會逃到她那裡去。赫克斯塔布爾博士，我想我們該回府邸去了。」
看得出福爾摩斯還有其他問題想問，但這位貴族強硬的態度明示了談話到此為止。顯然，他強烈的貴族本性極度牴觸與陌生人討論最私密的家庭事務，同時他也很害怕，唯恐每個新的問題都是一束強光，會照亮他在公爵生涯中小心翼翼隱蔽的黑暗角落。
等公爵和他的祕書一走，我朋友立刻以他特有的熱情投入調查。
我們仔細檢查了那孩子的房間，除了確認他逃出去唯一的途徑就是窗戶之外，就沒有任何收穫了，也沒在那名德文教師的房間和個人物品找到進一步的線索。但在德文教師這邊，房間窗外的常春藤承受不了他的體重而斷裂，我們在油燈照明下，看到他腳跟落地的足跡就留在草坪上，低矮綠草上的痕跡是這場難解的夜間逃亡留下的唯一實質證據。

福爾摩斯獨自外出，過了十一點才回來。他弄來一大張這個地區的地形測量局地圖，並帶著地圖到我房間來，把它攤平在床上，又把油燈在地圖中間穩穩放好，他開始邊抽菸邊檢視地圖，時不時用煙味濃烈的琥珀菸嘴指出圖上值得留意之處。

「這個案子讓我著迷，華生，」他說，「地圖上肯定有些與案情相關且值得注意之處。調查現在才開始，我希望你能稍微了解這附近的地貌特徵，這攸關我們的調查。

「看看這張地圖（見P172），下方這個深色方塊就是修道院公學（Priory School），我來把別針插在這裡。好了，這條是主要道路，你可以看到它是以東西向穿越學校的，而且無論往哪個方向，在一哩內都沒有任何岔路。如果這兩人是走大馬路離開的，那只可能是**這條**路。」

「沒錯。」

「我運氣很好，找到了一個絕佳的機會，能一定程度確認事發當晚都有哪些人走過這條路。這裡，就在我菸斗指著的地方，從午夜十二點到凌晨六點，有一名當地警察在這站崗。你也看見了，這是此路往東的第一個岔路口。這名警察聲稱自己一刻也沒有離開過崗位，而且他很肯定無論是男孩還是成年人，都不可能走過那條路而不被看到。今晚我和那位警察談過了，在我看來，他完全值得信任，因此這個方向可以不用找了。現在該去看看另一邊，這條路往西會遇上一間叫做紅牛的旅館（Red Bull Inn），旅館老闆娘病了，她派人到麥克爾頓去找醫生過來，但醫生被另一名病人拖住，一直到天亮才出診。整個旅館的人整夜都醒著，翹

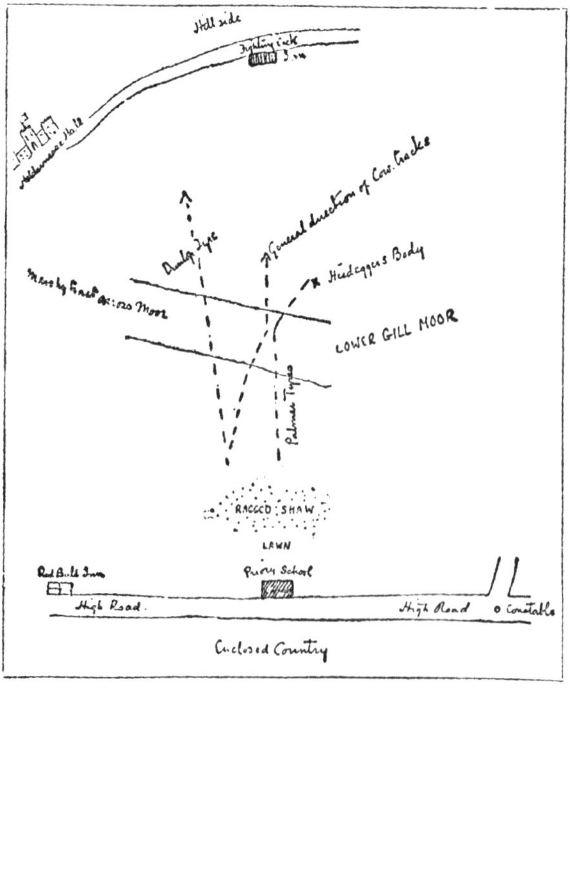

首等待醫生到來，他們之中總有人盯著外頭的道路，而他們宣稱沒看到任何人經過，若他們所言屬實，那我們很幸運，也不用到西邊浪費力氣了。也就是說，逃走的人根本沒有走那條主要道路。」

「但你要怎麼解釋腳踏車的事？」我立刻提出異議。

「沒錯，我們馬上就要說到腳踏車了。現在繼續我們的推理：如果這些人沒有走大路離開，他們一定是穿越鄉村到學校的北邊或南邊去了，這我很肯定。讓我們進一步推敲這兩個方向，如你所見，學校南面是一大片耕地，被分成小塊田地，田地之間用石牆隔開，這種地形是不可能騎腳踏車的，因此這個方向也可以排除了。現在讓我們轉向北邊，這裡有一片樹林，就是地圖上標記為『雜木崗』（Ragged Shaw）的地方，更遠處是一片連綿起伏的荒地，名叫下吉爾荒地（Lower Gill Moor），綿延有十哩，呈緩緩向上的地勢。瞧這裡，在這片荒地的另一側，就是霍爾德內斯府（Holdernesse Hall）了，走主要道路過去要十哩，但從荒地抄近路只要六哩。這是一片極為荒涼的土地，只有少數農民建起農舍來飼養牛羊，除此之外，到切斯特菲爾德公路（Chesterfield high road）旁為止，鴴鳥和麻鷸是這片土地僅有的居民。那裡有一座教堂，你瞧，還有幾間村舍和一家旅館，一過了這裡，地勢變得十分陡峭。我們的調查顯然應該集中在北邊的這塊區域。」

「但是腳踏車？」我堅持問道。

「好啦好啦！」福爾摩斯不耐煩道，「嫻熟的騎士不一定要在公路上才能騎車，何況這片荒地密布著小徑，當晚的月光也很明亮。哎呀！這是什麼聲音？」

外頭有人在猛敲門，赫克斯塔布爾博士隨即進來，手裡拿著一頂藍色板球帽，帽子頂端有個白色的山形紋章。

「終於找到線索了！」他叫道，「感謝老天！至少我們知道他的行蹤了！這是他的帽子。」

「在哪找到的？」

「在一夥吉普賽人的篷車裡找到的，他們在荒地露宿，並於星期二離開那裡。警方在今天找到他們、檢查了他們的篷車，帽子就是在那裡發現的。」

「他們對此如何解釋？」

「他們想瞎掰搪塞過去，說什麼星期二早上在荒地撿到的。他們肯定知道他在哪裡，這群無賴！不過謝天謝地，他們都被逮捕並關起來了，現在就看是他們對法律的恐懼，還是公爵的利誘，可以讓他們招供不諱。」

「目前為止都很順利。」在博士終於離開後，福爾摩斯說，「這至少證實了我們的理論：朝著下吉爾荒地調查是對的。除了逮捕那些吉普賽人，警方在當地可說是毫無作為。看看這裡，華生！有一條河穿越荒地，你可以在地圖上看到它，它在通過部分地區時變寬而形成沼澤，這一點在霍爾德內斯府和學校之間的河段尤為明顯。在這種乾燥的天氣裡，去別處尋找蹤跡是白費力氣，但這一帶肯定會留下一些蹤跡。明天一早我再來找你，到時看看我們能否解開這個謎團。」

天剛亮我就醒了，睜眼便見福爾摩斯瘦長的身影站在床邊。他穿戴整齊，而且明顯已經出去過了。

「我已經調查過那片草坪和腳踏車棚了，」他說，「我還到『雜木崗』逛了一圈。現在，華生，隔壁房間已經準備了熱可可。我得請你動作快些，因為接下來的一整天夠我們忙的。」

他目光熠熠，臉頰興奮得泛紅，彷彿一位巧匠目睹著自己的傑作正在成形。這個福爾摩斯活躍而機警，與貝克街那位內省蒼白的夢想家截然不同。看著他靈活的身影因緊張而充滿活力，我很清楚等著我們的將是工作繁重的一天。

然而，這一天從開始就令人極度沮喪。我們滿懷希望穿過那片赤褐色的泥炭荒地，荒地上的羊腸小徑密密麻麻交錯著，最後來到一片寬闊的淺綠色泥沼，霍爾德內斯府就在泥沼對面。可以肯定的是，如果那孩子往家裡的方向走，一定會經過這裡，而且不可能不留下痕跡，但在場沒有他或那名德國人的任何蹤跡。我朋友板著一張臉，大步沿著泥沼邊緣走，熱切觀察著青苔滿布的地面上每一處泥跡，這裡有一大堆羊蹄印，幾哩外的一處地面還有乳牛的蹄印，除此之外就什麼都沒有了。

「這是我們要調查的第一處，」福爾摩斯說，陰沉看著連綿起伏的荒地。「那邊還有另一處泥沼，和這裡之間隔著狹窄的地面。哎呀！哎呀！哎呀！看看我們發現了什麼？」

我們來到一條狹窄的黑土小徑，清清楚楚印在小徑中央濕土上的，是腳踏車的車輪痕跡。

「太好了！」我叫道，「我們找到了。」

但福爾摩斯搖搖頭，臉上的困惑和沉思多過喜悅。

「當然是腳踏車留下的，但不是我們要找的那一輛，」他說，「我熟悉的腳踏車胎痕就有四十二種。你看到的這條痕跡是鄧祿普的車胎，特徵是外胎上有加強的補丁。海德格的車胎是帕爾默的，特徵是縱向的條紋，數學教師艾威林能確認這一點。因此，這條痕跡不是海德格的腳踏車留下的。」

「所以是那孩子的囉？」

「也許吧，如果我們能證明他也有一輛腳踏車的話，但偏偏就是沒辦法證明這一點。正如你觀察到的，留下這條車胎痕跡的騎士是從學校那邊過來的。」

「或是相反的方向？」

「不，不，親愛的華生，後輪的痕跡肯定更深，因為騎士的體重是放在後輪上的。你會發現有幾處輪跡交錯的地方，後輪的痕跡蓋掉了前輪較淺的痕跡，無疑它是朝著遠離學校的方向而去的。它可能與我們的調查有關，也可能無關，但在進一步調查前，先讓我們倒回去追蹤它。」

於是我們這麼做了，在走出去幾百碼後，我們來到荒地的沼澤部分，車胎痕跡到那裡就不見了。順著小徑再往回走，我們又在一處涓滴細流邊找到腳踏車的痕跡，儘管那痕跡已被牛隻踩得模糊難辨。之後就找不到任何痕跡了，但那條小徑一直通到雜木崗，也就是學校後方的那片樹林。那個人肯定是從這片樹林裡騎著車穿越出來的。福爾摩斯坐到一塊巨石上，雙手托著下巴，在他有動靜前，我已經抽完兩支菸了。

「嗯，好吧，」他最後說，「當然了，對方夠狡猾的話，可能會更換腳踏車輪胎，好留下陌生的痕跡，我很樂意與能想出這種主意的罪犯較量一番。我們可以把這個問題擱一擱，先回泥沼地去，那裡還有許多要調查的地方。」

我們繼續沿著荒地的沼澤部分做有系統的調查，很快地，我們的堅持就得到可觀的回報。有一條泥濘小徑通過沼地的下半部，福爾摩斯在走近它時開心地喊出來。一道細密、好像一束電報線的印痕通過小徑中央，是帕爾默車胎的印痕。

「是海德格先生，絕對是他！」福爾摩斯興奮地喊道，「看來我的推理沒錯，華生。」

「我為你感到高興。」

「但我們離事實真相還很遙遠，請別踩到小徑上。現在讓我們跟著這條痕跡走吧，但我擔心它沒法領我們走多遠。」

然而，當我們往前走，發現這一帶的荒地混雜著好些鬆軟的地面，儘管我們有時會跟丟痕跡，但總能重新找到它。

「你有沒有發現？」福爾摩斯說，「騎士無疑在這裡加快了速度，這很明顯，看看這部分的痕跡，前後輪的痕跡一樣清晰，說明它們的深度相同，意味著騎士將他的體重壓在腳踏車把手上，一個人只有在騎車衝刺時才會這麼做。天哪！他摔倒了。」

大片形狀不規則的污跡覆蓋了一大段車胎痕跡，大約有幾碼長，還有一些腳印，車胎痕跡接著再度浮現。

「他是側摔的。」我判斷。

福爾摩斯撿起一根被壓彎的金雀花樹枝，我驚恐地發現那些黃花都染上了深紅色，小徑和石南叢到處都有發黑的血跡。

「這下不妙！」福爾摩斯說，「糟了！往後站，華生！別增加不必要的足跡！從這裡可以看出什麼？他受傷倒地了，但又站起來，並重新騎上車，繼續向前騎去，不過沒看到其他腳踏車的痕跡，小徑上有牛隻走過，他總不會是被公牛撞傷的吧？不可能的！但我看不出現場還有別人。我們必須跟上去，華生，有血跡和車胎痕跡引導，我們不可能追丟的。」

這一趟搜尋沒費太大工夫，在潮濕反光的小徑上，車胎痕跡開始嚴重地歪來扭去。驀然間，當我向前望去，看見茂密的金雀花叢中一閃而過的金屬光芒，這吸引了我的注意。我們從花叢中扯出一輛腳踏車來，是帕爾默車胎的腳踏車，它的一個踏板被拗彎，整個車頭血跡斑斑，看著觸目驚心。花叢的另一邊露出一隻鞋子，我們跑過去，發現那名不幸的騎士就倒在那裡身亡。他很高大，一臉鬍鬚，眼鏡的一邊鏡片脫落，死因是頭部遭受重擊，部分頭骨都被打碎，受到如此重傷還能繼續騎了一段路，此人的活力與勇氣著實不凡。他穿了鞋，但沒穿襪子，敞開的外衣底下露出的是睡衣。毫無疑問就是那位德文教師。

福爾摩斯恭敬地把屍體翻過身，細細檢查一番後，他坐下沉思了一會兒，從緊皺的眉頭可以看出，在他眼中，這個嚴峻的發現沒能為我們的調查帶來多大進展。

「華生，我有點難決定接下來該怎麼做，」他終於開口道，「我個人更希望繼續推進調查，因為我們已經浪費太多時間了，不該再耽擱一個小時。但另一方面，我們有義務把這個發現告知警方，並確保這可憐人的屍體有被妥善安置。」

「我替你帶張紙條回去吧。」

「但我需要你從旁協助。等等！那邊有個人在挖泥炭，把他喊過來，可以讓他去報警。」

我把那農夫喊過來，福爾摩斯讓這受驚嚇的傢伙帶張紙條去給赫克斯塔布爾博士。

「好了，華生，」他說，「今早我們一共找到兩條線索，一個是使用帕爾默車胎的腳踏車，而我們也看到這條線索通往什麼結果了。另一條線索則是使用補強過的鄧祿普車胎的腳踏車，在我們開始調查這條線索前，先來梳理一下我們已經知道了哪些事實，才能發揮這條線索的最大價值，並分辨哪些是事情的本質，哪些只是偶然。

「首先，你要明白那孩子確實是自願離開的。他從窗口爬下去，然後一個人或和別人一起離開了，這是肯定的事實。」

我同意了。

「好，現在讓我們來瞧瞧這位不幸的德文教師。那孩子是穿戴整齊才跑出去的，因此可以斷定他是決定好這麼做的，但這德國人連襪子都沒穿，肯定是在倉促間採取行動。」

「沒錯。」

「他為什麼要跑出去？因為他從臥室窗口看到那孩子離開了，他想要追上去帶回那孩子，還為此牽了自己的腳踏車追出去，並在追趕途中遇害了。」

「看來是這樣。」

「現在，我要談到我的推論最關鍵的部分了。一個成年人要追上一個小孩，最自然的作法就是徒步追上去，因為他很確定自己能追上，但這德國人沒這麼做，反而騎了腳踏車去追。我打聽到他是非常出色的騎士，要不是看到那孩子藉由某種快速的方法逃離，他也不會這麼做。」

「也許和另一輛腳踏車有關。」

「現在繼續我們的推論。他被襲擊致死的地方離學校有五哩遠，他不是被開槍打死的，你要注意這一點，即使小孩子也有能力開槍射中他，他是被手臂強而有力的人猛力攻擊的，所以確實有人陪著那孩子逃走，而且逃離的速度非常快，一個擅長騎腳踏車的人也騎了五哩才追上他們。然而，我們已經調查過凶案現場周圍的地面了，我們又發現了什麼？就只有幾頭牛的足跡而已。我看了四周一圈，五十碼內都沒有岔路，另一個騎腳踏車的人可能與這場凶殺案毫無關係。同時我也沒有找到任何人的足跡。」

「福爾摩斯，」我叫道，「這是不可能的。」

「你說得沒錯！」他說，「這個評論再正確不過。我說的這種狀況是不可能的，因此我一定有哪裡搞錯了。然而這一切你都親眼看到了，你能指出我犯了什麼錯嗎？」

「他會不會是摔車才撞碎頭骨的？」

「在泥地裡摔破頭嗎，華生？」

「你問倒我了。」

「嘖嘖，我們連比這更糟糕的問題都解決了。至少我們有夠多的材料，只要能知道怎麼利用它們。現在走吧，帕爾默車胎這條線索已經到頭了，讓我們看看補強過的鄧祿普車胎能帶來什麼線索。」

我們回頭去找鄧祿普車胎的痕跡，跟著它走了好一段路。然而很快的，荒地抬升成為長長的緩坡，坡上石南叢生，水道已經在我們身後了，無法再指望車胎痕跡能帶給我們線索。從鄧祿普車胎痕跡消失的地方看來，它可能往霍爾德內斯府邸的方向去了，府邸莊嚴的塔樓就矗立在我們左側幾哩外；也可能通向我們前方一個低矮、灰撲撲的村莊，切斯特菲爾德公路就從村裡通過。

我們走近一間旅館，這間旅館門上掛著鬥雞圖案的標誌，骯髒的外觀令人反感，這時福爾摩斯突然悶哼一聲，及時抓住我肩膀才沒摔倒。他狠狠地扭到腳，這樣的扭傷令他寸步難行，吃力地一跛一跛走到旅館門口，一名膚色黝黑的老人正蹲在那裡，叼著一支黑色的陶製菸斗。

「你好，魯本·海耶斯先生。」福爾摩斯說。

「你是誰，為什麼知道我的名字？」那鄉下人答道，狡猾的眼睛掠過懷疑之色。

「嗯，不就寫在你頭頂的板子上，而且你一看就是這裡的店主。我猜你的馬廄裡沒有馬車之類的東西吧？」

「不，我沒有。」

「我的腳幾乎碰不了地。」

「那就別碰地。」

「這樣我就沒法走路了。」

「那就用跳的。」

魯本·海耶斯先生實在算不上和藹可親，但福爾摩斯回應的態度仍很友善。

「瞧瞧我，老兄，」他說，「我現在確實處境艱困，只要能繼續趕路就行，用什麼方法我都無所謂。」

「我也無所謂。」那乖戾的店主說。

「我有很要緊的事，若你願意借我腳踏車，我就付你一鎊金幣。」

店主豎起了耳朵。
「你要去哪裡？」
「去霍爾德內斯府邸。」
「我想你們是公爵的朋友？」店主說，用譏諷的目光打量我們沾滿泥巴的衣服。
福爾摩斯和善地笑起來。
「無論如何，他會很高興見到我們的。」
「怎麼說？」
「因為關於他失蹤的兒子，我們有消息要帶給他。」
店主很明顯吃了一驚。
「什麼，你找到他了？」
「有人在利物浦發現了那孩子，他們應該隨時都會找到他。」
店主陰沉、沒刮鬍子的臉再度神色驟變，突然變得和顏悅色起來。
「比起絕大多數人，我沒理由希望公爵過得順遂，」他說，「我曾是他的馬夫總管，他卻待我極其惡劣，還因為一個穀物商販毫無根據的謊言，就把我解雇了。但我還是很高興聽到小爵爺人在利物浦，我可以替你把這消息帶到府邸去。」
「謝謝你，」福爾摩斯說，「我們先吃點東西，然後再跟你借腳踏車。」

「我沒有腳踏車。」

福爾摩斯拿出一枚金幣。

「我說了我沒有，夥計，但我可以借你們兩匹馬騎去府邸。」

「好啦，好啦，」福爾摩斯說，「這事等我們吃完東西再說吧。」

等我們被留在鋪了石板的廚房裡，很神奇的，福爾摩斯扭到的腳踝突然就復原了。此時天快黑了，而我們從一大早就沒進食，因此花了一些時間在晚餐上。福爾摩斯陷入沉思，他有一兩次走到窗前，專注凝視著窗外，外頭的院子十分骯髒，最遠的角落有一個鐵匠鋪，一個陰鬱的小伙子正在那幹活，另一邊則是馬廄。福爾摩斯踱了一圈後回來坐下，突然大叫一聲跳起來。

「天哪，華生，我想我知道是怎麼回事了！」他叫道，「沒錯，沒錯，一定是這樣的。華生，你記得我們今天有看到牛的蹄印吧？」

「沒錯，有好幾處。」

「在哪看到的？」

「嗯，哪裡都有。沼澤地有，小徑上也有，連可憐的海德格遇害的現場附近都有。」

「確實如此，那麼華生，你在荒地上看到了幾頭牛？」

「我不記得有見過任何一頭牛。」

「奇怪，華生，我們整趟路都看到了牛蹄印，但整個荒地卻連一頭牛的影子都沒有，很怪吧，華生，嗯？」

「是的，這真的很怪。」

「現在，華生，努力回想一下，你有看到小徑上的牛蹄印吧？」

「有看到，我還記得。」

「你能記得那些蹄印有時是這樣，華生，」——他用麵包屑排成……………的形狀——「有時是這樣，」——……………——「偶爾也會這樣，」——．．．．．．——「你還記得嗎？」

「不，這我就不記得了。」

「但我記得，而且我可以發誓就是這樣，不過若有時間的話，還是得回去查證一下。我也真是眼瞎，竟然看不出是怎麼回事！」

「你認為是怎麼回事？」

「只有一種可能：這是一頭不可思議的牛，牠會走、會小跑、還會疾馳。天哪，華生，這種鬼點子可不是鄉下旅館的老闆想得出來的！要在這裡找到線索看來不難，唯獨要提防那鐵匠鋪裡的小伙子，讓我們溜出去看看能找到什麼。」

馬廄破破爛爛的，裡頭有兩匹鬃毛亂蓬蓬、疏於打理的馬。福爾摩斯抬起其中一匹馬的後蹄，縱聲大笑起來。

「舊的蹄鐵，但上頭的釘子是新的，一定才剛釘上去而已，這個案子值得被當作經典的例子。我們到對面的鐵匠鋪瞧瞧吧。」

那小伙子繼續忙他的，根本不搭理我們。只見福爾摩斯的目光在散落一地的廢鐵和木屑中搜尋著。突然，腳步聲從背後傳來，是店主來了，他濃眉倒豎、目露凶光，黝黑的臉激動得扭曲，手中拎著一根箍鐵的短棍。他威脅意味十足地逼近，令我慶幸能即時摸到口袋裡的左輪手槍。

「你們這兩個該死的偵探！」他叫道，「在那裡幹什麼？」

「哦，魯本．海耶斯先生，」福爾摩斯淡然道，「看你這副模樣，別人還以為你害怕我們會翻出什麼來。」

此人費力控制自己，冷酷的嘴角放鬆下來，擠出一個虛偽的笑容，但那副模樣比不悅的神情更具威脅性。

「隨便你翻好了，看你能找出什麼來，」他說，「但給我聽著，先生，我不喜歡別人沒我的允許就在這裡刺探，所以你愈早付錢滾蛋愈好。」

「好吧，海耶斯先生，我們沒有惡意，」福爾摩斯說，「只是想看看你的馬而已，但我們還是走路過去好了，看起來這段路也不太遠。」

「從這裡到府邸大門不超過兩哩，就走左邊那條路。」他陰沉地目送我們走出他的地盤。

我們沒走太遠，等一拐彎離開店主的視線，福爾摩斯立刻停下腳步。

「正如孩子們所說的，旅館裡很溫暖，」他說，「我們離它愈遠就愈寒冷。不，不，我還不打算離開。」

「我很肯定，」我說，「這個魯本・海耶斯完全知情，我還沒見過有誰像他這樣，明擺著就是個惡棍。」

「哦！所以他給了你這種印象是嗎？想想那些馬、那個鐵匠鋪，沒錯，這個鬥雞旅館真有意思，我們該再去調查一下，這回低調點。」

我們背後是一片長而傾斜的山坡，坡上散落著大塊的石灰岩。我們從主要道路轉出來，正要爬上山坡時，我望向霍爾德內斯府邸，看到一個人騎著腳踏車，沿著主要道路疾馳而來。

「快趴下，華生！」福爾摩斯叫道，一隻手使勁把我的肩膀向下壓，我們才剛躲好，那人便從我們身邊的路上飛掠過去。在揚起的塵土間，我瞥見一張蒼白狂躁的臉，臉上的每一道輪廓都充斥著恐懼，嘴巴大張，眼睛狂亂地緊盯前方，那張臉像是我們前一晚見過、衣冠楚楚的詹姆斯．懷爾德，然而卻是他的一幅怪異的漫畫像。

「公爵的祕書！」福爾摩斯叫道，「我們走，華生，看看他打算幹什麼。」

我們在岩石間攀爬，不久便找到一個可以看見旅館前門的位置。懷爾德的腳踏車就倚在門旁的牆上，沒有人在屋子周遭走動，窗口也不見任何人。太陽落到霍爾德內斯府邸的高塔後方，暮色也隨之緩緩降臨，就在一片昏暗中，只見旅館的院子裡，馬廄前一輛馬車的兩盞側燈亮起來，緊接著就是馬蹄聲響起，馬車駛上了主要道路，飛速朝著切斯特菲爾德的方向馳去。

「這你怎麼看，華生？」福爾摩斯低聲說。

「看起來是有誰逃走了。」

「我看到馬車裡只坐了一個人。嗯，肯定不是詹姆斯．懷爾德先生，因為他現在就在門口。」

一方紅色的燈光浮現在黑暗中，燈光中央是祕書的黑色身影，他探頭向四周的夜色張望了一下，顯然是在等誰。然後，路上終於傳來腳步聲，第二道人影出現在燈光下，但僅僅只有一瞬，旅館的門一關上，四周又陷入黑暗。過了五分鐘，二樓的一間房間亮起燈光。

「看來是有不尋常的客人光臨鬥雞旅館。」福爾摩斯說。

「但酒吧在另一頭。」

「沒錯，這就是人們口中的密訪客人了。那麼，像這樣的三更半夜，詹姆斯．懷爾德先生究竟在這種賊窟做什麼？來這裡與他碰面的人又是誰？走，華生，我們得冒險靠近點，這才能調查得更清楚。」

我們悄悄下了斜坡到主要道路上，躡手躡腳來到旅館門口。祕書的腳踏車仍倚在原位，福爾摩斯劃亮火柴，湊近了腳踏車後輪，當火光照亮那補強過的鄧祿普輪胎，我聽到他低聲輕笑起來。亮著燈的窗口就懸在我們頭頂上。

「我必須偷看裡頭一眼，華生，如果你能靠牆彎下腰，我就有辦法做到。」

他一下子就踩上我的肩膀，但他甚至還沒站穩，就又跳下來了。

「我們走吧，老朋友，」他說，「這一天完成夠多工作了，一切能找的線索都找到了。這裡離學校還很遠，我們愈早回去愈好。」

在穿過荒地那一大段累死人的路上，他幾乎不發一語，到了學校也不進去，反而先到麥克爾頓車站拍了幾通電報。直到深夜，我聽到他還在安慰赫克斯塔布爾博士，後者因那名教師的身亡而沮喪到幾乎崩潰，後來他到我的房間裡，仍像早上起床時一樣機警又精力充沛。「一切順利，老朋友，」他說，「我保證能在明天天黑前解決這個案子。」

隔天上午十一點，我跟著我朋友走過霍爾德內斯府邸著名的紫杉林蔭大道，我們被領著穿越華麗的伊麗莎白式樣的門廊，來到公爵的書房。詹姆斯·懷爾德先生在房裡，他的態度莊重有禮，但昨夜那種狂亂的恐懼仍藏在他鬼鬼祟祟的眼中和抽顫的臉皮下。

「你們是來見閣下的嗎？實在抱歉，但事實上公爵人很不舒服，那個不幸的消息令他非常沮喪。我們昨天下午收到赫克斯塔布爾博士的電報，裡頭說明了你們的發現。」

「我必須見公爵，懷爾德先生。」

「但他還在臥室裡。」

「那我只好到他的臥室去了。」

「他應該還躺在床上。」

「那我就在床邊見他。」

福爾摩斯的態度冷酷且不容商量，讓祕書明白了與他爭論也是徒勞。

「很好，福爾摩斯先生，我去通報一下。」

我們等了一個小時，這位顯赫的貴族方才現身。比起之前，他的臉色更加灰敗如死屍，背也駝了，看起來比昨天早上衰老了許多。他莊嚴有禮地向我們打過招呼，便在書桌後坐下來，紅鬍子觸到了桌面。

「如何，福爾摩斯先生？」他說。

但我朋友卻緊盯著那位站在他主人椅子旁的祕書。

「閣下，我想懷爾德先生不在場的話，會比較方便講話。」

那人霎時面無血色，惡狠狠地看了福爾摩斯一眼。

「如果閣下是這麼想的……」

「是的，是的，你最好迴避一下。現在，福爾摩斯先生，你有什麼要說的？」

我朋友一直等到祕書離開並關上房門後才開口。

「事實是，閣下，」他說，「赫克斯塔布爾博士向我同事華生醫生和我保證過，你為這個案子提供了懸賞金，我希望能得到你親口的證實。」

「確實如此，福爾摩斯先生。」

「若我沒聽錯，能說出令郎下落的人，可以得到五千鎊賞金？」

「是的。」

「如果說出是誰綁架了他，還可以再得到一千鎊？」

「沒錯。」

「無疑地，後者指的不光是把他帶走的人，也包括那些扣住他的人？」

「是的，是的，」公爵不耐地叫道，「夏洛克．福爾摩斯先生，如果你有確實完成你的工作，根本不必擔心酬勞不夠多。」

我朋友搓著瘦削的雙手，一臉貪婪之色，這讓我很訝異，因為我知道他向來都不是為了酬勞而工作。

「我看到閣下的支票簿就在桌上，」他說，「如果你能開一張六千鎊的支票，我會很高興的，要是劃線的支票就更好了。我的代理銀行是城鄉銀行牛津街分行。」

公爵神情嚴厲，直挺挺坐在椅子上，冷漠地看著我朋友。

「你在開我玩笑嗎，福爾摩斯先生？這可不是能拿來說笑的話題。」

「一點也不，公爵閣下，我這輩子還沒這麼認真過。」

「那你的意思是？」

「我的意思是這份懸賞金已經歸我所有了。我知道令郎在哪，至少知道關押他的部分人士是誰。」

在慘白臉色的映襯下，公爵的鬍子顯得更鮮紅了。

「他在哪裡？」他喘著氣問。

「他在，或該說昨晚就在鬥雞旅館，那裡離你的府邸大門只有兩哩。」

公爵倒回椅背上。

「那你打算指控誰？」

福爾摩斯的回答令人震驚，他一箭步上前，將手放上公爵的肩膀。

「我指控**你**，」他說，「現在，閣下，請你開支票。」

我永遠不會忘記公爵那副模樣，他跳起來，雙手抓向空中，彷彿是個正墜入深淵的人，但他隨即在貴族的高度自制力下坐回去，雙手摀住臉，過了幾分鐘才有辦法開口說話。

「所以你知道了多少？」最後他頭也不抬地問。

「昨晚我看到你去見他了。」

「除了你朋友，還有誰知道此事？」

「我沒向任何人提過。」

公爵用顫抖的手提筆，並翻開支票簿。

「我會信守承諾，福爾摩斯先生，無論你掌握的消息對我有多不利，我都會開支票給你。當一開始提出懸賞金時，我完全沒料到事情會演變成這樣，但你和你朋友都是謹言慎行的人吧，福爾摩斯先生？」

「我不明白閣下的意思。」

「我就明說了，福爾摩斯先生，如果只有你們兩位知情，那就沒理由讓事情傳出去。我該付給你們一萬兩千鎊，是吧？」

但福爾摩斯笑著搖了搖頭。

「公爵閣下，恐怕此事無法輕易私了，必須給那位遇害的教師一個交代。」

「但詹姆斯對此一無所知，他不該為此負責。他只是不湊巧地雇了那個凶殘的惡棍，是那人幹的。」

「我得這麼說，閣下，當一個人決定要犯罪，無論衍生出什麼罪行，他都得負起道義上的責任。」

「從道義上來說，毫無疑問你是對的，福爾摩斯先生，但就法律的角度而言絕非如此，一個人不該因為根本沒參與的謀殺而受審判，何況他也像你一樣厭惡與憎恨如此罪行。他一聽到這個消息就向我吐實了，也立刻就與兇手劃清界線，他是那麼恐懼和悔恨。哦，福爾摩斯先生，請你救救他，你必須救他！我告訴你，你一定要救他！」公爵拋下最後一點點自制，他在房裡踱來踱去，臉孔扭曲，緊握的雙手在空中揮舞。最後他畢竟控制住自己，再度坐回書桌後。「我很感激你還沒向他人透露此事，就先來見我，」他說，「至少我們可以談談，如何才能以最大程度壓下這樁可怕的醜聞。」

「沒錯，」福爾摩斯說，「公爵閣下，我認為要做到這一點，全看我們之間能否徹底坦誠相待。我願意竭盡所能幫助閣下，但我得徹底了解事情真相才做得到。我知道你對詹姆斯・懷爾德先生的說法是實話，他不是兇手。」

「不，兇手已經逃走了。」

福爾摩斯莊重地笑了。

「看來閣下還沒聽說過我的小小名聲，否則你也不會以為兇手能輕易逃過我的追捕。就我所知，魯本・海耶斯先生昨晚十一點已在切斯特菲爾德被捕，今早離開學校前，我收到了當地警長的電報。」

公爵倒回椅背，驚訝地看著我朋友。

「你的能耐似乎非比尋常，」他說，「所以魯本・海耶斯被逮了？只要不會危害到詹姆斯的未來，我喜聞樂見此事。」

「你的祕書？」

「不，先生，我的兒子。」

這下子，震驚的人換成了福爾摩斯。

「我必須承認這是我聞所未聞的，閣下，得請你說得更明確一些。」

「我不會再對你隱瞞，你說得沒錯，在因為詹姆斯的愚蠢和嫉妒而陷入絕境的情況下，完全坦誠是最好的辦法，即便這麼做會令我痛苦不已。福爾摩斯先生，在我還很年輕時，曾有過一段一生可能只有一次的戀愛，我向那位女士求婚，但她唯恐這樁婚姻會危害我的前途而拒絕了，若她依然在世，我肯定不會和任何人結婚，但她去世了，把這孩子留給了我，我因她的緣故而始終疼愛並照顧這個孩子，我不能對外公開我是他父親，但我讓他受最好的教育，等他成年了，便一直把他帶在身邊。但他不經意間發現了我的祕密，在那之後，他就對我需索無度，並利用他的權力挑起各種醜聞，那些醜聞都不是我能容忍的，我的婚姻不和諧多少也與他的存在有關，最重要的是，他從一開始就對我年幼的合法繼承人懷抱著難以磨滅的恨意。你可能會想問我，為何在發生這麼多風波之後，我依然把詹姆斯留在屋簷下？我的回答是，就因為我在他臉上看到了他母親的容貌，因為她，我受到的折磨是無休無止的，他的舉手投足無一不令我回憶起她的可愛，我就是**不能**把他送走。但我非常擔心他會傷害亞瑟……也就是薩爾泰爾動爵，為了亞瑟的安全，我才會送他去赫克斯塔布爾博士的學校。

「詹姆斯之所以會和海耶斯那傢伙混在一起，是因為海耶斯曾是我的佃戶，而詹姆斯做為我的代理人，以前就與他打過交道。那傢伙打一開始就是個無賴，但詹姆斯總喜歡與這種不入流的人交朋友，他們因某些緣故而愈混愈熟。當詹姆斯決定要綁架索爾泰爾動爵，便藉助了海耶斯的幫助。你也記得我在事發前一天給亞瑟寫過信，結果是詹姆斯偷拆了那封信，並夾了一張紙條進去，要亞瑟到學校附近一個名叫雜木崗的小樹林與他碰面，他假借公爵夫人的名義，果然成功將那孩子騙出來。接下來是他自己向我坦誠的內容：當晚，詹姆斯騎腳踏車赴約，在樹林裡見到亞瑟並告訴他，說他母親急著想見他，她現在就在荒地等他，如果他在半夜回到這片林子，到時會有個人備好馬，帶他去見公爵夫人。可憐的亞瑟就這麼落入圈套，他按時赴約，果然看見海耶斯那傢伙牽著一匹小馬在等他。亞瑟騎上馬，他們一同動身，而看起來他們被跟蹤了，海耶斯用棍子攻擊了跟蹤的人，對方因此傷重身亡，詹姆斯直到昨天才得知此事。海耶斯將亞瑟帶到他經營的鬥雞旅館，將亞瑟關在樓上的房間裡，由海耶斯太太照顧，她是一位和藹的女性，但被殘暴的丈夫徹底掌控。

「好了，福爾摩斯先生，兩天前當我們首次會面時，狀況就是如此，我不比你更清楚發生了什麼事。你可能想問詹姆斯這麼做的動機，我只能說，他對我的繼承人有許多毫無道理且極端的仇恨。在他看來，他才是繼承我一切財產的人，因此對那些妨礙他成為繼承人的社會法律深感不滿。同時他還有一個明確的動機，便是強迫我違背那些有關繼承的法律，他認為我有權這麼做。他打算與我談條件，只要我願意更改繼承權，他就把亞瑟放回來，如此他便可以根據遺囑取得我的財產，他很清楚我絕不會自願讓警方去對付他。我敢說他本來是這麼計畫的，但他之所以沒這麼做，是因為事態發展對他來說太快了，他根本沒時間將計畫付諸實踐。

「讓他的邪惡計畫全盤破滅的人是你，你發現了海德格的屍體，詹姆斯一聽這消息便慌了手腳。事實上，我早就在懷疑他了，昨天接到赫克斯塔布爾博士的電報時，我們正在書房裡，他立刻就因悔恨和焦慮而徹底崩潰，也證實我一直以來的懷疑。我責備了他的行為，他則完全坦白一切，並懇求我再替他保密三天，好讓他卑鄙的共犯有機會保住那條罪惡的性命。如同過去的每一次，我在他的哀求下屈服了，詹姆斯立即趕去鬥雞旅館警告海耶斯，並協助他逃亡。我不可能大白天跑去那裡又不引人耳目，因此我等到天黑才飛奔去見我親愛的亞瑟。他安然無恙，只是被親眼目睹的可怕罪行嚇得不輕。儘管我百般不願，但為了信守承諾，我還是答應把他留給海耶斯太太再照顧三天，畢竟我無法告知警方又隱瞞兇手身分，我也不知道要如何懲罰兇手又放過不幸的詹姆斯。福爾摩斯先生，你要求我坦白，而我也照做了，我對你吐露了一切，沒有半點迂迴或隱瞞。你也能同樣對我坦白嗎？」

「我會的，」福爾摩斯說，「首先，閣下，我必須告訴你，以法律的角度而言，你讓自己處於非常不利的位置。你縱容了一樁重罪，甚至幫助兇手逃亡，畢竟詹姆斯・懷爾德資助共犯逃亡的錢肯定是來自你的荷包。」

公爵點頭表示同意。

「此事確實非常嚴重，然而閣下，我認為更該被譴責的是你對待令郎的方式，你把他扔在那個賊窟裡，一扔就是三天。」

「他們鄭重承諾過……」

「那種人的承諾能信嗎？你無法保證他不會再被綁走。為了保護犯罪的大兒子，你讓無辜的小兒子身處在緊迫但毫無必要的危險中，這個處置是最不合理的。」

高傲的霍爾德內斯公爵可不習慣在自己的府邸遭受如此指責，血液直衝他高挺的額頭，但他還是在良心驅使下一聲不吭。

「我會幫助你，但只有一個條件。你按鈴叫傭人進來，讓我按自己的意思發號施令。」

公爵一言不發地按了電鈴，傭人聞聲入內。

「你一定很高興聽到這個消息，」福爾摩斯說，「你家小主人找到了，公爵要你們立刻駕車去鬥雞旅館，將薩爾泰爾勳爵接回來。」

「好了，」在那傭人與高采烈離去後，福爾摩斯說，「既然接下來的一切都已得到保障，我們大可以對發生過的事稍加寬容。我不是官方執法人員，只要確定最終結果是公正的，我就沒理由再去聲張我知道的一切。至於海耶斯，我沒什麼要評論的，等著他的是絞刑架，而我不會插手救他，不曉得他那張嘴是否會說出什麼不該說的，但閣下肯定有辦法讓他明白，少說幾句對他有好處，畢竟警方以為他綁架那孩子只是為了贖金而已，如果他們自己都沒意識到真相遠不止於此，我也沒理由去引導他們通盤了解事實。然而閣下，我必須提出警告，詹姆斯．懷爾德先生不宜繼續待在這座府邸，那樣只會帶來更多不幸。」

「這我明白，福爾摩斯先生，我已經安排讓他永遠離開我，到澳大利亞自力更生。」

「若是這樣，閣下，既然你說婚姻中的任何不和睦都根源於他的存在，那我建議你今後要盡你所能彌補公爵夫人，努力修復你們過往不幸被打斷的關係。」

「這我也安排妥當了，福爾摩斯先生，我今早已給公爵夫人寫了信。」

「既然如此，」福爾摩斯起身道，「我朋友和我應該要慶幸，我們這趟短暫的北方之行取得了最好的結果。另外我還有個小問題想了解一下，海耶斯那傢伙給他的馬蹄釘上會留下牛蹄印的蹄鐵，這一招實在高明，是不是從懷爾德先生那兒學來的？」

公爵站著沉思片刻，顯得非常驚訝的樣子。接著他打開一扇門，帶著我們走進一間布置得像博物館的大房間。他領路來到角落的一個玻璃櫃前，指著上頭的銘文。

「這些蹄鐵，」銘文寫著，「挖掘自霍爾德內斯府邸的護城河。供馬匹使用，但蹄鐵下方打造成偶蹄的形狀，以便混淆追蹤者視聽。據推測，它們的所有者是中世紀時，霍爾德內斯一些喜好掠奪的男爵。」

福爾摩斯推開玻璃櫃，他沾濕手指，指尖沿著蹄鐵滑過去，一層薄薄的新土沾上了指尖。

「謝謝你，」他邊說邊關好櫃門。「來到北方後，這是我看到第二件極有趣的東西。」

「那麼第一件呢？」

福爾摩斯把他的支票摺妥，小心翼翼地夾進筆記本裡。「我是個窮人。」他說著，愛惜地拍了拍夾著支票的筆記本，將它深深塞進了外套的內袋。

CASE 6

黑彼得之死

The Adventure of Black Peter

我從沒見過我朋友的身心狀態比一八九五年那時更好。他的名氣愈來愈大，隨之而來的是處理不完的業務，說起那些跨過我們貝克街簡陋住所門檻的人們，其中不乏許多傑出人物，我但凡稍稍暗示他們的身分，都會因為言行不慎而受指責。然而，福爾摩斯就像所有偉大的藝術家，是為了藝術本身而工作，他提供價值不可估量的服務，卻從不索取任何巨額報酬，唯一的例外就是霍爾德內斯公爵的案子。他是那麼看淡名利或該說那麼任性，以至於他經常拒絕為有錢有勢的人服務，只因為他們的問題無法令他共情，但同時他會花好幾個星期的時間專心調查身分卑微的客戶委託的案件，那些案件離奇又富戲劇性的特性能啟發他的想像力，並挑戰他的聰明才智。

在一八九五年這值得銘記的一年間，一連串古怪又牛頭不對馬嘴的案子吸引他投入全副精力，從他對紅衣主教托斯卡猝死的調查開始——這樁著名案件是教皇陛下授意他調查的——到他逮捕了惡名昭彰的金絲雀訓練員威爾遜，從而剷除了倫敦東區的大患。緊接在這兩起受矚目的案件之後是伍德曼莊慘案，在這件案子裡，圍繞著彼得·凱瑞船長之死的種種情況大多還不為人知，若福爾摩斯先生的辦案紀錄少了這樁不尋常的案子，那就不能算是完整的紀錄。

七月的第一個星期，我朋友經常不在住處，而且大半天都不見人影，我知道這是因為他手邊有案子正在調查。那段期間，有幾個粗魯的傢伙上門來打聽巴茲爾船長，這是福爾摩斯無數個假名之一，用以隱藏他令人畏懼的身分，此刻他正用這個假名在某處工作，他在倫敦各地至少有五處藏身地點，可以隨時變換身分。他完全沒對我提到在忙些什麼，而我也從沒逼他吐實。等他首次對我明確透露他的調查方向，當時的狀況也很不尋常。那天他在早餐前就出去了，當我正坐著吃早餐時，他邁著闊步走進來，只見他戴著帽子，將一根帶著倒鉤的巨大矛槍挾在胳膊下，彷彿挾著一把雨傘。

「天哪，福爾摩斯！」我叫道，「別跟我說，你一直挾著那玩意兒在倫敦亂晃？」

「我駕車去了趟肉鋪子後回來了。」

「肉鋪子？」

「現在我可是食慾大開，親愛的華生，別懷疑在早餐前運動一番對身體的好處，只是你肯定猜不到我是怎麼運動的。」

「我也不打算猜。」

他邊倒咖啡邊低聲笑了起來。

「如果你剛才去阿勒代斯的肉鋪子後頭看過，你會看到天花板底下有一頭死豬被鉤子垂掛著，一位穿著襯衫的紳士用這支武器猛力刺向它。那個激烈運動的人就是我，我很滿意自己沒花多大力氣就一擊刺穿那頭豬。也許你也想試試？」

「打死我都不要。但你這麼做是打算……？」

「在我看來，這或多或少與伍德曼莊的謎案有關。啊，霍普金斯，我昨晚收到你的電報了，現在正盼著你來。一起吃頓早餐吧。」

我們的訪客是一位非常機敏的男子，年約三十歲，穿著一套素淨的花呢西裝，但舉措間都維持著直挺的腰板，照眼便知是穿慣了官方制服的人。我一眼認出他是年輕的巡官史坦利．霍普金斯，福爾摩斯對他的前途寄予厚望，而他也因為福爾摩斯那些科學辦案手法，而對這位著名的非官方人士表現出學生般的欽慕和敬佩。此刻，霍普金斯眉頭深鎖，一臉沮喪地坐下。

「不了，謝謝你，先生。我來之前已經吃過了。我是在城裡過夜的，因為昨天進城來報告案情。」

「所以你報告了些什麼？」

「失敗，先生，徹頭徹尾的失敗。」

「沒有任何進展？」

「一點都沒有。」

「老天！看來我得著手調查這個案子了。」

「福爾摩斯先生，我巴不得你這麼做。這是我的第一樁大案子，但我一點辦法也沒有，看在上帝的份上，幫我一把吧。」

「好好好，正好我已仔細研究過所有手上的證據，包括調查報告。順便問一聲，你怎麼看那個在犯罪現場發現的菸草袋？難道它無法提供任何線索？」

霍普金斯似乎不這麼想。

「菸草袋是被害者的物品，先生，袋子內側有他姓名的縮寫。此外袋子是海豹皮做的，此人正是一名老練的海豹獵人。」

「但他沒有菸斗。」

「不，先生，我們沒找到菸斗。事實上，他不怎麼抽菸，可能這些菸草是他為朋友準備的。」

「毫無疑問是這樣，我之所以提起這一點，是因為若由我來偵辦這個案子，我會傾向從這一點著手調查。不過，我的醫生朋友華生對此還一無所知，而我也不介意再聽一次案子的來龍去脈，你把事情扼要地跟我們說說吧。」

史坦利．霍普金斯從口袋裡掏出一張紙條。

「這裡有幾個日期，可以讓你們大致了解一下死者彼得．凱瑞船長的職業生涯。他生於一八四五年，現年五十歲，是一位勇猛且優秀的海豹和鯨魚捕獵者。他在一八八三年成為丹迪港的捕海豹船『海獨角獸』的船長，之後好幾次出航都成果豐碩，因此隔年，也就是一八八四年便退休了，他在之後的幾年間四處旅行，最後在蘇塞克斯郡的弗里斯特羅附近買下一間名叫伍德曼莊的小房子。他在那裡一住就是六年，直到一個星期前被殺害了為止。

「他這個人有些地方很古怪。在日常生活中，他過著嚴謹的清教徒生活，寡言又陰鬱。他的家庭成員有妻子、二十歲的女兒和兩個女傭。傭人的流動率高，因為工作環境讓她們很不愉快，有時還會難以忍受。此人時不時會喝得爛醉，他一旦喝醉就是個十足的惡魔。人盡皆知的是，他會在半夜將妻子和女兒趕出家門，在院子裡拿鞭子追打她們，直到她們的尖叫聲把全村人都吵醒。

「他曾被警方傳喚，原因是凶殘襲擊教區的老牧師，而對方不過是告誡他的失當行為。簡而言之，福爾摩斯先生，你很難找到一個比彼得．凱瑞更危險的人了，而且我聽說他當船長的作風也差不多。圈內人都叫他『黑彼得』，不光是因為他黝黑的膚色和滿臉的黑鬍子，還因為他的脾氣讓周遭人都心生畏懼。不用說，所有鄰居都厭惡他，避之唯恐不及，而我也沒聽說有誰對他的慘死表示哀悼。

「你一定在調查報告中讀到有關那棟小屋的描述了，福爾摩斯先生，但也許你朋友還不知道。他替自己蓋了一棟獨立於主屋外的小木屋，他總是管它叫『船艙』，離他家有幾百碼遠，每天晚上，他都睡在那裡，那是一棟十六呎乘十呎的單間小屋。他隨身攜帶鑰匙，自己鋪床、打掃，不准其他人跨進房間一步。小屋每一側各有一扇小窗，都掛有窗簾，而且始終緊閉著。其中一扇窗朝向公路，一到夜晚，窗內亮起燈光時，人們常在窗外指指點點，議論著黑彼得究竟在裡頭幹什麼。我們在調查中取得的少數幾樣確切證據，就是來自這扇窗，福爾摩斯先生。

「你還記得調查報告中的這一段吧？在凶殺案發生的前兩天，凌晨一點左右，一個名叫斯萊特的石匠從弗里斯特羅步行而來，途經小屋時曾短暫停步，看見方形窗口透出的燈光照映在樹林間，他發誓說看到窗簾上清晰映著一個人的側影，而且對方肯定不是他很熟悉的彼得．凱瑞。那個人也留著鬍子，但與船長的鬍子很不一樣，是一種短而向前豎起的鬍子。石匠的證詞就是這些，但他是喝了兩個小時的酒後才看到這一切的，而且公路與那扇窗之間的距離不算近。此外，這是星期一的事，但凶殺案要到星期三才發生。

「到了星期二，彼得．凱瑞的脾氣壞到了極點，他喝得滿臉通紅，像一頭危險的野獸般。他在住家附近徘徊，家中的婦女們早就都聞聲逃走了。到了傍晚時分，他回到自己的小屋。隔天凌晨兩點左右，他女兒因為開著窗子睡覺，聽到一聲極其恐怖的叫喊從小木屋那邊傳來，不過他喝醉後時常鬼吼鬼叫，因此他女兒並不太在意。到了早上七點，一名晨起的女傭注意到小屋的門敞開著，但人們實在太害怕這個男人了，以至於拖到中午才有人壯著膽子前去看個究竟。他們從敞開的門外朝裡頭窺望，不看還好，這一眼就讓他們嚇得面如死灰，飛也似逃到村裡去了。而我在一個小時內趕到現場，接手了這個案子。

「嗯，你知道的，福爾摩斯先生，我算得上是個沉穩的人，但我向你保證，當我探頭進小屋時，還是被眼前的景象狠狠嚇到。蒼蠅和麗蠅的嗡嗡聲聽起來好像風琴，到處濺血的地板和牆壁簡直像是屠宰場。彼得·凱瑞把這棟小屋稱為船艙，這是真的，它會讓人以為自己置身在一艘船上。房間的一端是一張床、一個水手用的儲物箱、一些地圖和航海圖、一張『海獨角獸』的照片、一排航海日誌陳列在架上，所有東西都讓這裡看起來就是一間船長室。而船長本人就在這一大堆東西之中，扭曲的臉孔透露死時受到的折磨，劇痛讓他斑駁的鬍鬚一根根倒豎，一根鋼製魚叉直接貫穿他寬闊的胸膛，深深扎進背後的木牆，就像把甲蟲釘在紙板似的。當然，他已經死了，在那聲痛苦的吼叫後就死了。

「我知道你的作法，先生，我也照做了。我非常仔細檢查過屋外地面與房間地板，然後才准許他們搬動東西，但沒找到足跡。」

「意思是說，你什麼都沒看到？」

「這我非常肯定，先生，沒有任何足跡。」

「我的好霍普金斯，我調查過那麼多案件，還沒見過飛行生物會犯案的。但凡罪犯還是用兩條腿走路的，就一定會留下一些壓痕或磨損，不然就是讓零碎的物品移位，而偵探是可以運用科學方法找出這些東西的。你說這個血跡斑斑的房間裡找不到任何有助我們調查的線索，這實在讓人很難信服。不過，依我在調查報告中所見，你似乎沒有漏看任何東西？」

對我同伴這番語帶諷刺的評論，年輕的巡官有些畏縮。

「我實在太蠢了，沒在事發當下就請你過來，福爾摩斯先生，但現在懊惱也沒用。沒錯，屋裡是有幾樣東西讓我特別留意，其中之一就是用來犯案的魚叉，想必是兇手從牆上的架子一把抓下來的。那個架子上還有另外兩把魚叉，並有一個空位。魚叉柄上刻有『SS，海獨角獸，丹迪』的字樣。從這一點判斷，案子應該是兇手一怒之下所為，才會順手抓起離自己最近的武器犯案。案發時間是凌晨兩點，彼得．凱瑞卻穿戴整齊，表明了他與兇手有約，桌上的一瓶蘭姆酒和兩只用過的玻璃杯同樣證明了這一點。」

「是的，」福爾摩斯說，「我認為這兩點推論都說得通。除了蘭姆酒之外，房裡還有其他烈酒嗎？」

「有，水手儲物箱上有個可上鎖的酒瓶架，裡面放著白蘭地和威士忌。然而，這一點對我們無關緊要，畢竟這些酒都沒動過，酒瓶都是滿的。」

「就算如此，這些事實也一定有其意義，」福爾摩斯說，「不過，先讓我們聽聽更多你認為與此案有關的信息。」

「那個菸草袋就放在桌上。」

「放在桌子的哪裡？」

「正中間。是用直毛的劣質海豹皮製成，再用皮帶紮起來，袋子的翻蓋內側有著『P.C.』字樣，袋子裡是半盎司氣味濃烈的船員用菸草。」

「精采！另外還有什麼？」

史坦利．霍普金斯從口袋裡掏出一本黃褐色封面的記事本，那破舊的封面已經磨得起毛，內頁也變色了。第一頁寫著「J.H.N.」的縮寫和日期「一八八三」。福爾摩斯把它放在桌上攤開，以他一貫的方式細細檢查，霍普金斯和我則分別由他肩膀兩側探頭看著。只見記事本第二頁印著「C.P.R.」的縮寫，接著是好幾頁數字，另外幾頁的標題分別為「阿根廷」、「哥斯達黎加」、「聖保羅」，每個標題後都接著幾頁的符號和數字。

「你怎麼看這些東西？」福爾摩斯問。

「看起來像是證券交易所的有價證券清單。我認為『J.H.N.』是經紀人的姓名縮寫，而『C.P.R.』可能是他的客戶。」

「試試加拿大太平洋鐵路（Canadian Pacific Railway）。」福爾摩斯說。

史坦利．霍普金斯咬牙切齒地咒罵起來，攢緊拳頭捶自己的大腿。

「我怎麼會這麼蠢！」他叫道，「事情肯定就是你說的這樣，那我們只剩『J.H.N.』這個縮寫要搞懂了。我檢查了一八八三年的證券交易所名單，無論是交易所內還是所外的經紀人，都沒有人的姓名與這個縮寫相符，但我依然覺得這是目前最重要的一條線索。福爾摩斯先生，你一定也是這麼想的，這個姓名縮寫很可能屬於在場的另一人，也就是說，這是兇手的姓名縮寫。此外，我很有把握的另一點是，當這份記載了大量有價證券的文件出現在本案中，讓我們第一次有機會探究犯罪動機。」

福爾摩斯的表情說明這個全新的進展確實出乎他的意料。

「我必須把你這兩點推論納入考量，」他說，「我承認，這本調查報告中沒有提及的記事本修正了我的想法，我對此案原有的推論無法解釋它的存在。你有沒有試著去追查任何在記事本裡提到的證券？」

「我們正在查，但恐怕那些南美公司的完整股東名冊要到南美才找得到，追踪那些證券要花幾個星期的時間。」

福爾摩斯用放大鏡檢查記事本的封面。

「這上頭有沾到東西。」他說。

「是的，先生，那是血跡。我也說過，這本子是我從案發現場的地板上撿起來的。」

「血跡是在上面還是下面？」

「在貼著地板的那一面。」

「當然了，這證明了記事本是在案發後才掉在地上的。」

「沒錯，福爾摩斯先生，我認為這一點很重要。我想記事本是兇手在匆匆逃離時掉下來的，它就落在門口附近。」

「你沒在死者的財產中找到這些證券吧？」

「沒有，先生。」

「有任何理由懷疑本案是搶劫嗎？」

「不，先生，似乎沒有任何東西被動過。」

「老天，這個案子實在很有意思。另外，你們也在現場發現了一把刀，是吧？」

「是一把鞘刀，仍收在鞘裡，就落在死者腳邊，凱瑞太太也證實了那是她丈夫的所有物。」

福爾摩斯陷入了片刻的沉思。

「好吧，」他最後開口，「我想我最好還是親自去看看。」

史坦利．霍普金斯發出一聲歡呼。

「謝謝你，先生，這著實讓我安心不少。」

福爾摩斯對巡官搖了搖手指。

「你要是早一個星期來找我，這事會容易得多，」他說，「但就算現在才跑一趟，也不一定就是白費工夫。華生，如果你能抽出時間，我將樂見有你作伴。麻煩你去叫一輛四輪馬車，霍普金斯，一刻鐘內我們就能準備好動身去弗里斯特羅。」

我們在路邊小車站下車，在我們坐著馬車過來的幾哩路上，穿過一片寬闊的樹林殘跡，它曾屬於一片更大的森林，被稱為「森林地帶」的那片森林在足足六十年的時間裡，將撒克遜入侵者拒之門外，是英國堅不可摧的堡壘，然而它的大片區域都已被清除，樹木被砍伐來冶煉礦石，因為全國第一座煉鐵廠就坐落在這裡，如今整個產業為了取得更豐富的資源而北移，只留下被摧毀的樹林和殘破的土地，做為煉鐵廠存在過的痕跡。綠意盎然的山坡上有一處空曠地，矗立著一棟狹長低矮的屋子，由石頭砌成，通往屋前的馬車道蜿蜒穿過田野。靠近公路的地方有一棟獨立的小木屋，三面圍繞著灌木叢，小屋的門和其中一扇窗朝向我們，那就是命案現場了！

史坦利．霍普金斯首先帶我們到石屋，並向我們介紹一位面容憔悴、頭髮花白的婦人，她是死者的遺孀，深深的皺紋布滿她帶著病容的臉，深陷在發紅眼眶中的雙眼仍隱隱透著恐懼，說明了這些年來過得有多艱辛，以及遭受了丈夫多少虐待。她女兒在旁陪著她，這名面色蒼白的金髮女孩告訴我們，她對父親的死訊感到非常開心，更祝福那個奪走他性命的人，她在這麼說的同時，一雙眼睛充滿挑釁地看著我們。黑彼得著實把自己的家庭搞得烏煙瘴氣，因此當我們得以走出石屋來到戶外的陽光下，每個人都感到如釋重負，我們沿著那條死者反覆往返、硬生生用腳踩出來的小徑穿越田野。

那間獨立的小木屋是個陳設極簡陋的住處，木牆板，木瓦的屋頂，一扇窗開在門邊，另一扇則在門對面。史坦利．霍普金斯從口袋裡掏出鑰匙，正要彎身開鎖時，突然一臉驚訝地停住了，同時神情也變得專注。

「有誰動過這扇門。」他說。

毫無疑問就是如此，那扇門不久前被人撬過，門板上的油漆被刮傷，刮痕還是白色的。福爾摩斯檢查了窗戶。

「對方也試過破窗而入，不過同樣沒成功，不管是誰，都是個笨手笨腳的賊。」

「這事很不尋常，」巡官說，「我可以保證，昨晚還沒有這些痕跡。」

「也許是村裡一些好事的傢伙。」我提醒他們。

「不太可能。大多數人根本不敢靠近這一帶，更別提試著闖進去。你怎麼看，福爾摩斯先生？」

「我認為我們運氣非常好。」

「你的意思是，對方還會折回來？」

「很有可能。他來到這裡，本以為門是開著的，他試著用隨身攜帶的摺刀撬門，但失敗了。你認為他接下來會怎麼做？」

「去找個更好用的工具，趁著夜裡再來一趟。」

「我也這麼認為，我們若不在這裡等著他，那未免太蠢了。趁他還沒到，我們先來看看小屋內部吧。」

小屋已被清理過，再也看不出那場慘劇的痕跡，但房裡的陳設仍保持案發當晚的樣子。福爾摩斯花了足足兩小時，全神貫注地把所有物品都檢查一遍，但他的表情透露了這番調查並不成功，在耐心調查的過程中，他只停下來過一次。

「你從架子上拿走了什麼沒有，霍普金斯？」

「不，我沒動過任何東西。」

「架子上的某樣東西被拿走了，這個角落的灰塵比任何一處都少。有可能是一本側放的書，也可能是個盒子。好吧，好吧，我能做的就這些了。我們去風景優美的林子裡轉轉，享受幾個小時的鳥語花香吧，華生。我們晚點再來這裡和你會合，霍普金斯，到時看看能否與夜裡來訪的那位先生交個朋友。」

等我們設好小小的埋伏時，已經十一點多了。霍普金斯主張把小木屋的門敞著，但福爾摩斯認為這麼做反而會引起那位陌生訪客的懷疑，反正這是個簡易門鎖，隨便一把堅固的小刀都可以撬開它。他同時建議我們要守在屋外而非屋內，就躲在較遠那扇窗下的灌木叢中，只要屋裡的人一點燈，我們就能看清楚究竟是什麼人，以及對方為何要趁大半夜偷偷跑來。

這場漫長的守夜令人陰鬱，但也帶來了一種興奮感，那是獵人在水池邊等著口渴的野獸送上門時會感到的興奮，但會是什麼樣的野獸從黑暗中浮現？是一頭必須與其尖牙利爪搏鬥才能捕獲的猛虎？或是一隻鬼鬼祟祟的豺狼，只敢對脆弱又毫無防備的人出手？

我們蹲伏在灌木叢中，保持絕對的安靜，等待隨時可能出現的某人。起初守夜的氛圍較為輕鬆，還聽得到一些晚歸村民的腳步聲，以及村裡人們的交談聲，但這些干擾漸漸平息下來，全然的寂靜籠罩了我們，只有遠處教堂的鐘聲告訴我們夜晚的流逝，再來就是細雨落在頭頂樹葉間低微的沙沙聲了。

凌晨兩點半的鐘聲過去了，現在正是黎明前最黑暗的時刻，此時門口那裡傳來一聲低沉但刺耳的咔嗒聲，嚇了所有人一跳，有誰踏上了馬車道。但接下來又是一陣沉默，時間長到令我都開始擔心這只是虛驚一場，然而就在此時，小屋另一側傳來偷偷摸摸的腳步聲，接著是刮擦和敲打金屬的聲音，聽起來那傢伙正在撬門！這次他的技巧變好了，或是他找了個比較順手的工具，因為門上的合頁突然啪一聲並吱嘎作響，接著一根火柴被劃亮，片刻間，穩定的燭光照亮整棟小屋，我們的目光透過薄紗窗簾，嚴密注視著屋內一切動靜。

這位夜間訪客年紀很輕，身形單薄瘦削，黑鬍鬚使得臉色更加死白。此人可能才滿二十歲，我沒見過有哪個傢伙比他更恐懼、更可憐兮兮，他的牙關明顯在打顫，四肢也哆嗦個不停。一身紳士打扮，穿著獵裝外套和燈籠褲，頭戴布帽。只見他用驚恐的目光環顧四周，接著把一截殘燭放到桌上，朝房間一個角落走去，消失在我們的視野外，等他回來時，帶著一本厚重的書，那是排列在架上的航海日誌中的一本。他倚著桌子，飛快地逐頁翻看那本日誌，直到翻出了他在找的條目。接著，他憤怒地握緊拳頭做了個手勢，闔上書，把它放回架子的角落，最後他吹熄蠟燭，正要轉身離開小屋時，被霍普金斯劈手捉住了衣領，這令他意識到自己被逮了，我聽到他驚恐地倒抽一口氣，等蠟燭被重新點起，只見我們可憐的俘虜在警探的掌控下瑟瑟發抖，他一屁股坐在水手儲物箱上，無助的目光逐一打量我們每個人。

「好了，我親愛的朋友，」史坦利．霍普金斯說，「你是誰？來這裡有何貴幹？」

那個人打起精神，努力保持冷靜與我們應對。

「我猜你們是偵探吧？」他說，「你們一定認為我與彼得．凱瑞船長的死有關，但我向你們保證我是無辜的。」

「這個我們晚點再說，」霍普金斯說，「先說說你叫什麼名字？」

「我名叫約翰．霍普利．內利根（J.H.N.）。」

我看到福爾摩斯和霍普金斯交換了一個眼神。

「你在這裡做什麼？」

「有關這個，我們可以私底下談嗎？」

「不，當然不能。」

「那我又為何要告訴你們？」

「你要是不說，到時你在法庭上的處境恐怕會非常不利。」

年輕人再度瑟縮成一團。

「好吧，我說就是了，」他說，「其實也沒什麼不可告人的，只是我不希望這樁陳年醜聞又被翻出來當談資罷了。你們聽說過道森和內利根公司嗎？」

從霍普金斯的表情看得出，這個名字是他聞所未聞的，福爾摩斯卻顯得興致勃勃。

「你指的是西南英格蘭的那兩位銀行家吧？」他說，「他們虧損一百萬英鎊後倒閉了，連帶毀了康沃爾郡一半的家庭，內利根也從此失蹤了。」

「正是如此，內利根就是家父。」

我們終於得到一些可靠的線索了，然而，一位潛逃的銀行家和被自己的魚叉釘在牆上的彼得·凱瑞船長之間，仍有許多待解釋的問題。我們全都聚精會神聽著這位年輕人敘述。

「真正牽涉此事的只有父親，畢竟道森當時已經退休了。那年我只有十歲，但已經稍稍懂事了，能夠感受一切的恥辱和恐懼。人們總說父親偷走所有的證券並逃跑了，這不是事實。他始終堅信，如果給他足夠時間，一切都會好起來的，他將有辦法把那些證券都兌現、償還每一位債權人。他趕在逮捕令發出前，就駕著小艇，動身前往挪威了。我還記得他在出發前夜與母親告別，並留下一份清單給我們，上頭記錄了他帶走的所有證券，他發誓會洗清自己的名譽後才回來，而且不會辜負任何信任他的人。然而，我們從此沒再聽過他的消息，不論是他還是他的小艇都徹底消失了，母親和我相信，他一定和小艇還有他帶走的證券都沉入了海底。然而就在不久前，我們的一位商人摯友發現，父親當年帶走的證券有一部分又出現在倫敦的市場上，你可以想像我們聽到這消息有多驚訝。我花了幾個月設法追蹤那些證券，最終，在歷經種種迂迴和困難後，我發現那些證券是彼得．凱瑞船長賣出的，也就是這間小屋的主人。

「當然了，我針對此人做了一些調查，結果發現當年他指揮一艘捕鯨船從北冰洋返航，父親也正是在那時渡海到挪威的。那年秋天，海上風雨交加，狂暴的南風肆虐，父親的小艇很可能因此被吹往北方，遇上彼得．凱瑞船長的船。若真是如此，我父親發生了什麼事？無論如何，如果我能從彼得．凱瑞這裡問出那些證券是如何出現在市場上的，就能證明父親並未出售它們，他帶走它們也不是為了貪圖錢財。

「我為了見那位船長而來到蘇塞克斯郡，但他偏偏在此時被殺了。我在調查報告中讀到關於他這棟小屋的描述，其中提到他過去的航海日誌都還保存在這裡。我靈機一動，想到若能能翻出『海獨角獸』一八八三年八月的航海日誌，或許就能解開有關父親下落的謎團了，昨晚我試過進來拿日誌，但門打不開，今晚我又試了一次，雖然成功進了門，卻發現那年八月的相關紀錄都被人撕去了，接下來，我便被你們逮住了。」

「全部的狀況就是這樣？」霍普金斯問。

「是的，我全都告訴你們了。」他別開視線答道。

「沒有其他要說的了？」

他猶豫了一下。

「不，沒有了。」

「所以在昨晚之前，你從沒來過這裡？」

「沒有。」

「那這個你要怎麼解釋？」霍普金斯叫道，他舉起那第一頁有著我們這名犯人的姓名縮寫、封面沾了血、已成為確鑿罪證的記事本。

這可憐的傢伙崩潰了，他用手摀住臉，全身哆嗦個不停。

「它怎麼會在你那裡？」他呻吟道，「我不知道，我還以為我把它忘在旅館裡了。」

「夠了，」霍普金斯厲聲道，「無論你還想說什麼，都留著去和法官說吧，現在跟我一起去警察局。嗯，福爾摩斯先生，很感謝你和你朋友前來協助，不過從事後來看，你們不來其實也沒關係，我一個人還是有辦法解決這個案子。無論如何，還是謝謝你們了，我在布萊姆布蘭泰旅館替你們訂好了房間，我們一起走回村子吧。」

「所以，華生，你怎麼看這案子？」在我們次日一早的回程途中，福爾摩斯問道。

「看得出來你不太滿意。」

「哦不，親愛的華生，我可太滿意了，我只是不贊同史坦利．霍普金斯的方法，他讓我有些失望，我原本希望他能表現得更好的。我們必須不斷尋找其他可能性，再設法證明這些可能性不存在，這是罪案調查最重要的一點。」

「那麼，此案還有哪些可能性？」

「我一直試著調查，可能到頭來什麼都查不出來，會怎樣不好說，但至少我不會放棄。」

回到貝克街，有幾封寄給福爾摩斯的信已在等著我們。他抓起其中一封，拆開來一看，帶著勝利意味地竊笑起來。

「太好了，華生，我說的其他可能性還在進行中。你有電報紙嗎？替我拍兩通電報：『拉特克利夫公路，航運代理行，薩姆納。送三個人過來，明天早上十點到。——巴茲爾。』那是我在這個案子裡使用的假名。另一通則是：『布里克斯頓，羅德街四十六號，史坦利．霍普金斯巡官，明天早上九點半來共進早餐。此事至關重要，如不能前來請回電。——夏洛克．福爾摩斯。』華生，這個討厭的案子已經煩了我十天，我要藉此將它徹底趕出我的生活，我很確定明天將是我們最後一次聽到它。」

史坦利．霍普金斯巡官依約準時出現，我們一起坐下來享用了哈德遜太太準備的豐盛早餐。因為成功破案了，年輕的警探顯得興高采烈。

「你當真認為你對本案的結論是正確的？」福爾摩斯問。

「我想不出還能有更完美的解釋。」

「依我看，這還不能算是決定性的。」

「你這麼說讓我很驚訝，福爾摩斯先生，難道我的結論還有不足之處？」

「你確定你的結論能涵蓋所有要點？」

「肯定是這樣的。我查出年輕的內利根假借打高爾夫球的名義，在案發當天入住了布萊恩布爾泰旅館。他的房間在一樓，讓他隨時可以出入。當晚他去伍德曼莊，在小屋與彼得．凱瑞見面，他們兩個吵起來，內利根用魚叉殺了彼得．凱瑞。犯案後，內利根被自己的罪行嚇壞了，他逃離小屋，不慎把隨身攜帶的記事本遺落在現場。他帶著記事本是為了向彼得．凱瑞詢問那些證券的下落，你應該也注意到了，有一些證券前頭被打了勾，而其他的都沒有，有打勾的就是那些在倫敦市場上追蹤到的證券，剩下的應該還在彼得．凱瑞手上。照內利根的自述，他急著要拿回證券，以便償還父親的那些債權人。他在逃走後，有一段時間不敢再接近那棟小屋，但最後他還是強迫自己回到案發現場，好取得需要的資訊。這一切還不夠簡單明瞭嗎？」

福爾摩斯笑著搖搖頭。

「在我看來，你的理論只有一項缺失，霍普金斯，那便是它本身就是不可能的。你試過用魚叉刺穿人體嗎？沒有？嘖嘖，親愛的先生，你實在要當心這些細節啊。我朋友華生可以告訴你，我花了一整個上午就為了練習這個，這可不是一件容易的事，需要強壯的手臂，更少不了純熟的技巧。而在這個案子裡，擲出魚叉這一擊極為猛烈，讓魚叉頭都深深釘進了牆壁。你覺得那貧血的年輕人有辦法擲出如此猛烈的攻擊？他會是在夜深人靜時與黑彼得暢談、共飲兌水蘭姆酒的人？前兩天晚上被人看見映在窗簾上的側影會是他嗎？不，不，霍普金斯，一定是個更難對付的傢伙，我們得把那人找出來。」

福爾摩斯這麼說的同時，巡官的臉色愈來愈難看了，他的希望和野心正一點一點崩毀，但他也不打算毫不掙扎就棄守自己的立場。

「但你不能否認內利根當晚出現在命案現場，福爾摩斯先生，那本記事本就是證據，即使你能從中找出漏洞，但我想這樣的證據夠讓陪審團滿意了。此外，福爾摩斯先生，我已經逮到**我的**犯人了，但你口中的那個難對付的人，他又在哪裡？」

「我倒覺得他此刻就在樓梯上，」福爾摩斯平靜地說，「我想，華生，你最好把左輪手槍放在你搆得到的地方。」他站起身，把一張寫了字的紙放在邊桌上。「這樣就萬無一失了。」他說。

外頭有人粗聲細氣地講話，哈德遜太太隨即推門進來，說有三個人要找巴茲爾船長。

「把他們一個一個領進來。」福爾摩斯說。

第一個進來的小矮子看起來像顆紅蘋果，臉頰紅潤，連鬢鬍子蓬鬆花白。福爾摩斯從口袋裡掏出一封信。

「名字是？」他問。

「詹姆士．蘭卡斯特。」

「很抱歉，蘭卡斯特，職位已經滿了，這是半鎊金幣，補償給你帶來的麻煩。現在請到那個房間裡，稍等幾分鐘。」

第二個人身材修長而乾瘦，有著平直的頭髮和蠟黃的臉色。他名叫休．帕廷斯，一樣沒錄取，也是拿了半鎊金幣到另一個房間等待。

來應徵的第三個人有著令人印象深刻的外貌。凶猛的長相像是鬥牛犬，被亂糟糟的頭髮和鬍鬚包圍，濃眉成簇而下垂，遮住一雙無畏、閃亮的黑眼睛。他行了個禮，站姿渾然水手的模樣，手裡不住地轉著他的帽子。

「名字是？」福爾摩斯問。

「帕特里克．凱恩斯。」

「魚叉手？」
「是的，先生，出海過二十六次。」
「我猜是從丹迪港出海的吧？」
「是的，先生。」
「隨時都能隨探險船出發？」
「可以，先生。」
「要求多少工資？」
「每個月八鎊。」
「可以馬上開始工作？」
「一拿到全套的水手裝備就可以開始。」
「有帶證件嗎？」
「有的，先生。」他從口袋裡掏出一疊磨損又油膩膩的表格，福爾摩斯只是掃一眼，就把它們遞還回去了。
「你就是我要找的人，」他說，「合約就放在邊桌上，你只要簽個字，事情就這麼定了。」
那水手蹣跚穿過房間，拿起筆來。

「我是在這裡簽字嗎？」他邊問邊彎下腰，俯身到桌上。福爾摩斯靠向他的肩膀，雙手越過他的脖子。

「這就行了。」他說。

我聽到金屬的喀嚓聲，和一聲像公牛被激怒發出的低沉吼叫，下一瞬間，只見福爾摩斯和那水手一起滾到地上。此人力量驚人，即使福爾摩斯已經巧妙地銬住了他的手腕，但要不是霍普金斯和我及時上前協助，我朋友將很快被他反過來壓制住。直到我用左輪手槍冰冷的槍口抵住他的太陽穴，這才讓他明白抵抗也是白費力氣。我們用繩子綁住他的腳踝，氣喘吁吁地掙扎起身。

「實在很抱歉，霍普金斯，」福爾摩斯說，「恐怕炒蛋已經冷掉了，不過，你應該會覺得剩下的早餐吃起來更美味，不是嗎？畢竟你完美解決了你的案子。」

史坦利．霍普金斯驚訝得說不出話來。

「我不知道該說什麼，福爾摩斯先生，」他最後脫口說出來，一張臉漲得通紅。「看起來，我打一開始就錯得離譜，但現在明白了，我永遠不該忘記我是學生，而你是老師。即使已經目睹了你所做的一切，我還是不明白你是怎麼做到的，以及它背後的意義。」

「好、好，」福爾摩斯愉快地說，「我們都是從經驗中學習，這個案子給你的教訓是：永遠不該忽視事情會有其他可能性。你太專心盯著年輕的內利根了，以至於完全沒有心思去想帕特里克．凱恩斯，他才是謀殺彼得．凱瑞的真兇。」

水手嘶啞的嗓音打斷了我們的談話。

「聽著，先生，」他說，「我不怨恨你們這麼對待我，但你們談論此事的用詞要正確。你說我**謀殺**了彼得．凱瑞；我說我**殺害**了彼得．凱瑞，這兩者可不一樣。也許你們不相信我說的，認為我只是在編故事。」

「我可不這麼想，」福爾摩斯說，「讓我們聽聽你有什麼要說的。」

「你們很快就會知道了，而且我對天發誓，我說的每一個字都是真的。我太清楚黑彼得是什麼樣的人了，他才一抽出刀，我立刻就用魚叉刺穿了他，因為我知道不是他死就是我亡。他就是這麼死的，你要說是謀殺也行，不管怎麼說，我是要上絞刑台，還是讓黑彼得的刀刺穿心臟，橫豎都是一死。」

「你為何要來找他？」福爾摩斯問。

「這要從頭說起。讓我坐起來一點，這樣我講話會比較輕鬆。事情發生在一八八三年，就在那年八月，當時彼得．凱瑞是『海獨角獸』的船長，而我是替補的魚叉手。在返航途中，我們剛脫離大片的浮冰，頂著逆風與吹襲了整整一個星期的猛烈南風，這時我們救起一艘被吹得向北漂流的小船，船上只有一個人，是個此前從未出過海的陸地居民。我猜船上其他人以為這艘船要沉了，於是搭上小艇駛向挪威的海岸，結果反而淹死了。總之，我們讓這個人上了船，船長和他在船艙裡談了很久。這個人帶上船的行李就只有一個鐵盒，據我所知，他的名字從沒被提起過，而且他隔天晚上就消失了，就像他從沒存在過一樣。傳言說他要不是跳海自殺，就是當時的惡劣天氣讓他失足落水，只有一個人知道他到底發生了什麼事，那個人就是我，因為就在我們看到設德蘭群島燈塔的前兩天，那晚我值大夜班，親眼看到在漆黑的夜色中，船長抓著那個人的腳踝，將他翻過欄杆扔進海裡。

「嗯，這件事我一直保密，等著看接下來會怎樣。等我們回到蘇格蘭，事情就很容易壓下去了，沒有人會再問問題。一個陌生人意外死亡，這跟任何人都扯不上關係。不久後彼得·凱瑞就退休不再出海了，而我花了很多年才找到他的住處。我猜這一切都與那個鐵盒裡的東西有關，而他現在肯定有能力付給我一大筆錢，以免我把此事說出去。

「有個水手在倫敦見過他，我透過此人得知了他的下落，便馬上跑來勒索他。頭一天晚上他還很講理，願意給我一筆錢，讓我這輩子不用再出海，我們約好兩天後的晚上來徹底解決這件事。當晚我依約到達時，發現他已有三分醉意，還開始發脾氣。我們坐下來喝酒，聊起過往種種，但隨著他愈喝愈多，我也愈來愈提防他臉上的表情，我瞥見牆上那根魚叉，想到我在被解決掉前也許用得到它。最後他果然對我暴怒起來，又是吐口水又是咒罵的，眼中露出殺氣騰騰的凶光，手裡還拿著一把大摺刀，但他來不及抽刀出鞘，我已經用魚叉刺穿了他。老天！他那聲慘叫實在太恐怖了，還有他那張臉，讓我到現在都還睡不安穩！我就站在那裡，身上濺滿他的血，在等了片刻、發現一切都還安安靜靜的之後，我振作起來，環顧四下，發現那個鐵盒就在架上，無論如何，我和彼得．凱瑞一樣有權利擁有它，於是我把它帶走了，卻蠢到把菸草袋忘在桌上。

「現在我要說到整件事最奇怪的部分了。我才剛走出小屋，就聽見有人過來了，我趕忙躲進灌木叢裡。只見一個人鬼鬼祟祟溜過來，他一踏入小屋，立刻像見了鬼似地大叫一聲，拔腿狂奔而去，很快就不見蹤影了。我完全不曉得他是誰、想要幹什麼。至於我自己，接下來走了十哩路，在坦布里奇韋爾斯搭上回倫敦的火車，也沒稍微想通那是怎麼回事。

「我檢查了那個鐵盒，發現裡頭沒有一毛錢，就只有一些證券而已，但我又不敢賣了它們，加上我也沒成功勒索到黑彼得，就這麼身無分文被困在倫敦，剩下的就只有老本行了。我看到這則徵魚叉手的廣告，工資又非常不錯，因此去了船運代理行應徵，他們讓我到這裡來。我知道的就這些了，我再說一遍，就算黑彼得是我殺的，法律也該感謝我，畢竟是我替他們省了一條麻繩的錢。」

「你把一切都講得很清楚了，」福爾摩斯說著，起身點燃他的菸斗。「我想，霍普金斯，你最好立刻將你的犯人轉移到安全的地方，這個房間實在不適合當作牢房，而且看看帕特里克·凱恩斯先生的塊頭，地板都要讓他占滿了。」

「福爾摩斯先生，」霍普金斯說，「我不知該如何向你道謝，直到現在，我也不明白你怎麼察覺到事情是這樣的。」

「只是運氣比較好罷了，從一開始就掌握了正確的線索。如果我知道那本記事本的存在，很可能會被它誤導，就像你被它誤導了一樣。但我聽到的所有線索都指向同一個方向，驚人的力道、使用魚叉的技巧、往蘭姆酒裡兌水、海豹皮製成的菸草袋和裡頭的粗菸草，這一切都表明此人是一名水手，而且是捕鯨船的水手。我確定菸草袋內側的姓名縮寫『P.C.』只是巧合，指的不是彼得·凱瑞，畢竟他幾乎不抽菸，我們也沒在他的小屋裡找到菸斗。你還記得我問過小屋裡有沒有威士忌和白蘭地吧？你回答說有。那些在陸地上住了一輩子的人們若有這些烈酒可選，有幾個人還會想喝蘭姆酒？沒錯，因此我確信來者是一名水手。」

「那你是怎麼找到他的？」

「親愛的先生，事情到這裡就很容易了。若他是個水手，那肯定也是『海獨角獸』的船員，因為據我所知，彼得．凱瑞從沒上過其他船。我拍電報到丹迪港去，並在三天後拿到『海獨角獸』一八八三年的船員名單，當我在那份名單上看到魚叉手帕特里克．凱恩斯（P.C.），我的調查差不多完成了。我推測此人可能還在倫敦，但他會想要離開英國避風頭。因此，我在倫敦東區待了幾天，設計了一次由巴茲爾船長指揮的北極探險計畫，並提出優渥的條件徵求魚叉手……瞧瞧我們的收穫吧！」

「精采！」霍普金斯叫道，「太精采了！」

「你必須盡快釋放年輕的內利根，」福爾摩斯說，「我認為你欠他一個道歉，那個鐵盒也務必還給他，不過當然了，那些被彼得．凱瑞賣掉的證券是再也找不回來了。馬車到了，霍普金斯，把你的犯人帶走吧。如果到時候法庭上需要我，我和華生的地址將會在挪威的某處，等確定了我再通知你。」

CASE 7

米爾沃頓的末日

The Adventure of Charles Augustus Milverton

我要描述的這件事已經過去了很多年，但我至今談起此事仍有顧忌。有很長一段時間，即使我竭盡所能地慎重與節制，也很難將事實公諸於世，然而現在，事件中的主要人物已不在人類法律的管轄下，再加以適當的保留，這個故事便能在不傷害任何人的狀況下說出來。這是福爾摩斯先生和我的辦案生涯中一段極為獨特的經歷，我隱藏了日期及一切可能聯繫到實際人事物的內容，這一點還請讀者們見諒。

那是一個天寒地凍的傍晚，福爾摩斯和我外出散步，我們回來時大約六點左右。福爾摩斯打開檯燈，燈光落在桌面的一張名片上。他只看了一眼，便一臉嫌惡地把它扔到地上。我撿起來讀道：

查爾斯·奥古斯塔·米爾沃頓
阿普爾多爾塔
漢普斯特德
代理人

「這是誰？」我問。

「全倫敦最壞的人。」福爾摩斯答道，他坐下來，在火爐前伸伸腿。「名片背後有沒有寫什麼？」

我把名片翻過來。

「將於六點半前去拜訪——C.A.M.。」我讀出來。

「哼！也就是說他快到了。華生，當你站在動物園裡和蛇面對面，看著那些滑溜溜、充滿劇毒的爬行生物，還有牠們死一般的眼睛和邪惡的扁臉時，難道不會心生厭惡、避之唯恐不及？嗯，米爾沃頓給我的感覺就是這樣。我在職業生涯中，對付過的殺人犯少說也有五十個了，但即便是他們之中最糟糕的人，帶給我的厭惡感也遠遠比不上這傢伙。但我免不了得和他打交道，事實上，是我請他跑這一趟的。」

「但他到底是什麼人？」

「告訴你，華生，他是勒索與敲詐之王。上帝保佑他手下的受害者們，尤其保佑那些女性，他們的祕密和名譽都落入了米爾沃頓手中。他面帶微笑，但心如鐵石，會對受害者們壓榨再壓榨，直到把他們榨乾為止。這傢伙在他那一行簡直是天才，而他本可以在名聲更好的行業一展長才的。他的手法如下：他讓人們知道，他願意花大錢購買那些會危害到有權有勢者的信件，他不僅向那些不忠誠的男女雇傭收購這些物品，更經常向那些專對婦女騙財騙色的上流社會惡棍們購買。他出手非常闊綽，我偶然間得知，他曾付了七百鎊給一名傭人，只為了取得一張僅有兩行字的便條，結果毀了一個貴族家庭。因此他建立了名聲，讓市場上所有這類東西都流向他，這座大城市裡成千上百的人提起他就面無血色，沒人知道他接下來會對誰伸出魔爪，因為他太富有也太狡猾了，蠅頭小利是收買不了他的，他會將一張牌扣在手中很多年，等賭注達到最高時才出手。我說過他是全倫敦最壞的人，我就問問你，一個易怒、只知道打老婆的惡棍，要怎麼與這個為了再發一筆橫財，可以從容不迫地折磨他人靈魂的傢伙相比？」

我很少聽我朋友在說話時帶著這麼多情緒。

「但是，」我說，「總有法律可以制裁這傢伙吧？」

「從技術上來說，毫無疑問絕對可以，但實際要執行卻很難。舉例來說，如果一位婦女可以讓他坐幾個月的牢，但代價是自己身敗名裂，這麼做有什麼好處？他手下的受害者因此完全不敢反抗。如果他敲詐過無辜的人，那麼我們就有辦法逮到他了，但他就像撒旦一樣狡猾。不，不，我們必須用別的方法對付他。」

「那又為何要他過來？」

「因為一位著名的客戶把案子委託給我，眼下她處境堪憐，她就是伊娃·布拉克韋爾女士，是上一季才在社交圈初登場的美麗名媛，並將在兩星期後與多佛考特伯爵結婚。而米爾沃頓這惡魔握有幾封她的信，那些信是寫給一位窮困的年輕鄉紳的，華生，除了言詞輕率之外，信中沒有什麼更糟糕的東西了，然而也夠毀掉這樁婚事了。除非付給米爾沃頓一大筆錢，否則他就會將那些信交給伯爵，我受託與他見面，並盡我所能討價還價，把金額壓到最低。」

就在此時，街上傳來了馬蹄和車輪的聲音。往下望去，只見一輛華麗的四輪馬車駛來，車上明亮的燈光照在拉車那對栗色好馬平順光澤的腰臀上。穿著制服的侍者打開車門，一個矮壯、穿著阿斯特拉罕羔羊毛茸茸大衣的男人下了車。一分鐘後，他就出現在我們的房間裡。

查爾斯．奧古斯塔．米爾沃頓約莫五十歲，一顆大腦袋顯示他是個聰明人，圓胖的臉上沒有任何鬍鬚，始終帶著冷漠的微笑，一雙銳利的灰眼在金邊的粗框眼鏡後閃爍著。他的外表帶有幾分匹克威克先生[6]般樂善好施的氣質，然而更多的是那一臉虛假的笑容，和那雙不安分、銳利的眼睛裡閃爍的冷峻目光，溫和而滑膩的嗓音一如他的外表。他走向前，伸出一隻胖乎乎的小手，低聲念叨著前一次來訪時沒見到我們有多遺憾，福爾摩斯則無視他伸來的手，一臉冷酷地看著他。米爾沃頓咧嘴笑起來，聳

6 英國小說家狄更斯作品《匹克威克外傳》的主角。

聳肩，脫下大衣，小心翼翼疊好了掛在椅背上，這才坐下來。

「這位先生是？」他朝我的方向揮了揮手，「這樣好嗎？你確定這樣夠謹慎？」

「華生醫生是我的朋友兼合作夥伴。」

「很好，福爾摩斯先生，我也是為了你客戶的利益才提出質疑的，畢竟這事要小心處理……」

「華生醫生已經聽說了。」

「那我們就來談正事吧。你說你是為伊娃女士辦事，那她授權你接受我的條件了嗎？」

「你的條件是什麼？」

「七千鎊。」

「還有什麼替代方案？」

「親愛的先生，討論替代方案對我來說有點痛苦，但如果我十四號還沒拿到錢，那十八號肯定就不會有婚禮了。」他那令人無法忍受的笑容益發得意起來。

福爾摩斯思索片刻。

「在我看來，」他最後開口道，「你把這一切想得太理所當然了。我當然很清楚那些信都是什麼內容。我的客戶一定會照我的建議去做，而我會建議她對未婚夫據實以告，並相信對方會寬容這一切。」

米爾沃頓低聲笑了起來。

「你顯然不清楚伯爵的為人。」他說。

福爾摩斯面露困惑之色，看來他是真的不知道。

「信裡有什麼不能讓伯爵看到的東西？」他問。

「那些信很活潑，非常非常活潑，」米爾沃頓回答，「那位女士是個迷人的寫信者，但我可以向你保證，多佛考特伯爵絕不會喜歡它們。不過，既然你不這麼認為，那我們就談到這裡吧，這純粹就是樁生意，若你認為把那些信交給伯爵最符合你客戶的利益，那你的確不用笨到花大錢把它們買回去。」他站起來，拿起阿斯特拉罕羔羊皮大衣。

福爾摩斯又怒又窘迫，臉色變得很難看。

「等一下，」他說，「你先別急著走。這個問題如此棘手，我們當然會竭盡所能避免任何醜聞。」

米爾沃頓重新坐回椅子上。

「我就知道你會這麼說。」他低沉而平靜道。

「同時，」福爾摩斯繼續說，「伊娃女士並不富有，我向你保證，兩千鎊就會讓她傾家蕩產了，你開出的價碼完全超出她的能力範圍。因此，我懇請你降低條件，並按我提出的價格歸還信件，我向你保證，你能拿到的就這麼多了。」

米爾沃頓咧嘴笑了起來，眼睛詼諧地閃爍著。

「有關這位女士的財務狀況，我知道你說的是實話，」他說，「但你同時也必須承認，一位女士的親朋好友若想為她做點小事，她的婚禮將是再適合不過的時間點。他們可能還在猶豫要送什麼結婚禮物，而我可以向他們保證，這一小疊信件帶來的歡樂，是倫敦所有枝型燭台和餐盤都比不上的。」

「這是不可能的。」福爾摩斯說。

「天哪，天哪，太不幸了！」米爾沃頓叫道，拿出一個厚重的皮夾。「我不禁認為，這些女士不肯付出半點努力，實在太不聰明了。瞧瞧這個！」他舉起一張信封上印有徽章的便箋。「這是屬於……好吧，也許我在明天早上以前都不該說出這個名字，但到時候，這東西就會送到那位女士的丈夫手上了，全是因為她不肯變賣鑽石來支付這點小錢，真是太可惜了。對了，你還記得邁爾斯小姐和多爾金上校突然解除婚約那件事吧？就在婚禮前兩天，《晨報》有一段報導說婚禮取消了，你想是為什麼？說起來令人難以置信，但明明只要花一千兩百鎊這點少得可憐的錢，一切問題就都解決了，你說是不是很可惜呢？而現在，我發現像你這麼理智的一個人，在你客戶的未來和名譽岌岌可危時，卻滿腦子只有跟我討價還價，這實在讓我很訝異，福爾摩斯先生。」

「我說的是事實，」福爾摩斯回答，「那位女士籌不出這筆錢來。我開出的價碼對你來說已經夠多了，接受它肯定好過毀掉一位女士的人生，這麼做對你有什麼好處？」

「這你就錯了，福爾摩斯先生。這件事要是傳出去，會讓我間接得到很大的好處。我手上有八到十個類似的案子，都差不多時機成熟了，如果他們知道我對伊娃女士收取了高額價碼，會讓他們變得很好講話。你明白我的意思嗎？」

福爾摩斯從椅子上跳起來。

「到他背後去，華生！別讓他出去！好了，先生，讓我們看看你的本子上都有些什麼。」

米爾沃頓就像隻耗子，一溜煙竄到房間的另一側，背靠牆站著。

「福爾摩斯先生，福爾摩斯先生，」他一邊說，一邊翻開外衣前襟，露出插在內袋裡的一把大型左輪手槍的槍托。「我還想著你會做點不尋常的事呢，但這種事我見多了，這麼做能有什麼好處？我向你們保證，我全身上下都有武裝，而且我很樂意使用它們，法律可是允許我正當防衛的。另外，你覺得我會把那些信夾在筆記本裡帶出來，實在大錯特錯，我不會笨到這麼做。好了，先生們，今晚我還有一兩個小小的會面，何況從這裡回漢普斯特德的路程也不短。」他向前拿起大衣，轉身走向門口，他的手始終放在左輪手槍上。我抄起一把椅子，但福爾摩斯搖了搖頭，我只好又把椅子放下。米爾沃頓一鞠躬，微笑著眨眨眼，便走了出去。片刻之後，只聽到車門關上，車輪嘎嘎響起，他的馬車遠去了。

福爾摩斯一動也不動地坐在爐火旁，將雙手深深插在褲子口袋裡，低垂著頭，眼睛直盯著紅通通的餘燼。在這半小時裡，他就這樣不動也不說話，接著，他以一種下定決心的姿態站起身，走進臥室。片刻之後，一名留山羊鬍、花花公子模樣的年輕工人大搖大擺走出來，他藉著油燈點起了陶製菸斗，下樓出去了。「我去去就回，華生。」他說完便消失在夜色中。我知道他已經展開了與查爾斯．奧古斯塔．米爾沃頓的對決，但當時我做夢都沒想到，這場對決會往那麼奇怪的方向發展。

接下來的幾天，福爾摩斯總是穿著這身衣服，不分晝夜地進進出出，但他只肯透露把時間都花在漢普斯特德，而且這麼做並非徒勞，除此我就一無所知了。然而，終於在一個暴風雨之夜，狂風呼嘯著拍打窗戶時，他結束最後一次冒險回來了，在卸下偽裝後，他坐到爐火前，以安靜內斂的方式開心地笑了起來。

「你不會覺得我是個已婚男人吧，華生？」

「不，你完全不像！」

「那你一定很高興聽到我訂婚了。」

「親愛的朋友！祝你——」

「跟米爾沃頓的女傭。」

「老天爺，福爾摩斯！」

「我需要打聽消息，華生。」

「你這次肯定太過火了吧？」

「我非這麼做不可。我是個水管工人，名叫埃斯科特，事業蒸蒸日上。我每晚都會和她一起散步，並和她聊天。天哪，我們都聊了些什麼！不過，我打聽到我想知道的一切，現在我對米爾沃頓的房子瞭若指掌。」

「但那女孩怎麼辦，福爾摩斯？」

他聳聳肩。

「這也無可奈何，親愛的華生，當賭注已經上了牌桌，你也只有盡可能打出手中每一張牌。然而我很慶幸有個可恨的情敵，只要我一轉開視線，他馬上就趁虛而入。這真是個美妙的夜晚！」

「你喜歡這種天氣？」

「它非常適合我接下來要做的事，華生，我打算今晚去米爾沃頓家裡偷東西。」

聽他緩慢但極度堅決地說出這種話，我震驚到連呼吸都忘了，渾身彷彿落入冰窟。就像黑夜的一道閃電，在瞬間顯現曠野的每一處細節，我一眼就看出這場行動的每一種可能結果——被發現、被逮捕、一場光榮的行動卻因無可避免的失敗而落得恥辱的下場，我朋友則被可惡的米爾沃頓玩弄於股掌。

「看在上帝的份上，福爾摩斯，再考慮一下你要做的事吧，」我叫道。

「親愛的朋友，我已充分考慮過了。我從不衝動行事，若還有其他選擇，我也不會採取如此費力又很危險的作法。若你能客觀看清整件事，你一定會承認我這麼做是合乎道義的，只不過採用了犯罪的手段。我去他家偷東西是為了不讓他再做這種生意，你肯定會支持我的。」

我把這事翻來覆去想了半天。

「確實，」我說，「若我們只拿走那些被用於不法的物品，而不去動其他東西，那在道義上是站得住腳的。」

「沒錯。既然在道義上說得通，剩下要考慮的就只有個人安危了，而當一位女士急需幫助時，一位紳士難道不該拋開這些顧慮嗎？」

「你會讓自己陷入糟糕的處境。」

「嗯，這也是必須冒的險，沒有其他方法可以拿回那些信件。這位不幸的女士付不出錢來，她也沒有值得信任的人。明天就是最後期限了，除非我們今晚能把信弄到手，否則那惡棍絕對會照著他說的去做，到時候她就徹底毀了。因此我必須打出最後這張牌，不能讓我的客戶聽天由命。這話我只和你說，華生，這是米爾沃頓那傢伙和我之間的決鬥，你也看到了，他贏了第一輪的交手，但為了我的自尊和名譽，我會盡全力和他鬥到底。」

「好吧，我不喜歡這麼做，但我們別無選擇，」我說，「我們幾時出發？」

「你別跟來。」

「那你也別去，」我說，「我以名譽向你保證，你知道我這輩子向來說到做到，你要是不讓我一起冒這個險，我這就叫一輛馬車去警局告發你。」

「你幫不上忙。」

「你又知道了？你也說不準會發生什麼事。無論如何，我已經打定主意了，不是只有你一個人才有自尊和名譽。」

福爾摩斯一時有些惱火，但他的眉頭逐漸舒展開來，拍了拍我的肩膀。

「好吧，好吧，親愛的朋友，就依你好了。我們已經同住在這好幾年了，如果最後住進同一間牢房，那也挺有意思的。要知道，華生，我不介意向你坦誠，我始終認為我總有一天會犯罪，而且我的作案手段將非常高明，這是我此生難得遇上一次的機會。瞧瞧這個！」他從抽屜裡拿出一個光潔的小皮箱，打開箱子，只見裡頭陳列著一些閃閃發光的工具。「這是最新最好的盜竊工具組，包括鍍鎳的撬棒、鑽石刀頭的玻璃切割器、萬能鑰匙，每一件工具都為了適應現代文明做出改良，還有這個也是，我的遮光提燈，這樣一切就都準備萬全了。你有沒有走路不出聲的鞋子？」

「我有一雙膠底的網球鞋。」

「太好了。那麼面具呢？」

「我可以用黑綢做兩副。」

「看得出來，你對這類事情也很有天賦，好，面具由你來做。現在是九點半，我們可以在出發前吃點冷盤當晚餐，等十一點時，應該已經搭車到教堂街了，從那裡走到阿普爾多爾塔大概要一刻鐘，這樣我們就可以在午夜前開始幹活。米爾沃頓總在十點半準時就寢，而且睡得非常沉。無論如何，我們應該能在凌晨兩點回到這裡，口袋裡還揣著伊娃女士的信。」

福爾摩斯和我穿上禮服和大衣，這讓我們看起來就像兩個看完戲回家的人。我們在牛津街攔了一輛雙輪馬車，乘車前往漢普斯特德的某個地址。抵達之後，我們付了車資遣走馬車，因為天氣極為酷寒，冷風簡直像會刺穿人體，我們扣好大衣釦子，走在荒地的邊緣。

「這是個得小心處理的活兒，」福爾摩斯說，「那傢伙把文件都放在書房的保險櫃裡，而書房就在他臥室的前廳。另一方面，就像所有這類矮小結實且養生有道的人，他的睡眠充足得過了頭。阿加莎……也就是我的未婚妻說過，傭人們都把主人怎麼樣也叫不醒當作笑話在交誼廳裡流傳。米爾沃頓有個十分忠誠的祕書，大白天都寸步不離地守在書房，這就是我們為何得選在晚上過去。另外他還養了一隻惡犬，就任由牠在花園裡晃來晃去。過去的兩個晚上，我和阿加莎約會到很晚，她都得把那隻畜生鍊好，這樣我才得以毫髮無傷地離開。這就是我們要去的房子了，這棟房子很大，坐落在獨立的院落裡。現在進門吧，然後躲到右邊的月桂樹叢中，我想我們該在這裡就把面具戴上。你瞧，沒有任何一扇窗戶亮著燈，一切都很順利。」

一旦戴上黑色絲質面具，我們簡直成了倫敦那些窮凶極惡的人物。我們偷偷潛入這棟寂靜陰暗的房子。一個鋪了地磚的露台在房子的一側延伸開來，露台內側排列著幾扇窗和兩道門。

「那就是他的臥室，」福爾摩斯低聲道，「這扇門直通書房，我們從那裡進去最方便，但它被拴住並上了鎖，想進去會弄出太大動靜。我們走這裡，這裡是花房，可以通往客廳。」

花房的門鎖著，但福爾摩斯割下一圈玻璃，伸手進去轉開了鎖。從他把我們身後的門帶上那一刻起，我們成了法律眼中的重刑犯。溫室裡的空氣溫暖而厚重，加上各種奇花異草濃郁到令人窒息的香味，讓我們幾乎喘不過氣。福爾摩斯在黑暗中抓住我的手，拉著我快步穿越灌木叢邊緣，我能感受到那些枝葉拂過臉邊。福爾摩斯擁有在黑暗中視物的非凡能力，那是他精心訓練出來的，他一隻手仍抓著我，另一手推開一扇門，我隱約察覺我們來到一間大房間，這裡不久前才有人抽過菸。福爾摩斯在家具間摸索著去路，推開了另一扇門，在我們通過後又立刻關上門。我伸手摸索，摸到牆上掛著幾件大衣，令我意識到我們正身在一條過道中。我們沿著過道往前走，福爾摩斯輕手輕腳推開右手邊一扇門，此時有個東西向我們竄過來，這讓我的心臟一下子提到喉嚨，但等我意識到那只不過是隻貓，又差點笑出聲來。眼前的這個房間生著爐火，空氣中同樣瀰漫著濃烈的菸草味，福爾摩斯躡手躡腳溜進房間，等我也跟進去了，這才輕輕帶上房門。我們來到了米爾沃頓的書房，房間較遠的一側掛著一道門簾，一定就是他的臥室入口了。

爐火燒得很旺，房間被照得亮堂堂的，我看到電燈開關就在門旁，但即便一切都很安全，也沒開燈的必要。壁爐的一側掛著厚重的窗簾，遮住了我們在屋外看到的飄窗（凸窗），另一側則是與露台相通的門。房間中央放著一張書桌，還有一張光亮的紅色皮革旋轉椅，桌椅對面立著一個大書架，書架頂上放著一座雅典娜女神的大理石半身像，一個很高的綠色保險櫃放在書架和牆壁間的角落裡，保險櫃拋光的黃銅旋鈕映著火光。福爾摩斯悄悄湊近保險櫃研究了一番，又匍匐到臥室入口，偏過頭細聽著，裡頭沒傳出任何聲音。此時我突然想到，我最好先確保我們的退路暢通無阻，為此我檢查了那扇通往露台的門，令我驚訝的是，它既沒上鎖也沒拴住！我碰了碰福爾摩斯的手臂，他戴著面具的臉轉向那扇門，顯然也吃了一驚，看起來就和我一樣訝異。

「這下不妙，」他湊到我耳邊低聲道，「雖然我不太明白是怎麼回事，但無論如何，我們不能再浪費時間。」

「有什麼是我能做的？」

「有的，你去守在門邊，如果聽到有人來了，就把它從裡頭拴上，這樣我們可以循原路逃走；若對方從另一邊過來，而事情又已辦妥，我們就從這扇門出去，但萬一我們的工作還沒完成，那就躲到飄窗的窗簾後。這樣夠清楚嗎？」

我點點頭，守在那扇門旁，在一開始的恐懼感消退後，取而代之的是異常興奮，這種觸犯法律帶來的強烈興奮是我們做為法律的捍衛者時所感受不到的。這趟任務崇高的目標，我們的無私與騎士精神，還有那生性邪惡的對手，這些都為我們此次探案增添更多冒險的樂趣，我非但沒有任何罪惡感，反而對眼前的危險感到愉快與歡欣。我滿懷敬佩地看著福爾摩斯攤開他的工具組，並像個正要進行精細手術的外科醫生，冷靜、科學而精確地選擇工具。我知道開保險櫃本就是他的特殊嗜好之一，而挑戰眼前這頭金綠相間的怪物更令他喜悅，那可是一條將無數窈窕淑女的名譽往肚裡吞噬的惡龍。福爾摩斯已事先把大衣放在椅子上，現在他捲起禮服的袖口，拿出兩把鑽孔器、一根翹棒和幾把萬能鑰匙。我站在中間那扇門旁，嚴密注視著其他門口，做好應對任何緊急狀況的準備，不過說真的，萬一真有人衝進來阻撓，我也不曉得該怎麼辦就是了。有半個小時的時間，福爾摩斯全神貫注在工作上，他放下一件工具，又拿起另一件工具，就像個訓練有素的機械師，熟練而巧妙地掌握一切。最後，我聽到咔噠一聲，保險櫃寬闊的綠門打開了，只見裡面放著許多紙包，每個都綑紮好、用封蠟密封並寫上一些字。福爾摩斯挑出一個來，但在搖曳的火光下很難看清楚上面寫了什麼，他拿出遮光提燈，畢竟米爾沃頓就睡在隔壁，打開電燈實在太危險了。突然，福爾摩斯停下動作，不知道在專心聽著什麼，接著他猛地關上保險櫃的門，拿起大衣，把工具全塞進口袋，然後衝到窗簾後，並示意我也躲進去。

直到我們一起在窗簾後躲好，我才聽到是什麼觸動了他敏銳的感官。房子的某處有動靜，遠處傳來關門聲，有人邁著沉重的腳步迅速走近，嘴上還含糊地叨念著什麼。這些聲音就近在房間外的走廊上，最後停在門口，接著門被推開，電燈打開時發出非常響亮的咔嗒聲，門又關上了，濃烈刺鼻的菸草味撲面而來，然後腳步聲在我們面前幾碼處不斷地走過來又走過去，最後在椅子一陣嘎吱聲後，腳步聲停住了，我聽到鑰匙插進鎖孔裡轉動，以及紙頁的沙沙聲。

在這整個過程中，我都不敢向外看，直到現在才稍微撥開眼前的窗簾，向房裡窺視，福爾摩斯肯定也在觀察，他的肩膀重重壓在我身上。米爾沃頓那寬闊圓潤的背近在咫尺，幾乎伸手可及。很顯然，我們完全猜錯了他的動向，他根本就不在臥室，而是一直待在某個吸菸室或撞球室裡，那個房間肯定在房子的另一側，我們剛剛才會沒注意到它的窗戶。只見米爾沃頓的大腦袋頭髮花白，光亮亮的禿頂處就在我們眼前。他仰躺在旋轉椅上，伸直了雙腿，斜斜叼著一根長而黑的雪茄，身穿一件酒紅色、有著黑天鵝絨領子的半軍服樣式吸菸夾克[7]，懶洋洋讀著手裡一長條法律文件，還一邊吐著煙圈，看他那副安適的模樣，一時半刻是不會離開的。

我感到福爾摩斯將手悄悄塞進我的掌心握了握，彷彿在告訴我，他一點也不緊張，而且一切盡在他的掌握中，這讓我也一下子就放寬了心。從我這裡可以清楚看到保險櫃的門沒關好，而米爾沃頓隨時都有可能發現，但我不確定福爾摩斯是否也注意

7　吸菸夾克（Smoking Jacket）：十九世紀的男性在抽菸時穿的一種便裝，煙味才不會沾染到裡面的衣服，最早期的吸菸夾克是天鵝絨或絲綢材質的，特點是絲瓜領、翻折袖口，腰間用腰帶或紐花釦固定。

到了。我暗暗決定，一旦米爾沃頓看著保險櫃的模樣有異，令我確定他已察覺到不對勁，我會立刻跳出去，用大衣罩住他的頭，把他死死摁住，剩下的事就交給福爾摩斯處理。但米爾沃頓始終沒有抬頭，他興趣缺缺地翻看手上的文件，逐頁讀著那位律師的辯詞。到最後我也只能猜測，等他看完文件並抽完菸，也許就會回臥室去了，但他還沒來得及完成這兩件事中的任何一件，事態就有了不尋常的變化，而且完全在我們的意料之外。

我發現米爾沃頓頻頻看表，還有一次站起來又坐下，顯得很不耐煩。然而，直到外面露台傳來微弱的動靜，我才想到他可能在這麼奇怪的時間與人有約。米爾沃頓放下手中文件，從椅子上坐起身，此時外頭又有聲響，接著是輕輕的敲門聲，米爾沃頓起身開了門。

「嗯，」他唐突道，「你遲到了快半個小時。」

這說明了米爾沃頓為何大半夜不睡覺，也不鎖上那扇連通露台的門。只聽見女人衣裙輕微的窸窣聲響起，剛才米爾沃頓轉向我們這邊時，我立刻就把窗簾攏上了，但現在我冒險再次撥開它。只見米爾沃頓又坐回椅子上，依然傲慢地將雪茄叼在嘴角。在明亮的燈光下，一個高瘦、深色裝束的女人站在他面前，臉上蒙著面紗，斗篷向上罩住她的下巴。她的呼吸短促，纖細身軀的每一吋都在極度激動下顫抖著。

「好吧，」米爾沃頓說，「你讓我損失了一整晚的睡眠，親愛的，你可得好好證明我這麼做是值得的。你就不能挑其他時間過來，嗯？」

那女人搖搖頭。

「哎，不能就不能吧。如果伯爵夫人是個嚴厲的女主人，那麼你報復她的機會來了。哎呀，女孩，為什麼要發抖？就是這樣！你冷靜點！現在，讓我們來談生意吧。」他從書桌抽屜裡拿出一張紙條。「你說你有五封足以威脅迪阿爾伯特伯爵夫人名聲的信，而且打算賣掉它們，很好，我願意買下來，接下來只要談妥價格就成了。當然在付錢之前，我要先檢查一下它們，若它們確實值這個價格的話——老天，怎麼是你？」

那名女子一言不發地掀起面紗，解開圍著下巴的斗篷。面對米爾沃頓的是一張黝黑、端莊且乾乾淨淨的臉孔，鼻梁彎曲，漆黑濃眉遮住目光嚴厲的雙眼，薄唇露出一抹危險的微笑。

「是我，」她說，「那個一生都被你毀了的女人。」

米爾沃頓笑起來，但藏不住聲音中的恐懼。「你實在很固執，」他說，「為什麼把我逼到這種地步？我向你保證，我這個人連一隻蒼蠅都不願傷害，但每個人都有他謀生的方式，我還能怎麼辦？我開出你負擔得了的價格，但你就是不付錢。」

「所以你把那些信寄給我丈夫，那個全世界最高貴、我連替他繫鞋帶都不配的人，為此傷透了他英勇無畏的心，就這麼死了。你記得我昨晚也是這樣，從那扇門進來，乞求並懇請你的憐憫，而你譏笑我，就像你現在也試著想笑，只是你那顆懦夫的心止不住你嘴唇的顫抖。沒錯，你壓根沒想到又在這裡見到我，但就是那天晚上的事，讓我明白了要如何當面見到你，而且是單獨見面。好了，查爾斯．米爾沃頓，你還有什麼想說的？」

「別以為你能嚇唬我，」他說著站起身，「只要我喊一聲，我的傭人立刻就會過來逮住你。但每個人都有控制不了脾氣的時候，這一點我願意體諒你，你剛才怎麼進來的，現在便怎麼出去，此事我就當它沒發生過。」

那名女子仍站在原地，手探進懷裡，致命的微笑依然掛在她的薄唇上。

「你不會再像毀掉我那樣去毀掉更多人的人生了，你也無法再像折磨我那樣去折磨他人的心。我要替全世界剷除你這隻害蟲，吃子彈吧，卑劣的東西，吃這個！這個！還有這個！」

她拔出一把閃著寒光的小左輪手槍，一槍接一槍射向米爾沃頓，槍口離他襯衫的前襟不過咫尺。他向後逃躲，隨即面朝下撲到桌上，猛烈咳了起來，雙手在滿桌的紙頁間亂抓一通，他踉踉蹌蹌地站起來，又挨了一槍後，便滾到地板上。「你殺了我。」他尖叫，接著就躺著一動也不動了。那名女子仔細察看他，又用鞋跟踩了踩他仰著的臉，再細看一番，而他毫無聲息。只聽到一陣尖銳的窸窣聲，夜風湧進溫暖的房間，這位復仇者離開了。

我們的一切干涉都救不了這個人的命。但當那女子將子彈一顆接一顆射入米爾沃頓逐漸失去生息的身體，我幾乎就要跳出去了，此時福爾摩斯冰冷的手牢牢攢住我的手腕，我明白這堅定阻止的一握所傳達的意義——此事與我們無關，一名惡棍倒在正義之下，而我們自有不容忽視的職責與目標。那女子才衝出房間，福爾摩斯便迅速無聲衝向另一扇門，轉動插在鎖孔裡的鑰匙鎖上門，在此同時，屋裡響起人聲和匆忙的腳步聲，槍聲肯定驚動了所有人。福爾摩斯極其冷靜地快步穿越房間，來到保險櫃前，張開雙臂抱出一捆捆信件，將它們全拋入爐火中，他反覆這麼做，直到保險櫃裡什麼都不剩。有人在外頭轉動門把、拍打房門，福爾摩斯迅速環顧四下，只見那封要了米爾沃頓性命的信還在桌上，上面沾滿他的血跡，福爾摩斯把它丟進正燃燒著的那堆紙中，然後拔出通往露台那扇門的鑰匙，我尾隨他出了門，從外面鎖上門。「走這邊，華生，」他說，「我們可以從那裡翻出花園圍牆。」

我簡直不敢相信警報會這麼快就傳開，回頭看去，只見偌大的房子燈火通明，前門一開，好幾個人影沿著馬車道衝出來，花園很快就擠滿了人，當我們才出了房間來到露台上，一個傢伙彷彿獵人發現了狐狸，他呼喊同伴們跟上，同時自己也追過來。福爾摩斯似乎對這裡熟門熟路，他迅速穿過一小片樹林，我緊跟著他，而離我們最近的那個追逐者的吁喘聲就在身後。一道六呎高的圍牆攔在眼前，但福爾摩斯一躍就跳上牆頂翻過去，當我照做時，被背後的人揪手抓住腳踝，我一腳踢掉對方的手，爬上長草的牆頭，最後臉朝下摔進灌木叢中。福爾摩斯一把扶起我，我們一同狂奔過廣闊的漢普斯特德荒地，我猜我們跑了大約兩哩，福爾摩斯這才停下腳步，細聽身後動靜，然而一切都是安安靜靜的，看來我們成功地擺脫追逐者們，這下安全了。

在這場我已記錄下來的不尋常經歷隔天，我們正抽著早餐後的菸，蘇格蘭場的警探雷斯垂德先生一臉嚴肅，由傭人領進我們樸素的起居室。「早安，福爾摩斯先生，」他說，「早啊，請問你現在很忙嗎？」

「還沒忙到沒空聽你說。」

「我在想，如果你手上沒有什麼特別的事情，也許會願意協助我們調查漢普斯特德一樁不尋常的案子，昨晚才發生的。」

「我的天！」福爾摩斯說，「是怎麼樣的案子？」

「是謀殺案，一場非常戲劇性也非常引人注目的謀殺。我知道你向來很熱中這類案件，若能勞駕去一趟阿普爾多爾塔，並給我們一些建議，我會非常感激。這不是樁尋常案件，我們盯著這位米爾沃頓先生有一段時間了，這話就我們私底下說說，那傢伙實在是個惡棍。他是出了名的以敲詐為生，手上還有許多用來勒索的文件，這些文件都被兇手們燒掉了，但他們完全沒碰那些值錢物品，因此他們很可能是有社會地位的人，犯案的唯一目的就是防止那些文件被公開。」

「兇手們！」福爾摩斯說，「所以不只一個人！」

「是的，有兩個人，還差點就當場逮到他們了。我們找到了他們的足跡，也有對他們外觀的描述，追查起來應該很容易。第一個傢伙太靈活了，但花匠的助手捉住了第二個傢伙，只可惜被掙脫了。那是個中等身高、體格健壯的人，下巴方硬、脖子粗壯、留小鬍子、上半臉戴著面具。」

「這個敘述不清不楚的，」福爾摩斯說，「哎呀，怎麼愈聽愈像華生！」

「還真的是，」巡官打趣道，「說不定就是華生幹的哦。」

「聽著，雷斯垂德，恐怕我幫不上忙，」福爾摩斯說，「事實上，我知道米爾沃頓這傢伙，並認為他是倫敦最危險的人之一，同時還認為他的一些罪行是法律制裁不了的，因此在某種程度上，私人報復也很合理。不，不必跟我爭論了，我已下定決心，比起被害者，我更同情那些兇手，我不想插手這個案子。」

對我們親眼目睹的那場慘劇，福爾摩斯沒再提過一個字，但看得出來，他一整個上午都深陷沉思，同時我也感受到，他空洞的眼神和心不在焉的態度都是因為在努力回想著什麼。當我們正吃著午餐時，他突然跳起來。「天哪，華生，我想起來了！」他叫道，「戴上你的帽子！跟我來！」我們疾步從貝克街一路走到牛津街，就在即將到達攝政街廣場時，左手邊有一間櫥窗裡貼滿照片的商店，那些照片都是當時的政商名流和名媛。福爾摩斯的目光落在其中一張照片上，順著他的目光，我看到的是一位莊嚴的貴族名媛，她身著宮廷禮服，高高的鑽石頭冠下是一張高貴的臉孔，我也看到了那和緩隆起的鼻梁、漆黑濃眉、平直的唇線與小巧但剛強的下巴。接著我看到了她那貴族兼政治家的丈夫，他崇高而古老的頭銜令我屏住了呼吸。我的目光迎上福爾摩斯的眼睛，當我們轉身離開櫥窗時，他將一根手指壓在唇上。

CASE 8

六尊拿破崙像

The Adventure of the Six Napoleons

蘇格蘭場的雷斯垂德先生在晚間到我們這裡坐坐，不算太稀罕的事，福爾摩斯向來也很歡迎他，因為雷斯垂德帶來的消息讓他得以掌握警察總局發生的一切。作為回報，他也總是細細傾聽這位警探辦案的細節，並時不時在不過分干涉的情況下，以他豐富的知識和經驗給出一些提示或建議。

當晚有點不一樣，雷斯垂德聊完了天氣和報紙，便沉默不語了，若有所思地抽著菸。福爾摩斯敏銳地望著他。

「手上有沒有值得注意的案件？」他問。

「哦，不，福爾摩斯先生，沒什麼特別的。」

「那就說來聽聽吧。」

雷斯垂德笑起來。

「好吧，福爾摩斯先生，我心裡**是**有一些事，就算我想否認也沒用，只是這件事太荒唐了，我不知道該不該拿它來煩擾你。然而另一方面，它雖然是件瑣事，但無疑是奇怪的瑣事，我知道你向來都對不尋常的東西感興趣。但在我看來，這事比較像華生醫生的專長，而不該由我們來處理。」

「有人病了？」我說。

「是瘋了，而且還是一種很奇怪的發瘋！你不會想到我們生活在今天，還能看到有人對拿破崙一世懷著如此深仇大恨，恨到要毀掉所有看得到的拿破崙雕像。」

福爾摩斯坐回椅子上。

「這不關我的事。」他說。

「沒錯，這正是我要說的。然而，當這個人為了搗毀不屬於他的雕像而潛入別人家裡時，這個案子就從醫生那裡移轉給了警察。」

福爾摩斯又坐了起來。

「入室竊盜！這就有意思了，我要聽細節。」

雷斯垂德拿出辦案用的記事本，根據上頭的紀錄梳理他的記憶。

「第一個案子發生在四天前，」他說，「發生地點則是莫爾斯．哈德森的商店，那是他在肯寧頓路上販售相片和雕像的店鋪。當時顧店的夥計才離開前台一會兒，就聽到東西碎裂的聲音，他聞聲跑回店鋪前面，發現一尊拿破崙的半身石膏像被打碎了，那尊雕像原本是和其他藝術品一起放在櫃檯上的。他跑到外頭馬路上，儘管有幾名路人聲稱看到有個傢伙從店裡衝出來，但那流氓一溜煙就不見了，更別提要指認對方是什麼人。當下通報給巡警的狀況差不多就是這樣，整件事看起來就是那種時常發生且毫無意義的流氓行徑。那尊石膏雕像的價值不過幾先令，看來沒有必要特地調查這種兒戲。

「然而，第二個案子發生在昨晚，這次嚴重多了，也更奇怪。

「同樣在肯寧頓路，離莫爾斯．哈德森的店鋪不過幾百碼，住著一位知名的醫生，名叫巴尼科特，他的診所是泰晤士河南岸最大的診所之一。他主要的診間也在肯寧頓路，但他另外分設了一個診間和藥房在兩哩外的下布里克斯頓路。巴尼科特醫生是拿破崙的狂熱崇拜者，家裡堆滿這位法國皇帝相關的書籍、圖片和文物。不久前，他從莫爾斯．哈德森那裡買了兩尊拿破崙半身石膏像，那兩尊雕像是複製自法國雕塑家迪瓦恩的著名作品。他把其中一尊放在肯寧頓路自宅的大廳，另一尊則放在下布里克斯頓路診間的壁爐架上。好，巴尼科特醫生今天一早下樓來，立刻震驚地發現房子在夜間遭人闖入，但除了大廳的石膏像外，他沒有損失任何東西。至於那尊雕像，它被拿到屋外，並狠狠地往花園牆上砸，牆根下滿是它的碎片。」

福爾摩斯搓著手。

「這的確很新奇。」他說。

「我就說這會讓你感興趣，可是還沒完。巴尼科特醫生中午十二點按時到了診間，他才剛到，就發現診間窗戶被人打開，另一尊拿破崙像被原地摔個粉碎，碎片散落一地，你應該能想像他看到這副景象有多震驚。這兩個案子都沒有任何線索，當然也就找不出是哪個罪犯或瘋子製造了這場破壞。現在，福爾摩斯先生，這就是完整的事發經過了。」

「這個案子很奇特，甚至稱得上是怪誕。」福爾摩斯說，「容我問一聲，巴尼科特醫生那兩尊在自家屋內被毀的半身像，是否與莫爾斯．哈德森店裡被毀的那尊一模一樣？」

「它們是用同一個模子製作的。」

「這個事實立刻就能排除其中一種假說，即破壞雕像的人是出於對拿破崙的痛恨才這麼做的。試想，全倫敦有數百尊這位法國皇帝的雕像，無論是哪個反偶像崇拜者要挑雕像下手，挑中的卻是同一尊雕像的三個複製品，要說這只是巧合，未免有些過分了。」

「嗯，我原先也是這麼想的，」雷斯垂德說，「另一方面，倫敦那一區的半身雕像銷售商就只有這位莫爾斯．哈德森，這三尊半身像是他店裡滯銷多年的商品。因此儘管如你所說，倫敦有數百尊拿破崙雕像，但該地區可能僅有這三尊，當地的狂熱分子要下手就只有它們了。華生醫生，你怎麼看？」

「偏執狂是什麼事都做得出來的，」我回答，「有一種被現代法國心理學家稱為『執念』的情況，患者的這種狀況可能會表現在某件瑣事上，但其他方面都非常理智。一個人若深入讀過有關拿破崙的書籍，或者他的親屬曾在那次戰爭中受到傷害，而這些傷害遺傳給他，這些都有可能造成『執念』，並驅使他犯下出乎意料的暴行。」

「這可不成，親愛的華生，」福爾摩斯搖搖頭說，「再多的『執念』也無法促使你口中那有意思的偏執狂去找出所有半身像的位置。」

「那麼，你要怎麼解釋這一切？」

「我不打算這麼做。我只是觀察到這位先生一系列古怪舉措中有特定的行為模式。例如，在巴尼科特醫生家的大廳，打碎雕像的聲音很可能驚動屋裡的人，這才把半身像拿去屋外摧毀，而到了診間那裡，因為沒有這種顧慮了，便就地把半身像打碎。這些事看似微不足道，但我可不敢斷言哪一件是瑣碎的，畢竟我有好些經典的案子在開始時都顯得毫無希望。你應該還記得吧，華生，阿伯內蒂家族那件可怕的案子一開始引起我注意的，是炎熱的天氣下，歐芹會在奶油裡陷得多深。因此我無法嬉皮笑臉看待那三尊被打碎的雕像，雷斯垂德，如果你能讓我繼續跟隨這一系列怪事的進展，我將萬般感激。」

我朋友想要的新進展來得比他想像得更快，也更悲慘。次日一早，我還在臥室穿戴，福爾摩斯敲了敲門進來，他手裡拿著電報，並大聲唸出來：

「立刻到肯辛頓皮特街一三一號來。雷斯垂德。」

「所以是發生了什麼事？」我問。

「不知道，任何案件都有可能，但我懷疑是雕像事件的後續，若是這樣，我們這位專門破壞偶像的朋友已經將業務轉移到倫敦其他地區了。桌上有咖啡，華生，我叫的出租馬車已經等在門外了。」

我們在半小時後到達皮特街，這條街緊鄰著倫敦最生氣蓬勃的地區之一，本身卻是一條安靜、死氣沉沉的小路，沿街的整排房屋整齊體面但也樸實無華，一三一號正是其中之一。等我們的馬車到了現場，只見房子前面的柵欄已擠滿了好奇的人群。福爾摩斯吹了聲口哨。

「老天！少說也是謀殺未遂，沒有什麼比這個更能吸引倫敦的人們了，瞧瞧那傢伙拱起的肩膀和伸長的脖子，肯定是發生了暴力事件。這是什麼，華生？最上面的台階有被沖洗過，但其他幾階都是乾的。無論如何，腳印倒是真夠多的！好了，好了，我看到雷斯垂德在前面窗口了，我們很快就能知道這是怎麼回事。」

這位警探頂著一張非常嚴肅的臉迎接我們，領著我們到一間起居室，一個老人在房裡踱來踱去，他神色焦慮，身上的法蘭絨晨袍凌亂不堪。雷斯垂德向我們介紹這位老人，他是這棟房子的屋主，中央新聞報系的霍勒斯·哈克先生。

「又是拿破崙半身像那件事，」雷斯垂德說，「福爾摩斯先生，昨晚你似乎對這個案子很感興趣，所以我想，既然現在事情變嚴重了，你也許會樂於參與調查。」

「所以是怎麼變嚴重的？」

「變成謀殺案了。哈克先生，向這兩位先生說明一下確切的事發經過好嗎？」

那位穿著晨袍的老人將極其憂鬱的臉轉向我們。

「這件事很不尋常，」他說，「我這輩子都在收集別人的新聞，現在一則真正的大新聞發生在我身上，我卻困惑到連話都不會說了。如果我是以記者的身分來到這裡的，應該正在採訪我自己，而且每份晚報至少都會有兩欄我的報導。事實上，我不斷把這值錢的報導說給一大群各式各樣的人聽，但它們卻對我沒有任何用處。然而我聽過你的名字，福爾摩斯先生，只要你能替我解惑，我費心告訴你這個故事也就值得了。」

福爾摩斯坐下來細細傾聽。

「這一切似乎都是圍繞著那尊拿破崙半身像發生的，我為了布置房間，從與高街車站相隔兩間的哈丁兄弟商店買下它，沒花我多少錢，那是差不多四個月前的事。我多半在晚上寫新聞稿，往往一寫就寫到凌晨，今天也一樣。當時我在書房，書房則位於頂樓後面，大概寫到三點鐘時，我很確定樓下有動靜。我細聽了一下，但沒再聽到任何聲音，因此斷定聲音是屋外傳來的。又過了差不多五分鐘，突然傳來一聲極其恐怖的叫喊，福爾摩斯先生，那是我聽過最可怕的聲音了，我到死都忘不了。我驚恐地僵在那裡有一兩分鐘之久，然後才抓起撥火棍下樓。我一踏進這個房間，立刻發現窗戶大開，壁爐架上的半身像也不見了。我無法理解為什麼會有竊賊想拿走這種東西，它只是石膏雕像，不值幾個錢。

「你也看得出，任何人從開著的那扇窗戶出去，只要一大步就可以跨到前門台階，那個竊賊顯然就是這麼幹的，於是我繞過去開門，當我摸黑走出去時，差點就被一個橫躺在地上的死人絆倒。我跑回去拿了燈過來，總算看清那個可憐的傢伙，他的喉嚨被割開一個大口子，血流了一地。我做夢都忘不了他那副仰面朝天、膝蓋彎曲、嘴巴大張的可怕模樣。我只記得自己吹了警哨，接下來我一定暈倒了，因為完全不知道後來的事，直到我發現自己被扛回客廳，一位警察俯身看著我。」

「那麼，被殺的是什麼人？」福爾摩斯問。

「他身上沒有任何東西可以證明他的身分，」雷斯垂德說。「你可以到停屍間看他，但我們到目前為止還沒找到任何線索。他是個高個子，皮膚曬得很黑，體格非常強壯，年紀不到三十歲，雖然穿著粗陋，但看起來不像是工人。一把牛角柄的折疊刀掉在他身旁的血泊中，不曉得是作案的工具，還是死者的物品。他的衣服上沒有名字，口袋裡除了一個蘋果、一條繩子、一張一先令的倫敦地圖和一張照片之外什麼都沒有，照片在這。」

那張照片顯然是用小型相機拍攝的快照，它呈現出一個機警、輪廓銳利的臉孔，那張像猴子的臉有著濃密的眉毛，臉的下半部很奇特地突出，像是狒狒的口鼻。

「那尊半身像到哪裡去了？」福爾摩斯仔細研究過照片後問道。

「就在你到達前不久才接到消息，在坎普登豪斯路一間空屋的花園裡找到了它，已經被打成碎片了，我現在正要去看看，你想來嗎？」

「肯定是要去的，但我得先看看這裡。」他檢查了地毯和窗戶。「這傢伙要不是有一雙長腿，就是身手很靈活，」他說，「因為窗子下方的空間很大，要跳上窗台開窗絕非易事，原路回來則相對簡單些。哈克先生，你要跟我們一起去看看你的半身像殘骸嗎？」

那位沮喪的記者坐到寫字檯前。

「我還是得試著寫點報導出來，」他說，「儘管我也知道晚報頭版肯定已經把本案細節全刊出來了。我的運氣老是這樣！你還記得唐卡斯特的看台倒塌那起意外嗎？呃，我是唯一在看台上的記者，但我的報紙也是唯一沒有報導此事的報紙，因為我被嚇得什麼都寫不出來。而現在，謀殺案就發生在我家門口，看來我的報導仍然太遲了。」

我們離開房間時，仍能聽到他鋼筆的筆尖刺耳地劃過大頁紙的紙面。

發現半身像碎片的地點就在幾百碼外的地方。我們終於得以親睹這位偉大皇帝的雕像，它在某位人士心中激起了瘋狂且深具毀滅性的仇恨。雕像的碎片散落在草地上，福爾摩斯拿起其中幾片仔細檢查，看他專注的表情和意有所圖的態度，我確信他已經找到了線索。

「怎麼樣？」雷斯垂德問。

福爾摩斯聳聳肩。

「我們要做的還很多，」他說，「不過——不過——好吧，我還是找到了一些可以當作線索的事實，讓我們可以據此採取行動。在這個奇怪的罪犯眼中，這尊不值錢的半身像比人命更有價值，這是一點；另一個古怪的事實是，如果毀掉雕像是他唯一的目的，那他為何不在房裡毀了它，或是一出門就這麼做。」

「他被死者撞見，可能因此慌了手腳，自己都不知道在做什麼。」

「嗯，這也說得通。但我想請你格外留意這棟房子的位置，半身像在它的花園中被摧毀。」

雷斯垂德四下張望了一圈。

「這是間空房子，他很清楚可以在花園裡幹這事而不會被打擾。」

「是的，但這條街的另一頭還有一間空房子，他在來到這間空屋前就會先經過那裡了，為什麼他不在那裡就把雕像打碎？畢竟他帶著雕像多走一碼，顯然更增加被人撞見的風險。」

「我放棄。」雷斯垂德說。

福爾摩斯指指懸在我們頭頂的路燈。

「在這裡，他可以看到自己在做什麼，但在那裡什麼都看不到。這就是他的理由。」

「老天！的確是這樣，」警探說，「你這麼說我就想起來了，巴尼科特醫生的半身像被打碎的地方就在他的紅檯燈旁。好，福爾摩斯先生，我們對此能採取什麼行動？」

「好好記住它，把它寫進案件紀錄，將來我們也許會遇到一些與之相關的事情。現在你打算採取什麼步驟，雷斯垂德？」

「依我看，最實際的方法就是先確認死者的身分，這應該不難。等弄清楚他以及他的同夥是誰時，我們就有一個好的開始，可以得知他昨晚在皮特街做什麼，以及他在霍勒斯．哈克先生的家門口遇到誰，又是誰殺了他的。你不覺得該這麼做嗎？」

「毫無疑問是該這麼做，但這不是我調查案件的起手式。」

「那你怎麼打算？」

「哦，千萬別讓我影響你！我的建議是，你用你的方式，我用我的方式。之後我們還可以交換意見，補充對方的不足之處。」

「很好。」雷斯垂德說。

「你若要回皮特街，可能會遇到霍勒斯．哈克先生，替我帶個話給他，就說我已經有定論了，而且可以肯定的是，昨晚他家裡來了個危險的殺人狂，此人還對拿破崙有著某種妄想症。這會對他的報導有幫助。」

雷斯垂德瞪著他。

「你不會當真這麼認為吧？」

福爾摩斯笑起來。

「我不這麼認為嗎？嗯，也許吧。但我很確定這麼做能引起霍勒斯・哈克先生和中央新聞報系訂閱者們的興趣。現在，華生，我們還有一整天漫長而複雜的工作得做。雷斯垂德，若你今晚六點能到貝克街找我們，我會很感激的，這張放在死者口袋裡的照片我先借去用了，到時候再還你。如果我所有推論都沒出錯，今晚我將外出進行一次小型探險，到時候我會需要你的陪伴和協助。在那之前，再見了，祝你好運！」

福爾摩斯和我一起來到大街上，他在哈丁兄弟的店門口停下來，半身像就是在那裡買的。一位年輕店員告訴我們，哈丁先生要過午才會到店裡來，並表示自己是新來的，無法回答我們任何問題。福爾摩斯不免面露失望和惱怒。

「好吧，好吧，不能老是指望事情會按我們的想法進行，華生，」他最後這麼說，「如果哈丁先生非要過午才出現，我們也只好下午再回來找他了。你的猜想完全沒錯，我是打算全力調查這些半身像的來源，好找出是不是有什麼特殊原因，可以解釋它們為何都落到如此下場。讓我們跑一趟肯寧頓路吧，去找莫爾斯．哈德森先生，看看他能否為我們的問題提供一些線索。」

我們足足坐了一個小時的車，才到達這個販售畫像的商鋪。店主是個矮小但壯碩的人，有著一張紅潤的臉孔和急躁的脾氣。

「沒錯，先生，就在我的櫃檯上，先生，」他說，「我們繳稅到底是幹什麼用的，隨便一個地痞都可以跑進來砸爛別人的商品。是的，先生，那兩尊半身像就是我賣給巴尼科特醫生的。真可恥，先生！一定是虛無主義者幹的好事，我很確定就是他們，除了無政府主義者，有誰會這樣到處砸別人的雕像？紅色共和黨，我是這麼稱呼他們的。你問我從哪裡進了這批雕像？我看不出這兩者有什麼關聯。好吧，如果你真的這麼想知道，我是從蓋爾德公司買來的，這家公司位在斯特普尼教區的教堂街，已經經營了二十年，在業內很有名。我進貨了幾尊？兩尊加一尊……一共進了三尊，兩尊被巴尼科特醫生買走，一尊光天化日下在我的櫃檯上被砸得稀爛。你說我認識照片上的人？不，我不認識……等等，我好像認識他，這不是貝波嗎？他是在我店裡打過零工的義大利人，論件計酬的那種。他在店裡挺有用的，會雕刻、鍍金、裱框，還有一些零碎的工作，不過那傢伙上週離職了，在那之後我就沒有他的消息了。不，我不知道他打哪裡來的，也不知道他往哪裡去了。當他在這裡的時候，我對他沒有任何不滿，半身像被打碎時，他已經離職兩天了。」

「嗯，這是我們能從莫爾斯・哈德森那裡得到的所有訊息了，算是符合預期，」當我們走出商店時，福爾摩斯說，「這十哩的馬車沒白坐，無論是肯寧頓還是肯辛頓，我們找到了一個共同因素，就是這叫貝波的傢伙。現在，華生，我們該去斯特普尼的蓋爾德公司了，所有半身像都來自那裡。如果在那裡找不出任何線索，那就太奇怪了。」

我們走得很快，一連穿過倫敦好幾個地區的邊緣，時尚區、酒店區、劇院區、圖書館區、商業區，最後是濱海區，直到抵達一座有十多萬人口的臨河市鎮，那裡的廉價公寓住滿歐洲的流浪者，瀰漫著濃烈的異國氣息。在一條曾是富有城市商人住所的寬闊大道上，我們找到了這一趟的目的地，那間生產雕像的工廠。工廠外的院子很大，堆滿了大型的石材。廠房占地很廣，其中有五十多名工人正忙著雕刻或鑄模。工廠經理是一位膚色白皙、金髮碧眼的大個子德國人，他很客氣地接待了我們，並明確回答了福爾摩斯提出的所有問題。他翻找帳本，查出由迪瓦恩的拿破崙半身像複製的石膏像有上百尊，但大約一年前有一批共六尊雕像，其中三尊發貨給了莫爾斯・哈德森，另一半的雕像則送去肯辛頓的哈丁兄弟店裡。他找不出任何理由證明這六尊半身像與其他批次的雕像有哪裡不同，也想不通為何會有人想砸爛它們，事實上，他覺得這種想法實在荒唐。這些半身像的批發價是一尊六先令，但到了零售商那裡可以賣到一尊十二先令，甚至還更多。由原本的拿破崙雕像鑄造的模具分為左右兩半，將這兩半模具製成的石膏像合併，就是一尊完整的半身像了。這項工作通常由義大利工人們來做，就在我們眼前的這間廠房裡完成。製作完成的半身像全都放在過道裡的桌上晾乾，然後才存放起來。這就是他能告訴我們的所有訊息了。

但一見那張照片，經理卻臉色驟變。他氣得漲紅了臉，一雙眉毛在那日耳曼人特有的藍眼睛上揪成一團。「噢，你說這個無賴啊！」他叫道，「沒錯，我確實很了解他。這個地方一直以來都很體面，我們唯一一次讓警察進來，就是為了處理這傢伙惹出的麻煩。那是一年多前的事了，他在大街上用刀刺傷另一個義大利人，他傷了人後就直接來這裡上工，警察一路跟著他進來，在這裡逮捕了他。他名叫貝波，姓什麼就不清楚了。明知他是那副德性還僱用他，出了事算我活該吧。但他是手藝很好的工人，事實上，是我這裡最優秀的工人之一。」

「他被判了多久？」

「被他刺傷的人撿回一條命，因此他只被判了一年刑期。現在肯定已經服完刑期出獄了，但他絕對沒臉再回到這裡。他有個表弟在我們這裡工作，我敢說你一定能從他那裡問出貝波人在哪裡。」

「不，不，」福爾摩斯叫出來，「什麼都不要對他表弟提起，我懇請你一個字都別透露。這是件大事，而且我愈深入調查，就愈覺得它非同小可。你剛才用帳本查詢雕像的銷售狀況時，我看到上面的日期是去年六月三日，你能告訴我貝波是幾月幾號被捕的嗎？」

「我可以根據發薪日為你找出個大概，」經理回答，「有了，」他在翻了幾頁後說道，「我們在五月二十日最後一次發工資給他。」

「謝謝你，」福爾摩斯說，「我想就別再打擾你、耽擱你的時間了。」在最後一次叮嚀經理別對任何人透露我們的調查後，我們便又回頭往西去了。

下午都快過完了，我們才找了家餐廳匆匆吃過午餐，餐廳門口張貼的新聞標題是「肯辛頓暴行，瘋子殺人」，其內容則說明了霍勒斯·哈克先生的報導終於刊出來了。他用了兩欄報導，極為聳動地敘述了整件事，還加上各種華麗的詞藻。福爾摩斯把報紙靠在調味瓶的架子上，邊吃邊讀報，有一兩度咯咯笑出聲來。

「還不錯，華生，」他說，「聽聽這個：

令人滿意的是，本案的調查不會出現任何意見分歧，因為雷斯垂德先生，蘇格蘭場最有經驗的警探之一，和著名顧問專家福爾摩斯先生不約而同得出結論，斷定以如此悲慘的方式作結的一系列怪異事件，是由於犯案者精神錯亂所致，而非蓄意謀殺，也唯有精神失常能解釋所有事實。

只要你懂得如何利用報紙，華生，它將是最好的工具。現在，如果你吃得差不多了，我們這就回肯辛頓，看看哈丁兄弟商店的經理怎麼說。」

沒想到這間大商鋪的創始人是一位精神奕奕、精明的小個子，穿著講究，反應快，頭腦又清晰，還非常樂於交談。

「是的，先生，我已經看到晚報的報導了。霍勒斯・哈克先生是我們的顧客，我們幾個月前賣了那尊半身像給他。我們從斯特普尼的蓋爾德公司訂購了三尊這樣的半身像，它們都賣出去了。你問賣給誰了？哦，我敢說只要翻翻店裡的銷售手冊，很容易就能替你找出來。有了，我找到條目了。一尊賣給哈克先生，瞧，一尊賣給奇西克區金鏈花谷金鏈花別墅的約西亞・布朗先生，一尊賣給雷丁下格羅夫路的桑德福德先生。不，我從沒見過你手上這張相片裡的人，很難有比他更醜的人了，這張臉應該只要見過就很難忘記，不是嗎，先生？我們這裡有沒有義大利人員工？有，先生，我們的幾名工人和清潔工都是，我敢說只要他們有這打算，要偷看這本銷售手冊簡直太容易了，畢竟我也沒有特別的理由要看緊這個本子。算啦，算啦，這事太奇怪了，如果你查出什麼來，請一定要讓我知道。」

在哈丁先生述說他的證詞時，福爾摩斯做了一些筆記，看得出他對事態發展頗為滿意。但他什麼都不願透露，只說我們和雷斯垂德約好了要見面，再不抓緊時間就要遲到了。果不其然，當我們回到貝克街時，雷斯垂德已經在那等著我們了，只見他不耐煩地在房裡踱來踱去，一臉嚴肅的神情說明他這一天的工作頗有進展。

「怎麼樣？」他問，「運氣如何，福爾摩斯先生？」

「我們這一整天夠忙的，但並非都是白費工夫，」我朋友解釋，「兩個零售商、一個批發製造商都找過了，有關那些半身像，我現在能從頭追溯它們每一尊的經歷。」

「半身像！」雷斯垂德叫道，「好吧，好吧，你有你的方法，福爾摩斯先生，對此我不會有任何批評，但我今天的工作做得比你出色，我已經確認死者的身分了。」

「是嗎？」

「連犯罪原因都找到了。」

「太好了！」

「嗯，死者的脖子上掛著天主教徽記，加上他的膚色，我據此斷定他來自南方，正好我們的一位希爾巡官專責薩弗倫山和義大利區，他一眼認出死者，此人名叫彼得羅·韋努奇，來自那不勒斯，是倫敦最出名的殺手之一。他與黑手黨有聯繫，你也知道黑手黨是個祕密的政治社團，謀殺是他們執行法令的手段。到這裡，你可以看到事態漸漸明朗了，另外那個傢伙可能也是義大利人，同樣是黑手黨成員，因為某個緣故觸犯了黑手黨的法規。彼得羅奉命追捕他，我們在他口袋裡找到的很可能就是那個人的照片，以防他殺錯人。他一路追著那傢伙，看見對方走進一棟房子，他便守在屋外，但在隨後扭打中反倒被殺了。你覺得這個解釋如何，福爾摩斯先生？」

福爾摩斯讚許地拍手。

「太棒了，雷斯垂德，太棒了！」他叫道，「但我還沒聽到你對半身像被毀一事的解釋。」

「半身像！你就是怎麼都不肯忘記你那些半身像。畢竟那就是件小事，很輕微的竊盜罪，最多關六個月就放出來了。我們該關心的是這起謀殺案，我告訴你，我已經掌握了所有線索。」

「那你接下來怎麼打算？」

「這太容易了，我會和希爾一起去義大利區，找到照片上的人，並以謀殺罪逮捕他。你想和我們一起去嗎？」

「我還是別去了。要達到我們的目的，我認為有更簡單的方式，我沒有十足把握，畢竟這一切都取決於……好吧，一切都取決於一個我們完全無法掌控的因素，但我認為希望很大，事實上，我有二比一的把握。若你今晚願意和我們一起去，我可以幫你逮到他。」

「去義大利區？」

「不，我認為我們更有可能在奇西克找到他。如果你今晚願意和我去奇西克，雷斯垂德，我保證明天會陪你去義大利區，晚一天不會有什麼妨礙。現在，我認為睡幾個小時對我們都有好處，因為我不打算在十一點前出發，而我們也不太可能趕得及在早上回來。和我們一起吃頓晚餐吧，雷斯垂德，然後歡迎你使用我們的沙發，你可以在那上頭躺到出發為止。同時，華生，麻煩替我叫個專送急件的信差，我有一封重要的信，必須立即寄出。」

福爾摩斯一整晚都在翻找分類歸檔的舊報紙，這些報紙堆滿了整個雜物間。最後他帶著一臉勝利之色下樓，但絕口不提找到了什麼。對我來說，亦步亦趨跟隨他調查這樁奇案，看著他使用各種手法迂迴追蹤，雖然我還看不出他究竟有何目的，但他認為那名古怪的罪犯會企圖染指剩下兩尊半身像，這一點再清楚不過。我記得其中一尊半身像就在奇西克，毫無疑問，我們此行的目的就是要當場逮住那傢伙。我不得不佩服我朋友的狡詐，他在晚報上刊登了錯誤消息，讓那傢伙誤以為可以躲過懲罰並繼續他的陰謀。因此當福爾摩斯建議我把左輪手槍帶在身上，我沒感到多意外，他自己則帶上了最順手的武器，那根沉重的狩獵短鞭。

到了十一點，一輛四輪馬車停在門口，我們乘車來到哈默史密斯橋的另一邊。在吩咐馬車夫原地等候之後，我們又走了一小段路，來到一條僻靜的道路，兩旁的房舍十分宜人，每棟都有各自獨立的庭院。就著路邊的燈光，可以看清其中一棟的門柱上寫著「金鏈花別墅」。屋主顯然已經就寢，整棟房子一片漆黑，唯有大廳門上的扇形氣窗透出一點燈光，將模糊的光影投在花園小徑上。隔開庭院與道路的木柵欄內側陰影沉沉，我們就躲在那片陰影中。

「恐怕你們得耐心久候了。」福爾摩斯輕聲說，「感謝老天，今晚沒下雨。我想我們連抽根菸都不行，不值得為打發時間冒這麼大的險。不過有二比一的把握，這值得我們受點折磨。」

但出乎意料的，我們的守夜沒有福爾摩斯憂心的那麼漫長，同時還結束得非常突兀而奇怪。突然間，花園大門毫無預警被推開，一個輕盈、敏捷如猿猴的黑影跑上花園小徑，我們看著它掠過扇形窗透出的光線，消失在房子的陰影間。接下來很長一段時間都無事發生，我們全都屏住呼吸等著，直到傳來一聲非常輕微的嘎吱聲，應該是開窗的聲音。那聲音停止了，接著又是一段很長的寂靜，那傢伙一定是設法進入房子，只見遮光提燈突然在房裡閃爍了一下，想必他還沒找到要找的東西，因為另一道窗簾後又是燈光一閃，然後是下一道窗簾。

「到開著的窗子那邊去，他一爬出來就直接逮住他。」雷斯垂德壓低了聲音說。但我們還來不及動作，那傢伙再次現身了。他走到小徑上那圈微弱的燈光裡，胳膊下還夾著一個白色東西。他偷偷摸摸環顧四下，空無一人的寂靜街道似乎讓他放了心。他轉身背對我們，放下手中的東西，緊接著就是一聲尖銳的敲擊聲，伴隨著唏哩嘩啦的碎片四散聲，對方全心全意忙著他的事，完全沒察覺我們已躡手躡腳穿過草地。福爾摩斯猛虎似地跳到他背上，雷斯垂德和我立刻分別壓制住他兩隻手，並將他銬起來。我們把他翻過身朝上，一張醜惡蠟黃的臉映入眼簾，他對我們怒目而視，五官因狂怒而扭曲，現在我很確定了，他就是照片上的人。

但福爾摩斯不太關心我們逮到的犯人。他蹲在門前台階上，細細檢查那人從屋裡拿出來的東西，正是拿破崙的半身像，就像我們早上看到的那一尊，它也被砸了個粉碎。福爾摩斯小心翼翼把每一塊碎片都拿到燈光下，但它們和其他石膏像的碎片並無不同。他才剛檢查完所有碎片，大廳亮起燈光，穿著襯衫和長褲的屋主推門出來，他看起來是個快活、圓胖的人。

「是約西亞・布朗先生吧？」福爾摩斯問。

「是的，先生，而你一定是福爾摩斯先生了，我收到你派人送來的急件，並完全按你信上的指示，反鎖每一扇門，靜待事態發展。哦，真高興你們逮到了這無賴。先生們，請進來吃點東西吧。」

然而，雷斯垂德一心只想把逮到的人送去安全的地方，所以沒花幾分鐘就叫來了馬車，四個人一起動身回倫敦。我們的犯人一路上什麼都不肯說，但一雙眼睛從亂蓬蓬的頭髮陰影中怒視著我們，有一次，我的手不小心離他近了些，他竟像餓狼一樣咬過來。為了得知從他身上搜出什麼來，我們在警局等了老半天，結果只找出幾先令和一把長鞘刀，刀柄沾了不少新鮮的血跡。

「別擔心，」在我們離開時，雷斯垂德說，「希爾太熟悉這些紳士了，他會找出這傢伙是誰的，到時你就知道關於黑手黨的理論我是正確的。但我依然非常感謝你，福爾摩斯先生，感謝你這麼巧妙地逮到他，雖然我仍不太明白你是怎麼做到的。」

「恐怕現在時間太晚了，」福爾摩斯說，「此外，還有一兩個細節尚未解決，而這個案子很值得徹底搞清楚。你說你還不懂其中含義，如果你明天傍晚六點能再去我那裡一趟，我可以解釋這一切。即便綜觀整個犯罪史，此案都有獨一無二的地方，華生，如果我容許你繼續記錄我處理過的這些小問題，可以想見這樁由拿破崙半身像而起的奇案會讓你的記敘精采不少。」

我們次日傍晚再見面時，雷斯垂德帶來大量關於犯人的訊息。他名叫貝波，姓什麼就不知道了，此人成天在義大利區遊手好閒，很多人因此都對他印象深刻。他曾是一名雕塑技術高超的工匠，也曾勤勤懇懇過日子，但後來他走偏了，已經坐過兩次牢，一次因為小偷小摸，另一次因為刺傷自己的同胞，也就是我們聽過的那次。他講得一口流利英語。至於他為何要摧毀那些半身像，這一點依舊成謎，他也不肯回答與此相關的任何問題，但警方調查到，那些複製的半身像可能全是他親手製作的，因為那就是他在蓋爾德公司負責的工作。對於這一切信息，我們大半都已經知道了，福爾摩斯禮貌性地聽著，但我太了解他了，一眼就看出他心不在焉，也知道他在這種狀況下會習慣裝出哪種表情，但那副表情隱約透出不安和期待。當門鈴終於響起時，他眼睛一亮，從椅子站起來。不一會兒，我們聽到樓梯上傳來腳步聲，傭人領進來一名臉色紅潤、側鬢斑白的老人。他將拎在右手中一個樣式老舊的毛氈旅行袋放在桌上。

「是夏洛克·福爾摩斯先生嗎？」

我朋友笑著點點頭。「是雷丁的桑德福德先生吧？」他說。

「是的，先生，我恐怕到得有點晚，都是火車誤點的緣故。你在信上提到我買來的一尊半身像。」

「沒錯。」

「你的信在這，上面寫著『我很想要一座迪瓦恩的拿破崙半身像複製品，並願意以十鎊的價格買下你手上那一尊』，是這樣沒錯吧？」

「正是如此。」

「你的來信讓我非常驚訝，畢竟我實在搞不懂，你怎麼會知道我手上有這樣東西。」

「你會驚訝是自然的，但這事解釋起來倒也容易。哈丁兄弟商店的哈丁先生告訴我，他們最後一尊複製的半身像是賣給你的，同時也把你的地址給了我。」

「噢，原來如此。那麼他有沒有說我是花多少錢買的？」

「不，他沒說。」

「嗯，我也許不富裕，但至少是個誠實的人。這尊半身像只花了我十五先令，我想在你付給我十鎊之前，我應該要讓你知道。」

「你會這麼顧忌，足以證明你的確很誠實，桑德福德先生，但既然我都開價了，那我也不會違背我的承諾。」

「啊，福爾摩斯先生，你是個慷慨的好人。按照你的要求，我把半身像帶來了，就在這裡！」他打開旅行袋，拿出半身像放在桌上。我們總算得以親睹那尊半身像，它的碎片我們見多了，但完整的模樣還是第一次看到。

福爾摩斯從口袋裡抽出一張紙，同時把一張十鎊的鈔票放在桌上。

「桑德福德先生，請你當著這些證人的面在紙上簽個字。就只是簡單說明一下，你把這尊半身像的所有權及隨之而來一切可能的權利都轉讓給我。瞧，我辦起事來就是這麼有條有理，畢竟你永遠不知道事情接下來會如何發展。謝謝你，桑德福德先生，你的錢在這裡，祝你有個愉快的夜晚。」

訪客一走，福爾摩斯的舉動立刻吸引了我們的注意力。他先從抽屜裡拿出一塊乾淨的白布，將它在桌上鋪好，再把剛剛到手的半身像放在布的正中央，最後，他拿起狩獵短鞭，對著拿破崙的頭頂狠狠一棍子下去，雕像頓時裂成碎片。福爾摩斯急切地俯身檢查雕像那破碎的殘骸，下一刻，他獲勝似地歡呼起來，高舉手中的碎片，上頭嵌進一顆圓圓黑黑的東西，就像布丁上的李子。

「先生們，」他叫道，「讓我向你們介紹著名的波吉亞家族黑珍珠。」

雷斯垂德和我沉默片刻，接著就像觀賞演到最高潮的戲劇般，抑制不住內心激動地爆出掌聲。福爾摩斯蒼白的臉頰泛起紅暈，他向我們欠身，彷彿一位戲劇大師接受觀眾們的致敬。正是這種時刻，他有一瞬不再是個冷酷的推理者，不經意地透露了他也是樂於享受欽慕和喝采的尋常人。他生性異常高傲而拘謹，蔑視所有世俗的名聲，卻仍會被朋友們發自內心的驚歎和讚美打動。

「沒錯，先生們，」他說，「這是當今世上最著名的珍珠，我很幸運，透過一連串的歸納和推理，從科隆納王子在達克雷旅館的住處，也就是丟失它的地方，一路追蹤到斯特普尼的蓋爾德公司製造的六尊拿破崙半身像中的最後一尊。雷斯垂德，你應該還記得這顆珍貴珠寶失蹤時引發的轟動，以及倫敦警方為了找回它所付出的努力全是徒勞一場。我也曾協助調查這個案子，但一無所獲。當時我懷疑過王妃的貼身女傭，她是義大利人，據調查她在倫敦有一個兄弟，但我找不出他們之間的聯繫。女傭名叫盧克麗霞·韋努奇，而我很確定前兩天被殺的彼得羅就是她兄弟。我一直在歸檔的舊報紙上查找日期，發現珍珠失蹤後的兩天，貝波就因為某樁暴力罪行被捕了，也就是發生在蓋爾德工廠裡的那件事，而也在同一時間，工廠裡正在製造這一批半身像。現在你們就能清楚看到事發順序了，當然，它們向我呈現的順序是完全相反的。貝波手握這顆珍珠，或許是從彼得羅那裡偷來的，也可能他是彼得羅的同夥，再不然就是彼得羅和他姊妹的中間人。哪一個說法是正確的，對我們的調查都沒有影響。

「我們只要知道珍珠在他手上的這個事實就好，當他被警察追捕時，珍珠還在他身上，他躲進工作的工廠，自知只剩幾分鐘藏好這價值連城的戰利品，否則一旦被逮捕搜身，很容易就被警察搜走了。過道裡有六尊拿破崙的石膏半身像正在晾乾，其中一尊還是軟的。貝波身為一名熟練的工匠，不費工夫就在濕石膏上開了個小洞，把珍珠塞進去，沒兩下子又把洞口補好。這個藏匿處令人歎為觀止，沒有任何人想得到，但貝波後來被判了一年監禁，這六尊半身像在他服刑期間分散到了倫敦各地，他不知道他的寶藏在哪一尊半身像裡，即使搖晃雕像也無法確定，因為石膏在他藏起珍珠的當下還是濕的，珍珠很可能被黏住了，想找到珍珠只能把雕像一一打破，而他也確實這麼做了。貝波並未因此氣餒，反倒以相當的才智和毅力去尋找，透過在蓋爾德公司工作的表兄弟，他首先查出買走半身像的零售商，並設法在莫爾斯·哈德森的店裡找了份差事，從那裡查到買走其中三尊半身像的客戶，然而珍珠沒在這三尊半身像裡。接著又在某個義大利老鄉的幫助下，他再找出了另外三尊半身像的去向，首先就是哈克家的那一尊，他一到那裡就被他的同夥追到，對方認為珍珠失蹤是他搞的鬼，此人也在接下來的扭打中被他刺殺。」

「但如果他們是同夥，對方為何要帶著他的照片？」我問。

「明顯是為了追蹤他，若想向任何人打聽他，直接掏出照片問是最快的。好，等謀殺案發生了，我猜測貝波會加速而非推遲他的計畫，他擔心警察早晚會看穿他的祕密，因此他得加快腳步，好保持著始終領先警方一步。當然，我無法斷定他沒在哈克的半身像裡找到珍珠，那時我甚至還不知道他的目標是珍珠，只能確定他一定是在找什麼，因為他無視其他空屋，一路帶著半身像到有路燈照明的花園裡才打破它。由於哈克的半身像是三尊半身像之一，因此我才會告訴你們，珍珠在裡頭的機率是一比二。至於剩下兩尊半身像，顯然他會就近先去找在倫敦那一尊。我搶先警告了屋主，以免悲劇重演，而我們的行動也得到了最好的成果。當然，那時我已得知死者的名字，由這個名字聯繫到另一件案子，讓我確定我們在找的東西就是波吉亞珍珠。剩下的半身像只有雷丁的那一尊了，珍珠一定就在那裡。我當著你們的面將它從原主手中買下，珍珠果然在裡頭。」

我們沉默對坐了片刻。

「嗯，」雷斯垂德說，「我見過你處理很多案子，福爾摩斯先生，但不曾見過有比這個案子處理得更巧妙的。蘇格蘭場的人不會嫉妒你，絕不會，先生，我們全都以你為榮，如果你明天能來一趟警局，從最年長的警探到最年輕的員警，他們全都會樂於與你握手、向你道賀。」

「謝謝！」福爾摩斯說，「謝謝！」在他轉過身時，我從未見過他被別人的溫情打動到如此地步，但不過片刻，他又變回那個冷靜而務實的思想家。「把珍珠放進保險箱，華生，」他說，「把康克—辛格頓偽造案的文件拿給我吧。再見，雷斯垂德。如果你遇上任何小問題，只要我有辦法，我會很樂意在你解決案件的過程中提供一些建議。」

CASE 9

三個大學生奇案

The Adventure of the Three Students

一八九五年，因為一系列我不再加以贅述的事件，使得福爾摩斯先生和我在某個著名的大學城待了好幾個星期，我正要講述的這件事就是發生在這段期間，儘管是件小事，卻頗具意義。顯然，若有讀者能從我敘述的細節分辨出案子是發生在哪所大學，又或者作案的人是誰，那就是我的不謹慎與冒犯之處了。像這樣令人痛心的醜聞，本該讓它隨著時間慢慢平息，然而，透過謹慎的描述和適度的取捨，這件事還是可以公開的，畢竟它能展現我朋友出眾的才能。因此，我將在敘述中盡力避免能將案件精確聯繫到特定地點的措辭，以及能夠指涉某些人物的線索。

當時，我們住在一間附帶家具的小屋，就在離圖書館不遠的地方。這段期間，福爾摩斯埋頭於艱苦的研究，這些關於早期英國憲章的研究，成果是如此驚人，也許以後我會把它們當成寫作的主題。就在某一天晚上，我們的一位老朋友希爾頓·索姆斯先生來訪，他是聖路加學院的導師兼講師。索姆斯先生高瘦，個性很容易緊張或激動，我知道他一直都是個焦慮的人，但他這次簡直焦慮得無法控制，顯然是發生了不尋常的事。

「福爾摩斯先生，我相信你願意挪出幾個小時的寶貴時間給我。聖路加學院發生了一件令人難堪的事，說實在的，要不是你剛好在鎮上，我真不知道該怎麼辦。」

「我現在很忙，不想被任何事干擾。」我朋友答道，「你還是去找警察幫忙吧。」

「不，不，親愛的先生，我絕不可能這麼做，警方一旦介入了，就不能要求他們撤出，而為了保全學院的聲譽，避免醜聞傳出去是首要之務。你的謹慎就和你的能力一樣聞名，你是這世上唯一能幫助我的人。算我求你了，福爾摩斯先生，請你竭盡全力幫我。」

自從離開貝克街的宜人環境，我朋友的脾氣就沒好過，少了他的報紙剪貼簿、化學藥品和髒亂的住所，他便渾身不自在。他聳聳肩，算是不怎麼禮貌地默許了，我們的訪客立刻把他的故事一股腦吐出來，陳述間還夾雜著各種激動的手勢。

「福爾摩斯先生，我得先向你解釋，明天是福特斯克獎學金考試的第一天，我是監考官之一，負責的科目是希臘文。考試的第一題是整段希臘文翻譯，這段文章就印在考卷上，考生此前從沒讀過，因此若能預習這段文章，自然會占到很大的優勢，基於這個原因，我們非常重視試題的保密。

「今天下午三點左右，印刷廠送來了考卷的校樣，第一題翻譯是修昔底德的半篇文章，我必須仔細校對，力求試題完全正確。這一校就校到四點半，工作還沒完成，但我答應了朋友要去他家喝茶，因此把考卷留在書桌上就出門了，這一去約莫一個多小時。

「福爾摩斯先生，你知道我們學校的門都是雙層的，裡層是綠色檯面呢，外層則是厚重的橡木。當我走近外層的門時，很驚訝地發現門上插著鑰匙。有那麼一瞬間，我還以為是自己把鑰匙忘在門上的，但一摸口袋，發現鑰匙還好端端在口袋裡。據我所知，只有傭人班尼斯特也有這個房間的鑰匙，他為我打理房間已經十年了，是個絕對可靠的老實人。我發現鑰匙的確是他的，他曾進來問我要不要喝茶，並在出去時不小心把鑰匙留在門上，這一定是我剛出門不久的事。他忘記鑰匙這件事，放在平時沒什麼大不了的，但偏偏發生在這一天，造成極其嚴重的後果。

「只消一眼，我就意識到書桌上的考卷被人動過了。校樣印在三張長紙上，我在出門前把它們整整齊齊疊好了，但現在，一張飄到地板上，一張放在靠窗的邊桌上，一張在還在原本的位置。」

福爾摩斯第一次露出感興趣的模樣。

「第一頁在地上，第二頁在窗邊，第三頁在原處。」他說。

「完全正確，福爾摩斯先生，這太不可思議了，你到底是怎麼知道的？」

「請繼續說下去，你的故事很有意思。」

「我一度懷疑是班尼斯特擅自看了考卷，這是不可原諒的錯誤，但他非常鄭重地否認了，而我也相信他說的是實話。那麼還有另一種可能，某個路過的人看到鑰匙留在門上，也知道我出門了，就進來看了考卷。這場考試有高額的獎學金，涉及誰將得到一大筆錢，不擇手段的人為了贏過其他人，很可能願意冒這麼大的險。

「班尼斯特對此萬般懊惱，當我們發現考卷確實被動過後，他差點暈過去，我讓他喝了點白蘭地，便放他癱在椅子上，自己去把房間仔細檢查一遍。我很快就發現了，除了四散的考卷外，那個入侵者還留下其他痕跡。靠窗的邊桌上有好些削鉛筆留下的碎屑，還有一小段折斷的鉛筆尖。很顯然是那個壞蛋在抄試題時太過慌張，把筆尖都折斷了，不得不就地重新削尖。」

「好極了！」福爾摩斯說，當他的注意力逐漸集中到案情上，他的脾氣也好了不少。「你的運氣很好。」

「還不止這些。我的寫字檯是新的，桌面是上好的紅色皮革，我和班尼斯特都可以保證，皮革表面非常光滑，沒有半點污漬。現在那上面卻出現了一道明顯的割痕，大約三吋長，絕不是磨損的痕跡，確確實實是刀割造成的。不僅如此，我還在桌上發現一個黑色小球，是麵糰或黏土，裡頭一點一點的東西看起來像鋸末。我確信這些東西都是那偷看考卷的人留下的，但其他像是足跡，或是能辨認此人身分的東西，就一點都沒留下了。就在我束手無策時，突然想到你此刻正在城裡，因此就立刻飛奔過來向你求助了。請一定要幫我，福爾摩斯先生！你看我現在深陷困境，若不馬上把那個人找出來，我就得推遲考試直到新的試題準備好，而要這麼做就勢必得對外解釋，這將是非常可怕的醜聞，不只會讓我們學院蒙羞，也會傷害整所大學的聲譽。因此我希望能不為人知、謹慎地解決此事，這是最重要的。」

「我很樂意為你調查這個案子，並盡力提供一些建議給你，」福爾摩斯說著起身，穿上大衣。「這個案子確實有點意思。考卷送到你那裡後，有人去你的房間找過你嗎？」

「有，小道拉特．瑞斯來過，他是和我住同一棟樓的印度學生，來問我一些關於考試細節的問題。」

「他也有參加考試？」

「是的。」

「當時考卷就在你桌上？」

「我記得有把它們捲起來。」

「但也許他看得出那是考卷的校樣？」

「是有可能。」

「當時房間裡沒有別人？」

「沒有。」

「有誰知道校樣在你那裡？」

「就只有印刷廠的人而已。」

「那名傭人班尼斯特知道嗎？」

「不，他當然不知道，沒有人知道。」

「班尼斯特人在哪裡？」

「他很不舒服，可憐的傢伙，我匆忙跑來找你時，他還癱在椅子上。」

「你就讓房門大敞著？」

「我有把考卷鎖起來。」

「那麼看來事情是這樣的，索姆斯先生，除非那名印度學生認出那卷紙是考卷的校樣，不然動了考卷的人是在事前完全不知情的狀況下，偶然發現它們在那裡的。」

「在我看來確實如此。」

福爾摩斯高深莫測地笑了。

「那麼，」他說，「我們就去一趟吧。華生，這事是精神上的，而非身體上的，不在你專長的範圍，不過你要是願意，那就一起來吧。現在，索姆斯先生，一切都聽你差遣了！」

我們客戶的起居室有一扇長而低的花格窗，朝向這座歷史悠久的學院的庭院，古老的庭院遍生苔蘚，一扇哥德式拱門後有一道破舊的石階梯。導師的房間在一樓，樓上住著三名學生，一人一層樓。我們到達案發地時已是黃昏，福爾摩斯停下腳步，認真研究了窗戶一番，接著又走到窗邊，踮起腳尖，伸長脖子向裡頭張望。

「他一定是走房門進去的，畢竟除了這塊窗格外，這裡沒有其他出口了。」我們那博學的領路人說。

「老天！」福爾摩斯說，他瞥了我們的同伴一眼，怪異地笑起來。「好吧，如果在這裡看不出個所以然來，那我們最好還是進屋去吧。」

這位導師打開外層的門，領著我們到他的房間裡。福爾摩斯先讓我們在門口等，自己則檢查了地毯。

「恐怕這裡找不到任何痕跡，」他說，「在這麼乾燥的天氣下，很難指望留下什麼痕跡。看來你的傭人自己已經緩過來了，你說你留他一人癱在椅子上，是哪張椅子？」

「就是窗邊那張椅子。」

「嗯，很靠近這張小桌。你們進來吧，我檢查過地毯了，現在讓我們看看小桌。當然，當下的狀況已經很清楚了，那個人進了房間，把考卷從房間中央的桌上一張一張拿去窗邊的小桌，因為從那裡可以清楚看到庭院的狀況，一旦發現你穿過庭院回來，他立刻就能逃走。」

「事實上他看不到，」索姆斯說，「我是走側門回來的。」

「啊，那就好！嗯，不管怎樣，至少他心裡有這個打算。讓我瞧瞧這三張長紙條，沒有指印，沒有！嗯，他先拿了這張去抄寫，盡可能用上一切簡寫形式，這會花他多久時間？少說有一刻鐘。接著他把它扔到一邊，又去拿了下一張過來。你在他抄寫時回來了，讓他慌慌張張逃走了，真的非常慌張，他甚至沒時間把考卷放回去，好掩飾他曾經進來過。當你從外面回來時，有沒有聽到樓梯上有人匆匆跑過？」

「沒，我沒聽到。」

「嗯，他匆忙抄寫，急得把鉛筆尖都折斷了，這一點你也注意到了，他不得不在這裡削鉛筆，這很有意思，華生。這支不是一般的鉛筆，它比較粗，筆芯很軟，筆桿是深藍色的，上頭用銀色字體印著製造商的名字，長度用到只剩一吋半。如果你找到這樣一支鉛筆，索姆斯先生，那你也就找到你要找的人了。若我再補充一點，說他有一把大而鈍的刀，你的線索就更多了。」

索姆斯先生被這一大堆湧來的訊息搞得有些不知所措。「其他幾點我都還可以理解，」他說，「但你說鉛筆的長度未免就……」

福爾摩斯拿起一小塊從鉛筆削下的碎片，上面有著「NN」兩個字母，後面接著的一段木屑則沒有任何字母。

「這樣明白了？」

「不，就算是這樣，恐怕我也……」

「華生，過去我老是高估你的能耐，現在你有伴了。這個『NN』指的會是什麼？它是一個字末尾的兩個字母。你們應該知道約翰．費伯（Johann Faber）是最常見的鉛筆製造商。當一支鉛筆被用到Johann這行字母的後段，它剩下的長度難道還不清楚？」他把小桌移到燈下。「我希望他用來抄寫的紙很薄，那就有可能在光滑的桌面留下一些痕跡。不，我什麼也沒看見，我不認為這裡還有調查的必要，現在去看看中央那張桌子吧。我想，這一小粒東西就是你提過像是黑色麵糰的物質，看起來大致呈圓錐形，而且是中空的，就像你說的，裡頭似乎摻著鋸末之類的顆粒。老天，這真有意思。還有這道割痕，我很肯定它是撕裂的痕跡，開頭是細細的刮痕，最後才是邊緣不平整的小洞。索姆斯先生，我非常感謝你給我機會調查這個案子。那扇門通往哪裡？」

「通到我的臥室。」

「事發之後，你有進去過嗎？」

「不，我直接跑來找你了。」

「我想進去看一圈。好個迷人的老式房間！也許你們可以稍等一下再進來，先讓我檢查一下地板。不，這裡什麼都沒有。那麼這道簾子呢？你把衣服掛在這後面，如果一定得在這房間裡找個地方躲，也只有這裡了，畢竟床太低了，衣櫃又不夠深。這後頭沒躲著人吧？」

在拉開簾子時，福爾摩斯微微露出強硬和警覺的模樣，這令我意識到，他已做好準備應對任何狀況。然而事實上，拉開的簾子後只有一排釘子和上頭掛著的三、四套衣服，其他什麼都沒有。福爾摩斯轉身，突然彎腰蹲在地板上。

「啊呀！這是什麼？」他說。

那是個小小的黑色錐狀物，像是油灰，跟先前書桌上找到的那個完全一樣。福爾摩斯將它放在掌心，舉到燈光下。

「這位訪客似乎在你的起居室和臥室都留下了痕跡，索姆斯先生。」

「他又是為何要跑到臥室來？」

「我認為原因夠清楚了。你回來時走了一條出乎他意料的路，等他驚覺時，你人都到門口了。他還能怎麼辦？他抓起所有可能會讓他形跡敗露的東西，然後衝進你的臥室躲起來。」

「天哪，福爾摩斯先生，你的意思是，我和班尼斯特在這房間裡講了多久的話，犯人也就在此躲了多久？」

「我是這麼看的。」

「當然還有另一個可能性，福爾摩斯先生。不知道你有沒有留意過我臥室的窗戶？」

「花格窗，鉛條的窗框、三扇分開的窗戶，其中一扇裝有合頁可以推開，大小夠一個人通過。」

「正是如此，它朝向庭院一角，因此會被遮住一部分。那個人可能是從窗戶進來的，經過臥室時留下了痕跡，最後發現門開著，就從那裡逃出去了。」

福爾摩斯不耐煩地搖搖頭。

「讓我們務實一點，」他說，「你曾說過，有三個學生都會使用這道樓梯，他們還都習慣從你門口經過？」

「沒錯，有三個學生都是這樣。」

「他們都參加了這次考試？」

「是的。」

「有沒有任何理由讓你覺得他們其中一人特別可疑？」

索姆斯面露猶豫。

「這個問題很難回答，」他說，「我們不該在沒證據的情況下懷疑一個人。」

「你負責說出你的懷疑，我負責去找證據。」

「那我就簡單說說住在這棟樓裡的三個人都是什麼性格。住在最下面那層樓的是吉爾克里斯特，他無論做為學生還是做為運動員都非常優秀，是學院橄欖球隊和板球隊的成員，還贏過跨欄和跳遠比賽，是個傑出、有男子氣概的人。他父親是惡名昭彰的賈貝茲．吉爾克里斯特爵士，因為賭馬敗光家產，他被連累而一貧如洗，但他一直都很勤奮好學，會有大好前途的。

「住在上面一層的是印度學生道拉特．瑞斯，就像所有印度人，他安靜、深不可測，儘管希臘文是他的弱項，但課業表現仍很優秀。他為人穩重，做事很有條理。

「住在頂層的是邁爾斯．麥克拉倫。只要他肯努力，學業表現會非常傑出，畢竟他是這所大學最聰明的人之一，但他任性、放蕩、沒有原則，入學第一年就因為打牌差點被開除。他這學期也都在混日子，對這次考試，他肯定非常擔心。」

「那麼你懷疑的就是他了？」

「我不敢斷言，但在這三個人中，他的嫌疑確實最大。」

「很好。現在，索姆斯先生，讓我們去見見你的傭人班尼斯特。」

他是個五十來歲的小個子，臉色蒼白，鬍子刮得很乾淨，頭髮花白。他還沒從這起打亂了平靜生活的變故中緩過來，圓胖的臉緊張得皺成一團，手指不住地顫抖。

「我們正在調查這起不幸的事件，班尼斯特，」他的雇主說。

「是的，先生。」

「就我所知，」福爾摩斯說，「是你把鑰匙忘在門上的？」

「是的，先生。」

「你偏偏挑在考卷校樣送來的這天忘記鑰匙，是不是有些反常？」

「這真的很不幸，先生，但我也不是第一次忘記鑰匙了。」

「你是什麼時候到房間裡來的？」

「當時大約四點半，那是索姆斯先生的下午茶時間。」

「你在房裡待了多久？」

「我一看他不在房裡，立刻就離開了。」

「你看了桌上的考卷嗎？」

「沒有，先生，當然沒有。」

「你怎麼會把鑰匙忘在門上？」

「那時我手裡拿著茶盤，想說等等再回來拿鑰匙，不料一轉頭就忘了。」

「外面的門有彈簧鎖嗎？」

「沒有，先生。」

「那它就一直敞著了？」

「是的，先生。」

「所以不論誰在房裡，都可以從這裡出去？」

「是的，先生。」

「當索姆斯先生回來，並喊你過去時，你感到非常不安？」

「是的，先生，我在他這裡工作這麼多年，從沒出過這種紕漏，我差點就要暈倒了，先生。」

「這我聽說了。當你開始發昏時，是站在哪個位置？」

「你問我站在哪裡，先生？就在這兒啊，靠近門邊的地方。」

「這就怪了，因為你去坐了角落裡的那張椅子。你為什麼要越過其他椅子、非坐那張椅子不可？」

「這我也不清楚，先生。對我來說，坐在哪裡都無所謂。」

「我很肯定他對此知之甚少，福爾摩斯先生。他當下面如死灰，看起來非常糟糕。」

「在你雇主走後，你還一直待在這裡嗎？」

「就一分鐘左右，後來我鎖好門，回自己的房間去了。」

「有沒有誰讓你覺得很可疑？」

「哦，我不敢貿然咬定任何人，先生。我不相信這所大學裡有哪位先生會為了得利而不擇手段。不，先生，我不相信有這種事。」

「謝謝，到這就行了，」福爾摩斯說，「噢，容我多問一句。你有對住在這棟樓裡的三位先生提到這裡出了事？」

「不，先生，我什麼都沒說。」

「你沒有遇到他們之中的任何一位？」

「沒有，先生。」

「非常好。現在，索姆斯先生，如果你允許，我們到中庭走走吧。」

樓上的三扇窗戶都亮起了燈光，在逐漸深沉的暮色中，看起來就像三個明亮的黃色方塊。

「你的三隻鳥都回巢了，」福爾摩斯抬起頭說，「喂！那是什麼？他們其中一人看起來很焦躁啊。」

是那個印度人，他的黑色剪影突然出現在窗簾上，在房間裡急躁地踱步。

「我想見見他們，」福爾摩斯說，「這有可能做到嗎？」

「這太容易了，」索姆斯答道，「這棟樓是本學院最古老的建築，時不時就有遊客來參觀。跟我來吧，我來帶路。」「請不要透露我的身分！」在我們敲響吉爾克里斯特的房門時，福爾摩斯說道。一名身材高瘦、淡黃色頭髮的年輕人開了門，在得知我們是來參觀的遊客以後，對我們表示歡迎。屋裡有幾處結構確實非常奇特，福爾摩斯對其中一個尤其著迷，非要把它畫在筆記本上不可，結果不慎把鉛筆尖折斷了，不得不向屋主借了一支，然後又借了小刀來削鉛筆。這種不尋常的意外在印度人的房間裡又發生了一次，印度人是個沉默、長著鷹勾鼻的小個子，他狐疑地斜眼看著我們，等福爾摩斯終於研究完他的房間要離開時，他顯然挺開心的。看得出來，福爾摩斯在這兩個人的房間裡都沒找到他要的線索，不過我們的第三次拜訪沒成功。我們敲了門，門不僅不開，還從門後傳來滔滔不絕的惡言惡語。「不管你是誰，下地獄去吧！」那憤怒的聲音咆哮，「明天就要考試了，誰都別來煩我。」

「好沒禮貌的傢伙。」在走下樓梯時，我們的帶路人氣得滿臉通紅。「當然他不知道是我敲的門，但無論如何，他這樣都太失禮了，而且在這種情況下還非常可疑。」

福爾摩斯的回答卻很奇怪。

「你能告訴我他的確實身高嗎？」他問。

「說實話，福爾摩斯先生，這我不是很篤定。只知道他比那個印度人高，但不如吉爾克里斯特高，我猜大概是五呎六吋左右。」

「這一點極其重要，」福爾摩斯說，「好了，索姆斯先生，祝你晚安。」

我們的帶路人在驚訝和沮喪下叫了出來。「天哪，福爾摩斯先生，你不能就這樣把我扔下來！看來你還沒有認知到事情的嚴重性，明天就要考試了，今晚我非得做些什麼不可。若其中一張考卷被人偷看了，我就絕不能讓考試舉行。我們必須面對這個現實。」

「你現在只能先停在這一步了。明天一早我會過來跟你討論此事，到時候應該就能告訴你該怎麼做了。在那之前，你什麼也別做，讓一切都保持原樣。」

「我明白了，福爾摩斯先生。」

「你大可放寬心，我們一定會找到辦法解決你的問題。那兩團黑色黏土我帶走了，還有鉛筆屑也是。再見。」

我們走出去，來到四周已漆黑一片的中庭，再次仰望那幾扇窗。印度人還在他的房間裡踱步，其他兩扇窗口則什麼都看不到。

「嗯，華生，這事你怎麼看？」當我們來到大街上，福爾摩斯問，「這完全是個桌上的小遊戲，三張牌猜一張的把戲，是吧？眼前有三個人，必定是其中一人犯了案。現在選一個人吧，你認為是哪個人？」

「住在頂樓那個講話難聽的傢伙，他的成績最差。但那個印度人也有問題，他為什麼要在房間裡踱個不停？」

「這倒沒什麼特別的。很多人背東西時都會這麼做。」

「他看我們的眼神很古怪。」

「當你正在準備第二天的考試，每分每秒對你來說都很寶貴，突然一群陌生人衝進你的房間，你的眼神也差不多會是那樣。不，我不覺得這有說不通的地方，還有鉛筆和刀也是，一切看起來都沒問題。反倒是那傢伙確實讓我困惑。」

「誰？」

「還能是誰？那個傭人班尼斯特，他在整件事裡玩了什麼把戲？」

「他給我的印象是個徹頭徹尾的老實人。」

「我也是這麼看的，所以才說令人費解。為什麼一個徹頭徹尾的老實人會……哦，哦，看起來那間文具店可不小。就從那裡開始調查吧。」

鎮上只有四間有規模的文具店，福爾摩斯每到一間，都拿出他的鉛筆碎屑，聲稱他願意用高價購買一支完全一樣的。而每一間店都願意替他訂貨，因為這種鉛筆的規格不一般，大部分的店裡都不會有存貨。我朋友沒有因為調查受挫而沮喪，只是自我解嘲地聳了聳肩。

「不妙啊，親愛的華生，這是最好的線索，也是最後一條線索，現在卻查不到結果。不過說真的，我們不靠這條線索也能解決案子，這我半點不懷疑。天哪！親愛的朋友，都快九點了，房東太太之前就嘮叨七點半會為我們準備好青豌豆。華生，你菸抽個不停，又不肯按時吃飯，我猜你要被房東掃地出門了，而我會跟你一塊遭罪，不過在那之前，我們會先解決圍繞在緊張兮兮的導師、粗心的傭人、還有三位有進取心的學生之間的問題。」

那天，福爾摩斯沒再提過這件事，但在我們吃過遲來的晚餐後，他坐在那裡沉思良久。第二天早上八點，我剛上完廁所，他就進到房間裡來了。

「嗯，華生，」他說，「我們該去聖路加學院了，你可以先忍著不吃早餐嗎？」

「當然可以。」

「我們再不給索姆斯一點正面的消息，他就要瘋了。」

「所以你已經有正面的消息了？」

「我想我有。」

「也有結論了？」

「是的，親愛的華生，我已經解開謎團了。」

「但是你有什麼新證據？」

「啊哈！我大清早六點從床上爬起來，並非白費工夫。我努力兩個小時，走了至少五哩路，終於取得了點成果。瞧瞧這個！」

他伸出手，掌心放著三個黑色的黏土小圓錐。

「怎麼回事，福爾摩斯，昨天還只有兩個的！」

「今天早上又找到一個。可以這麼說，無論我是在哪裡找到第三個的，前兩個一定也來自那裡，沒錯吧，華生？好了，我們走，去為我們的朋友索姆斯排解憂煩吧。」

當我們在他的房間裡找到這位不幸的導師時，他果然深陷焦慮中，看起來可憐兮兮的。再過幾個小時就要開始考試了，他仍左右為難，不知該公布整件事，還是就讓那名罪犯參加爭取高額獎學金的考試。他焦慮到幾乎站不穩，一見福爾摩斯就衝上前去，急切地伸直兩隻手。

「謝天謝地，你終於來了！我還擔心你是不是已經放棄這個案子跑掉了。我該怎麼做？要讓考試繼續舉行嗎？」

「是的，無論如何都該繼續考試。」

「但那個壞蛋……？」

「不會允許他參加的。」

「所以你知道是誰了？」

「是的。如果不想讓事情傳出去，我們就必須賦予自己一些權力，並自組一個小型的私人軍事法庭解決問題。請你坐在那裡，索姆斯！華生，你來這裡！我坐中間的扶手椅。這樣我們就有足以讓人生畏的威嚴了。現在拉鈴讓人進來吧！」

班尼斯特進來，一看我們擺出的陣仗，他明顯被嚇到了，恐懼地向後退卻。

「請把門帶上，」福爾摩斯說，「現在，班尼斯特，昨天到底發生了什麼事，能告訴我們嗎？」

此人的臉色一路白到了髮根。

「我已經把我知道的都告訴你了，先生。」

「沒有任何要補充的？」

「完全沒有，先生。」

「那麼，給你一點提示好了。你昨天坐到那張椅子上，是不是打算隱藏某些物品，那些物品會洩漏來過這個房間的某個人的身分？」

班尼斯特更加面如死灰了。

「不，先生，絕無此事。」

「這不過就是個假設，」福爾摩斯溫和地說，「我得坦承我無法證明這一點，但這種可能性似乎不小，因為索姆斯先生前腳剛走，你就把躲在臥室裡的那個人放走了。」

班尼斯特舔了舔乾燥的嘴唇。

「那時房裡沒有任何人，先生。」

「啊，真遺憾，班尼斯特。此前你說的可能都還是實話，但剛才那句顯然是謊話。」

此人繃起一張臉，抗拒到底。

「就說了沒有人，先生。」

「好了，好了，班尼斯特！」

「不，先生，沒有人就是沒有人。」

「既然如此，看來是無法從你這裡問出更多訊息了。請你留在房裡好嗎？就站在臥室的門邊。現在，索姆斯，我要請你跑一趟吉爾克里斯特的房間，把他請過來。」

不一會兒，導師帶著學生回來了。他身材魁梧，但那麼高大的身子卻很輕盈敏捷，走起路來步伐輕快，臉孔顯得愉快而開朗。他的藍眼睛憂心忡忡地把我們每個人看了一圈，最後茫然而驚恐地望向站在遠處角落裡的班尼斯特。

「請關上門，」福爾摩斯說，「現在，吉爾克里斯特先生，在場沒有外人，也沒必要讓別人知道這裡發生的事，大家完全可以坦誠相待。我們想知道的是，吉爾克里斯特先生，像你這麼正直的人，為何會做出昨天那種事來？」

這名不幸的年輕人向後踉蹌一步，向班尼斯特投以滿是驚恐和責備的目光。

「不，不，吉爾克里斯特先生，先生，我沒有說漏一個字，一個字都沒有！」那傭人喊道。

「是沒有，不過現在有了，」福爾摩斯說，「好了，先生，你也看到了，在班尼斯特這麼說之後，你已經沒有狡辯的可能了，唯一的機會就是實話實說。」

吉爾克里斯特一度抬起手，試圖不讓自己的臉糾成一團，但他隨即跪倒在桌邊，雙手搗著臉，抑制不住情緒地大哭起來。

「好了，好了，」福爾摩斯和藹地說。「誰都有犯錯的時候，至少沒人可以指責你是個冷酷無情的罪犯。也許由我來告訴索姆斯先生這是怎麼回事，對你來說會比較容易些，當然你可以隨時指出我說錯的地方，你看如何？好了，好了，別費心回答了，你就好好聽著，看我有沒有對你不公正的地方。

「索姆斯先生，當你對我說沒有人，甚至是班尼斯特都不知道考卷在你房間裡，從那一刻起，這個案子在我腦中已經有了大致的方向。當然，首先就可以排除印刷商的嫌疑了，他要是想偷看考卷，在他的辦公室裡看就行了。我也不認為是那個印度人，如果校樣是捲起來的，他實在不可能看出它們是什麼。另一方面，一個人膽敢闖進房間，又正好撞見只有那一天會在那裡的考卷，這種巧合的可能性太小了，我同樣排除這一點。那個人肯定還沒進房就知道考卷在那裡了，但他是怎麼知道的？

「我曾在走近你的房間時檢查了窗戶。那時你真把我逗樂了，你以為我在考慮有人在光天化日之下，在對面所有房間裡一雙雙眼睛注視下，強行翻窗進去的可能性，這種想法實在荒謬。我是在測量一個人需要多高的個頭，才能在路過時，由窗外看見放在中間桌上的那些紙是什麼。我有六呎高，還得踮腳才做得到這一點，比我矮的人就更沒機會了。你瞧，這樣我就有理由認定，如果你的三個學生中有一個特別高大，那麼他就是三人裡頭最該注意的一個。

「等進了房間，我認為你對窗邊小桌的那些推測是對的。至於中間那張桌子，我看不出個所以然來，但等你說起吉爾克里斯特，提到他是個運動員時，整件事對我來說一下子就變得很清楚了，再來就只需要一些確鑿的證據，而我也很快就弄到手了。

「事情是這樣的。這個年輕人一整個下午都在運動場上，他一直在那裡練習跳遠。等他從運動場回來時，還帶著他的跳遠鞋，你應該也知道，那種鞋子底下有些尖銳的釘子。當他經過你的窗外，憑藉他驚人的身高，他看到放在你桌上的校樣，也猜到了它們是什麼，等他接下來經過你門口，發現了你的傭人粗心忘在門上的鑰匙，若非如此，那接下來的事也都不會發生了。他突然有股衝動，想要進去看看它們是否真的是校樣，這麼做沒有多大風險，到時他只要假裝是去找你問問題就好了。

「好，等確定了那是校樣時，他就禁不住誘惑了，他把鞋子放在桌上。你放在窗邊那張椅子上的東西是什麼？」

「手套。」這名年輕人說。

福爾摩斯得意地看了眼班尼斯特。「他把手套放在椅子上，然後把校樣一張一張拿去抄。他認為導師一定會走大門回來，到時他一定能看見，然而我們都知道，他是從側門回來的。突然間，他聽到導師人已在門外，當下他無路可逃，只能拿起鞋子逃進臥室，但把手套忘在這裡。你也看到桌面的那條刮痕一端深一端淺，深的那端朝向臥室門，這就說明了放在桌上的鞋子被往那個方向拉扯，犯罪者肯定是躲進了臥室。卡在鞋釘間的泥塊留在桌上，第二塊則脫落在臥室裡。我再補充一點，今天早上我到運動場，看到跳坑使用的就是這種黏性很強的黑色黏土，並帶了一塊同樣是從鞋釘脫落的泥塊回來，裡頭同樣摻著細細的棕褐色鋸末，那是撒在場地裡防止運動員滑倒用的。我說得沒錯吧，吉爾克里斯特先生？」

這名學生挺起胸膛。

「是的，先生，你說的都是真的。」他說。

「天啊，你還有什麼要說的？」索姆斯叫道。

「是的，先生，我是有話要說，但這件不光采的事被揭發使我一時慌亂。這是我的一封信，索姆斯先生，是我在一整夜輾轉難眠後、大清早寫給你的，那時我還不知道自己的罪行已經被揭穿。就是這裡，先生，請你看看我寫的這段話：『我決定退出這場考試了。我已獲得羅德西亞警察局的任命，將立即動身前往南非。』」

「聽到你不打算通過不公平的方式得到這筆獎學金，我打心底感到高興，」索姆斯說，「但是什麼讓你改變主意的？」

吉爾克里斯特指著班尼斯特。

「是這個人讓我走上正道的。」他說。

「好了，班尼斯特，」福爾摩斯說，「我剛才已經說得很清楚了，能放走這個年輕人的只有你，因為當時只剩下你留在屋裡，而且你要離開時一定得鎖好門。至於說他翻窗逃出去，這是不可能的。你是否能解答這個謎團最後的那一點疑問，告訴我們這麼做的理由？」

「如果你知道背後的原因，先生，事情就很好理解了，但就算是你的聰明才智，你也不可能知道我曾經是老賈貝茲．吉爾克里斯特爵士的管家，他正是這位年輕人的父親，先生。在他破產後，我受雇到這所學院當傭人，但我從未因為前雇主的落魄而忘記他，為了過去的情分，我竭盡所能照看他的兒子。嗯，先生，昨天當我聞訊趕到這裡，第一眼就看到吉爾克里斯特先生那副棕褐色的手套，放在那張椅子上，我太熟悉那雙手套了，也很清楚它們出現在這裡代表了什麼，若被索姆斯先生看到，一切都完了。我只能一屁股坐到那張椅子上，說什麼也不移開，直到索姆斯先生跑出去請你幫忙，我可憐的小主人，那個我看著長大的人，這才能現身向我坦承一切。我應該拯救他，先生，這不是很自然嗎？我應該試著像他已故的父親那樣教導他，讓他明白他不能通過這樣的行為得利，這不也很自然嗎？你能為此責怪我嗎，先生？」

「不，的確不能，」福爾摩斯一骨碌地站起來，由衷地說，「好了，索姆斯，我們已經解決了你的小問題，而且我們還要趕著回去吃早餐，走吧，華生！至於你，先生，我相信你在羅德西亞的前途一片光明，這一次你犯了錯，就讓我們看看你將來會高升到什麼地步。」

CASE 10

金邊夾鼻眼鏡命案

The Adventure of the Golden Pince-Nez

當我翻閱包括了一九八四年所有案件紀錄的三大本手稿，我得承認，要從如此豐富的材料中，挑出一個本身足夠有趣的案子，又能充分展示我朋友那不凡、令他聞名的能力，是一件很困難的事。當我逐頁翻看它們，看到了令人作嘔的紅水蛭故事，和可怕的銀行家克羅斯比之死，同時還找到關於阿德爾頓的悲劇和對英國古墓奇異內容物的描述。著名的史密斯—莫蒂默繼承案也發生在這期間，同樣在這段時期，福爾摩斯還追蹤並逮捕了布勒瓦刺客胡雷特，這件功績為他贏得了法國總統的親筆感謝信和榮譽軍團勳章。每一樁案件都可以寫成一個故事，但總的來說，我認為它們沒一個像約克斯利舊宅的案子那樣，結合了如此之多的奇異特點，不僅包括了年輕威洛比·史密斯的慘死，隨著事態發展所揭露的犯罪動機也是夠詭異的。

那是十一月末一個狂風暴雨的夜晚。福爾摩斯和我一整晚都默默相對而坐，他在用高倍放大鏡解讀一張刮去文字重寫的羊皮紙上殘留的原有字跡，而我則沉浸在近期一篇關於外科手術的論文中。屋外，狂風沿著貝克街呼嘯而過，雨點猛烈擊打窗戶。有意思的是，我們身在一座城市的核心地帶，周遭十哩內全是人造建築物，但就算如此，我也能感受到大自然對我們的牢牢掌控，同時意識到對大自然巨大的力量來說，整個倫敦也不過是田野間的鼴鼠丘。我走到窗前，往外望著空蕩蕩的街道，只見寥寥幾盞路燈照著泥濘的道路和反射著水光的人行道，一輛出租馬車從牛津街的那一頭駛來，車輪濺起路上的水花。

「嗯，華生，好在我們今晚沒出去，」福爾摩斯說著放下放大鏡，捲起羊皮紙。「我這一坐真是夠久的，而且這個工作實在傷眼。到目前為止，我也只能看出這是一份十五世紀下半葉的修道院記事。啊呀！啊呀！啊呀！這是什麼？」

低鳴的風聲下，在一陣嘚嘚的馬蹄聲，以及車輪輾壓過路邊發出的長而刺耳的磨擦聲後，我看到的那輛出租馬車已經停在我們住處的門口。

「他想幹什麼？」我在對方走下馬車時忍不住叫道。

「想幹什麼！來找我們啊。而我們，可憐的華生，則需要大衣、圍巾、套鞋，以及各種人類發明來對抗天氣的用品。不過等等！出租馬車又開走了！我們還有希望，如果他打算讓我們外出的話，就不會把馬車放走。快下樓幫他開門，親愛的朋友，畢竟所有善良市民早就上床睡覺了。」

當走廊上的燈光照在這位午夜訪客的身上，我毫不費力就認出他是誰了。年輕的史坦利．霍普金斯是一名前途光明的警探，福爾摩斯時不時會關心他的職業生涯。

「他在家嗎？」他急切地問。

「上樓來吧，親愛的先生，」福爾摩斯的聲音從上頭傳來。「在這樣的夜裡，你不會對我們別有所圖吧？」

這位警探走上樓梯，屋裡的燈光照著他的雨衣，上頭的水珠閃閃發光。我幫他脫下雨衣，福爾摩斯則撥旺了壁爐裡的火焰。

「好了，親愛的霍普金斯，往前挪挪，暖和一下你的腳趾頭，」他說，「菸在這裡，還有我們醫生開給你的處方，熱水加檸檬在這樣的夜晚是一帖良藥。你會頂著這麼大的風雨跑來，肯定有什麼重要的事。」

「確實如此，福爾摩斯先生。我可以告訴你，我這個下午忙得不得了。你有沒有在報紙最後一版讀到約克斯利那件案子的任何消息？」

「我今天還沒讀過任何十五世紀以後的東西。」

「好吧，也只有一段報導，而且錯得徹底，所以你也沒錯過任何東西。我忙到停不下來，案發地點位於肯特郡，離查塔姆七哩，離鐵路則有三哩。我是三點十五分接到電報的，五點就抵達了約克斯利舊宅，在調查過後，搭上最後一班火車回到查令十字車站，然後直接叫了出租馬車來你這裡。」

「我想，這意味著你對這個案子還不怎麼清楚？」

「這意味著我對此一無所知。到目前為止，我都覺得這是我處理過最複雜的案子，但它一開始看起來很簡單，不會出任何問題，只是缺乏動機，福爾摩斯先生，這是最困擾我的部分。我找不到任何動機，有一個人死了，這是無可否認的事實，但據我所知，這世上沒有任何人會出於任何理由想傷害他。」

福爾摩斯點了菸，向後靠上椅背。

「說來聽聽吧。」他說。

「事實我都調查清楚了，」史坦利．霍普金斯說，「我現在只想知道它們背後的意義。就我所知，故事是這樣的。幾年前，這棟被稱為約克斯利舊宅的鄉間別墅被一位名叫科拉姆的老教授買下。他有病在身，有一半時間都躺在床上，剩下的時間則能拄著拐杖一瘸一拐在屋裡走動，或坐著輪椅，由園丁推到花園裡逛逛。他深受少數拜訪過他的鄰居們喜愛，而且他在當地是出了名的博學多聞。家裡的人包括一位年長的管家馬克太太和一位女傭蘇珊．塔爾頓，從他搬來後，這兩人就一直在他那裡工作，而且她們似乎都是品行良好的女性。教授正在寫一本學術書籍，大約一年前，他發現有必要聘請一名祕書，頭兩個他試用過的人都不合適，但第三個人似乎符合他的需要，那是一個大學剛畢業的年輕人，名叫威洛比．史密斯。他的工作包括整個上午照著教授的口述抄寫，到了晚上則為次日的工作查找文獻、蒐集資料。從阿賓漢姆中學到劍橋大學、從男孩到青年，威洛比．史密斯都沒有任何不良紀錄，我看過他的證書，看起來他一直是個正派、寡言且工作勤奮的人，沒有任何缺點。然而就是這樣一個小伙子，今早卻死在教授的書房裡，死因只可能是謀殺。」

窗外的風仍在咆哮，福爾摩斯和我挨近了壁爐，聽著年輕的巡官緩慢且一點一點述說這樁古怪的案件。

「就算你找遍全英國，」他說，「我也不認為你能找到一家人比他們更獨立、更不受外界打擾。他們可以一連好幾個星期都不邁出花園大門一步，教授埋頭工作，對其他事完全不管不顧，年輕的史密斯在當地沒有任何熟人，生活方式也和雇主差不多，更沒有什麼事需要兩位女性離開那棟房子。負責為教授推輪椅的園丁莫蒂默是一名退伍軍人，他是個好脾氣的老克里米亞人，不住在那棟房子裡，而是住在花園另一端一棟有三個房間的小屋。這就是約克斯利舊宅的所有人了，同時，這棟宅子的花園大門距離主要道路有一百碼，那條路則來往倫敦和查塔姆之間。大門開開關關全靠門栓，因此誰都可以隨意進出。

「現在來說說女傭蘇珊·塔爾頓的證詞，她是唯一能稍微明確敘述整件事的人。事發當時是上午，在十一點到十二點之間，她人在樓上，正為前面的臥室掛上窗簾。科拉姆教授還躺在床上，只要天氣一差，他就很少在中午前起床。管家則忙於屋後的一些工作。威洛比·史密斯本來在自己的臥室，那間房間同時也被他當作起居室，但接下來，女傭聽到他走過廊道下樓，進入位在她正下方的書房裡。她沒看到他，但她說絕不會錯聽他那快速而堅定的腳步聲。她沒聽到書房門關上，但沒過幾分鐘，下面的房間便傳來可怕的叫喊，那狂亂嘶啞的尖叫聲，聽起來極其怪異且不自然，甚至分辨不出是男是女，同時是一聲沉悶的重擊聲，震動了整棟老房子，接著一切重歸寂靜。女傭被嚇得傻站片刻，才鼓起勇氣跑下樓去，只見書房門是關著的，她推門進去，發現威洛比．史密斯先生躺在房間地板上。起初她看不出他有受傷，但當她試圖扶起他時，才發現血從他脖子底下泉湧而出，他的脖子被刺穿，傷口小但很深，割斷了頸動脈。造成這個傷口的凶器就落在他身旁的地毯上，是那種老式寫字檯上很常見的小封蠟刀，有著象牙刀柄和堅硬的刀身，正是來自教授的書桌。

「起初，女傭以為史密斯已經死了，但當她從水瓶裡倒了一些水到他額頭上，他睜開眼睛片刻。『教授，』他低聲說，『是她。』女傭發誓這就是他的原話。他拚命地還想再說些什麼，並舉起了右手，但他的手隨即落下，就這麼死了。

「管家也在此時趕到現場，但她沒來得及聽到那年輕人臨終的話語。她留下蘇珊守著屍體，自己則匆匆趕到教授的房間。教授正坐在床上，顯得萬般焦躁，因為他聽到的聲音足以讓他相信發生了可怕的事。馬克太太發誓教授當時還穿著睡衣，事實上，他根本不可能在沒有莫蒂默的幫助下，一個人把衣服穿好，而莫蒂默要到十二點才會過來。教授聲稱有聽到遠處傳來叫喊，但除此之外就什麼都不知道了。他無法解釋年輕人最後那句『教授——是她。』但他認為那是在神智不清的狀況下說的，他不覺得威洛比．史密斯會有任何仇人，也想不出犯罪動機，他做的第一件事就是派園丁莫蒂默去當地警局報警。警察局長不久後就派人來找我，在我到達現場前，局長確保了沒有任何東西被動過，也嚴令不准讓任何人踏上通往房子的小徑。這是將你的理論付諸實踐的絕佳機會，福爾摩斯先生，所有東西已經齊備。」

「除了夏洛克．福爾摩斯先生以外，是都齊備了，」我的同伴略帶苦笑道，「好吧，就讓我們聽聽，你都做了哪些工作？」

「福爾摩斯先生，我得請你大概先看一下這張粗略的平面圖，這能讓你對教授的書房和此案中的各個地點有大致的了解，也能讓你知道我調查的進度。」

他將那張粗略的平面圖攤開放在福爾摩斯膝上，我將那張圖抄錄如下。我站起來，湊到福爾摩斯背

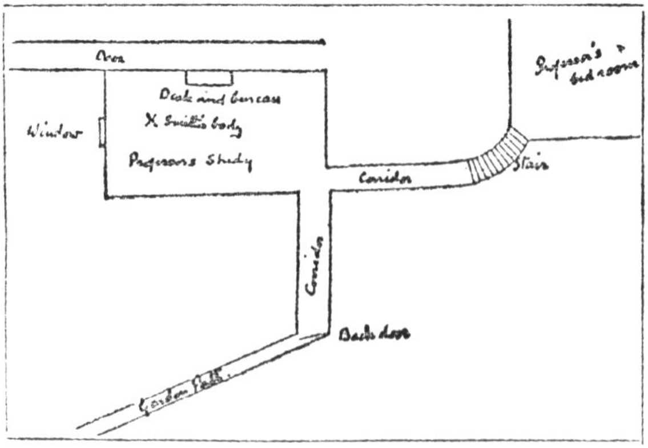

後，越過他的肩膀細看那張圖。

「它當然非常簡略，而且只畫出我認為必要的重點，你可以等到了現場再親自去調查剩下的部分。好了，首先我們假設兇手是從屋外進入的，那麼他或她是怎麼進屋的？無疑是通過花園小徑和後門，從那裡可以直通書房，其他的路徑走起來都太麻煩了。而犯案後的逃亡路線肯定也是同一條，因為書房的另外兩個出口中，一個在蘇珊跑下樓時就被擋住了，另一個則直通教授的臥室。因此，我立即將注意力轉向那條花園小徑，路面因為最近下雨而被浸透，只要有人走過一定會留下足跡。

「我的調查表明，與我打交道的是一名謹慎而老練的罪犯。小徑沒有發現任何足跡，然而毫無疑問地，對方是走小徑旁的草地過去的，這麼做就是為了不在小徑留下足跡。我找不到任何清楚的痕跡，但草地明顯被踐踏過，肯定是有人走過造成的。而這個人只可能是兇手，因為不管是園丁還是其他人，當天早上都沒到過那裡，而且在夜裡才開始下雨。」

「等一下，」福爾摩斯說，「這條小徑的另一頭是？」

「通到大馬路上。」

「多遠距離？」

「大約一百碼。」

「在小徑通過大門那附近，你一定找得到足跡吧？」
「很不巧，那一段的路面都鋪了磚。」
「那大馬路上呢？」
「看不出來，路面都被踩成爛泥了。」
「嘖嘖！好吧，那草地上的足跡，是進來還是出去的？」
「很難說。它們的輪廓很不明顯。」
「足跡是大是小？」
「看不出來。」
福爾摩斯發出不耐的聲音。
「在那之後，就一直是這種狂風暴雨的天氣，」他說，「現在分辨路上的足跡比分辨我那張羊皮紙上的字跡還要困難。算啦，算啦，這也是沒辦法的事，霍普金斯，在你確定這一頭什麼都找不到之後，你又做了什麼？」
「我還是確定了不少事實，福爾摩斯先生，我知道有人從外頭小心翼翼進入屋內，因此我檢查了走廊，但走廊的地墊是椰子殼纖維製成的，不可能留下任何足跡。接著，我調查了書房本身，那是一個陳設簡陋的房間，最主要的家具是一張很大的寫字檯，連著一個固定的櫃子，這個櫃子有兩排抽屜，抽屜之間有一個小櫥櫃，抽屜全被拉開了，但櫥櫃仍是上鎖的。那些抽屜似乎一直開著，裡面沒有任何值錢的東西，櫥櫃裡則有一些重要文件，但看不出它們有被動過，教授也向我保證沒有任何東西遺失。可以肯定的是，這不是一樁搶案。

「現在說到那名年輕人的屍體，倒在寫字檯邊，就在它的左側，我已經在圖上標出來了。他被刺傷的位置是頸部右側，由後面向前刺，所以不可能是他自己弄的。」

「除非他一跤摔在刀上。」福爾摩斯說。

「沒錯，我也這麼想過，但凶器離屍體有幾呎遠，所以這似乎不太可能，當然了，此人的臨終遺言也說明了不可能。最後，我們還發現了這個極為重要的證物，就握在死者的右手中。」

史坦利．霍普金斯從口袋裡掏出一個小紙包，裡頭是一副金邊的夾鼻眼鏡，它的末端掛著兩段扯斷的黑色絲帶。「威洛比．史密斯的視力非常好，」他補充道，「毫無疑問，這是從兇手臉上或身上扯下來的。」

福爾摩斯拿過眼鏡，專注且饒有興趣地檢查著，又把它架在鼻梁上，試著用它們閱讀，或走到窗前，透過眼鏡望著下面的街道，並在燈光下仔細研究了它一番，最後，他咯咯笑著坐到桌邊，在一張紙上寫了幾行字，把紙丟給史坦利．霍普金斯。

「我只能幫你到這裡了，」他說，「這多少有點用處。」

這位驚訝的警探大聲讀出以下內容：

尋人，一位穿著體面的女士，打扮得像貴婦。鼻根非常寬，眼睛緊挨著鼻子兩側。常常會有皺眉、瞇眼的表情，可能也有縮肩向前弓背的姿態。有跡象顯示，她在過去幾個月裡，至少兩度求助同一位配鏡師。由於她的鏡片度數很深，而且配鏡師人數也不多，因此要找到她應該不成問題。

福爾摩斯笑看著霍普金斯震驚的表情，而我臉上的表情一定也差不多。

「當然，要得出這個結論很容易，」他說，「很難找到一樣比眼鏡更能幫助推理的東西了，尤其這副眼鏡還非常特殊。它精緻的外型，當然再加上那位死者的遺言，可以推論出它屬於一名女性。至於說對方是個文雅且衣著考究的人，正如你所見，這副眼鏡的邊框是純金的，非常漂亮，很難想像戴著這種眼鏡的人會在其他方面表現得邋遢。你會發現它的鏡腳對你的鼻子來說太寬了，說明這位女士的鼻根很寬，這類鼻子一般來說都很粗短，但也有不少例外的情況，因此我不斷言也不堅持這一點。我的臉型很窄，我發現無法將自己的眼睛對準或只是靠近鏡片的中心，因此這位女士的眼睛一定緊挨著鼻子兩側。華生，你也看見這副眼鏡是凹面的，而且異常地厚，一位女士的視力如此差，她肯定會表現出一些這種視力的人會有的特徵，當她看東西時必須瞇起眼睛湊上前，這些特徵就會表現在她的額頭、眼瞼和肩膀上。」

「是的，」我說，「我可以理解你的每一個論點。然而我要承認，我實在不明白你是怎麼知道她去找過兩次配鏡師的。」

福爾摩斯把眼鏡拿在手裡。

「你會發現，」他說，「鏡腳上墊了兩小片軟木，可以防止鼻子被鏡腳壓疼。其中一片已經有些褪色和磨損，但另一片卻是新的，顯然是原有的那片脫落後新換上去的，而我判斷舊的那片也沒使用幾個月。兩片軟木完全一樣，因此我想她是去找同一位配鏡師換的。」

「我的天，這太驚人了！」霍普金斯叫道，欽佩到顧不得失態。「沒想到所有證據都握在我手中，我卻完全不知道！不過，我本來是有想過要走訪倫敦的配鏡師們。」

「你是該這麼做。那麼，有關這個案子，你還有什麼要告訴我們的？」

「沒了，福爾摩斯先生，我想你現在知道的和我一樣多了，甚至還更多。我們調查了出現在鄉間道路或火車站的所有陌生人，但都一無所獲。最讓我困惑的就是兇手的目的，誰都想不出犯案動機。」

「啊！這我就幫不上忙了。但你應該是希望我們明天過去一趟？」

「如果這麼要求不過分的話，福爾摩斯先生，早上六點就有一班從查令十字車站到查塔姆的火車，我們應該能在八點到九點之間到達約克斯利舊宅。」

「就搭那班車過去吧。你的案子確實有好幾處令我很感興趣，我很樂意去調查一下。嗯，已經快一點了，我們最好睡幾個小時，我想你在壁爐前的沙發上應該可以一夜好眠。在我們出發前，我再用酒精燈給你煮杯咖啡。」

第二天，風雨已經停息了，但我們動身時的天氣依舊酷寒。看著冬天寒冷的太陽自泰晤士河長而陰暗的河面與河岸沼地升起，總令我想起我們職業生涯早期的一個案子，那時我們追捕一個來自安達曼島的傢伙。經過漫長又累人的旅程後，我們在離查塔姆幾哩遠的一個小車站下了車，並趁當地旅館為我們準備馬車時匆匆吃了早餐，因此在終於到達約克斯利舊宅時，我們已經做好一切準備。一名員警在花園大門前迎接我們。

「嗯，威爾遜，有什麼消息嗎？」

「沒有，先生，一點都沒有。」

「沒有任何目擊陌生人的報告？」

「沒有，先生，車站那邊很確定，昨天一整天都沒有人到達或離開。」

「那你調查過旅館和所有可供住宿的地方了沒？」

「調查過了，先生，但沒有任何值得注意的人。」

「嗯，從這裡步行到查塔姆是很合理的選擇，任何人都有辦法藏身在那裡，或不引起注意地搭上火車離開。這就是我提過的花園小路，福爾摩斯先生，我向你保證，昨天路面上沒有任何足跡。」

「你說被踩踏過的草地是哪一側？」

「這邊，先生，就是在小徑和花壇之間的這片狹長草地。現在已經看不出痕跡了，但它們昨天還很清楚。」

「沒錯，沒錯，的確有人從這裡走過去，」福爾摩斯在草地邊緣停下腳步。「我們的女士走起路來肯定非常謹慎，不然就會在小徑上留下足跡，要是不小心踩到柔軟的花床，足跡只會更明顯。」

「是的，先生，想必對方是個非常冷靜的人。」

我看到福爾摩斯的表情突然變得專注。

「你說她必然是走這條路離開的？」

「是的，先生，她沒有別條路可走了。」

「從這片草地？」

「一定是這樣的，福爾摩斯先生。」

「哼！這件案子她的確幹得漂亮，真的非常漂亮。好吧，我想我們在小徑這裡已經查不出什麼來了，再進一步去看看其他地方吧。這道花園大門平常也都開著吧？來訪的人只管走進去就好。至少她在來到這裡時還沒有害人的念頭，不然就會事先把凶器帶在身上，而非隨手拿起寫字檯上的小刀行凶。她沿著走廊向前走，因此不會在椰棕地墊上留下任何足跡，接著便進入書房，至於她在裡頭待了多久？這我們無法判斷。」

「不會超過幾分鐘，先生，我忘了告訴你，管家馬克太太表示在事發前不久才進房打掃過，大概是一刻鐘前。」

「嗯，這就給了我們一個範圍。我們的女士進入書房後都做了些什麼？她為什麼要到寫字檯前？絕不是為了抽屜裡的任何東西，如果那裡頭有什麼值得她拿走的東西，抽屜一定會上鎖。不，肯定是為了放在中間櫥櫃裡的東西。啊！櫃子表面的刮痕是什麼？點根火柴照亮它，華生。霍普金斯，你怎麼不告訴我有這東西？」

他正檢查著的那道刮痕，是由鑰匙孔右側的黃銅片向旁邊延伸了大約四吋，把表面的亮光漆都刮掉了。

「我有注意到，福爾摩斯先生。但鑰匙孔周圍有刮痕是很自然的吧。」

「這是很新的刮痕，才刮傷沒多久，你看黃銅被刮傷的地方非常光亮，如果是舊刮痕，它的顏色會和黃銅表面的顏色一致。拿著我的放大鏡看看，那上頭也有亮光漆，就像犁溝兩旁被翻起的泥土一樣。馬克太太在嗎？」

一名神色哀戚的老婦人進了房間。

「昨天早上你有撣過這個衣櫃嗎？」

「有的，先生。」

「你有注意到這個刮痕嗎？」

「不，先生，我沒注意到。」

「我知道你沒有，不然你就會用撣子把亮光漆碎片清掉。誰有這個櫃子的鑰匙？」

「教授有，他都把它掛在表鍊上。」

「是一般的鑰匙嗎？」

「不，先生，是丘伯鎖[8]的鑰匙。」

「非常好。馬克太太，你可以走了。現在我們有一些進展了，我們的女士走進房

8 丘伯鎖（Chubb detector lock），是由英國人耶利米·丘伯（Jeremiah Chubb）於十九世紀初發明的機械鎖，具有防止非法開鎖的獨特設計，是當時最先進的安全鎖系統。

間，來到寫字檯前，無論是否成功，至少她有試過要打開它。當她忙著幹活時，年輕的威洛比．史密斯恰好來到書房，她在急著把鑰匙拔出鎖孔時刮傷了櫃門。他揪住她，而她為了讓他鬆手，抓起離她最近的東西攻擊他，剛好就是這把刀。這一擊是致命的，他倒在地上，而她不論有沒有達到來此的目的，就這麼逃走了。女傭蘇珊在嗎？蘇珊，在你聽到喊叫聲後，有任何人從那扇門逃走嗎？」

「不，先生，絕無這種可能，真要是這樣，我不下樓梯也能看到走廊上有人，此外門也沒被打開過，不然我一定會聽到。」

「那就排除這個出口了，這位女士無疑是順著進來的路逃出去的。我曉得另一條通道只通往教授的房間，那條路有沒有其他出口？」

「沒有，先生。」

「我們就走這條路去和教授碰個面吧。喂，霍普金斯！這一點很重要，真的非常重要，教授的走廊也都鋪了椰棕地墊。」

「沒錯，先生，但這很重要嗎？」

「你不覺得這件事與本案關係很大？好吧好吧，我不堅持這一點，就算我錯好了，但在我看來，這似乎是一條線索。跟我來，替我向教授介紹一下。」

我們走過那條廊道，它的長度與通往花園的廊道差不多。廊道盡頭有一小段台階，往上去是一扇門。我們的帶路人敲了門，接著把我們領進教授的臥室。

這是一個非常大的房間，裡頭擺滿了書籍，書架放不下了，就堆在角落或書架底部，一張床放在房間中央，房子的主人就靠著枕頭坐在床上。他將瘦削、有著鷹勾鼻的臉轉向我們，那般長相屬實少見，我們看到一雙銳利的深色眼睛，藏在懸垂而濃密眉毛下深陷的眼眶中。他的頭髮和鬍鬚都已經變白，只有嘴唇附近的鬍鬚沾染了奇怪的黃色污漬。一支香菸在那些亂糟糟的白色毛髮中燃燒著，整個房間充斥著難聞的陳年菸味。當他向福爾摩斯伸出手時，我留意到他的手也被尼古丁染成了黃色。

「福爾摩斯先生，你抽菸嗎？」他用字斟句酌的英語說，還帶著一種奇怪的、有點裝腔作勢的口音。「請抽支菸。那你呢，先生？我很推薦這種菸，是我請亞歷山大港的艾奧尼德斯特製的，他一寄就是一千支，而我每兩週就要向他訂一次貨，對此我實在羞於承認，這很糟，先生，非常糟，但一個老人很難有什麼娛樂活動，菸草和工作，我原本也就剩下這兩樣東西了。」

福爾摩斯點了一根菸，目光掃視著整個房間。

「菸草和工作，但現在只剩菸草了，」老人感嘆道，「唉！這是多麼致命的干擾啊！誰能預見會發生這麼可怕的事？那麼好的一個年輕人！我可以保證，只要再訓練幾個月，他會成為一名極為優秀的助手。這件事你怎麼看，福爾摩斯先生？」

「我還沒有定論。」

「我們對這件事毫無頭緒，如果你能為我們帶來一些希望，我將萬般感激。對我這樣一個重病纏身的可憐書呆子來說，這樣的打擊足以毀了一切，我幾乎無法思考了。但你是個行動派，而且實務經驗非常豐富，這樣的事對你來說只是日常工作，因此你能在任何緊急情況下都保持鎮定。能有你在身邊，我們真的很幸運。」

老教授這麼說時，福爾摩斯在房間的一側踱來踱去，我發現他抽菸抽得非常快，顯然他也和這裡的主人一樣，很喜歡這些剛從亞歷山大港送來的香菸。

「是的，先生，這是個致命的打擊，」老人說，「這本該是一部巨著，就是那疊在邊桌上的文稿，我分析了敘利亞和埃及的科普特[9]修道院中發現的文件，這部作品將深入揭示天啟宗教[10]的基礎。以我這麼糟的身體狀況，不知道我是否還有辦法完成它，現在我的助手又離我而去……哎呀老天，福爾摩斯先生，你菸抽得比我還快。」

福爾摩斯笑了。

「我是個鑑賞家，」他說著，從盒子裡拿出他的第四支香菸，並用剛抽完的菸頭點燃它。「科拉姆教授，我不打算用任何冗長的盤問來打擾你，因為據我所知，案發當下你還躺在床上，對此一無所知。我只想問你一件事，你認為那可憐的傢伙最後說的『教授……是她』是什麼意思？」

教授搖搖頭。

「蘇珊是個鄉下女孩，」他說，「你也了解這種階級的人，他們的愚蠢程度是難以置信的。我猜是那個可憐的傢伙在神智不清時喃喃說了些顛三倒四的胡話，而她又把那些話曲解成了毫無意義的訊息。」

「我明白了。你自己對這場悲劇是怎麼看的？」

「可能是一場意外。有可能……這話只在我們之間說說，有可能只是自殺。年輕人總把他們的煩惱藏在心裡，也許是些我們從不知道的事情，比如說愛情。比起謀殺，這樣的可能性更高。」

「但要怎麼解釋那副眼鏡？」

「啊！我只是個學者，一個善於幻想的人，反而不會解釋生活中實際的事物。但是請切記，我的朋友，人們的定情物往往是各種奇形怪狀的東西。請一定要再抽根菸，我很高興有人能欣賞它們。一把扇子、一只手套、一副眼鏡……誰知道當一個人自殺時，會把什麼珍視的東西握在手中？這位先生說有人從草地走過，但畢竟這一點

9 埃及與中東等地最主要的基督教教派。

10 指同源於西亞沙漠地區閃族的猶太、基督、伊斯蘭三教。

很容易搞錯。至於那把刀，有可能是在那不幸的人倒下時，連帶被拋到遠處去。我的推論可能很幼稚，但我認為威洛比．史密斯應該是自殺的。」

福爾摩斯似乎對這個理論有些詫異，他繼續走來走去，陷入了沉思，菸也是一根接一根抽個不停。

「告訴我，科拉姆教授，」他最後開口道，「寫字檯的櫃子裡究竟放了什麼？」

「沒什麼，不是小偷會感興趣的東西。家庭文件、我可憐妻子的來信、帶給我榮譽的大學文憑。鑰匙在這，你可以自己打開來看看。」

福爾摩斯拿起鑰匙看了看，又把它遞還回去。

「不，我不認為這幫得了我，」他說，「我更願意到你的花園裡靜一靜，把整件事在腦子裡過個幾遍，對你提出的自殺理論，我會考慮一下它的可能性。科拉姆教授，很抱歉打擾你了，我保證午餐前不會再來打擾，我們會等到兩點鐘再過來，到時候再向你報告這段時間發生的所有事情。」

福爾摩斯看起來心不在焉的，這很奇怪。我們默默在花園小徑來回走著。

「你有線索了嗎？」我忍不住開口問。

「這取決於我抽的那些菸，」他說，「有可能是我完全搞錯了，那些香菸會讓我知道的。」

「親愛的福爾摩斯，」我驚呼，「到底是怎麼……」

「哎呀，你遲早會明白的。如果真的是我錯了，那倒也沒什麼害處。當然了，我們是可以回頭去追配鏡師這條線索，但只要有捷徑可走，我就不會放過。啊，馬克太太在那裡！我們去找她好好談五分鐘，看看是否能對破案有幫助。」

我以前也說過，只要福爾摩斯願意，他自有一套取悅女性的方式，而且很容易與她們建立信任關係。他用的時間還不到預計的一半，便已贏得管家的好感，他們兩個像是多年好友似地聊了起來。

「是的，福爾摩斯先生，正如你所說的，先生。他的確在抽那些可怕的東西，一整天都在抽，有時甚至徹夜地抽，先生，我曾在早上看到他那房間……嗯，先生，你可能會以為自己看到了倫敦的大霧。至於可憐的史密斯先生，這個年輕人也抽菸，但沒有教授抽得那麼厲害。他的健康狀況……嗯，我也不曉得抽菸對他來說究竟是好是壞。」

「啊！」福爾摩斯說，「但這會讓他喪失食慾。」

「嗯，這我不敢說，先生。」

「我猜教授吃得很少？」

「嗯，真要我說的話，我會說他食量變化很大。」

「我敢說他今天早上什麼都沒吃，在目睹他吸了那麼多菸之後，我很肯定他連午餐都不想看到。」

「噢，先生，這你就錯了，正好他今天早上吃了一頓豐盛的早餐，我想不起來他曾經吃這麼多過，他另外還要了一大盤炸肉排當午餐。對此我也很驚訝，因為自從昨天走進那個房間，看到年輕的史密斯先生倒在地上後，我就對食物完全無法忍受。好吧，這世上什麼樣的人都有，看起來教授沒讓這件事影響到他的胃口。」

我們一整個上午都在花園閒逛，史坦利．霍普金斯到村裡調查一些傳聞，聽說前一天早上在查塔姆的路上，有幾個孩子看到一個陌生女人。至於我朋友，他平常的精力似乎全都離他而去，我從沒見過他這麼三心二意對待手上的案件。即使霍普金斯帶了消息回來，說找到了那幾個孩子，而他們也確實看到一個完全與福爾摩斯描述相符的女性，甚至對方也戴著眼鏡，但這都沒引起福爾摩斯的任何興趣。在我們吃午餐時，隨伺在旁的蘇珊主動講起史密斯先生昨天早上曾經外出散步，而且直到悲劇發生前半個小時才回來，這反倒引起福爾摩斯的注意。我自己是看不出這件事與案件有何關聯，但福爾摩斯顯然把它納入了對案件的考量中。突然，他從椅子一躍而起，看了一下表。「兩點了，先生們，」他說，「該上去找我們的教授朋友談談了。」

老人剛吃完午餐，他面前空盤子證明管家所言不假，他的確食慾旺盛。當他把白色鬚髮、目光灼灼的臉孔轉向我們時，那副模樣真的非常古怪。不間斷抽著的香菸叼在他嘴裡，菸頭悶燃著。他已經穿好衣服，坐在爐火邊的扶手椅。

「所以，福爾摩斯先生，你解開謎團了嗎？」他把旁邊桌上的一大盒香菸朝我同伴推去，福爾摩斯剛好同時伸手，結果兩人一同把菸盒從桌邊撞下去。接下來的一兩分鐘，我們全都跪在地上，從房間的各處撿起散落的香菸。當我們再次站起來時，我發現福爾摩斯雙眼發亮，臉頰變得紅潤，這都是預示著將要戰鬥的訊號，在過去，他只有在緊要關頭才會露出這樣的神情。

「是的，」他說，「我已經解決了。」

史坦利．霍普金斯和我驚訝地看著他，老教授憔悴的臉上閃過一絲譏諷之色。

「真的？你在花園裡想通的？」

「不，就在這裡。」

「在這裡！幾時解決的？」

「就是現在。」

「你肯定在說笑，福爾摩斯先生，我不得不這麼說，但你不該以玩笑的態度來對待這麼嚴肅的一件事。」

「我建立我的理論，並測試了每一個環節，科拉姆教授，我確信它非常可靠。但我還說不準你的動機是什麼，或是你在這個奇怪的事件裡到底扮演了何種角色，也許我在幾分鐘內能聽到你親口解釋。同時為了讓你能清楚理解我還欠缺哪些資料，我先來把發生的事情覆述一遍。

「昨天有一位女士進入你的書房，為的是取走寫字檯櫃子裡的某些文件，她自己有一把櫃子的鑰匙。我曾藉機檢查你的鑰匙，沒在那上頭看到刮傷亮光漆時造成的輕微褪色，因此能確定你不是共犯，你也對她行竊的事不知情。」

教授吐出一大口煙。「這很有意思，也很有啟發性，」他說，「你沒有別的要補充了嗎？當然了，既然你都能追蹤這位女士到這種地步，想必也能說出她的下落。」

「我會盡力而為。起初她被你的祕書揪住，她為了逃跑而刺傷他，我傾向把此事當作不幸的意外，我很肯定造成如此嚴重的傷害並非她的本意，若她是預謀殺人，那就不會手無寸鐵而來。她被自己的所作所為嚇到，不顧一切想逃離悲劇現場，然而不幸的是，她在扭打中丟了眼鏡，以她嚴重的近視，沒了眼鏡就什麼都做不了。她跑過一條走廊，因為那條走廊也鋪了椰棕地墊，讓她以為那就是進來時走過的路，等她意識到自己走錯時，為時已晚，退路已經被截斷。她還能怎麼辦？她無法往回走，也不能留在原地，只能繼續往前。於是上了樓，推開一扇房門，發現那是你的臥室。」

老人坐在那裡，張大了嘴，眼神狂亂地盯著福爾摩斯，表情豐富的臉上露出驚懼之色，隨即，他勉強聳了聳肩，爆出一串假笑。

「一切都很合理，福爾摩斯先生，」他說，「但你精妙的理論存在一個小缺陷，那就是我始終待在這個房間裡，一整天都沒離開過半步。」

「這我注意到了，科拉姆教授。」

「你的意思是，我躺在那張床上，連有個女人進了房間都沒察覺？」

「我可沒這麼說。你意識到有人進來了，你和她說過話，你認識她，你協助她脫身。」

教授又一次尖聲大笑起來，他站起身，眼睛如同餘燼上的火星般閃爍著。

「你瘋了！」他叫道，「簡直一派胡言。我幫助她脫身？那她現在人在哪裡？」

「她就在那裡。」福爾摩斯說，指向房間角落裡一個高高的書架。

只見老人舉起雙臂，陰鬱的臉出現一陣可怕的抽搐，然後他跌回椅子上。在此同時，福爾摩斯指著的書架彷彿一扇門，以合頁為軸心翻轉開來，一個女人從門後衝出來，踏進了房間。「你說得沒錯！」她用一種奇怪的外國口音喊道，「沒錯！我就在這裡。」

她渾身都是棕色灰塵，還掛滿了來自藏身處牆上的蜘蛛網，臉上也有一道道污垢，但就算沒有這些髒污，她也算不上是美人，因為外貌特徵與福爾摩斯猜測的一模一樣，除了那些特徵外，她還有個長而頑強的下巴，由於差勁的視力，加上又是由暗處走進亮處，她茫然地站著，眨著眼睛試圖看清我們站在哪裡、都是些什麼人。然而，儘管有諸般缺陷，這名女子的舉手投足卻顯得很高雅，從挑釁的下巴和昂起的頭，可以看出她臨危不懼的豪勇，令人打心底敬佩並且欽慕。

史坦利．霍普金斯抓住她的手臂，宣布她被捕了，但被她輕輕揮開。她有一種懾人的威嚴，使人不得不屈服。老教授向後倒回椅背，臉孔扭曲，眼神陰鬱地望著她。

「是的，先生，我就是你要抓的犯人，」她說，「我躲的那個地方可以聽到房裡的所有動靜，我知道你已得知一切真相。我承認所有對我的指控，那個年輕人是我殺的，但你說得對，那是個意外，我甚至不知道手裡拿的是一把刀，因為我被逼急了，為了讓他放開我，我從桌上抓起搆得到的東西狠狠打他。我說的這些都是實話。」

「女士，」福爾摩斯說，「我相信你說的是真的，但你的情況恐怕不太好。」

她的臉色變得駭人，在滿臉黑色污痕下更是毫無血色。她逕自坐到床邊，才又繼續說下去。

「我的時間所剩不多了，」她說，「但我想告訴你們全部的真相。我是這個人的妻子，他不是英國人，是俄國人，我不會說出他的名字。」

老人第一次激動起來。「上帝保佑你，安娜！」他叫道，「上帝保佑你！」

她對他投以極其輕蔑的一瞥。「為什麼還要這麼死死抓著你那條卑劣的性命，塞爾吉斯？」她說，「它傷害了那麼多人，沒留下任何好處，甚至對你自己也沒有好處，但在你被上帝召去之前，我也不會斬斷你這條脆弱的性命，在踏入這棟可憎的房子後，我已經罪孽深重了。但我現在得說出一切，不然就太遲了。

「我也說過了，先生們，我是這個人的妻子。他在我們結婚時已經五十歲了，而我只是個二十歲的傻女孩，是俄國某座城市的大學生，但我不想透露那是什麼地方。」

「上帝保佑你，安娜！」老人再次喃喃道。

「要知道我們是改革派、革命者、無政府主義者。他和我，還有其他更多人都是。後來發生了動亂，一名警察被殺，很多人被捕，他們需要證據指控我們，而我丈夫為了保命，也為了貪圖一大筆賞金，選擇背叛妻子和同伴。沒錯，我們全都因為他的供認而被捕，其中一些人被處決，其他人則被送到西伯利亞。我就是後者，但我的刑期不是終身的。我丈夫帶著他的不義之財躲到英國來，在那之後就一直過著隱居生活，但他也明白，一旦讓同志們知道自己的下落，那麼不出一個星期，正義就會得到伸張。」

老人伸出顫抖的手去拿菸。「我任由你處置了，安娜，」他說，「你一直都對我很好。」

「我還沒告訴你們他究竟有多邪惡，」她說，「在我們的同志中，有一位我的摯友，他高貴、無私且博愛，擁有我丈夫沒有的一切美德。如果我們的所作所為是罪，那我們都有罪，可他沒有，他痛恨暴力，為此一直都在寫信勸阻我們不要採取暴力手段。那些信本可以救他，我的日記也是，我日復一日在日記中記錄我對他的感受，以及我們每個人的看法。我丈夫發現並取走了那些日記和信件，把它們藏起來，並想盡一切辦法要謀害這個年輕人。雖然他失敗了，但亞歷克西斯被定罪並送去了西伯利亞，時至今日，他還在鹽礦裡勞役。想想看，你這惡棍，惡棍！現在，就是此時此刻，亞歷克西斯，一個連說出他的名字都不配的人，過著奴隸般的日子，而我明明已經把你的性命拿捏在手中了，卻還是放過你。」

「你一直是個高貴的女人，安娜。」老人抽著菸說道。

她本已站起身了，但痛苦地喊了聲，又倒回床上。

「我一定要把話說完，」她說，「等我刑期一滿獲釋，立刻決定要去找回那些日記和信件，如果能將它們交給俄國政府，我朋友就能獲釋。我知道丈夫跑來英國，經過幾個月的追查，我終於找到他的躲藏處。我知道那本日記還在他手上，因為我在西伯利亞時，曾經接過他的來信，信中引用日記裡的一段文字來指責我。但我很確定，以他愛報復的個性，他絕不可能主動把東西還給我，我必須親自去取回來，為此我還雇了一位私家偵探，他以祕書的身分混進我丈夫家裡，他就是你的第二位祕書，塞爾吉斯，那個匆匆忙忙離開這裡的人。他發現信件和日記都收在寫字檯的小櫥櫃裡，也弄到了鑰匙的模子，但他只願意做到這裡，他把這棟房子的平面圖交給我，同時還告訴我，那間書房整個上午都沒人在，祕書則在樓上自己的房間裡工作。所以我最終鼓足勇氣，過來拿回我的東西，成功是成功了，但付出了多大的代價啊！」

「當我才剛拿走日記和信，正要把櫃子鎖好時，就被一個年輕人揪住了。我們當天稍早時還見過面，我在路上遇到他，向他問了科拉姆教授住在哪裡，但當下不曉得他就是教授雇用的人。」

「沒錯！正是如此！」福爾摩斯說，「祕書回來後，跟他的雇主提過遇見那個女人的事，接著在他只剩一口氣時，試圖想要說出來，兇手就是她，那個他們才談起的女人。」

「你一定要讓我說完，」那位女子用命令的口吻道，她的臉孔扭曲，看起來很痛苦。「他一倒地，我立刻就奪門而出，但認錯了出口，結果誤入我丈夫的房間。他說要把我交給警察，我告訴他，他若當真這麼做，他的性命就握在我手中了；如果他讓法律處置我，我就讓同志們處置他。我這麼說不是為了活命，而是要達到我的目的。

他知道我說到做到，而且我倆的命運早已糾纏在一起，他完全是基於這個緣故才願意庇護我。他把我塞進那個黑暗的藏身處，那是過去遺留下來、只有他知道的地方。他在自己的房間用餐，這樣就能把一部分食物分給我。我們商量好了，只要警察一離開，我就趁夜溜走，不會再回來，但不曉得你是怎麼識破我們的計畫的。」她從衣服前襟拿出一個小包裹。「這是我的遺言，」她說，「這裡頭的東西可以拯救亞歷克西斯，基於你的信譽和對正義的熱愛，我願意信任你。拿去！把它送去俄國大使館。這樣我就盡了我的職責了，而且……」

「快攔住她！」福爾摩斯高喊，一大步跨到房間的另一頭，一把搶過她手中的小藥瓶。

「已經太遲了！」她說著倒回床上。「太遲了！我在走出藏身處前就吞了藥。頭好暈！我就要死了！我請求你，先生，請一定要記得這個包裹。」

「這個案子很簡單，但在某些方面深具意義，」在我們回城的路上，福爾摩斯說，「它從一開始就取決於那副夾鼻眼鏡。那個垂死的人把眼鏡抓下來，這對我們來說真的很幸運，不然可能永遠找不到答案。顯然以這副眼鏡非常深的度數判斷，一旦它被搶走，眼鏡的主人就跟瞎了沒兩樣，什麼都做不了。你可能還記得，當你要我相信她沿著一條狹窄的草地行走，還一步都沒踏錯時，我說過這個舉動值得注意，因為我打心底認為這是不可能的，除非她還有另一副眼鏡，但這種情況太少見了。因此我被迫認真考慮她還待在房子裡的假設，在察覺兩條走廊看起來非常相似之後，就很容易猜到她一定是認錯路了，那她顯然是走進了教授的房間。為此我提高警覺，開始密切注意一切能證實這個假設的東西，並仔細檢查教授的房間，尋找任何可能躲藏的地方。地毯看起來是一整片的，而且固定得很牢，因此我排除了有活板門的想法。書架後頭可能有內凹的藏身處，你們應該也注意到了，這在比較老舊的圖書館裡很常見。我發現所有書架前面的地板都堆滿了書，只有一處例外，那麼這塊空著的地方很可能是一扇門。我找不到任何能指引的痕跡，但地毯是暗褐色的，這種顏色十分利於調查，為此我抽了一堆那種上好的香菸，把菸灰撒滿我懷疑的那個書架前的地面，這是一種簡單的技巧，但非常有效。接著我下了樓，當著你的面，華生，但在沒讓你察覺我談話意圖的情況下，確定科拉姆教授的食量增加了，很明顯就是他把食物分給另一個人。當我們再次上樓到房間裡，我故意打翻菸盒，藉著撿菸好好查看地板，並從菸灰上的痕跡清楚看出，犯人一定趁我們不在時從藏身處出來過。好了，霍普金斯，我們到查令十字車站了，恭喜你順利破案，想必你要去警察總局。我想，華生，我們這就搭車去一趟俄國大使館。」

CASE 11

消失的橄欖球中後衛

The Adventure of the Missing Three-Quarter

在貝克街，我們已經習慣收到奇奇怪怪的電報了，但我特別記得大約七、八年前的一封電報，那是在一個灰溜溜的二月早晨收到的，它讓福爾摩斯先生足足困惑了一分鐘。電報是拍給他的，內容如下：

請等我。可怕的不幸。右翼中後衛失蹤。明天不可以少。

奧弗頓

「斯特蘭德的郵戳，十點三十六分發出的，」福爾摩斯說，翻來覆去看著那封電報。「這位奧弗頓先生在拍電報時顯然非常激動，才會這麼語無倫次。好吧，好吧，我敢說我還沒看完《泰晤士報》，他人已經在這了，然後我們會知道是怎麼回事。這些天實在太死氣沉沉了，就連最微不足道的問題也很受歡迎。」

最近幾天確實非常平淡，我現在愈來愈懂得要擔憂這種無所事事的生活，根據過往經驗，我同伴的腦子活躍過了頭，若不找點事給他做，那將會非常危險。我花了這麼多年，終於逐漸讓他擺脫了毒癮，這樣的毒癮還曾一度威脅到他出色的事業。如今我很清楚，他在一般狀況下不會再渴求那些人造刺激物，但我同樣很清楚他的癮頭並未完全消滅，只是蟄伏在心中，還蟄伏得很淺，只要他一閒下來就很容易復發，我可以看出他苦行僧般的臉孔憔悴而疲憊，以及那雙深陷、難以揣度的眼睛裡的憂思。因此，無論這位奧弗頓先生是什麼人，我都無比感激他，感激他帶來的謎樣信息打破了危險的平靜，這種平靜帶給我朋友的危險之大，勝過他跌宕的人生中所有的風暴。

一如所料，發信人很快就跟著他的電報過來了，劍橋三一學院西里爾·奧弗頓先生的名片被遞進來，宣布了這名身材魁梧的年輕人到來，他一身堅實的骨骼和肌肉足足有十六英石[11]重，寬闊的肩膀把門框塞了個滿滿當當，他從我們其中一人看向另一人，那張好看的臉在焦慮下顯得憔悴。

「夏洛克·福爾摩斯先生？」

我同伴點了點頭致意。

「我去過蘇格蘭場，也見到史坦利·霍普金斯巡官，福爾摩斯先生，是他建議我來找你的。他說，與其把這個案子交到警方手中，讓你來調查更合適。」

「請坐，告訴我發生了什麼事。」

「這太糟糕了，福爾摩斯先生，簡直糟透了！真奇怪我竟沒為此事一夜白頭。戈弗雷·斯湯頓，你一定聽過這個名字吧？他是全隊的靈魂人物。我寧願隊裡短少兩

11 已廢除的英國重量單位，等同6.35公斤或者14磅。

人，也不能沒有戈弗雷做我的中後衛。不論傳球、擒抱、盤球，沒人比得上他，而且他還有頭腦，可以協調我們的團隊合作。我該怎麼辦？這就是我要請教你的問題，福爾摩斯先生。雖然我有第一替補穆爾豪斯，但他受的是中衛的訓練，而且他總是不肯好好守著邊線，非要擠進去爭球，他定位球踢得很好，這是事實，但他缺乏判斷力，而且不會衝刺搶球。哎，他會被牛津大學的兩員大將莫頓或約翰遜玩死的。至於史蒂文森，他的速度夠快，但不會在二十五碼線踢落地球，一個既不會踢落地球也不會踢懸空球的球員是擔不起中後衛的位置的。不，福爾摩斯先生，除非你能幫我找到戈弗雷．斯湯頓，否則我們就完了。」

我朋友一臉好笑又詫異地聽著這滔滔不絕的長篇大論，但說話的人非常急切且認真，每每講到要點還要用厚實的手掌拍打膝蓋以利闡明。等我們的訪客終於安靜下來，福爾摩斯伸長手，拿下他的備忘錄中S開頭的那一冊，這一次，他沒能從那些各式各樣的資訊中挖掘出什麼來。

「有亞瑟．H．斯湯頓，是贗造者圈子的一位明日之星，」他說，「還有亨利．斯湯頓，他所以會被絞死，我多少有點貢獻，但這裡完全沒有關於戈弗雷．斯湯頓的紀錄。」

這下子輪到我們的訪客面露詫異了。

「哎呀，福爾摩斯先生，我還以為你無所不知，」他說，「那麼，若你從未聽過戈弗雷．斯湯頓，想必也不知道西里爾．奧弗頓吧？」

福爾摩斯和氣地搖搖頭。

「我的老天！」這位運動員嚷嚷，「哎呀，我是英格蘭對上威爾斯那場比賽的第一替補球員，同時這些年一直擔任大學隊隊長，但這些都不重要！我認為全英國不該有人不知道戈弗雷．斯湯頓，第一流的中後衛，效力於劍橋隊、布萊克希斯隊，還曾參與五次國際比賽。老天！福爾摩斯先生，你究竟活在哪個世界裡？」

福爾摩斯被這年輕大塊頭震驚的傻模樣逗樂了。

「你我生活在很不一樣的世界裡，奧弗頓先生，對我來說，你的世界更為美好和健康。我的影響力觸及這個社會的許多領域，但我可以很高興地說，從沒涉及業餘體育，這可是英國最好、最健全的事業了。然而，你今天早上的意外來訪讓我意識到，即使在這個乾淨而公平的世界裡，恐怕還是有讓我發揮所長的地方。所以現在，我的好先生，請你坐下來，慢一點、冷靜一點，告訴我到底發生了什麼事，以及你希望我如何幫助你。」

奧弗頓這位年輕人面露煩惱，這種表情常見於慣用肌肉而非頭腦的人們臉上。但一點一點地，透過內容不斷重複和有些部分不清不楚的敘述，他終究將整個奇怪的故事呈現在我們面前，但在日後的紀錄中，我把那些重複和不清楚的部分都省略了。

「事情是這樣的，福爾摩斯先生，正如我說過的，我是劍橋大學橄欖球隊的隊長，而戈弗雷．斯湯頓是我最好的球員。明天我們要對牛津大學，我們昨天就抵達了，住進本特利的一間私人旅館。我在晚上十點鐘巡了一圈，確定所有隊員都上床睡覺了，因為我相信一支球隊的良好狀態全仰賴嚴格的訓練和充足的睡眠。我在戈弗雷就寢前和他聊了幾句，當下看他臉色蒼白且心煩意亂，問他怎麼了，他說沒事，就是有點頭痛而已，我和他道過晚安就離開了。半個小時後，門房告訴我，一個外表粗獷的蓄鬍男人帶了一封短箋要交給戈弗雷。那時戈弗雷還沒睡，短箋被送到他的房間，結果他讀完後跌進椅子裡，好像被人用斧頭砍了似的。門房被他這副模樣嚇著了，想來找我，但被戈弗雷攔住了。戈弗雷喝了口水後鎮定下來，並下樓去，和在大廳等候的送信人說了幾句話，兩人就一起離開了。門房最後一次看到他們時，他們正沿著街道、幾乎是用跑的往斯特蘭德街的方向而去。今早，戈弗雷不見人影，床也沒有睡過的痕跡，他的所有物品都和我前一晚看到的一模一樣。他一接到那個陌生人的訊息就跟著對方走了，從那以後就再也沒有看到他了，我不認為他還會回來，戈弗雷骨子裡是個真正的運動員，若不是出於某種無法抗拒的理由，他是不會停止訓練並棄隊長於不顧的。不，我感覺他是永遠離去了，我們不會再見到他了。」

福爾摩斯全神貫注聽著這古怪的敘述。

「在那之後你做了什麼？」他問。

「我給劍橋拍了電報，想說那裡也許會有他的消息，得到的回覆是沒人見過他。」

「他有辦法回劍橋嗎？」

「可以，夜班火車是十一點十五分。」

「但據你所知，他沒有搭上那班車？」

「沒有，沒有人看過他。」

「接下來你又做了什麼？」

「我給芒特・詹姆士勳爵拍了電報。」

「為什麼拍電報給他？」

「戈弗雷是個孤兒，而芒特・詹姆士勳爵是他血緣最近的親戚，應該算是他叔叔。」

「確實，這也許能給此事提供一些新線索。芒特・詹姆士勳爵是英國最富有的人之一。」

「這我聽戈弗雷說過。」

「他和你朋友關係密切嗎？」

「是的，戈弗雷是他的繼承人，這老小子快八十歲了，而且患有痛風，見過的人都說他的指關節差不多可以當粉筆去塗抹撞球桿了[12]。他是個十足的守財奴，這輩子從沒給過戈弗雷一先令，但他那些財產早晚會是戈弗雷的。」

「芒特·詹姆士勳爵回覆你了嗎？」

「沒有。」

「若你朋友是去找芒特·詹姆士勳爵的，可能會出於什麼動機？」

「嗯，前一晚他看起來在為某件事煩心，如果與錢有關，他就有可能去找勳爵，畢竟勳爵有的是錢，儘管據我所知，他也沒什麼機會從勳爵那裡拿到錢就是了。戈弗雷不太喜歡那位老人家，除非真的無處可去，不然不太可能去找他。」

「嗯，我們很快就能確定這一點。如果你朋友是去找他的親戚芒特·詹姆士勳爵，那你就得解釋一下為何那個外表粗野的傢伙這麼晚來訪，以及他的到來為何會引起騷動。」

西里爾·奧弗頓雙手按著頭。「這我無法解釋。」他說。

「沒事，沒事，今天天氣很好，我很樂意去調查一下，」福爾摩斯說，「我強烈建議你回去為比賽做準備，別去想那位年輕人的事。正如你說的，一定有某種無法抗拒的原因才使他不告而別，而他一直沒回來也是出於相同原因。我們一起去那家旅館逛一圈吧，看看能否從門房那裡問出一些新線索。」

說到讓地位低卑的證人暢所欲言的本領，福爾摩斯算是箇中高手，很快地，在戈弗雷・斯湯頓住過的空房間裡，他從門房那裡把一切能問的都問出來了。前一晚來訪的那個人既非紳士，也不像工人，就如門房描述的「外表一般的傢伙」。約莫五十歲上下，鬍鬚花白，面無血色，穿著樸素，看起來同樣深陷焦慮，他在遞出短箋時，門房瞥見他的手在顫抖。戈弗雷・斯湯頓把短箋塞進口袋，在大廳沒有與那個人握手，他們交談了幾句，門房只從中聽出「時間」二字，然後他們就如同先前敘述的那樣匆匆離去，當時大廳的時鐘正好是十點半。

「我瞧瞧，」福爾摩斯說，自顧自地坐到斯湯頓的床上。「你是日班門房，沒錯吧？」

「是的，先生，我十一點下班。」

「我想夜班門房沒看到什麼特殊情況吧？」

「沒有，先生，除了一些看戲晚歸的人，就沒有別人了。」

12 此處指痛風患者關節處沉澱的痛風石，外觀和粉筆十分相似。

「你昨天一整天都在值班？」
「是的，先生。」
「你有轉交什麼信息給斯湯頓先生嗎？」
「有，先生，一封電報。」
「哦！這就有意思了。那是幾點鐘的事？」
「大約六點。」
「斯湯頓先生是在哪裡收到它的？」
「在他的房間，也就是這裡。」
「他當著你的面打開電報？」
「是的，先生，我就在這等著看他是否要回電。」
「嗯，結果他回電了嗎？」
「有，先生。他寫了回電。」
「回電是你拍的嗎？」
「不，是他自己去的。」
「但他是當著你的面寫好的？」
「是的，先生。我就站在門邊，他背過身，就著那張桌子寫的。他在寫好後說：

『好了，門房，我自己去就行了。』」

「他用什麼筆寫的？」

「鋼筆，先生。」

「他用來寫回電的電報紙是不是桌上那一疊？」

「是的，先生，就用最上面的一張。」

福爾摩斯站起來，拿著電報紙到窗前，仔細檢查最上面那張紙。

「可惜了，他不是用鉛筆寫的。」他說著，失望地聳聳肩，把紙扔到一邊去。「華生，正如你經常看到的，鉛筆的字跡會透到下面的紙上，這種痕跡已經毀了不知多少幸福的婚姻。這上面沒有任何字跡，不過我很慶幸能看出他用的筆是一支粗筆尖的鵝毛筆，如此一來，我們肯定能在吸墨紙上找到些什麼。啊，是了，就是這個！」

他撕下一層吸墨紙，向我們展示上面像是文字的圖形：

西里爾·奧弗頓非常興奮。「用放大鏡看看！」他叫道。

「那倒不必，」福爾摩斯說，「紙很薄，從反面就可以看出上面的字跡是什麼，像這樣。」他把紙翻過來，於是我們讀到了：

（內文為『Stand by us for God’s sake!』——』）

「這就是戈弗雷．斯湯頓失蹤前幾個小時拍出那通電報的結尾。電報中至少還有六個字是我們看不出來的，但剩下的這幾個字『看在上帝的分上，幫助我們！』，證明這個年輕人看到了他無法應付的危險正在迫近，而有某個人能保護他免於如此危險。注意『我們』這兩個字！這說明還有別人也參與其中。除去那個臉色蒼白、緊張兮兮的蓄鬍男人之外，還能有誰？那麼，戈弗雷．斯湯頓和這個大鬍子之間是什麼關係？他們兩人為了應對近在眼前的危險，又去尋求誰的幫助？我們的調查範圍已經限縮到這一點。」

「我們只需找出電報是拍給誰就知道了。」我建議道。

「完全正確，親愛的華生，這確實管用，我也想過這麼做。但你應該也知道，如果跑去郵局要求查看另一個人的郵件存根，職員應該不會答應如此要求，這事需要太多瑣碎的手續了！但我相信只要透過一些技巧和手段，我們依然能夠達到目的。同時，奧弗頓先生，我要檢查一下留在桌上的文件，我希望這事能當著你的面做。」

那些信件、帳單和筆記本為數不少，福爾摩斯迅速而緊張地翻閱著，銳利的目光一一掃視它們。「這裡什麼也沒有，」他最後開口道，「順帶一提，我想你朋友是個健康的年輕人，沒有什麼毛病吧？」

「再健康不過了。」

「你知道他以前生過病嗎？」

「一天都沒有。他曾被對手鏟倒而受傷，還有過一次膝蓋骨脫臼，但這些都不算生病。」

「或許他不如你以為的那麼健壯，可能有不為人知的隱疾。若你允許，我想拿走其中一兩份文件，它們也許對我接下來的調查有幫助。」

「等一下！等一下！」一個很不高興的聲音叫道，我們抬起頭，只見一個古怪的小老頭顫巍巍地站在門口。他身穿褪成鐵鏽色的黑衣，戴著一頂寬邊大禮帽，白色領帶並未繫緊，整個人看起來就像一個鄉村牧師或送行者。然而，儘管他衣衫襤褸，甚至可說是怪異，但他的聲音尖銳急促，氣勢洶洶，登時引起我們的注意。

「你是誰，先生？你有什麼權利動這位先生的文件？」他問。

「我是私家偵探，我正在努力調查他為何失蹤。」
「哦，偵探是嗎？是誰讓你來的，嗯？」
「是這位先生，他是斯湯頓先生的朋友，蘇格蘭場介紹他來找我。」
「那麼先生，你又是？」
「我是西里爾．奧弗頓。」
「所以是你拍電報給我的。我是芒特．詹姆士勳爵，我盡快搭貝斯沃特的公車趕過來了。看來你找了個偵探來處理此事？」
「是的，先生。」
「那你準備好付這筆費用了嗎？」
「先生，等我們找到我朋友戈弗雷，他一定會付錢的。」
「但如果一直沒找到他，嗯？回答我！」
「如果是那樣，無疑就由他的家人……」
「沒這種事，先生！」這小個子尖叫，「別來找我要錢，一便士都別想！你要知道，偵探先生！我是那年輕人唯一的親戚，但我告訴你，我不會負擔這筆費用。如果說他能從我這拿到什麼遺產，那完全是因為我從不浪費錢，而且也不打算為此事破例。至於你擅自翻閱的那些文件，我可以告訴你，一旦裡頭有任何值錢物品，你就會被嚴格追究全部的責任。」

「明白了，先生，」福爾摩斯說，「同時容我再問一句，對於這位年輕人的失蹤，你有沒有想到任何可能的原因？」

「不，先生，我不知道。他的個頭和年紀都不小了，夠照顧自己了，如果他蠢到連自己都可以搞丟，那我絕不負責把他找回來。」

「我能理解你對此事的態度，」福爾摩斯說，頑皮地眨了眨眼。「但看來你不太明白我的意思。戈弗雷・斯湯頓顯然一直都很窮，如果他是被綁架的，對方圖的也不會是他自己的東西。而你的財富與名聲早已傳遍國內外，芒特・詹姆士勳爵，一群賊人完全有可能為了獲取關於你的房子、你的生活習慣和你的財富等訊息，而把你侄子劫走。」

這位惹人厭的小矮子訪客臉色驟變，簡直和他的領帶一樣慘白。

「天哪，先生，這太可怕了！我從沒想過有誰會如此惡毒！這世上哪來這麼多沒人性的壞蛋啊！但戈弗雷是個優秀的小伙子，堅定又可靠，沒有任何理由會讓他出賣老叔叔。今晚我就把財物都移到銀行去，同時，偵探先生，請你一定要不遺餘力！我懇請你無論如何都要把他平安帶回來。至於錢嘛，呃，不管五鎊還是十鎊，儘管來找我要。」

即便福爾摩斯成功讓這名地位崇高的守財奴內心受到折磨，他仍無法提供任何有用的訊息給我們，因為他對侄子的私生活知之甚少。我們唯一的線索就只有那通破碎的電報了，福爾摩斯拿著它的抄本，開始尋找這個案子的第二個環節。我們設法擺脫了芒特·詹姆士勳爵，奧弗頓則去找隊員們商量如何應對這樁從天而降的不幸事件。

電報局就在離旅館不遠的地方。我們在門口停步。

「這值得一試，華生，」福爾摩斯說。「當然了，如果有搜索令，我們可以直接要求查看存根，但事情還沒走到那一步。我想在如此繁忙的地方，他們應該記不住每一張臉，讓我們來冒個險。」

「很抱歉打擾你，」他以最溫文爾雅的態度對柵欄後的年輕女士說，「我昨天發出的一封電報出了點小問題，一直沒收到回覆，恐怕我是忘記在上頭署名了。你能否幫我確認一下是不是這樣？」

那位年輕女士翻出一疊存根。

「幾點拍的電報？」她問。

「剛過六點不久。」

「拍給誰的？」

福爾摩斯將手指壓在嘴唇上，瞥了我一眼。「內文的最後一句話是『看在上帝的份上』，」他壓低了嗓音悄悄說，「我很著急，因為一直等不到回覆。」

年輕女士抽出其中一張存根。

「就是這張，上面沒有名字，」她說著把那張紙平攤在櫃檯上。

「果然，難怪我收不到回覆，」福爾摩斯說，「天哪，我怎麼這麼蠢！日安，女士，非常感謝你幫我解惑。」等我們再次回到街上，他搓著手咯咯笑起來。

「如何？」我問。

「有進展了，親愛的華生，我們有進展了。我為了一窺那封電報，還準備好幾個不同的方案，但沒想到一試就成功了。」

「那你有什麼收穫？」

「我知道該從哪裡開始調查了。」他攔下一輛出租馬車。「到國王十字車站去。」他說。

「這是要出遠門？」

「是的，我們得跑一趟劍橋。看起來所有線索都朝向那個方向。」

「告訴我，」當我們的馬車轔轔駛過格雷律師學院路，我開口問道，「你對這個人失蹤的原因難道沒有任何懷疑？在我們所有的案件中，還沒有一件比這個案子更加動機不明的。你不會當真認為對方是覬覦他那有錢叔叔的財富，才把他綁走的吧？」

「老實說，親愛的華生，我確實不認為這個可能性很高，然而卻是最有可能讓那討人厭的老頭感興趣的解釋。」

「那倒是真的。所以你認為更可能是什麼原因？」

「我可以提出好幾種解釋。你得承認，這起事件發生在一場很重要的比賽前夕，還涉及恐怕是唯一一個能左右球隊勝負的人，這很古怪，也暗示了許多可能性。當然了，它們可能只是巧合，但仍然很有意思。業餘運動是禁止賭博的，但禁止不了人們私底下大量的賭注，就像賽馬場的惡棍會在賽馬身上動手腳一樣，對一名運動員這麼做看來也有利可圖，這是一種解釋。另一個很明顯的解釋是，無論這個年輕人眼下有多拮据，他都將繼承一大筆財產，為了贖金綁架他也並非不可能。」

「但你這些理論都沒把那封電報考慮進去。」

「千真萬確，華生，要調查這個案件，我們僅有可靠的依據還是那封電報，可不能把注意力轉到別處，我們現在要去劍橋，就是為了得知為什麼要發這封電報。目前要怎麼調查還不清楚，但在晚上以前肯定能搞清楚是怎麼回事，至少也能取得重大進展，我可不信這兩件事都做不到。」

我們到達那座古老的大學城時，天已經黑了。福爾摩斯在車站雇了一輛出租馬車，要車夫載我們去萊斯利．阿姆斯壯醫生的住處。幾分鐘後，我們停在一座大宅子門前，就在繁忙的通衢大道旁，我們被領進去，在一番漫長等待後，終於得以進入診療室，只見醫生就坐在書桌後。

萊斯利．阿姆斯壯這個名字對我的陌生程度，正好說明我與本業有多疏離。現在我知道了，他不僅是劍橋大學醫學院的院長之一，還在多個科學領域都是享譽歐洲的思想家。然而，即便完全不知道這些輝煌成就，只消看一眼這個人，就不可能不對他那張方臉、濃眉下一雙沉思的眼睛，以及輪廓如花崗岩般剛硬的下巴留下深刻印象。一個性格深沉、思慮敏捷、嚴峻、禁慾、自制、令人敬畏的人，這是我在萊斯利．阿姆斯壯醫生身上看到的所有特質。他拿著我朋友的名片，抬起頭來，陰沉的臉看起來一點也不高興。

「我聽過你的名字，夏洛克．福爾摩斯先生，我也知道你是做什麼的，而我絕不認可你的職業。」

「若你是這麼想的，醫生，你會發現這個國家的每一個罪犯都贊同你的看法。」我朋友平靜地說。

「只要你還是為了對付犯罪而努力，先生，這個社會上每一位理性成員勢必都會支持你，儘管我毫不懷疑官方機制就能做到這些了。你的職業有許多地方都該被非議，你窺探他人隱私，你揭露那些本該隱藏起來的家庭事務，你還任意浪費比你更忙的人的時間，比如說眼下，我就該寫論文而不是和你說話。」

「是這樣沒錯，醫生，然而，接下來的談話可能比論文更重要。順便跟你說一聲，我們在做的事情與你那一通大義凜然的指責恰好相反，我們竭力避免的正是曝光私人事務那類事情，而一旦案件被交到警察手中，這一切就不可免了，我更像是個非正規的先鋒，總是走在國家正規部隊之前。我來此是想向你打聽戈弗雷·斯湯頓先生的狀況。」

「他怎麼了？」

「你認識他，是吧？」

「我們是很要好的朋友。」

「那麼你知道他失蹤了？」

「哦，這樣啊！」醫生粗獷的臉上不見任何表情變化。

「他昨晚離開旅館，之後就沒人知道他的下落了。」

「他肯定會回去的。」

「明天就要舉行大學橄欖球賽了。」

「我完全不贊同這種幼稚的把戲，我很關心這個年輕人的下落，那是因為我與他熟識，也很喜歡他，但我根本不在乎什麼橄欖球比賽。」

「我就是在調查斯湯頓先生的下落，因此請求你的協助。你知道他人在哪裡嗎？」

「當然不知道。」

「你從昨天起就沒再見過他了？」

「沒，沒見到。」

「斯湯頓先生身體健康嗎？」

「健康得不得了。」

「你知道他生過病嗎？」

「從來沒有。」

福爾摩斯忽然把一張紙湊到醫生眼前。「那麼也許你能解釋一下這張十三基尼的帳單是怎麼回事，這是戈弗雷．斯湯頓先生上個月支付給劍橋大學的萊斯利．阿姆斯壯醫生的。我從他桌上的文件中找到這張帳單。」

醫生氣得滿臉通紅。

「我不認為有任何理由得向你解釋，福爾摩斯先生。」

福爾摩斯將帳單又夾回他的筆記本裡。「如果你更樂意向大眾解釋，那你早晚會等到那一天，」他說，「我告訴過你了，這事落到別人手中就勢必得公開，而我可以幫忙隱瞞下來，你夠聰明的話，最好完全信任我。」

「我對此一無所知。」

「斯湯頓先生在倫敦時，你們有任何聯繫嗎？」

「當然沒有。」

「老天，老天，郵局又來了！」福爾摩斯疲倦地嘆了口氣，「昨晚六點十五分，戈弗雷．斯湯頓從倫敦發了緊急電報給你，那封電報無疑與他的失蹤有關，你卻沒收到，這可要好好責問一番啊，我一定要去這附近的辦公室投訴他們。」

萊斯利．阿姆斯壯醫生從書桌後一躍而起，黝黑的臉在憤怒下漲得通紅。

「勞駕離開我的房子，先生，」他說，「你可以回去告訴你的雇主芒特．詹姆士勳爵，我不想與他或他的代理人有任何牽扯。不，先生，什麼都不必說了！」他怒氣沖沖地搖鈴。「約翰，帶這兩位先生出去！」一位傲慢的管家嚴厲地把我們領出門。

我們一來到街上，福爾摩斯突然大笑起來。

「萊斯利．阿姆斯壯醫生絕對是個精力旺盛又性格強烈的人，」他說，「若他把才能運用到別處，那麼要填補著名的莫里亞蒂教授留下的缺位，他將是絕佳人選。現在呢，我可憐的華生，我們被困在這不友好的小鎮，舉目無親，想離開這裡就不得不放棄我們的案子。那家小旅館正對著阿姆斯壯的住處，看來很符合我們的需求。你去訂一間前面的房間，再去買點過夜的必需品，這樣我就有時間去稍微打聽一下。」

然而，福爾摩斯口中的稍微打聽比他預想的更花時間，他直到快九點才回到旅館，看起來蒼白而沮喪，滿身塵土，在飢餓和疲憊下筋疲力盡。餐桌上已經備好了冷食晚餐，等他吃飽並點起菸斗後，才半是滑稽又極其冷靜地講起一切，每當事情進展不順利時，他總會自然流露出這種態度。此時，馬車車輪的聲音引得他站起來，朝窗外張望。在煤氣燈的照射下，一輛四輪馬車和拉車的一對灰毛馬停在醫生家門前。

「他出去了三個小時，」福爾摩斯說，「六點半出去的，到現在才回來，這段時間夠他走出十到十二哩的範圍了，他每天都會走這麼一趟，有時甚至要兩趟。」

「他是個執業的醫生，這麼做也不奇怪。」

「但阿姆斯壯其實沒在執業看診，他是一位講師兼會診醫師，不會為一般病患出診，那會影響到他寫作。那麼，他為什麼要天天這樣長途跋涉，這對他來說肯定是件天大的麻煩事，而他去拜訪的又是什麼人？」

「他的車夫……」

「親愛的華生，難道你認為我不會第一個就去找他嗎？也不曉得他是本性就壞，還是被雇主唆使的，他居然不客氣地放狗咬我。不過無論牠還是他都不喜歡我的手杖，這件事就不了了之了，不過這也讓我們結下樑子，沒辦法進一步追問下去。我知道的一切都是從一名友善的當地人那裡打聽來的，他就在這間旅館的院子裡幹活，醫生的生活習慣和每天的行程都是他告訴我的。簡直像要證明他說的全是實話，就在我們談話的當下，馬車繞到了前門口。」

「你就不能跟蹤它嗎？」

「太棒了，華生！今晚的你真是充滿了才華，我確實立刻就想到這一點。你可能已經發現了，我們的旅館旁就是一間腳踏車店，我衝進店裡，騎了一輛腳踏車就走，趕在馬車離開視野前追上去，並很快趕上了它，接著，我小心翼翼和它保持一百碼左右的距離，跟著它的燈光一路騎出城鎮。我們才剛來到鄉間小路，就發生了一件丟臉的事。馬車停住了，醫生從車上下來，快步往回走到我停下來的地方，並用十足諷刺的語氣告訴我，他擔心這裡的路很窄，希望他的馬車不會妨礙到我騎車。他的表達方式無懈可擊，我只能快快超過馬車，沿著主要道路繼續騎了幾哩後，找了個方便的地方停下來，看看馬車是否會由此經過，卻完全不見它的蹤影，因此很顯然地，它拐進了我先前見過的那幾條小路之一。我只好又騎回去，但還是沒找到馬車，然而現在，你也看到了，它是跟在我後頭回來的。當然，我一開始並沒有什麼特別的理由，要把醫生的外出與戈弗雷．斯湯頓的失蹤聯繫起來，我針對阿姆斯壯醫生調查，完全是因為與他有關的一切都是我們目前應該掌握的。然而，當我發現他非常在意有誰跟蹤他外出後，這件事就變得重要了，我非搞清楚不可，不然我是不會滿意的。」

「明天我們再來跟蹤他。」

「真有辦法嗎？事情沒你想的那麼容易。你不熟悉劍橋郡的地貌，是吧？這裡很不好躲藏。今晚我經過的鄉間都像手掌一樣平坦、毫無遮蔽，而被我跟蹤的人也不是傻子，這一點他今晚已經非常清楚地表現出來了。我拍了電報給奧弗頓，要他回電到這個地址，只要倫敦那邊有任何新的事態發展，都要立刻通知我們。這段期間，我們只能把注意力放在阿姆斯壯醫生身上，郵局那位熱心助人的年輕女士讓我看了斯湯頓的電報存根，收信人的名字就是他，因此他肯定知道那個年輕人在哪裡，這一點我敢發誓，如果他知道，我們卻沒辦法調查出來，那一定是我們的問題。目前我得承認，關鍵的牌依然握在他手中，不過你是了解我的，華生，在這種狀況下退出這一局可不是我的作風。」

然而到了第二天，我們還是沒能揭開謎底，事情陷入僵局。早餐後，有一張短箋送進來，福爾摩斯看完了，微笑著將它遞給我。

先生：

我可以向您保證，你跟著我完全是在浪費時間。你昨晚應該已經發現了，我的馬車後頭有一扇窗，如果你想騎二十哩的車回到出發的地方，那就這麼做吧。

同時我可以告訴你，你一直盯著我也是幫不了戈弗雷．斯湯頓先生的，我相信你能為這位先生做的最好的一件事，就是立即回去倫敦向你的雇主報告，說你無法找到他。你繼續待在劍橋也只是浪費時間。

你忠實的萊斯利．阿姆斯壯

「這位醫生是個直言不諱、誠實的對手，」福爾摩斯說，「哎呀，他激發我的好奇心了，我在離開前一定要跟他交朋友。」

「他的馬車現在就在門口，」我說，「現在他要上車了，我看到他抬頭看了一眼我們的窗戶。不然今天讓我騎車去碰碰運氣？」

「不，不，親愛的華生！恕我直言，我認為你在天生敏銳這方面恐怕不是那位可敬醫生的對手，我自己出去探查比較有可能達到目的。恐怕得把你留在這裡了，**兩個**陌生人在寂靜的鄉間到處打聽容易惹得人們對此說三道四。無疑地，你一定有辦法在這座崇高的城鎮裡找到自娛自樂的景點，希望在天黑前，我能帶點比較好的消息回來。」

然而，我朋友注定要再次失望了，晚上回來時，他既疲憊又一事無成。

「一整天毫無收穫，華生，在掌握醫生大致的去向後，我花了一天的時間跑遍劍橋那一側的每一座村莊，還與酒館老闆和報攤都聊過了。我去了好些地方，包括切斯特頓、希斯頓、沃塔比茨和奧金頓，但都一無所獲。兩匹馬和一輛四輪馬車天天出現在這樣的偏鄉地方，應該是非常醒目。這一局又是醫生勝利。有我的電報嗎？」

「有，我打開看了。內文是：

向三一學院的傑瑞米·迪克森要龐培。

這是什麼意思？」

「哦，這已經很清楚了，這是我們的朋友奧弗頓發來的，為了回答我的問題。現在我只要再給傑瑞米·迪克森先生寄一張短箋，我們的運氣一定就能好轉了。對了，有比賽的消息嗎？」

「有，當地晚報在最後一版有很精采的報導。牛津隊靠著一次進球和兩次持球觸地得分贏了比賽。報導的最後一段是：

淺藍隊的失利完全可以歸咎那位第一流的國家隊球員戈弗雷·斯湯頓，其人不幸缺席了比賽，而這場比賽無時無刻不凸顯了他的重要性。中後衛線缺乏默契，進攻和防守都很薄弱，讓球隊付出的一切努力皆屬徒勞。」

「看來我們的朋友奧弗頓的預感是有道理的，」福爾摩斯說，「以我個人觀點，我是同意阿姆斯壯醫生的，橄欖球向來不是我關心的運動。今晚早點睡吧，華生，我猜明天夠我們忙的。」

次日一早，我第一眼看到福爾摩斯便被他嚇壞了，因為他坐在爐火邊，手裡拿著他那小支的皮下注射器，那件工具會令我登時聯想到他本性中唯一的弱點。我看著那玩意兒在他手中閃閃發光，唯恐最壞的情況已然發生，他則取笑我的驚慌之色，將它往桌上一擱。

「不，不，我親愛的朋友，別瞎緊張。這次我可沒拿它來做壞事，事實將證明它是為我們解開謎團的鑰匙，全部的希望都寄託在這個注射器上了。我剛才去稍微偵查了一番，一切都很順利。好好吃頓早餐，華生，因為我打算今天就去追蹤阿姆斯壯醫生，一旦開始追蹤，就要一路追進他的老巢，可沒空停下來休息或吃東西。」

「既然如此，」我說，「我們最好把早餐帶在身上，因為他提早出發了，他的馬車現在就在門口。」

「沒關係，隨他去吧，如果他能駕車到我追蹤不到的地方，那也是他的本事。等你吃完早餐，我們一塊下樓，我向你介紹一位偵探，在我們接下來的工作中，這位可是出了名的專家。」

我們一起下樓，我跟著福爾摩斯走進馬廄的院子，他打開馬廄的門，牽出一隻矮胖、白褐毛色相間的垂耳狗，模樣介於小獵犬和獵狐犬之間。

「讓我為你介紹龐培，」他說，「龐培是此地最引以為傲的追蹤犬，從牠的個頭也能看出，牠不是個很出色的跑者，但在追蹤氣味方面是非常可靠的。好吧，龐培，你可能不那麼擅長奔跑，但我猜你對兩個倫敦的中年紳士來說還是太快了，所以恕我冒昧地將這條皮帶繫在你的項圈上。現在，夥計，我們走吧，讓我們瞧瞧你的能耐。」他領著牠穿過大街，到醫生家門口，狗四下嗅了一會兒，興奮地尖聲吠叫起來，沿著街道奔去，還拉扯著皮帶想跑得更快一些。半個小時後，我們已經出了城鎮，跑進一條鄉間道路。

「你做了什麼，福爾摩斯？」我問。

「一個俗套且過時的方法，但有時還挺管用的。今早我溜進醫生的院子裡，把滿滿一管茴香注入馬車後輪，一隻追蹤犬能跟著這股氣味追到約翰岬角[13]去，而我們的朋友阿姆斯壯必須駕車穿過劍河才能躲過龐培的追蹤。噢，這狡猾的壞蛋！那天晚上他就是這樣擺脫我的。」

13 蘇格蘭東北端的岬角，也是英國陸地最東北的盡頭。

那隻狗突然從大路拐進一條雜草叢生的小徑，沿著這條小徑走了半哩，又轉入另一條寬闊的道路，這條路驟然右轉，朝向我們剛剛離開的城鎮，路繼續延伸向城鎮的南邊，接著朝與我們出發時相反的方向而去。

「這麼說來，他完全是為了我們才繞道的？」福爾摩斯說，「難怪我在那些村莊問不出個所以然來，醫生玩這種把戲顯然有其必要，而我一定要搞清楚他精心設計了這個騙局的原因。現在我們右手邊應該就是特朗平頓村了，那麼……天哪！馬車轉過拐角來了。快，華生，快點，不然就完了！」

他拉著不情願的龐培跨過一道門，跳進田地裡，我們才剛在樹籬下躲好，馬車就轆轆地駛過去。我瞥見阿姆斯壯醫生坐在車裡，他拱起肩膀，雙手支著腦袋，看起來非常悲痛。由我同伴嚴肅的表情看得出，他一定也發現了。

「我擔心這場調查的結果不會太好，」他說，「用不了多久我們就知道是不是如此了。來吧，龐培！啊，是田野中央的那棟小屋！」

無疑這就是我們旅程的終點。龐培急切哀鳴著，在馬車車輪印子仍清晰可見的門口跑來跑去，一條小徑則通往那棟獨立的小屋。福爾摩斯把狗拴在樹籬上，我們加快腳步上前，我朋友敲了敲那扇樸素的小門，片刻後又敲了一次，都沒有回應，但屋裡絕非空無一人，因為我們都聽到了一個低低的聲音，是種痛苦且絕望的低泣聲，透出無以形容的悲傷。福爾摩斯躊躇著停下來，並回頭看了一眼我們剛剛的來路，此時一輛四輪馬車沿路駛來，拉車的是那對絕不會錯認的灰毛馬。

「老天，醫生回來了！」福爾摩斯叫道，「這樣就很確定是這裡了，我們一定要在他進來前搞清楚是怎麼回事。」

他推開門，我們一同踏入大廳，低泣聲在耳邊愈來愈清晰，直到變成一聲長而深刻的痛苦哀號，是從樓上傳來的。福爾摩斯帶頭衝上樓，我緊跟在後，在推開一扇半掩的門後，我們都被眼前的景象嚇到了。

床上躺著一名年輕美麗的女子，顯然已經死了。她的臉孔平靜而蒼白，在亂蓬蓬的金髮間，一雙睜大的藍眼睛無神地向上翻。在床腳邊，一名年輕人半坐半跪著，將臉埋進衣袖裡，哭到崩潰，他完全沉浸在悲傷中，直到福爾摩斯將手放上他的肩膀，他才抬起頭來。

「是戈弗雷．斯湯頓先生嗎？」

「是，是的，我就是，但你來晚了，她死了。」

那人太過茫然，甚至搞不清我們根本不是前來協助的醫生。福爾摩斯努力說了幾句安慰的話，正要解釋他的突然失蹤讓他的朋友們有多驚慌時，樓梯上傳來腳步聲，阿姆斯壯醫生那張厚實的臉帶著嚴峻而疑惑的神色，出現在門口。

「所以，先生們，」他說，「你們的目的達到了，還挑了一個特別微妙的時刻闖進來。我不想在死者面前起衝突，但我可以向你們保證，如果我再年輕一點，絕不會放任你們極度荒謬的行為，絕對追究到底。」

「對不起，阿姆斯壯醫生，我想這裡頭有些誤會，」我朋友鄭重地說，「若你願意和我們一起到樓下去，或許我們能解釋一下這些誤會。」

不一會兒，那位嚴厲的醫生和我們一同來到樓下的起居室。

「所以呢，先生？」他說。

「首先，我希望你明白一件事，我並非受雇於芒特・詹姆士勳爵，而且我對此事的立場與那位貴族完全相反。當一個人失蹤了，我有責任要查明他發生了什麼事，一旦做到了，這件事對我來說就到此為止了，只要沒有牽涉任何犯罪，我更願意掩蓋這種私人的不幸事件而非公開它。若我的理解無誤，這件事完全沒有違法，那麼你可以信任我的守口如瓶和合作，並確保這件事不會上報。」

阿姆斯壯醫生迅速向前邁出一大步，緊握著福爾摩斯的手。

「你是個好人，」他說，「我錯怪你了。感謝老天，我的良心不允許我把可憐的斯湯頓一個人留在那種困境中，這才讓馬車掉頭回來，也才得以認識你。既然你已經知道了這麼多，事情解釋起來就很容易了。一年前，戈弗雷・斯湯頓在倫敦住了一段時間，他深深愛上房東的女兒，並與她結了婚。她美麗、善良又聰明，哪個男人會不想要這樣的妻子，但戈弗雷是那個性情乖張老貴族的繼承人，這樁婚事要是傳出去，他就別想拿到遺產了。我很了解這個小伙子，他有許多優秀的特質，我很喜歡他，因此盡我所能幫助他，希望他能一切順遂。我們盡力保密這件事，因為一旦耳語傳開，要不了多久就人盡皆知了。多虧這棟小屋孤立於此，而且戈弗雷自己也很謹慎，因此到目前為止都隱瞞得很好，除了我，知道這個祕密的只有一名優秀的傭人，他現在到特朗平頓求援去了。然而最終，他妻子卻被重病擊倒了，那是一種最致命的肺病，這可憐的孩子悲傷到幾乎瘋狂，但他還是得去倫敦參加這場比賽，因為要退出比賽就必須實話實說，那他的祕密也就守不住了。我試著拍電報去安慰他，他則回電請求我盡可能幫忙，這就是那通不知為何會被你看到的電報。我沒告訴他情況有多凶險，因為我知道他就算在這裡也幫不上忙，但我把實情對那女孩的父親說了，而他做事欠考量，竟把事情告訴了戈弗雷，結果讓他瘋了似地飛奔而來。他到這裡以後就一直是這副模樣，跪在她的床尾不動，直到今天早上，死亡結束了她的痛苦為止。全部的事情就是這樣了，福爾摩斯先生，我確信你和你朋友能夠保守這個祕密。」

福爾摩斯緊緊握了握醫生的手。

「來吧，華生。」他說，我們走出那幢悲傷的房子，步入冬日黯淡的陽光。

CASE 12

格蘭其莊園案外案

The Adventure of the Abbey Grange

一八九七年冬天，那是一個寒冷刺骨的早晨，我被人搖醒了，是福爾摩斯，他熱切地俯看著我，手裡的蠟燭照亮他的臉，只消一眼，我就知道某些事必然出了差錯。

「來吧，華生，快起來！」他叫道，「出事了，什麼也別問！穿好衣服跟我來！」

十分鐘後，我們一同坐上出租馬車，駛過寂靜的街道，往查令十字車站而去。冬季清晨的天空開始濛濛亮，偶有早起的工人經過，我們隱約在乳白色的倫敦晨霧中看見他們模糊的身影。福爾摩斯一聲不吭地縮在厚重的大衣裡，而我也樂於這麼做，因為空氣太嚴寒，而我們什麼都沒吃。

直到在車站喝了一些熱茶，並坐上前往肯特郡的火車後，我們才終於緩過來，讓他有辦法開口說話，也讓我有辦法聽他說話。福爾摩斯從口袋裡拿出一張便條紙，大聲念道：

肯特郡，馬舍姆，格蘭其莊園，凌晨三點三十分

親愛的福爾摩斯先生：

若你能立即前來協助這起極為引人注目的案件，我將十分感激，本案應該是你最擅長偵辦的那一類。除了放開那位女士之外，我已確保現場所有東西都維持它們被發現時的樣子，但我懇請你不要有片刻耽誤，因為要留住尤斯塔斯爵士可

不容易。

「霍普金斯一共找過我七次，而每一次都證明他確實需要幫助，」福爾摩斯說，「我想你已經把他的這些案子全都記錄下來了，我必須承認，華生，你在選擇題材方面頗有能耐，這彌補了你在寫作中許多令我不滿的地方。你老是從故事的角度而非科學應用的角度看待一切，這種致命的習慣毀了本該具有指導意義甚至可以做為典範的一系列實際演示。你草草帶過極其精妙的破案技巧，好把筆墨都留給聳人聽聞的情節，這麼做或許能激發讀者一時的興趣，卻不能帶給他們任何啟發。」

「那你為什麼不自己寫？」我恨恨地說。

「我會的，親愛的華生，我會寫的。你也知道我目前非常忙，但我打算將晚年奉獻在教科書的寫作上，那會是探討所有偵查技術的專書，而我們目前應該專心研究這個案子，它看起來是一起謀殺案。」

「所以你認為這位尤斯塔斯爵士已經死了？」

「應該是。霍普金斯在他的字裡行間顯得很焦躁，而他並不是一個容易激動的人。沒錯，我想那裡一定發生了凶殺案，而屍體還留在現場等我們去檢查，如果只是自殺，他也不需要找我去調查。至於他說放開那位夫人，看來她在案發過程中一直被鎖在自己房裡。我們要調查的是個上流社會的案子，華生，這張便條用的是高級紙、『E.B.』縮寫的花押字、紋章、書寫地址的別緻字體。我想，霍普金斯不會辜負我們，這將是個有趣的早晨，而這個案子是昨晚十二點前發生的。」

「你是怎麼知道的？」

「看看火車，算一下往返時間就知道了。首先獲報到場的是當地警察，接著他們聯繫了蘇格蘭場，霍普金斯再被派去，然後他又送信來找我，這一切步驟需要用掉一整晚時間。好，奇斯爾赫斯特車站到了，我們就要知道這是怎麼回事了。」

我們的馬車沿著狹窄的鄉間小路行駛了兩哩，一道莊園大門出現在眼前，一位年長的看門人為我們開了門，他憔悴的臉反映出這裡的確才發生過巨大的災難。一條林蔭道穿過氣派的莊園，道路兩側是成排的老榆樹，通往一座低矮但占地寬廣的房子，屋前立著帕拉迪奧風格的柱子。房子的中央部分爬滿常春藤，顯然已有年代，但大扇窗戶表明這裡有過現代式樣的改建，房子的另一側似乎是全新的。史坦利．霍普金斯巡官年輕的身形在敞開的門口迎接我們，他機警的臉孔露出急切之色。

「真高興你能過來，福爾摩斯先生，你也是，華生醫生！不過說實在的，如果時間能夠倒轉，我就不會麻煩你們跑這一趟了，因為那位夫人在清醒過來後，已經把事發經過描述得夠清楚了，所以這裡沒我們的事了。你還記得路易舍姆的那夥搶匪吧？」

「什麼，你說那三個姓蘭德爾的？」

「沒錯，就是那父子三人，這毫無疑問是他們的傑作。兩週前他們才在西德納姆作案，還被目擊者看到並描述了他們的樣子，沒想到這麼快又出來犯案了，他們可真是什麼都不怕，但案子肯定是他們幹的，這次的罪行夠把他們絞死了。」

「所以尤斯塔斯爵士真的死了？」

「是的，他被自己的撥火棍敲破了腦袋。」

「車夫在來這裡的路上跟我說了，是尤斯塔斯．布萊肯斯托爵士。」

「沒錯，他是肯特郡最富有的人之一。布萊肯斯托夫人正在晨間起居室，可憐的女士，這肯定是她這輩子遇過最恐怖的經歷，我剛抵達時，她看起來剩下半條命了。我想你最好先見她一面，聽她講述事發經過，然後我們再一起調查餐廳。」

布萊肯斯托夫人並非尋常人，如此優雅的身形、女性化的氣質、美麗的容貌實屬罕見。若不是剛剛發生的意外令她面容憔悴，她的膚色肯定能與金髮和藍眼完美相配。她無論在精神上還是肉體上都承受了很大的折磨，她有一隻眼睛異常紅腫，顏色像李子一樣深紅。她的女傭，一個神情嚴峻的高個子女人，正不停用醋和水為她沖洗傷口。這位女士筋疲力盡地斜靠在沙發上，但我們才踏入房間，她立刻機敏地望過來，美麗的臉孔露出警覺的表情，在在表明她的智慧和勇氣並未被那場可怕的經歷動搖。她裹在一件銀藍相間的寬鬆晨袍中，但一襲飾著亮片的黑色晚禮服掛在她身旁的沙發上。

「我已經告訴過你發生的一切了，霍普金斯先生，」她疲倦地說，「你不能替我複述一遍？好吧，如果你認為有這個必要，我就再對這兩位先生說一次。他們已經看過餐廳了嗎？」

「我認為他們最好先聽聽夫人怎麼說。」

「如果你能把事情稍微安排一下，我會很感激的。一想到他還躺在那裡，我就覺得恐怖。」她顫抖著，抬起手來捂住臉，這麼做令寬鬆的衣袖從前臂滑落。福爾摩斯驚呼出聲。

「你還有別處受了傷，夫人！那是怎麼回事？」她白皙渾圓的膀子上有兩個明顯的紅印子，她連忙遮住。

「沒什麼，這和昨晚那件可怕的事無關。你們兩位都請坐，我這就把知道的一切都告訴你們。

「我是尤斯塔斯．布萊肯斯托爵士的妻子。我們結婚大約一年了，我也不用隱瞞我們的婚姻並不幸福，就算我想否認，鄰居們八成也會告訴你們。也許有一部分是我的錯，我成長於澳洲南部更為自由、沒那麼多傳統約束的氛圍下，英國這種充滿各種禮儀和事事拘謹的生活令我很不適應。但最主要還是出自一個人盡皆知的原因，那就是尤斯塔斯爵士早就因為酗酒而惡名昭彰，和這樣的一個人相處，哪怕只有一個小時都極不愉快。你能想像一個敏感又精力充沛的女人必須與他日日夜夜綁在一起，那會是什麼感覺？誰要是認為這種婚姻該維繫下去，他就是褻瀆神靈，完全是犯罪與惡行。我說，你們這些醜惡的法律將為這個國家帶來詛咒，上帝不會容許這種邪惡繼續為虐。」她一下子坐起來，雙頰漲紅，一雙眼睛在額頭可怕的傷口下燃燒著怒火。然而那名神情嚴峻的女傭有力而撫慰地把她按回椅墊上，令她的狂怒化為劇烈的抽泣。最後她繼續說下去：

「說到昨晚發生的事。你們也許注意到了，這棟房子裡的所有傭人都是睡在比較新的那一側廂房，房子的中央部分由起居室、後面的廚房、樓上的臥室組成，我的女傭特蕾莎則住在我房間的樓上。除此之外，這裡就沒有其他人了，也沒有任何聲音能驚動住在遠處廂房的傭人。那些搶匪一定很清楚這一點，不然他們也不敢這麼做。

「尤斯塔斯爵士大約十點半就上床睡覺了，那時傭人們也都回到另一邊的廂房去了。只有我的女傭還醒著，她一直待在位於頂樓的房間裡，以便隨時回應我的需求。當時我沉迷在一本書中，在這個房間一坐就到十一點多。上樓就寢前，我到處巡了一圈，看看一切是否如常，我一直都這樣做，因為正如我解釋過的，尤斯塔斯爵士並不總是那麼可靠。我看過了廚房、配膳室、槍械室、撞球房、客廳，最後是餐廳。當我走近掛著厚窗簾的窗前時，突然感覺有一股風吹在臉上，這才意識到窗戶是開著的，那扇窗是長型落地窗，實際上無異於一扇通往屋外草坪的門。我一掀窗簾，發現正面對著一名肩膀寬闊的老人，他似乎才剛剛踏入房間。我手裡端著臥室的燭台，藉著燭光，我看到在這個人身後，還有另外兩個人正要進來。我嚇得向後退，但那傢伙立刻朝我撲過來，他先捉住我的手腕，接著又要掐我的喉嚨，我想尖叫，但他狠狠地給了我眼睛一拳，把我打倒在地。我一定昏過去了好幾分鐘，因為當我醒過來時，發現自己已經被緊緊綁在餐桌一端的橡木椅上，用的是從呼叫鈴扯下來的鈴繩。我被綁得很牢，一動也不能動，嘴裡還被塞了手帕，一點聲音也發不出來。就在這時，我可憐的丈夫進了房間，他顯然是聽到了可疑的聲音，對可能遇到的狀況有所準備。他穿著襯衫和長褲，手裡拿著他愛用的黑刺李短棍，衝向其中一名搶匪，但另外一人、也就是最年長的那個人，彎腰從爐柵裡撿起撥火棍，在他衝過身邊時對他狠狠一擊，他一聲都沒吭就倒下了，沒再動過一下。我又昏了過去，但這次昏迷的時間不長，當我睜開眼睛時，發現他們已經把餐具櫃裡的銀質餐具搜刮一空，還開了一瓶酒來喝，他們手中都拿著酒杯。我不是已經說過了，他們其中一人年紀較長，留著鬍子，另外兩人都是嘴上無毛的年輕小伙子，很可能是父親帶著兩個兒子。他們低聲說著什麼，接著走過來確認我仍被牢牢捆綁著，最後就逃走了，離去時還不忘關上窗戶。我足足花了一刻鐘才把嘴裡的手帕弄掉，也才得以尖叫向我的女傭求助，並很快驚動其他傭人，我們向當地警察通報，他們立刻聯繫了倫敦。我知道的真的只有這些了，先生們，我想你們不會再逼我去回想這段痛苦的經歷了吧。」

「你還有其他要問的嗎，福爾摩斯先生？」霍普金斯問。

「我不想再讓布萊肯斯托夫人承受更多壓力，也不願再耽擱她的時間。」福爾摩斯說。「去餐廳調查前，我也想聽聽你看到了什麼。」他望向那名女傭。

「我在那夥搶匪進屋前就看見他們了，」她說，「那時我坐在臥室窗邊，月光下，我看到三個人在莊園大門那兒，但當下我沒有太在意。就這樣過了一個多小時，我聽到了女主人的尖叫聲，我立刻跑下樓去，看見這可憐的孩子，就如同她所說的那樣，被綁在那裡，衣服上沾滿她丈夫的血跡而她丈夫則躺在地板上，滿地都是血和腦漿。哪個女人遇上這種事都會發瘋的，還好她一直很勇敢，當她還是阿德萊德的瑪麗．弗雷澤小姐的時候就是如此了，在成為格蘭其莊園的布萊肯斯托夫人之後也沒改變。你們已經問夠了，先生們，現在她要回到她的房間，讓她的老特蕾莎陪著，好得到她現在最需要的休息。」

這個瘦高的女人以一種慈母般的溫柔，伸出手臂摟住女主人，將她帶出了房間。

「她是看著夫人長大的，把夫人從嬰兒拉拔到大，」霍普金斯說，「十八個月前，她跟隨夫人離開澳洲來到英國。她名叫特蕾莎·賴特，現在你再也找不到這樣的女傭了。這邊請，福爾摩斯先生！」

強烈的興趣從福爾摩斯表情豐富的臉上消失了，我知道，隨著謎團的澄清，這件案子最有魅力的部分不復存在。儘管還有追捕嫌犯的工作，但這些尋常的歹徒哪需要他出手？當一位學識淵博的專家發現自己被請去治療麻疹，他一定能體會我此刻在朋友眼中看到的苦惱。然而，格蘭其莊園餐廳裡的場景很不尋常，足以引起他的注意，重燃他本已盡失的興趣。

這是一間挑高而寬敞的房間，有雕花的橡木天花板和橡木牆板，四周牆壁裝飾著成排精美的鹿頭標本和古董武器，離門最遠的牆上是我們聽過的那扇高大落地窗，右邊還有三扇比較小的窗子，讓寒冷的冬日陽光藉此照亮全室，左邊則是一具大而深的壁爐，上面懸著龐大的橡木壁爐架。壁爐旁是一張厚重的橡木椅，有扶手和底下的橫木。一條深紅色繩子來回穿過椅背的鏤空，兩端綁在下頭的橫木上，他們在解開夫人身上的繩索時，繩結仍然留在繩子上。這些細節都是我們後來才發現的，因為當下被壁爐前虎皮地毯上那具可怕的人體吸引了全部的注意力。那是一具高大、體格勻稱的男性屍體，約莫四十歲左右。他仰面朝天躺著，黑色的短鬚中齜出潔白的牙齒，兩隻緊攢的拳頭舉過頭頂，一根沉重的黑刺李棍子橫在他兩手間。黝黑、英俊、輪廓如鷹的五官因為強烈的憎恨而扭曲，使他毫無生氣的臉孔猙獰得彷彿惡魔。他顯然是在睡夢中被驚醒的，因為身穿浮誇的刺繡睡衣，伸出長褲的腳赤裸著。他的頭部遭受重擊，灑滿整個房間的液體無不顯示了那一擊的凶狠程度。那根沉重的撥火棍就落在他身旁，在重擊下整個彎曲了。福爾摩斯檢查了它，以及它造成的難以名狀的破壞。

「這位老蘭德爾的力氣可不小。」他說。

「是的，」霍普金斯說，「我有這傢伙的一些紀錄，他是個粗暴的傢伙。」

「要抓到他應該很容易吧。」

「毫無困難，我們早就在追捕他了。有一說是他已經逃去美國，不過現在我們知道這夥人還在這裡，既然如此，我看不出他們有任何逃脫的辦法，我們已經通知了每個港口，也會在今晚前發布通緝。但我有一點不解，就是他們怎會愚蠢到這種地步，明知那位夫人可以描述他們的模樣，而透過這些描述，我們也不可能認不出他們。」

「沒錯，所有人都認為他們會將布萊肯斯托夫人一併滅口。」

「他們可能沒察覺她已經醒過來了。」我提醒他們。

「也是有這種可能，若她看起來昏迷不醒，他們也許會饒她一命。那這個倒霉蛋又是怎麼回事，霍普金斯？我好像聽過他的一些奇怪傳聞。」

「他是個好人，但僅限於清醒的時候，當他喝醉了，或者更確切點說，半醉的時候，畢竟他很少喝到爛醉，他就是個徹頭徹尾的惡魔。在這種時候，他簡直是惡鬼附身，什麼事都幹得出來。聽說，儘管他財富與地位兼具，但有一兩次差點就跟人鬧到警察局。另一樁醜聞則是關於他把油澆在一隻狗身上，接著點火燒牠，更糟的是，那還是夫人的狗，這件事費了一番工夫才壓下去。之後他又把酒瓶往女傭特蕾莎・賴特身上扔，這也是樁麻煩事。總而言之，這話也就我們私下說說，這屋子裡沒他只會更好。你看到什麼了？」

福爾摩斯跪在地板上，非常仔細檢查綁住夫人的那條紅繩上的繩結，接著又細細審視繩子被搶匪扯斷而損壞的那一頭。

「當它被扯下來時，廚房裡肯定鈴聲大作。」他斷言。

「沒人聽到，廚房在房子後面。」

「那些搶匪怎麼會知道這一點？這麼隨隨便便就去扯鈴繩？」

「沒錯，福爾摩斯先生，正是如此，你提出的這個問題也是我一想再想的。這傢伙一定很清楚這棟房子和房裡所有人的作息，他完全知道傭人們早早就寢了，沒人會聽到廚房裡的鈴聲。所以很顯然，他必然與其中一名傭人有勾結，但傭人一共有八位，每一個都品行端正。」

「在其他條件都相同的狀況下，」福爾摩斯說，「嫌疑最大的就是被雇主拿酒瓶往頭上招呼的那一位，然而她要這麼做，等於背叛了她一直忠誠侍奉的女主人……哎，好吧，但這些都是無關緊要的小問題，等你逮到蘭德爾，要找到他的同夥也是早晚的事了。那位夫人的故事應該能證實一切，如果還要進一步的證據，那我們面前的每一樣東西都是。」他走到落地窗前，推開了窗戶。「這裡沒有任何痕跡，地面硬得像鐵一樣，本來就無法指望能留下腳印。看起來壁爐架上的蠟燭是點過的。」

「沒錯，那些搶匪就是靠它們和夫人的臥室燭台照明的。」

「他們搶走了哪些東西？」

「嗯，他們沒拿走太多東西，就是餐具櫃裡的半打盤子。布萊肯斯托夫人認為他們自己也被尤斯塔斯爵士的死嚇著了，以至沒按原本計畫洗劫整棟房子。」

「無疑事實就是如此。不過就我所知，他們還喝了一些酒。」

「無非是想藉此鎮定心神。」

「確實。你們沒動過餐具櫃上這三只酒杯吧？」

「是的，包括酒瓶也是，一切都保持他們離開時的樣子。」

「讓我們瞧瞧。喂！喂！這是什麼？」

那三只酒杯放在一起，都還殘留著酒味和酒的顏色，其中一杯還盛著一些陳年老酒會有的結晶和渣滓，酒瓶就放在酒杯旁，裡頭的酒還有三分之二滿，一個沾有酒漬的長型軟木塞也在一旁，它的外觀和酒瓶上的灰塵都說明了這瓶酒可不一般。

福爾摩斯神色一變，懶洋洋的表情消失了，我又看到他深陷在眼眶中的雙眼閃出興味十足的光芒。他拿起軟木塞，仔細檢查著。

「他們是怎麼拔開這個瓶塞的？」他問。

霍普金斯指著拉開一半的抽屜，裡面放著一些桌布和一個很大的開瓶器。

「布萊肯斯托夫人有沒有說他們用了開瓶器？」

「不，你還記得吧，在他們開瓶的時候，她還在昏迷。」

「她的確是。事實上，他們用的不是這個開瓶器，而是另一個更小的開瓶器，很可能是萬用小刀附帶的那種開瓶器，長度不超過一吋半。如果你檢查這個軟木塞的頂端，會發現開瓶器一共刺入三次才拔出軟木塞，而且軟木塞沒被刺穿。如果用的是這個比較大的開瓶器，軟木塞一定會被刺穿，而且只需要刺入一次就能拔出軟木塞。等你逮到這傢伙，一定會在他身上找到一把萬用小刀。」

「太出色了！」霍普金斯說。

「但我得承認，這些酒杯確實讓我大惑不解，布萊肯斯托夫人確實**看到**那三個人喝酒，是吧？」

「是的，她已經說得夠清楚了。」

「那麼事情到這裡可以結束了，還有什麼好說的？但你必須承認，這三只酒杯很引人注意，霍普金斯。什麼，你看不出它們有哪裡特別？好吧，別管它了，也許當一個人擁有像我一樣特殊的知識和能力時，難免會對眼前簡單的事實視而不見，而非要給它安上一個複雜的解釋不可。當然，酒杯的事肯定只是偶然。好了，再見，霍普金斯，我幫不上你什麼忙了，而且看起來你也把案情都釐清了。若你逮到蘭德爾，或是案情有任何新進展，請讓我知道，我相信很快就能祝賀你成功破案。來吧，華生，我們回家去找點事做還實際些。」

回程的路上，我可以從福爾摩斯的臉上看出，他對自己觀察到的某些東西大惑不解。他時不時努力把這種印象拋諸腦後，用案情彷彿已經釐清的語氣談論著，但說著說著又陷入困惑，揪成一團的眉頭和心不在焉的眼神，都說明了他的思緒被拉回格蘭其莊園那宏偉、剛剛上演了一場午夜慘劇的餐廳中。最後，當我們的火車緩緩駛出一處郊區車站時，他毫無預警就從火車跳到月台上，還把我一併拉下去。

「真對不起，親愛的老友，」我們一同目送火車最後一節車廂消失在轉彎處，他說，「很抱歉讓你成為我心血來潮下的受害者，但在我的職業生涯中，華生，我就是

不能把一件案子像這樣丟下。我的一切本能都在阻止我這麼做。事情不對勁，完全不對勁，我可以發誓它不對勁。雖然那位夫人的敘述很清楚，女傭的佐證也十分充足，一切細節看似都完整了，除了那三只酒杯，我還能有什麼異議？但如果我沒把這一切視作理所當然，如果我把這件案子當作從頭開始去仔細調查，不讓先入為主的敘述干擾我的思緒，那麼我是否能找到更確實的證據？我想一定可以的。坐在這張長凳上歇歇吧，華生，我們就在這等下一班開往奇斯爾赫斯特的火車，讓我把所有證據攤在你眼前，如果你認為那名女傭和她女主人的所有說法都是事實，我得請你先把這種想法扔到一邊去，絕不要讓那位夫人迷人的性格扭曲了我們的判斷。

「如果我們不帶感情地看待整件事，肯定會在她的故事中找到一些值得懷疑的細節。這夥搶匪半個月前才在西德納姆犯下重案，犯案過程與對他們外表的描述在報上都看得到，任何人想在自己編造的故事中添加一夥假想的搶匪，很自然都會想到他們。事實上，搶匪們在做了一筆好生意後，通常更樂意安安靜靜享受戰果，而非立刻以身犯險。再者，搶匪鮮少會在這麼早的時間點搶劫，毆打一位女士好阻止她尖叫更是少見，因為可以想見，這麼做反而更容易讓她尖叫，此外，只要他們的人數足以將對方制服，便很少會殺人；當他們有辦法搶走一大批財物時，也不會只拿走少許。最後我可以斷言，像他們這樣的人會留下半瓶酒是很不尋常的。有這麼多反常的狀況，你怎麼看，華生？」

「雖然每一件事單獨發生的可能性都不小，但全部累積在一起發生，其中的意義就完全不同了。在我看來，最不尋常的應該要屬那位夫人被綁在椅子上。」

「嗯，我對此也是存疑，華生，因為很明顯，他們要麼殺了她，要麼在把她囚禁起來時，會找個讓她無法在歹徒逃跑時立刻通知其他人的方法。但無論從哪一點來看，這位夫人的故事都有不合理的地方，我說得沒錯吧？現在應該要把重點放在那些酒杯上。」

「那些酒杯怎麼了？」

「你現在能在腦海中回想它們的模樣嗎？」

「就像在我眼前一樣清楚。」

「他們說那三人用這些酒杯喝了酒。你覺得有可能嗎？」

「為什麼不可能？每個杯子都殘留著酒。」

「是這樣沒錯，但只有一只酒杯裡有酒渣，你一定注意到了。這讓你想到什麼？」

「有酒渣的那杯酒是最後倒的。」

「完全不是這樣，瓶子裡的酒渣很多，很難想像前兩杯酒是乾乾淨淨的，第三杯酒卻滿是酒渣，對此有兩種可能的解釋，而且就只有這兩種而已。一是倒了第二杯酒後，酒瓶被劇烈晃動過，所以第三只杯子裡滿是酒渣。但這看起來不太可能，不，不，我確定我是對的。」

「那麼，這是怎麼回事？」

「實際上用過的杯子只有兩個，然後把這兩個杯子裡剩下酒渣都倒進第三個杯子，用這種方式製造有三個人到過現場的假象。如此一來，所有酒渣都會集中到最後一只酒杯裡，不是嗎？是的，我確信事情就是這樣。但是，若我偶然發現的這件小事屬實，那這個案子立刻就會從司空見慣變得極不尋常，因為唯一的解釋就是布萊肯斯托夫人和她的女傭存心要騙我們，如此她們的故事就完全不可信了，她們一定有強烈動機要隱瞞真兇，因此我們不能再依賴她們的幫助，得全憑自己重新建構案情，這就是我們現在要做的事，華生。往奇斯爾赫斯特的火車來了。」

我們半途折返讓格蘭其莊園的人們非常驚訝，但福爾摩斯一得知史坦利·霍普金斯已經回總部報告了，立刻占領了餐廳，把門從裡頭反鎖，細膩而費勁地調查了兩個小時，好為他精采的推理奠定堅實的基礎。我坐在角落，像個滿懷興趣的學生觀察教授示範似的，看著這場精采絕倫的調查逐步展開。窗戶、窗簾、地毯、椅子、繩子，他對每一樣東西都細細檢查並思索。除了那位不幸爵士的屍體已經被移走，其餘一切都還是我們早上看到的樣子。接著，我驚訝地看著福爾摩斯爬上巨大的壁爐架，只剩幾吋長的紅繩高懸在他頭頂上，仍然連接著電線。他仰頭凝望了半晌，接著為了能更靠近一些，他把膝蓋擱在牆上的一個木托架上，這使得他差幾吋就能搆到繩子斷裂的那一段，但吸引他注意的似乎不是繩子，反倒是托架本身。最後他心滿意足地跳下來。

「大功告成，華生，」他說，「我們的案子解決了，這是我們的案件紀錄中最不尋常的其中之一。但是老天，我可真是遲鈍，差點就犯下一生中最大的錯誤！現在，只要再補上幾個環節，整件事就非常清楚了。」

「所以你找到那些犯人了？」

「一個人，華生，犯人就一個人而已，然而是個非常難對付的人。壯得像頭獅子，瞧他把撥火棍都打彎了！身高六呎三吋，像松鼠一樣靈活，手很巧，頭腦也異常聰敏，畢竟整個巧妙的故事全是他編出來的。是的，華生，這個案子是一位非常出色的人的傑作。然而，他留了一條線索在那根鈴繩上，他實在不該如此大意的。」

「什麼線索？」

「唔，如果你想把鈴繩扯下來，華生，你認為它會從哪裡斷開？當然是與電線相連的地方。但它為什麼會像這樣，斷裂的地方離電線還有三吋？」

「因為那裡磨損了？」

「沒錯。我們可以檢查的這一端是磨損的，那是因為對方很狡猾，先用刀子把繩子的斷口弄得像是磨損的樣子。但另一端沒有磨損，你從下面看不到，但如果爬到壁爐架上看，你會發現它的斷口非常整齊，沒有任何磨損的痕跡。現在你可以重新梳理事發經過了：這個人需要一條繩子，他不能硬把鈴繩扯下來，因為鈴聲大作會驚醒屋裡的人，於是他怎麼做？他跳上壁爐架，但還是搆不著，於是又跪到木托架上，在托架的灰塵上留下痕跡，這才能用小刀割斷繩子。我差了三吋才搆得到，因此可以推測他比我高三吋。瞧瞧那張橡木椅上的痕跡！那是什麼？」

「是血跡。」

「毫無疑問它是。光憑這一點，那位夫人的故事就完全站不住腳了，如果她在凶殺案發生時坐在椅子上，那怎麼會有血跡？不，不，她是在她丈夫**死後**才被放到椅子上的。我敢打賭，她那件黑色晚禮服的對應位置上一定也有血跡。這對我們並非滑鐵盧，華生，而是馬倫戈[14]，它以失敗為始，以勝利告終。我現在該去找那名女傭特蕾莎談談，若想獲得需要的訊息，我們得格外謹慎。」

那位澳洲女傭是個很有意思的人，她沉默寡言、疑心病重、非常無禮，福爾摩斯費了一番工夫，才得以用親切友好的態度，並坦率接受她所說的一切，讓她變得友善多了，但她並未試圖掩飾對已故雇主的憎恨。

「是的，先生，他確實用酒瓶扔過我。我聽到他辱罵女主人，我告訴他，如果女主人的兄弟在這的話，他才沒膽量這麼說話，他立刻就把酒瓶往我頭上扔，如果那時他有一打酒瓶，恐怕也會全部扔向我，但至少他不會再為難女主人了。他老是虐待她，但她出於自尊心而不願意訴苦，她甚至不肯說對方到底是怎麼對待她的，你今早也看到了她手臂上有傷，她絕口不提是哪來的傷，但我很清楚那是被帽針刺出來的。這狡猾的惡魔！上帝原諒我這麼說，但就算他已經死了，我還是會這麼說。我們第一次見到他時，他是那麼親切，那不過是十八個月前的事，但我們都感覺好像已經有十八年之久，當時她才剛抵達倫敦。是的，那是她的第一次旅行，在那之前，她連家都沒離開過。他用他的名聲、財富和虛假的倫敦作風贏得了她的芳心，如果她在這件事犯錯，那她也付出一個女人能付出的所有代價了。我們是幾月認識他的？嗯，那是我們剛到倫敦不久的事，我們六月到達，七月就遇上了他，他們是去年一月結婚的。喔，我聽到她又下樓到晨間起居室去了，我想她一定會願意見你的，但你別把她逼問得太緊，她畢竟只是個普通人，而她承受的這一切是任何人都承受不了的。」

布萊肯斯托夫人斜倚在早上那張沙發上，但氣色明顯好多了。女傭和我們一起走

14 拿破崙領導法蘭西第一共和國擊潰神聖羅馬帝國的戰役，是其稱帝之路的關鍵。

進房間，又開始為女主人熱敷額頭的瘀傷。

「我希望，」夫人說，「你該不會又要來盤問我吧？」

「不，」福爾摩斯用極為溫柔的語氣答道，「我不想讓你遭受任何不必要的麻煩，布萊肯斯托夫人，我唯一的想法就是讓事情對你來說能容易些，因為我相信你確實受了太多折磨。如果你把我當作朋友信任，你會發現這是值得的。」

「你要我做什麼？」

「告訴我真相。」

「福爾摩斯先生！」

「不，不，布萊肯斯托夫人，這樣是沒用的，你可能聽過我那點小名聲，我敢打賭，你的故事完全是編出來的。」

女主人和女傭頓時臉色蒼白，驚恐的眼睛瞪著福爾摩斯。

「你這無禮的傢伙！」特蕾莎叫道，「你的意思是女主人在說謊？」

福爾摩斯從椅子上站起來。

「你沒有什麼要跟我說的嗎？」

「我什麼都告訴你了。」

「再考慮一下，布萊肯斯托夫人，坦白說出來不是更好嗎？」

曾有一瞬，她美麗的臉上浮現一絲猶豫，然而某些新的、更強烈的想法促使她像戴面具似地板起臉。

「我已經把我知道的都告訴你了。」

福爾摩斯拿起帽子，聳了聳肩。「我很抱歉，」他說，然後沒再多說任何一句話，我們離開晨間起居室、離開那棟房子。莊園裡有一座池塘，我朋友徑直走過去。池水徹底結凍了，但為了那隻單獨飼養的天鵝而在池中央留了個洞。福爾摩斯看了池塘片刻，轉身朝莊園大門走去。他在那裡寫了一張給史坦利・霍普金斯的便條，將它交給莊園看門人。

「我們可能是對的，也可能錯得離譜，但一定得為我們的朋友霍普金斯做點什麼，好歹讓我們中途折返的這一趟沒白跑。」他說，「我還不能把事情真相告訴他。我們接下來要去的地方，是營運阿德萊德與南安普敦之間航線的海運辦公室，如果我沒記錯，它是在帕摩爾街的盡頭。另外還有一條往返南澳大利亞和英國的航線，但我們還是先調查這條主要航線。」

福爾摩斯遞進去的名片立刻得到經理的回應，因此很快就獲取了他需要的所有資料。一八九五年六月，他們的船隊只有一艘船回到英國，那是直布羅陀之石號，他們最大、最好的一艘船。乘客名單上找到了阿德萊德的弗雷澤小姐和她的女傭，她們是搭這艘船旅行的。這艘船現在正駛向澳洲，位於蘇伊士運河以南的某處海面上，船上的人員與九五年那時一致，只有一個人例外，當時的大副傑克．克羅克先生被升任船長，負責指揮他們的新船巴斯之石號，這艘船將在兩天後從南安普敦啟航。克羅克船長住在西德納姆，但他可能等一下就會來辦公室接受指示，如果我們願意稍等，也許可以見到他。

不，福爾摩斯不打算見他，卻急於了解他的過往紀錄和為人。

他的紀錄極好，同船的船員沒人比得上他。至於他的性格，在工作時非常可靠，但下了船就是個不受控、行事欠考慮的傢伙，急性子又易怒，但不失忠誠、善良。以上就是福爾摩斯離開阿德萊德——南安普敦公司辦公室時掌握的核心訊息，他從那裡直接乘車前往蘇格蘭場，卻遲遲不進門，反倒是坐在出租馬車裡，皺起眉頭陷入沉思。最後，他驅車轉往查令十字電報局，在那裡拍了一通電報，然後我們終於回到貝克街。

「不，我做不到，華生，」他在我們回到住處時說，「一旦逮捕令發下去，世上就沒有人救得了他。我當偵探的這些年裡，曾有過那麼一兩次，感覺把兇手揪出來所造成的傷害比犯罪本身的傷害還大。我現在已經學得謹慎多了，我寧可欺騙英國的法律，也不願欺騙自己的良心。在出手前，我打算多了解一下狀況。」

近傍晚時，史坦利．霍普金斯巡官來訪，他那邊的事情進展不太順利。

「我想你真是個魔術師，福爾摩斯先生，我有時確實感覺你擁有超乎常人的力量。所以，你到底是怎麼知道被偷的銀器就沉在那個池塘裡的？」

「我不知道。」

「但你要我檢查池塘。」

「所以你找到東西了？」

「沒錯，我的確找到了。」

「很高興能幫上忙。」

「但你這不算是幫忙，反而把事情搞得更複雜了。是怎麼樣的賊會偷走銀器，然後把它們就近扔進池塘裡？」

「這種舉動確實很反常。我只是在想，如果拿走銀器的人不是真的需要，他們這麼做只是為了混淆視聽，那肯定會急著想擺脫那些東西。」

「但你為何會這麼想？」

「嗯，我只是認為有這種可能。當他們從那扇落地窗離開，眼前就是一座池塘，冰面上還有個誘人的小洞，而這一切就近在眼前，還有比這更適合藏東西的地方嗎？」

「啊，藏東西的地方，這就對了！」史坦利．霍普金斯叫道，「沒錯沒錯，我現在全部明白了！案發那時還很早，路上會有行人，他們怕被人看見帶著銀器，於是把銀器沉到池塘裡，打算等風頭過了再回去拿。太好了，福爾摩斯先生，這比你那個關於混淆視聽的說法好多了。」

「不錯，現在你有一個非常好的理論了。我之前的想法確實有點天馬行空，但你也得承認，這些想法畢竟幫你找回了銀盤。」

「是的，先生，是的，這都是你的功勞。但這理論還有個很大的阻礙。」

「阻礙？」

「是的，福爾摩斯先生，蘭德爾強盜集團今早在紐約被抓到了。」

「老天，霍普金斯！這就完全不符合你認為他們昨晚在肯特郡犯下謀殺案的理論了。」

「這下子都錯了，福爾摩斯先生，完完全全錯了。不過，就算不是蘭德爾他們，一定還有其他的三人幫，也可能是警方從未聽說過的新集團。」

「沒錯，這樣的可能性很高。怎麼，你要走了嗎？」

「是的，福爾摩斯先生，在搞清楚整件事之前，我可不能歇下來。你應該沒有其他提示要給我了吧？」

「我已經給過你一個提示了。」

「哪個提示？」

「噢，就是關於混淆視聽的那個。」

「但為什麼，福爾摩斯先生，為什麼？」

「啊，這當然是個問題，我就提供一個想法給你罷了，也許能讓你想通一些事情。你不留下來吃晚餐嗎？好吧，再見，有進展記得通知我們。」

等吃過晚餐，桌子收拾乾淨後，福爾摩斯才又提起此事。他點起菸斗，把趿著拖鞋的腳伸向燒得正旺的壁爐，突然看了看手表。

「我想事情要有新發展了，華生。」

「幾時？」

「就是現在，大概幾分鐘之內。我敢說你一定認為我剛才對待史坦利．霍普金斯的態度很糟糕？」

「我信任你的判斷。」

「這個回答非常明智，華生。這件事你必須這麼看：我知道的一切都是非官方的，然而一旦被他知道，事情就變成官方的了。我有權做個人的判斷，但他不行，他必須公布他知道的一切，不然就是有違他的職守。在案情未明的狀況下，我不想讓他陷入兩難的處境，所以我保留一切訊息，直到我搞清楚是怎麼回事為止。」

「但你幾時能搞清楚？」

「時機已經來臨，你馬上就要看到這齣不尋常的小戲劇最後一幕了。」

樓梯上傳來腳步聲，我們的房門被推開，一名有著典型男子氣概的年輕人走進來，他個子很高，留著金色小鬍子，藍眼睛，膚色被熱帶陽光曬得黝黑，他步履輕盈，顯示那高大身材不僅強壯，還非常敏捷。他帶上身後的門，緊握雙手站在那裡，胸口強烈起伏，壓抑著某種難以控制的情緒。

「請坐，克羅克船長。你收到我的電報了吧？」

我們的訪客一屁股坐進一張扶手椅，狐疑的目光在我們之間來回打量。

「我收到你的電報，也按你說的時間過來了。聽說你有去過辦公室，看來我是擺脫不掉你了。就讓我聽聽最壞的情況吧，你打算把我怎麼樣？逮捕我？你倒是說出來啊！別光坐在那裡，像貓一樣把我當老鼠玩。」

「給他一根菸，」福爾摩斯說，「克羅克船長，抽支菸吧，別讓自己失控了。如果我認為你只是個尋常的罪犯，我是不會和你坐在這裡抽菸的，這一點你可以相信我。對我坦誠一切，也許我還能替你盤算，但若想跟我耍花招，那就有你好受的。」

「你要我怎麼做？」

「告訴我昨晚格蘭其莊園到底發生了什麼事，提醒你，我要完全真實的描述，不准加油添醋，也不准隱瞞。有關這個案子，我已經知道不少，如果你敢稍稍偏離事實，我就往窗外吹警哨，這事就不是我能管的了。」

這名水手思索片刻，用曬黑的大手拍了一下大腿。

「來看看我運氣如何吧，」他叫道，「我相信你是個言而有信而且可靠的人，這就告訴你整件事。但有一件事我要先說，這事若只涉及我自己，我既不後悔也不害怕，要是重新來過一次，我還是會這麼做，而且將對此非常自豪。那頭該死的野獸，就算他像貓一樣有九條命，我也會把它們一個接著一個弄死！但事關那位女士，瑪麗，瑪麗．弗雷澤，我絕不用那該死的布萊肯斯托稱呼她。一想到是我讓她陷入麻煩，我願意用我這條命換取她可愛的笑容，那簡直要融化我的靈魂。然而……然而……我還能怎麼辦呢？我會把我的故事告訴你們，先生們，然後請站在我的立場回答我，我還能怎麼辦？

「我得從更早先一點開始說起。看來你什麼都知道，那麼應該也知道我們是在直布羅陀之石號上認識的，那時她是乘客，我則是那艘船的大副。從我見到她的第一天起，我就知道她是我生命中唯一的女人。那次航行中，每一天我都更愛她一些，好幾次我趁著夜色昏暗，跪下來親吻甲板，因為我知道那可愛的人曾走過那裡。我們之間從未有過婚約，她對待我就像所有女人對待男人那般尋常，對此我沒有任何怨言，我只是單方面深愛她，而她單純把我當成好朋友。當我們分別時，她仍是一個自由的女子，但我已不再是自由的男人了。

「等我又一次出海回來，就聽說她結婚了。嗯，為什麼她不能跟自己喜歡的人結婚？誰會比她更該擁有名聲和財富？她生來就該享有一切美麗而精緻的事物。我不會因為她結婚而悲傷，我不是那種自私卑劣的人，我只是為她的好運感到開心，她沒有將人生虛耗在一個身無分文的水手身上。我是這樣愛著瑪麗．弗雷澤的。

「我從沒想過還能再見到她。上一次航行後，我被升任為船長，但新船還沒下水，我不得不和我的船員在西德納姆等了幾個月。有一天，我在鄉間小路上遇到了她的老女傭特蕾莎．賴特。她跟我說了關於瑪麗和她丈夫的事，還有發生的一切。我說，先生們，這消息差點沒把我氣瘋。那個卑劣的醉鬼，他連替她舔靴子都不配，竟敢動手打她！等我又一次遇見特蕾莎，這回我也見到瑪麗本人了，在那之後我們又見了一次面，然後她就不願意再見我了。但不久前，我被告知一個星期內就要啟程，我決定在出發前再去見她一面。特蕾莎一直是我的朋友，因為她疼愛瑪麗，也和我一樣憎恨那個惡棍。我從她那裡得知那戶人家的生活作息，瑪麗常常坐在樓下自己的小房間裡看書，昨晚我躡手躡腳摸到她那裡輕敲窗戶。起初她不肯開窗，但我知道她心裡是愛我的，不忍心留我在外頭吹冷風。她低聲要我走到前面的落地窗，我走過去發現那扇窗是開著的，好讓我能進到餐廳。我又一次聽她親口說出那些讓我發狂的事，我也再次咒罵了那殘酷虐待我深愛之人的畜生。唔，先生們，那時我就只是和她站在窗前，絕對沒做出任何越矩的事，上帝可以為我作證。那時，那個男人像瘋子一樣衝進房間，用一個男人對女人能說的最惡毒字眼辱罵她，並用手中的棍子往她臉上揮打，我抓起撥火棍跳起來，在我們之間的是一場公平的戰鬥。看看我的手臂，這是他率先一棍子打中的部位，接著就該我出手了，我把他打個稀巴爛，就好像他是一顆腐爛的南瓜，你覺得我會對此感到愧疚？才不！不是他死就是我亡，但更重要的是，他若不死她就死定了，我豈能把她一個人留在那個瘋子的控制下？我就是這麼殺了他的。我錯了嗎？先生們，換作是你們，你們又會怎麼做？

「她在被他攻擊時尖叫，讓老特蕾莎聞聲從樓上房間衝下來。那時瑪麗已經嚇得半死，餐具櫃上有一瓶酒，我打開它，往她嘴裡灌了一些，然後我自己也喝了點，特蕾莎卻非常冷靜，她和我一起想了個主意，我們得把現場布置得像是搶匪闖進來幹的，特蕾莎不斷向女主人重複我們編出來的故事，我則爬上去割斷鈴繩，再把她綁在椅子上，並磨損繩子的斷口，讓它看起來自然些，否則他們會好奇搶匪為何要爬上去割斷它。接著我拿走幾件銀器，讓這一切看上去更像搶劫，我要她們大概等個一刻鐘再報警，然後便離開了，在把銀器扔進池塘後就回西德納姆去了，心想著我這輩子總算是幹了件好事。這就是事實了，完完整整的事實，福爾摩斯先生，你現在希望我接受絞刑嗎？」

福爾摩斯默默抽了一會兒菸。然後他穿過房間，握住這位訪客的手。

「和我想的完全一樣，」他說，「我知道你說的每句話都是真的，因為你沒說出任何我不知道的事。除非是雜技演員或水手，沒人能爬上那個托架去割斷鈴繩，除非是水手，也沒人會在椅子上打出那種繩結。這位女士只有一次與水手接觸的機會，就是在那趟乘船的旅途中，他們是同一個階層的人，因為她努力替他掩飾，這也說明了她愛他。瞧，我一旦掌握了正確的方向，要找出你是多麼容易。」

「我還以為警方不可能識破我們的計謀。」

「他們是沒識破，以我對他們的了解，也不可能識破。現在聽著，克羅克船長，這件事非同小可，儘管我願意承認你的行為是在被嚴重挑釁後的合理反應，但我不確定你的自衛舉動是否被認定為合法，這要由英國陪審團來決定。同時我也非常同情你，如果你決定在二十四小時內逃走，我很確定你不會受到任何阻攔。」

「然後事實真相會被公布？」

「肯定會真相大白的。」

水手氣得滿臉通紅。

「這樣算什麼男子漢？我對法律還有一定了解，很清楚這麼做會讓瑪麗成為共犯。你認為我會自己溜走、留她獨自面對嗎？不，先生，把最糟糕的事都留給我吧，但看在上帝的分上，福爾摩斯先生，請你想辦法別讓我可憐的瑪麗遭受審判。」

福爾摩斯又一次向水手伸出手。

「我只是在試探你，而你通過了考驗。嗯，這下子我可責任重大了，我已經巧妙暗示過霍普金斯了，如果他還不能藉此想通什麼，那我也沒辦法了。來吧，克羅克船長，我們就用適當的法律形式來解決問題，你是被告，華生，你是英國陪審團，我還沒見過有誰比你更適合當一名陪審員，我是法官。現在，陪審員先生，你已聽完所有證詞了，你認為被告有罪還是無罪？」

「無罪，法官大人。」我說。

「人民之聲即上帝之聲。你已無罪釋放了，克羅克船長。只要法律找不出其他受害者，你就不必擔心我會妨礙你。等一年以後你回到那位女士身邊，願你們的未來證明我們今晚做出的判斷是正確的。」

CASE 13

第二血跡

The Adventure of the Second Stain

我本打算把《格蘭其莊園》做為最後一次向公眾發表吾友夏洛克．福爾摩斯的輝煌事蹟。如此決定並非出於我缺乏寫作材料，畢竟手上的案件筆記裡，還有數百個我從沒提過的案子；也不是因為讀者對這位傑出人物非凡的性格與獨一無二的探案手法漸失興趣，真正的原因在於福爾摩斯不願繼續公開他的經歷。只要他還做著偵探這一行，對他成功事蹟的紀錄就有一定的實用價值，但由於他已經退休離開倫敦，在蘇塞克斯丘陵潛心研究和養蜂，對身為知名人士這件事益發反感，他斷然要求我嚴格遵守他對此的意願，直到我向他解釋，我已承諾會在適當時機發表《第二血跡》，同時也向他指出，如此一長串的探案紀錄若要收尾，那麼以他受命調查的這樁極為重要的國際案件告終再恰當不過，我終於成功說服他了，使得我對此事件謹慎並有所保留的紀錄得以公諸於眾，因此在講述這個故事時，若覺得我對某些細節的交代似乎有些含糊，請一定要理解我的語帶保留是基於充分理由的。

那是某年秋天，至於是哪一年，甚至是哪個年代，我都不能透露。一個星期二的早晨，我們在貝克街的簡陋住處來了兩位歐洲名人。模樣嚴峻、高鼻子、有著鷹一般的眼眸、態度強勢的那位正是聲名顯赫的貝林格勳爵，他曾兩度擔任英國首相。另一位膚色黝黑、五官輪廓分明、舉止高雅，年紀還不到中年，無論外貌還是內在都散發著與生俱來的魅力，他是歐洲事務大臣特里勞尼．霍普閣下，也是英國最有前途的政治家。他倆肩併肩坐在我們紙張散亂的長沙發上，光看他們疲憊而焦慮的神色，不難猜出是為了極為緊迫的要事而來。首相那瘦削、浮現青筋的手緊抓著象牙製傘柄，憔悴如苦行僧的臉孔陰鬱地看著福爾摩斯和我。歐洲事務大臣則焦慮地又是摸鬍子，又是擺弄掛在表鍊上的印章。

「當我今早八點發現東西不見了，福爾摩斯先生，我立刻就告知了首相。我們來找你也是出於他的建議。」

「你們讓警方知道了嗎？」

「不，先生，」首相以他那出了名的迅速果斷態度說，「我們沒這麼做，也不可能這麼做。從長遠來看，一旦讓警方得知此事，意味著公眾早晚也會知道，這是我們格外要避免的。」

「這又是為何，先生？」

「因為我們在談論的這份文件非常重要，一旦公開它，將很容易、幾乎可以說肯定會導致歐洲的政治形勢變得更複雜，要說和平或戰爭都維繫於此也不為過。除非我們能以最保密的方式取回文件，否則就算是拿回來也沒意義，因為那些人拿走它就是為了向大眾公布它的內容。」

「我明白了。現在，特里勞尼．霍普先生，如果你能準確描述文件丟失時的狀況，我將不勝感激。」

「這事只消幾句話就能說完，福爾摩斯先生。那份文件是一封外國君主寄來的信，在六天前寄到，因為它是那麼重要，我根本不敢把它留在保險箱，而是每晚都把它帶回我在白廳的住處，將它鎖進臥室裡的一個公文箱。昨天晚上它還在那裡，這一點我非常確定，我在換衣服準備吃晚餐時，曾打開箱子確認它還在，但到今早就不見了。一整夜，公文箱都放在梳妝台的鏡子旁，我與妻子都是淺眠的人。我們都非常確定沒有人能趁夜進入臥室，但那份文件就是不見了。」

「你是幾點吃晚飯的？」

「七點半。」

「從那時到你就寢過了多久？」

「我妻子外出看戲了，等到她返家後我才回房，那時是十一點半。」

「也就是說，公文箱無人看管已經有四個小時了？」

「女傭在早上可以進入房間，我的貼身男傭和妻子的貼身女傭可以在其餘時間進去，除此之外，任何人都不能進入房間。這些傭人都很可靠，在我們這裡做事已有多年。此外，他們也不可能知道公文箱裡放著比一般文件更值錢的東西。」

「還有誰知道那封信？」
「家裡沒人知道。」
「想必夫人知道？」
「不，先生，直到今早弄丟文件之前，我一個字也沒對她提過。」
首相讚許地點頭。
「我一直都很清楚你對公共事務的責任感有多強，先生，」他說，「我相信對一件如此重大的事務保密，其重要性高過最親密的家庭關係。」
歐洲事務大臣點頭表示贊同。
「我的職責本就如此，先生，直到今天早上以前，我都沒有就此事向我妻子透露隻字片語。」
「她有辦法猜到嗎？」
「不，福爾摩斯先生，她不可能猜到的，沒有人猜得到。」
「你以前有弄丟過任何文件？」
「沒有，先生。」
「在英國，還有誰知道這封信的存在？」
「每一位內閣成員都在昨日獲悉此事，而每次的內閣會議都被要求保密，尤其在首相發出嚴正聲明之後又更是如此了。老天，誰能想到不出幾個小時，我就把信弄丟了！」他英俊的臉孔因突如其來的絕望而扭曲，雙手揪扯著頭髮。有那麼一瞬，我們看出了他本性中衝動、熱情、敏感的一面，但他隨即又恢復了貴族模樣，嗓音也再度變得儒雅。「除了內閣成員，還有兩位，也有可能是三位部門官員知道這封信，但除此之外，全英國就沒有人知道了，福爾摩斯先生，我可以向你保證。」

「但是國外呢？」

「我想除了寫信者本人，沒人見過這封信。我確信他的部長們都不知情，因為這事不是循正常的官方管道處理的。」

福爾摩斯思索片刻。

「現在，先生，我必須更具體地向你問清楚這份文件是什麼，以及它的失竊為何會有如此嚴重的後果？」

兩位政治家迅速交換了眼神，首相皺起一對濃眉。

「福爾摩斯先生，那是一個長而薄的淡藍色信封，以紅色火漆封口，火漆上的圖案是一頭蹲伏的獅子，收信人姓名是大而醒目的手寫字……」

「恐怕，先生，」福爾摩斯說，「儘管這些細節都很有意思，也確實是調查中必不可少的，但我必須更加深入事情的根源，信的內容是什麼？」

「這是極其重要的國家機密，恐怕我無法透露，何況我也認為沒這個必要。若你能以你出名的能力找回我描述的那封信和信封，你將得到國家的獎賞，還有我們所能給出最高的報酬。」

福爾摩斯微笑著起身。

「你們是這個國家最忙的兩個人，」他說，「而我做為一名小小偵探，前來委託我的人也是絡繹不絕。我非常遺憾在這件事無法幫上忙，繼續談下去也只是浪費時間。」

首相猛地站起來，深陷的雙眼閃過凶光，那是足以震懾所有內閣成員的眼神。「先生，我不習慣……」他開口，但隨即又把怒火壓下去，他坐回座位上。有一分鐘或更長的時間，我們全都一聲不吭地坐著，最後這位老政治家聳了聳肩。

「我們應該接受你的條件，福爾摩斯先生，無疑你是對的，除非完全信任你，否則我們也沒理由要求你採取行動。」

「我同意你的看法，先生，」年輕的政治家說。

「那麼，我這就把整件事向你說明了，這完全仰賴你和你同事華生醫生的榮譽感，我也要請求你們發揮愛國精神，因為我無法想像這件事要是傳出去，會帶給國家多大的不幸。」

「你大可相信我們。」

「這封信來自某位外國君主，他被我國一些殖民地近來的發展狀況激怒。信是他匆忙寫的，並且完全是他自己的想法，我們就此事查詢過，結果顯示他的部長們對此都毫不知情。同時，他在信裡的表達方式也很不得體，其中某些詞句甚至挑釁意味十足，一旦公開了，無疑會引起我國人民的公憤，那將是多麼巨大的騷動，我敢說不出一個星期，我國就會捲入一場大戰。」

福爾摩斯在一張紙上寫了一個名字，然後遞給首相。

「不錯，我說的正是他。而這封攸關十億財政支出和十萬條人命的信，就這麼莫名其妙消失了。」

「你通知寄信者了嗎？」

「通知了，先生，我們已發出密碼電報。」

「也許他樂見這封信被公開。」

「不，先生，我們有充分理由相信他已認知到自己的行為有多輕率魯莽，如果信被公開了，對他和他國家的打擊將比對我國的打擊還要嚴重。」

「若是如此，公開這封信對誰有好處？為什麼有人會想竊取並公開它？」

「福爾摩斯先生，這就要說到高層的國際政治了，但如果你考慮過當前的歐洲情勢，就不難理解這麼做的動機。整個歐洲就是一個武裝軍營，有兩個勢均力敵的軍事聯盟，大不列顛則掌握著維持平衡的天秤。若我國被迫與其中一個聯盟開戰，那麼另一個聯盟無論參戰與否，都將因此成為霸權。這麼說你明白了嗎？」

「非常清楚。這位君主的國家會因為這封信的被竊與公開而與我國決裂，他的敵人將從中得利？」

「是的，先生。」

「如果這封信落入敵人手中，會交給誰？」

「交給任何一個歐洲的大使館，眼下它可能正以最快速度被送到那裡。」

特里勞尼．霍普先生沮喪地垂著頭，大聲哼唧著。首相將手放在他肩上安撫。

「你只是運氣不好，親愛的朋友，沒人會為此怪罪你，你並未疏忽任何預防措施。現在，福爾摩斯先生，你已經了解完整的狀況了，你認為該怎麼辦？」

福爾摩斯悲哀地搖搖頭。

「先生，要是文件找不回來了，你認為必定會引發戰爭？」

「可能性極高。」

「那麼，先生，請做好打仗的準備。」

「福爾摩斯先生，這話未免太嚴苛了。」

「請考量一下現實，先生。信幾乎不可能在晚上十一點半後才被偷走，畢竟霍普先生和夫人在那之後就一直待在房裡，直到發現信不見了為止都是。那麼，它只可能是昨晚上七點半到十一點半之間失竊的，更可能是這其中稍早的時候，因為無論是誰拿走信，對方顯然都很清楚它在哪裡，而且會想要盡早弄到手。現在，先生，若一份如此重要的文件在昨晚七點半過後不久就失竊了，它現在會在哪裡？誰都不會基於任何理由把它扣在手中，一定會盡快把它交給需要的人。那麼，我們現在哪還有機會追回它？哪怕只是追蹤它的去向都做不到，這已不是我們能掌控的了。」

首相從長沙發站起來。

「你說得再合理不過，福爾摩斯先生，我感到事態的確已經失控。」

「為了便於論證，我們姑且假設信件是貼身男女傭拿走的……」

「他們都在我那裡做事很多年了，早已久經考驗。」

「我記得你說過臥室在二樓，而且沒有對外的出入口，要從屋裡進去的話，任何人都無法在不被看到的狀況下做到，因此拿走信的必定是自家人。那麼，這個竊賊會把偷來的信交給誰？想必是某個國際間諜或特務，我大概知道都是些什麼人，他們之中的三位可說是那一行的翹楚。我的調查可以由四處走訪開始，看看他們是否都還各在其位，如果他們之中有誰失蹤了，尤其是從昨晚就失蹤的話，那我們對信的去向應該就能有些頭緒了。」

「為什麼他會失蹤？」歐洲事務大臣問，「他不是應該要把信帶到倫敦的大使館？」

「不會，這些人都是獨立作業，他們與大使館的關係往往不太好。」

首相點點頭表示默認了。

「我相信你是對的，福爾摩斯先生，這件戰利品如此貴重，他一定會親自送去總部，我認為你調查的方向極為正確。在此同時，霍普，我們不能因為這樁不幸的事件而怠忽職守。如果今天有任何新的進展，我們會與你聯絡，也請你務必讓我們知道你的調查進度。」

兩位政治家點了點頭致意，步履沉重地走出了房間。

在尊貴的客人離開後，福爾摩斯默默點起菸斗，有好一會兒都坐在那裡深陷沉思。我打開晨報，專心讀著昨晚一樁發生在倫敦的聳動犯罪事件。此時，我的朋友一聲感嘆，一骨碌地站起來，把菸斗放在壁爐架上。

「沒錯，」他說，「沒有更好的方法調查這個案子了，情況危急，但要說絕望還早了些。就算是現在，一旦確定是他們之中的哪個拿走了信，只要信還沒被轉手出去，或許我可以買下它，畢竟那些傢伙要的是錢，而在我背後的是整個英國財政部，只要對方願意開價就成，儘管這意味著人民又得繳更多稅。可以想像這傢伙會先按兵不動，看看我們這邊的出價，再去另一頭碰碰運氣。只有三個人玩得起如此大膽的遊戲，他們是奧伯斯坦、拉羅蒂埃和愛德華多．盧卡斯，我會一一去見他們。」

我瞥了晨報一眼。

「你說的是高多芬街的愛德華多．盧卡斯嗎？」

「就是他。」

「那你不必去找他了。」

「為何說不必？」

「他昨晚在自家遇害了。」

在我們的探案過程中，我朋友經常讓我目瞪口呆，當我發現自己竟也能對他這麼做時，心裡還挺得意的。他驚訝地瞪著我，一把將報紙從我手中搶過去。以下就是剛才他從椅子上起身時，我正在閱讀的段落：

西敏區謀殺案

昨晚，高多芬街十六號發生了一起離奇的命案，案發地點是一整排幽靜的十八世紀老式房屋的其中一棟，位於泰晤士河和西敏寺之間，幾乎完全處在國會大廈的塔樓陰影下。愛德華多．盧卡斯先生在這座小巧精緻的宅邸已居住多年，他性格迷人，被譽為全國最好的業餘男高音之一，此一讚譽可說是當之無愧，因此在社交圈享有盛名。盧卡斯先生未婚，現年三十四歲，他的住處由年長的管家普林格爾太太和貼身男傭米頓打理，前者住在頂樓，習慣早早就寢，男傭當晚則出門去了，到漢默史密斯訪友。十點鐘之後，盧卡斯先生便一個人在家，這段時間發生了什麼事尚且未知，但十一點四十五分時，員警巴雷特沿著高多芬街巡邏，發現十六號的大門半掩著。他敲了門，但沒有任何回應，在察覺到前屋亮著燈光後，他走進過道並敲了房門，但依然沒有回應，於是他推門進房。房裡一片狼藉，家具全被掃到房間其中一側，房間正中央有一張椅子傾倒，這位不幸的屋主就躺在這張椅子旁，手裡仍緊抓著一根椅腳。他是被刺中心臟而當場斃命的，凶器是一把彎曲的印度匕首，原本是裝飾在牆上的東方武器紀念品。犯罪動機看來不是搶劫，因為房間裡的貴重物品完全沒被動過。身為深受歡迎的知名人物，愛德華多·盧卡斯先生原因不明的遇害想必會在一眾好友間引起強烈關注與深切同情。

「所以，華生，這事你怎麼看？」福爾摩斯在沉默了半晌後問道。

「這個巧合未免太驚人了。」

「巧合！他是我們剛剛指出最有可能主演這齣戲的三個人之一，戲才上演沒幾個小時，他就被凶殘地殺害了，怎麼看都不像巧合，雖然我也很難斷言確切的可能性。不，親愛的華生，這兩件事是有關聯的，**必定有**關聯，而我們要做的就是找出這個關聯。」

「但現在官廳警察想必已經得知了一切。」

「完全不是這麼回事，他們知道的只有在高多芬街看到的一切，但對發生在白廳的事一無所知，也不可能知道。對兩者都知情，並有辦法追查兩者關聯的人只有**我們**。無論如何，眼前有一點十分明確，令我懷疑我們要找的人就是盧卡斯。高多芬街就在西敏區，徒步走到白廳不過幾分鐘，而我提起的另外兩名特務都住在倫敦西區的最邊緣，因此盧卡斯比其他人更容易與歐洲事務大臣的家裡有所聯繫或獲取信息。這事乍看瑣碎，但當這麼多事件密集發生在幾個小時內，那它就可能至關重要了。嘿！瞧瞧這是什麼？」

哈德遜太太走進房間，手中托盤上放著一張女士的名片。福爾摩斯拿起來瞥了一眼，他揚起眉毛，將名片遞過來。

「請希爾達．特里勞尼．霍普夫人上來。」他說。

片刻間，因為兩位貴客一早來訪而變得尊貴的簡樸住所，現在又因迎來了倫敦最可愛的名媛而更增添光采。我經常聽說這位貝爾敏斯特公爵的小女兒有多美，但不論是他人的讚頌，還是那些缺乏色彩的照片，都無法讓我想像她本人精緻的容顏有多豔麗、纖細秀美的模樣又是多迷人。然而，當我們在那個秋天的早晨親睹那副容顏時，第一印象卻不是美麗，那可愛的雙頰因為激動而變得蒼白，焦躁不安的情緒使雙眼異常明亮，她在極力自制下抿緊了看起來善解人意的嘴唇。當這位貌美的訪客出現在大門敞開的門邊時，令人印象深刻的是她的驚恐，而非美貌。

「福爾摩斯先生，我先生來過了嗎？」

「是的，夫人，他剛剛才來過。」

「福爾摩斯先生，有關我來訪的事，懇請你不要讓他知道。」福爾摩斯冷冷地點頭，示意那位女士坐下。

「夫人，你使我陷入一個很微妙的處境，請坐，跟我說說你要的是什麼，但我恐怕不能做出任何無條件的承諾。」

她大步穿過房間，背對窗戶坐下。她有一種女王般的風範——高䠷、優雅、女人味十足。

「福爾摩斯先生，」她說，戴著白手套的雙手不時握緊又鬆開。「我會對你坦白一切，希望你也坦誠以對。我先生和我在所有事情都完全信任彼此，唯獨一件事除外，那就是政治，提到這個他便守口如瓶，什麼也不肯告訴我。現在，我已經知道昨晚家裡發生了一件非常不幸的事，也知道丟失了一份文件，但因為事涉政治，我先生不肯向我透露完整事實，但它很重要，真的非常重要，我應該要徹底了解這是怎麼回事。除了那些政治家外，你是唯一知道真相的人。因此我請求你，福爾摩斯先生，告訴我到底發生了什麼事，以及它會導致何等後果。請告訴我，福爾摩斯先生，不要因為顧慮客戶的利益而有所隱瞞，因為我很確定，只有對我完全信任才能確保我先生的利益，他應該要明白這一點的。這份被偷走的文件是什麼？」

「夫人，我實在不能回答你的問題。」

她嘆息一聲，用雙手摀住臉。

「你得明白事實如此，夫人，如果你先生認為這件事應當瞞著你，那麼我基於職業道德，在發誓保密後才得知完整真相，又怎能向你透露呢？這種要求對我並不合理，你應該直接去問他。」

「我已經問過了，我若想知道這是怎麼回事，你這裡是我最後的希望了。不過，福爾摩斯先生，即使你不肯明說，至少也為我解答一件事，也算對我大有幫助。」

「是什麼事，夫人？」

「我先生的政治生涯是否將因此受到影響？」

「嗯，夫人，除非能將事情導回正途，否則肯定會有非常糟糕的影響。」

「啊！」她深吸一口氣，彷彿滿心的疑慮有了答案。

「還有一個問題，福爾摩斯先生，從我先生在事發當下露出的震驚表情看得出，弄丟這份文件可能會對整個國家造成可怕的後果。」

「他都這麼說了，我自然不會否認。」

「這個後果會是怎麼樣的性質？」

「不，夫人，你又問了我回答不了的問題。」

「那我就不再占用你的時間了，福爾摩斯先生，你無法暢所欲言說出事實，這我不怪你，而我相信你也不會反過來指責我，畢竟我違背我先生的意願，也是出於想替他分擔憂煩。我再次懇請你不要提到我來過。」

她走到門口時，又回頭看著我們，那張美麗但焦慮不安的臉孔、受驚的眼神和緊抿的嘴最後一次給我留下深刻印象，然後她便離開了。

「好了，華生，和女性相關的事歸你管，」當裙襬拖地的細碎聲響漸遠、隨著前門關上而徹底聽不到後，福爾摩斯笑著說，「這位美麗女士玩的是什麼把戲？她想要的究竟是什麼？」

「她講得很清楚了，她會焦慮也是再自然不過的。」

「哼！想想她的外表，華生，她的舉止，她極力壓抑的激動，她的焦躁不安，還有那副非要問出答案不可的模樣，家族傳統可不允許她表露太多情緒。」
「她的確非常激動。」
「也請記住，她異常認真地要我們相信她應該知道一切實情，這對她丈夫只會有好處，她這話是什麼意思？而且你一定也觀察到了，華生，她特意走過去背著光坐下，是因為她不希望我們從她的表情看出任何端倪。」
「確實，她挑了房裡唯一背光的椅子坐下。」
「然而，女人的動機往往就是這麼難以捉摸，你應該還記得馬蓋特的那個女人吧，我懷疑她正是基於相同的原因，她的鼻子沒搽粉，事實證明那就是答案。你怎能那麼容易就被說服了？她們任何微不足道的行為都可能有重大的意義，一枚髮夾或一把捲髮鉗也可能洩漏她們極不尋常的舉動。晚點見，華生。」
「你要出門？」
「是的，我要去高多芬街找蘇格蘭場的朋友們，與他們一同消磨晨間時光。愛德華多．盧卡斯為我們的問題提供了解答，儘管我得承認這個案子到時候會如何解決，眼下我還是一點頭緒都沒有，讓推理超前於事實是極為嚴重的錯誤。我的好華生，請你守著這裡，替我接待訪客，如果可以的話，我會回來和你吃午餐。」
那一整天，以及接下來的兩天，福爾摩斯都處在一種在他朋友眼中是沉默寡言，但在別人看來則是鬱悶的情緒中。他進進出出，菸沒少抽，偶爾逮個空拉拉小提琴，或陷入沉思，不按時吃飯而且僅以三明治充飢，幾乎不回答我不經意拋給他的種種問題。我能明顯看出他的調查進展得不順利，他對案情隻字不提，我想了解調查的細節就只能看報，並得知死者的貼身男傭約翰．米頓被逮捕了，但不久即獲釋。驗屍官的調查結果明確指向這是一起蓄意謀殺，但仍不清楚兇手的身分，也找不到任何犯案動機。滿屋子的貴重物品沒有一樣被拿走，死者的文件也沒被動過，這些文件經過詳細檢查，結果顯示他熱中研究國際政治，對各種流言蜚語也都很感興趣，並精通各國語言，與很多人都有書信往來，他與多個國家的政治領袖都保有密切聯繫，但他那一抽屜的文件中，並沒發現什麼聳人聽聞的內容。他與女性的關係看上去混亂，實則都流於表面，他結識不少女性，但稱得上是朋友的沒幾個，更沒有情人。他的生活作息規律，為人處世方面也從不與人結怨。他的死因依然成謎，也許會永遠成謎。

至於逮捕男傭約翰．米頓一事，則是無計可施之下不得不採取的作法，但對他不利的指控沒有一樣站得住腳。案發當晚他去漢默史密斯訪友，有很完整的不在場證明。確實，以他從朋友家動身返回的時刻，足夠讓他在謀殺案被發現前回到西敏區，但考慮到當晚美好的夜色，他說在回程時散步了一大段路的解釋也很合理。他到家的確切時間是十二點，而且看來是被這場突來的悲劇嚇傻了。他和雇主的關係一直都很好，在他的箱子裡發現了幾件死者的物品，其中一小盒剃鬍刀尤為引人注意，但他解釋這些物品都是死者送的，而管家也證實了此一說法。米頓受雇於盧卡斯已有三年，值得注意的是，盧卡斯從沒帶他同去歐洲大陸，有時盧卡斯會在巴黎一待就是三個月，米頓則在這期間負責打理高多芬街的住所。至於管家，案發當晚什麼也沒聽見，要是雇主有訪客，那也是雇主親自帶進去的。

如此一連三天，就我在報上得知的訊息看來，這件案子還是一團迷霧。若說福爾摩斯知道的情況比這些更多的話，那他全都藏在心裡沒說出來，但他告訴我，雷斯垂德巡官已把與案情相關的一切都跟他說了，因此我知道他正密切掌握案情的每一步發展。到了第四天，一封來自巴黎的長文電報似乎讓整件案子有了解答。

《每日電訊報》報導：

巴黎警方不久前的一項發現，也許能揭露愛德華多．盧卡斯先生悲慘命運的謎團。他於上星期一晚上在西敏區高多芬街遇害。讀者們也許還記得，這位紳士被發現在自己的房間裡遭到刺殺，他的貼身男傭曾被疑為凶嫌，但其人完整的不在場證明使一切指控皆不成立。昨日，一位女士因為精神錯亂而被家中傭人們通報，此人名叫亨利．富爾奈太太，住在奧斯特利茨街的一棟小別墅。經醫生診斷，她確實患有一種危險且長期性的躁鬱症。警方在偵訊中發現亨利．富爾奈太太上星期二才從倫敦旅行回來，有證據表明她與發生在西敏區的凶殺案有關，在比對照片後，最終證明亨利・富爾奈先生和愛德華多・盧卡斯確為同一人，這名死者出於某種原因在倫敦和巴黎過著雙重生活。富爾奈太太是克里奥爾人，生性暴躁，過去就有因為嫉妒而發狂的紀錄，據推測，她正是基於相同原因才犯下這樁轟動倫敦的可怕凶殺案。星期一晚上，她的動向目前尚不可知，但無疑地，在星期二早上的查令十字車站，一名外貌與她相符的女子因狂亂的模樣與粗暴的舉止引起很多人注意。因此，她很可能是在精神錯亂下殺人，或是犯案過程讓這名不幸的女子失去理智。目前，她無法前後連貫地敘述發生了什麼事，而醫生們也對她能否恢復理智不抱希望。有證據顯示在星期一晚上，一名很可能是富爾奈太太的女性曾在高多芬街的房子外頭觀望了好幾個小時。

「你對此有何看法，福爾摩斯？」當他吃完早餐後，我把這段報導大聲唸給他聽。

「親愛的華生，」他說著從桌邊站起來，在房裡來回踱步。「這幾天對你來說很煎熬，但如果我過去三天什麼都沒告訴你，那是因為我真的無可奉告。即使到了現在，這段來自巴黎的報導也對我們沒有太大幫助。」

「至少對這個人的死因能有定論了吧。」

「與我們真正的任務相比，這個人的死只是一個意外，一樁微不足道的小事，我們真正要做的是追回那封信，並挽救歐洲免於災禍。過去這三天只發生了一件重要的事，那就是什麼事都沒發生。我幾乎每個小時都會收到政府那邊的報告，可以肯定的是，歐洲沒有任何地方出現麻煩的跡象。現在，如果這封信被分散出去……不，它不可能被分散出去的，但如果沒被分散出去，它又在哪裡？是誰拿走了？為什麼把它扣在手上不傳出去？這個問題就像一把錘子，不斷敲打著我的腦袋。盧卡斯在信件失蹤的當晚被殺了，這真的只是巧合？信件在他手上嗎？如果是，為什麼沒出現在他那些文件裡？難道是被他那瘋癲的妻子帶走了？要是如此，會不會在她巴黎的家中？我要如何去找信而又不引起法國警方懷疑？在這種情況下，親愛的華生，法律對我們造成的麻煩並不亞於罪犯，人人都與我們作對，偏偏這件案子又事關重大，如果我能圓滿完成任務，這肯定會成為我職業生涯的最高榮耀。啊，說著又有新消息來了！」他匆匆掃了一眼遞過來的紙條。「嘿！雷斯垂德似乎發現了一些有趣的東西。把你的帽子戴上，華生，我們一塊散步到西敏區吧。」

這是我第一次到犯罪現場，那是一棟高而窄的老房子，整潔、堅固又布置得井然有序，很符合它那個年代的風格。雷斯垂德鬥牛犬似的臉孔從前面的窗子裡望著我們，一名大個子警員開門讓我們進去，他熱烈地招呼我們。他們領著我們到命案現場的房間，但除了地毯上一處形狀不規則的醜陋污漬外，現場已經看不到任何痕跡了。那是鋪在房間中央的一塊方形粗織小毛毯，周圍是大片美觀的老式拼花木地板，打磨得十分光亮。壁爐上方的牆面掛滿了做為紀念品的武器，看起來非常壯觀，其中一件就是那一晚被用來做案的凶器。窗邊的寫字檯十分華麗，房裡每一處的裝潢細節，掛畫、地毯、牆壁裝飾，無不展現出一種接近女性品味的豪奢。

「知道巴黎的消息了吧？」雷斯垂德問道。

福爾摩斯點點頭。

「我們的法國朋友這次似乎切入了要點，事情無疑就是他們所說的那樣。她先是敲了門，我相信她的來訪完全出乎他的意料之外，因為他過的生活非常低調。他開門讓她進屋，因為總不好留她一個人在街上，她對他說了自己是如何一路追蹤他而來的，又指責了他，於是事態愈演愈烈，加上那把匕首又在伸手可及的地方，因此很快就發生了我們看到的這一切。不過整件事倒也不是一瞬間就結束的，畢竟房裡的椅子都被掃到一邊去，還有一張椅子被他抓在手裡，看起來是他想用椅子擋開她。我們已經把一切都搞清楚了，就像親眼目睹了全程一樣。」

福爾摩斯揚起眉毛。

「但你還是希望我跑一趟？」

「喔，沒錯，那是因為另一件事，一件小事罷了，但屬於你會感興趣的那一類，很奇怪的事，你懂的，也許你會稱之為怪異。它和主要案情並無關聯，至少表面上看起來是這樣。」

「所以是什麼？」

「嗯，你知道，每當發生這類犯罪事件，我們總會小心翼翼讓每一樣東西都留在原位，確保它們沒被移動分毫，不論白天晚上都派人看守。今早死者下葬，我們的調查也就此結束，至少在這個房間裡的工作已經告一段落，是時候稍微打掃一下了。這塊地毯，你瞧，它沒有固定住，只是鋪在地上而已，因此我們才有辦法把它翻開來，結果發現……」

「是什麼？你們發現……」

福爾摩斯因為焦慮而緊繃著臉。

「哼，就算給你一百年，你也猜不出我們到底發現了什麼。你看到地毯上的血跡了？嗯，這代表地毯下的東西應該都被血浸透了，你說是吧？」

「肯定是這樣。」

「好，那你一定會非常驚訝，因為白色的木地板上面並沒有相應位置的血跡。」

「沒有血跡！但一定會有……」

「是的，我知道你會這麼說，但事實上就是沒有。」

他揭起地毯的一角，將它翻過來，證明了一切如他所說。

「但血跡從地毯正面透到背面，一定會在地板上留下印子。」

雷斯垂德咯咯笑了起來，對於能把這位名家搞糊塗而感到得意。

「現在，我來給你解釋一下。是有第二處血跡沒錯，但與另一塊血跡的位置對不上。你自己看。」他說著把地毯的另一角翻開來，果然在那裡，大量的深紅色血漬濺滿那一方白色的老式地板。「福爾摩斯先生，你怎麼看？」

「哎呀，這還不簡單。這兩處血跡的確是重疊的，但地毯被人轉動過，它是方形的，又沒有固定住，要做到這一點很容易。」

「福爾摩斯先生，不用你說，官廳警察也知道地毯肯定被動過。這一點已經夠清楚了，因為只要你把地毯這麼放，兩塊血跡就完全重合了。但我想知道的是誰移動了地毯，以及為何要這麼做？」

我看著福爾摩斯緊繃的臉，知道他心裡肯定激動難抑。

「聽著，雷斯垂德，」他說，「一直看守這個現場的，是過道裡的那名警員？」

「是的，一直都是他。」

「那麼，聽我的建議，好好盤問他。不要當著我們的面這麼做，我們就在這裡等你。你把他帶去後面的房間問話，他只有一個人的話會更容易向你吐實。你問他怎麼敢把人放進來，還把對方單獨留在房裡？不要問他有沒有這麼做，態度理所當然一些，就說你**知道**有人進來過，逼迫他，告訴他若想得到原諒，只有老實交代一切。切記完全照著我說的去做！」

「我的天，如果他當真知道些什麼，我會有辦法讓他說出來的！」雷斯垂德叫道。他掉頭衝進走廊，不一會兒，便聽到他在後頭的房間裡高聲威脅。

「就是現在，華生，動作快！」福爾摩斯熱切到近乎狂亂地喊道，他一改原本無精打采的模樣，迸發出猛烈的精力。他把粗毛毯一掀，整個人立刻趴到地板上，去摳每一片拼成地板的方形木板。當他用指甲去撬其中一塊木板的邊緣時，竟然就這麼將它掀起來了。那片地板像是盒蓋，靠著一側的合葉與其他木板相連，下面則是一個黑漆漆的小洞。福爾摩斯急忙探手進去，但隨即憤怒而失望地吼了一聲，把手抽出來，裡面是空的。

「快，華生，快點！把東西都弄回去！」我們才剛把木板蓋回去、鋪好粗毛毯，一副雷斯垂德的聲音便從過道裡傳來。他看見的是懶洋洋靠在壁爐架上的福爾摩斯，一副順從而耐心的樣子，極力忍著幾乎壓不住的呵欠。

「抱歉讓你久等了，福爾摩斯先生，看得出這件事讓你無聊得要命。好，他已經承認了。進來吧，麥克弗森。讓這兩位先生聽聽你幹了哪些好事。」

那名大個子警員顯得激動而悔恨，側著身子擠進了房間。「我真的沒有惡意，先生。昨晚有一位年輕女士走進來，她認錯了門牌，接著我們就聊起來了，我已經在這值了一整天的班，任誰都會覺得寂寞。」

「嗯，接下來發生了什麼事？」

「她說在報上讀到這個案子的報導，現在想看看犯罪現場是怎麼回事。她是一位舉止得體、談吐合宜的年輕女性，先生，我想說就讓她看一眼也不礙事。但她一看到地毯上的血跡就暈倒了，像死了一樣躺在那裡，我跑去後面拿水過來，但沒能把她弄醒，我只好又跑到街角的『常春藤商店』弄了一些白蘭地，但我帶著酒回來時，她已經醒來並自行離開了。我敢說她是自覺羞愧，不好意思再面對我。」

「但怎麼會動到地毯？」

「嗯，先生，當我回來時，地毯確實被弄得有些亂。你瞧，她摔在地毯上，而它是鋪在光滑的地板上的，又沒有固定，但我立刻就把它整理好了。」

「這對你來說是個教訓，不要想瞞著我，麥克弗森警官，」雷斯垂德威嚴地說，

「你一定以為我不會發現你的失職行為，但我一看那張地毯就知道有外人進來過。你運氣不錯，夥計，沒有弄丟任何東西，否則你就有大麻煩了。我很抱歉為了這點小事把你找來，福爾摩斯先生，但我認為兩塊血跡不重疊這種事肯定會讓你感興趣。」

「當然了，這真的很有意思。這位女性只來過一次嗎，警官？」

「是的，先生，就這一次而已。」

「她是誰？」

「我不知道她的名字，先生，她看到徵才廣告來應徵打字員，結果記錯了門牌。她是一位態度親切、舉止優雅的年輕女士，先生。」

「個子很高？長得很漂亮？」

「沒錯，先生，她是一位有成熟韻味的年輕女子，我想你一定也會覺得她很美，也許她在所有人眼中都是非常美麗的。『哦，警察先生，讓我看一眼嘛！』她是這麼說的。她那麼會撒嬌，我覺得讓她探頭往屋內看一眼也沒什麼壞處。」

「她的穿著如何？」

「很素淨，先生，披著一襲長及腳踝的斗篷。」

「那是幾點鐘發生的事？」

「當時天色剛剛暗下來，我拿著白蘭地回來時，家家戶戶正點起燈。」

「很好，」福爾摩斯說，「走吧，華生，還有別處要去，那裡有更重要的工作等著我們。」

我們離開那棟房子時，雷斯垂德仍然留在前面的房間裡，是那個懊惱不已的警員開門讓我們出去的。福爾摩斯在台階上轉身，手裡拿著一樣東西。警員細細瞧著它。

「天哪，先生！」他驚呼，一臉不可思議。

福爾摩斯手指壓著嘴唇，要他別嚷嚷，同時把手裡的東西塞回胸前口袋。當我們沿著街道走遠，他放聲大笑了起來。「好極了！」他說，「走吧，吾友華生，最後一場戲的布幕已經拉開，你大可以放寬心了，戰爭不會發生、特里勞尼·霍普閣下的光明仕途不會受挫、那位魯莽的君主不會因為他的輕率行徑受到懲罰、首相也毋須面對歐洲的複雜情勢。只要我們運用一些手腕與技巧，就不會有人因這樁原本可能演變成重大醜聞的事件而受害。」

對於這位非凡之人，我心中只有無限欽佩。

「你解決這件案子了！」我叫道。

「還沒，華生，其中有一些疑點仍然令人困惑，但我們已經掌握夠多線索了，要是還無法釐清剩下的部分，那就是我們自己的問題了。我們直接去白廳，是時候結束這件事了。」

當我們到達歐洲事務大臣的住所時，福爾摩斯要拜訪的卻是希爾達．特里勞尼．霍普夫人，我們被領到了晨間起居室。

「福爾摩斯先生！」那位夫人說，因為憤慨而雙頰微微泛紅。「你這麼做實在太不恰當、太不厚道了。我已經向你解釋過了，關於我去拜訪你一事，希望你能保密，以免我先生認為我插手他的事務。你卻違背我們的承諾跑來這裡，豈不透露了我們有業務上的聯繫。」

「不幸的是，夫人，我別無選擇，我受命追回這份極為重要的文件，因此必須在此請求你，夫人，懇請你把它交出來。」

那位夫人猛地站起來，美麗的臉龐一瞬間刷白，眼神變得呆滯，整個人跌跌撞撞，我還以為她馬上就要暈倒了。接著，她費了一番工夫才從震驚中回過神來，極度的詫異和憤怒驅走了臉上的其他表情。

「你、你侮辱了我，福爾摩斯先生。」

「好了，好了，夫人，這樣是沒用的，請把信交出來吧。」

她衝向呼叫鈴。

「管家會把你請出去的。」

「別拉鈴，希爾達夫人，如果你這麼做，那我要避免事態演變成醜聞而付出的所有努力就都落空了，把信交出來，一切便解決了。如果你願意與我合作，我會把一切都安排妥當，但如果你非要跟我作對，那我只好揭發你了。」

她挑釁意味十足地站著，渾然女王模樣，她緊盯著他的眼睛，彷彿想看穿他的一切想法。她將手放在呼叫鈴上，但忍著沒有動作。

「你想嚇唬我，福爾摩斯先生，來這裡出言恫嚇一個女人，可不是件有男子氣概的事。你說知道一些事情，你知道什麼？」

「請坐，夫人，如果你在這邊暈倒了，會受傷的。你不坐下來，我就什麼也不說，謝謝。」

「給你五分鐘，福爾摩斯先生。」

「一分鐘就夠了，希爾達夫人。我知道你去找愛德華多·盧卡斯，知道你把信交給他，知道你昨晚略施巧計回到他的房間，也知道你是如何從地毯下的隱密處拿回了信。」

她臉色慘白地瞪著他，深吸了兩口氣才有辦法說話。

「你瘋了，福爾摩斯先生……你瘋了！」最後她開口叫道。

他從口袋裡掏出一小角硬紙片，那是從一張照片上剪下來的女人臉部。

「我隨身帶著這個，是因為想說可能用得上，」他說，「那名警員果然認出來了。」

她喘了口氣，頭重重地靠上椅背。

「好了，希爾達夫人，只要信還在你手上，這事就有轉圜的餘地，我無意給你帶來麻煩，等我把丟失的信還給你先生，我的職責就結束了。請聽聽我的忠告，對我誠實以告，這是你唯一的機會。」

她的勇氣實在令人佩服，即便到了現在，她還是不肯承認失敗。

「我再說一次，福爾摩斯先生，這全都是你荒謬的幻想。」

福爾摩斯從椅子上站起來。

「我為你感到遺憾，希爾達夫人，我已盡力為你設想了，但看來全是白費工夫。」

他搖了鈴，管家聞聲入內。

「特里勞尼．霍普先生在家嗎？」

「他會在十二點四十五分到家，先生。」

福爾摩斯看了一眼手表。

「還有一刻鐘，」他說，「很好，我就在這等他。」

管家才剛把門帶上，希爾達夫人就跪到了福爾摩斯腳邊，她伸出雙手，仰起頭，美麗的臉龐滿是淚水。

「噢，請原諒我，福爾摩斯先生！原諒我吧！」她狂亂地乞求道，「看在上帝的分上，不要告訴他！我是那麼愛他！我不願讓他的生命蒙上任何一點陰影，而這肯定會傷透他高尚的心。」

福爾摩斯將夫人扶起來。「我很慶幸，夫人，你終於在最後一刻醒悟了！我們不能再耽擱了，信在哪裡？」

她衝到寫字檯前，打開上鎖的抽屜，拿出一個長長的藍色信封。

「在這裡，福爾摩斯先生，我發誓我沒有拆開它！」

「我們要怎麼把它放回去？」福爾摩斯嘀咕著，「快、快，得想個辦法！公文箱在哪裡？」

「還在他的臥室。」

「真是太幸運了！快，夫人，快把箱子拿過來！」

不一會兒，她就拿著一個紅色的扁箱子回來了。

「你是怎麼打開它的？你有複製的鑰匙嗎？是的，你當然有。把它打開！」

希爾達夫人從前襟掏出一把小鑰匙，迅速打開了箱子，裡面全是各種文件。福爾摩斯將藍色信封塞到箱底，夾在另一份文件的紙頁間。公文箱重新闔上、鎖好，然後送回臥室。

「現在我們可以好好等他回來了，」福爾摩斯說，「還有十分鐘，我竭盡全力為你隱瞞，希爾達夫人，作為回報，你也該花點時間坦白告訴我，這件不尋常的事究竟是為了什麼。」

「福爾摩斯先生，我會把一切都告訴你。」夫人叫道，「噢，福爾摩斯先生，早知道我會造成他的任何憂煩，我還寧願把自己的手砍下來！全倫敦沒有一個女人比我更愛自己的丈夫，但如果他知道我做了什麼，就算我是被逼的，他也永遠不會原諒我，因為他把名譽看得如此之重，以至於絕不可能忘記或原諒他人的過錯。幫幫我，福爾摩斯先生！我的幸福，他的幸福，我們的生活都危在旦夕了！」

「快告訴我，夫人，時間不多了！」

「是因為我的一封信，福爾摩斯先生，是我在婚前寫的一封輕率、愚蠢、在衝動下示愛的信，這封信沒有傷害任何人，但我先生肯定會認為這是犯罪行為，如果信被他看到了，他對我的信任將毀於一旦。那封信是在多年前寫的，我原以為事情早就過去了，但後來盧卡斯告訴我，信被轉交到他手裡，而且他要把它交給我先生。我懇求他放過我，他說只要我把我先生公文箱裡的某封信帶給他，他就把我的信還給我。他在我先生的辦公室裡有眼線，告訴他這封信的存在，他還向我保證，我先生絕不會因此受到任何影響。福爾摩斯先生，請站在我的立場，替我想想該怎麼做？」

「向你先生吐實一切。」

「我不能，福爾摩斯先生，我做不到！一方面，一切看起來就要全毀了；另一方面，儘管我先生的文件被偷走似乎很嚴重，但這只是政治問題，我不太清楚會有什麼後果，不過我太清楚愛與信任是怎麼一回事了。所以我做了，福爾摩斯先生！我做了一個鑰匙的模子，盧卡斯把複製的鑰匙交給我，讓我打開公文箱，取走那封信，帶著它到高多芬街去。」

「在那裡又發生了什麼事，夫人？」

「我依約定敲門，開門的人正是盧卡斯。我跟著他到他的房間裡，但將走廊的門虛掩著，因為我很害怕和這個男人共處一室。我還記得在踏入那棟房子時，有個女人守在大門外。我們很快就完成了交易，我的信就放在他桌上，我把文件交給他，他也把信還給我。此時，門外有聲音傳來，過道裡響起腳步聲。盧卡斯迅速翻開地毯，把文件塞進某個隱密處，又把地毯蓋回去。

「在那之後的事完全是一場惡夢。我看到一張女人的臉，膚色黝黑、神色狂亂，還有她的聲音，她用法語尖叫著，『我果然沒白等，終於、終於被我逮到你跟她廝混了！』接著他們狠狠地扭打在一起。我看到他拿起椅子，而她手握閃著刀光的凶器。我逃離那幅可怕的景象，跑出那棟房子，直到次日早晨看了報紙，才知道我逃走之後發生的慘劇。那一晚我很高興，因為我把信拿回來了，卻不曉得這麼做會招致的後果。

「第二天早上我才意識到，我的麻煩只是從一樁換成了另一樁。我先生因為弄丟文件而飽受煎熬的模樣同樣折磨著我，我幾乎要忍不住跪到他腳邊，把我所做的一切告訴他，但那又意味著我必須對過去的事情坦白。那天早上我去找你，是想知道我犯下的錯究竟有多嚴重，而在明白了事情真相後，便一心想要替我先生把文件拿回來。它肯定還在盧卡斯藏的地方，因為它在那個可怕女人進入房間之前就被藏好了，要不是她闖進來，我也不會知道他把東西藏在哪。那麼我要如何回到那個房間？我花了兩天觀察那個地方，那棟房子始終大門緊閉，到了昨晚，我決定放手一搏。我是怎麼做的，又是如何成功的，你都很清楚了。我把文件帶回來，想把它毀掉，因為我實在不知道該怎麼把它放回去而又不用向我先生坦承罪行。天哪，我聽到他上樓來了！」

歐洲事務大臣激動地衝進房間。

「有什麼消息嗎，福爾摩斯先生，任何消息？」他叫道。

「我能給你一點希望。」

「啊，謝天謝地！」他的眼睛頓時亮了起來。「首相正好來此與我共進午餐，他也可以來聽聽是怎麼樣的希望吧？他的意志有如鋼鐵，但從發生這起可怕的事件以後，我很清楚他幾乎無法入睡。雅各布，去請首相上樓來好嗎？至於你，親愛的，恐怕這件事和政治有關，一會兒我們就去餐廳找你。」

首相仍維持著冷靜自制，但眼中的光芒、瘦骨嶙峋的雙手顫抖不住，這都可以看出，他內心的激動並不亞於那位年輕的同僚。

「聽說你這裡有新進展，福爾摩斯先生？」

「目前為止不算太順利，」我朋友答道，「我把它可能會在的地方全調查過一遍了，目前只能確定沒有立即的危險。」

「但這樣尚且不夠，福爾摩斯先生，我們不可能一直在火山上過日子，我們要篤定知道信在哪裡才行。」

「我也希望能拿回它，所以才會到這裡來。我愈是思考這件事，就愈確信它從未離開過這棟房子。」

「福爾摩斯先生！」

「如果它不在這裡，那肯定早就被公開了。」

「但為什麼有人特意拿走它，只是為了把它繼續留在屋裡？」

「我不相信有誰拿走了它。」

「那它怎麼不在公文箱裡？」

「我也不相信它有離開過公文箱。」

「福爾摩斯先生，這種玩笑未免太不合時宜了。我向你保證它不在公文箱裡。」

「從星期二早上以後，你有再檢查過那個箱子嗎？」
「不，根本沒這個必要。」
「有可能是你看漏了。」
「沒有這種可能。」
「但我不相信，我知道可能會發生這類事情，公文箱裡還有其他文件，嗯，那封信可能夾進其他文件裡了。」
「它放在最上面。」
「可能有誰晃動了箱子，讓裡頭的東西都移位了。」
「不，不，當下我可是把箱子都倒空了。」
「這事很好解決，霍普，」首相說，「把公文箱拿過來看看就知道了。」
事務大臣搖了搖呼叫鈴。
「雅各布，去把我的公文箱拿過來。這麼浪費時間實在太可笑了，但如果其他作法都不能令你滿意，那就這麼做吧。謝謝你，雅各布，東西放這就行了。我一直都把鑰匙掛在表鍊上。這就是所有文件，瞧，梅羅勳爵的來信，查爾斯·哈迪爵士的報告，貝爾格勒的備忘錄，關於俄德穀物稅的筆記，馬德里的來信，弗勞爾斯勳爵的記……天哪！這是什麼？貝林格勳爵！貝林格勳爵！」

首相一把拿過他手中的藍色信封。

「是的，就是它，而且原封不動。霍普，真是恭喜你了。」

「謝謝你！謝謝你！我終於可以放心了。但這真是不可思議，怎麼可能呢？福爾摩斯先生，你簡直是魔術師，一個魔術師！你怎麼會知道它在那裡？」

「因為我知道它不在除此之外的任何地方。」

「我簡直不敢相信我的眼睛！」他熱烈地跑出門外。「我的妻子在哪裡？我得告訴她一切都沒事了。希爾達！希爾達！」我們聽到他衝上了樓梯。

首相爍亮的眼睛看著福爾摩斯。

「好了，先生，」他說，「這可不是眼見為憑就行，信是怎麼回到箱子裡的？」

在那雙敏銳洞悉的眼睛注視下，福爾摩斯微笑著轉過身去。

「我們也有我們外交上的機密。」他說著拿起帽子，走向門口。

福爾摩斯歸來記

作　　者——柯南・道爾（Conan Doyle）
譯　　者——謝海盟
責任編輯——王曉瑩

發 行 人——蘇拾平
總 編 輯——蘇拾平
編 輯 部——王曉瑩、曾志傑
行 銷 部——黃羿潔
業 務 部——王綬晨、邱紹溢、劉文雅
出　　版——本事出版
發　　行——大雁出版基地
新北市新店區北新路三段207-3號5樓
電話：(02) 8913-1005　傳真：(02) 8913-1056
E-mail：andbooks@andbooks.com.tw
劃撥帳號——19983379　戶名：大雁文化事業股份有限公司

封面設計——楊啟巽工作室
內頁排版——陳瑜安工作室
印　　刷——上晴彩色印刷製版有限公司
●2025年06月初版
定價520元

ISBN 978-626-7465-64-6

國家圖書館出版品預行編目資料

福爾摩斯歸來記
柯南・道爾（Conan Doyle）／著　謝海盟／譯
---. 初版. — 新北市；本事出版：大雁出版基地發行, 2025. 06
面　；　公分. —
譯自：The Return of Sherlock Holmes

ISBN 978-626-7465-64-6（平裝）

873.57　　114003616